石竹
行走记

JUNZHU XINGZOU JI

黄君竹 ◎ 著

北方文艺出版社

图书在版编目（ＣＩＰ）数据

君竹行走记 / 黄君竹著 . -- 哈尔滨：北方文艺出
版社，2020.11

ISBN 978-7-5317-4743-7

Ⅰ．①君… Ⅱ．①黄… Ⅲ．①游记－作品集－中国－
当代 Ⅳ．① I267.4

中国版本图书馆 CIP 数据核字 (2020) 第 194700 号

君 竹 行 走 记
JUNZHU XINGZOU JI

作　者 / 黄君竹
责任编辑 / 路嵩　滕蕾　　　　　　　装帧设计 / 树上微出版

出版发行 / 北方文艺出版社　　　　　邮　编 /150008
发行电话 /(0451)86825533
地　址 / 哈尔滨市南岗区宣庆小区 1 号楼　网　址 /www.bfwy.com

印　刷 / 武汉市卓源印务有限公司　　开　本 /710×1000　1/16
字　数 /200 千　　　　　　　　　　印　张 /23.5
版　次 /2020 年 11 月第 1 版　　　　印　次 /2020 年 11 月第 1 次印刷

书　号 /ISBN 978-7-5317-4743-7　　定　价 /88.00 元

谨以此书献给我的女儿

2019 年，35 岁，喜欢登山看飞鸟的我，还没有飞出过国门。

是的，你没看错。

唯一一次心动，是想去沙巴。和在深圳工作的高中同学约好了，签证等手续办理也很顺利。结果不早不晚，偏偏临行前发烧，特别严重，连续打了一周吊针还是没能迅速好起来。最终没去成，还浪费了 1500 元的机票。

那个 4 月，我缺席了沙巴的海。起飞前的太多变数让我觉得在国内行走还是更安分靠谱些，即使有什么变动，也不至手足无措，遗憾许久。

《搭车去柏林》中说：我们没有必要变成一个领头者去破别人的纪录，那些都是做给别人看的。真正的旅行，真正的精彩都是属于自己的，所以一定要找出这样的机会留给自己。去完成一次旅行，别管远和近，自己理想的就可以。

我始终无法忘记这句话。

没错，去什么地方并不是看它有多美或者有多少人去过。如果是和自己灵魂契合的地方那就一定要去，但如果只是为了从众或者贪便宜，就没有必要去了。否则，这和出席一场盛宴却只顾着看周围环境而不品尝珍馐又有什么区别呢？

这么多年，我在旅行中也出过很多差错，经过许多波折，但我始终坚持忠于自己的理想和心意。俗气的地方我去了，因为没见过的都是有吸引力的，我真心想去看看；清雅的地方也去了，因为符合内心最真实的需求，那些闲云春水让我流连忘返。

对于旅行，我没有什么真知灼见，这是一件看山无言、看水自乐的事情。我肤浅地认为，旅行没有什么特别的概念、功能和意义。太强化旅行的意义这一点，就已经有些本末倒置了，有乐趣的永远只是旅行本身。

出发，是风中的一句"我愿意"，是内心的一场告别礼。我要的不是某个遥远、奢华的目的地，我要的只是行走，以及行走之后属于自己的那一个潜心的修行。

我不是白富美，把去巴黎、纽约当成日常，对世界每一站的购物场所都了如指掌。我生在武汉，是一个比东湖水更淡、更隐的普通女子，换着一份又一份薪水微薄的工作。我从不苛求自己变得多优秀，因为比起成功，我知道我更在意自由。

前不久，老爸身上莫名长起毒包，俗称"痈"，住院未好，反复发作，老妈则是老毛病，骨质疏松引起的后背骨裂，每晚疼痛难忍，不能入睡。父母不再像十年前我出行时那样年轻，他们像《楚辞》里的句子，婉转而沧桑。

带他们旅行的想法，并不是从这一刻才有的，但却是从这一刻，才开始清晰和坚定。曾经不想做笼中的金丝雀，想飞得越远越好，星光为翅，云水为家，现在却再也不想离开他们了，只想在舒适的日光下，陪他们简单度日，也许不是他们多需要我，而是我多么需要他们。

和很多人一样，我也想过去了大理之后，不再回来，我非常喜欢那里。没有人绊住脚就去飞翔，是所有人的梦想。但转身你就会发现，房价那么贵，在目前的城市有个巢也不错，巢里有个人在等你回来吃饭，或一起做饭，这是比旅行更日常、更幸福的回归。

别怕还没有看看这个世界就老了，你的老是老，父母的老就不是老吗？你在老之前就必须看看巴黎、逛逛纽约、闯闯南极，父母就应该不远行，眼睛里只有你吗？

珍视家人的方式有很多，只不过，我喜欢用一起出发来表达。

我一直在追寻自由，如今才知道，一个人的自由是小美好，一家人的自由才是大幸福。看风景请邀上父母，再带上子女，世间美妙的事情不只这一桩，但只有这一桩，最亲密、最走心、最不能等。

大多数人已经走得太快、走得太远，不再留恋国境之内的风景，我没有走远，一是因为囊中羞涩，二是听爸妈的话。中国那么大，你走完了吗？走着走着，越来越上瘾，念念不忘身边被人遗忘的奇山秀水，这比环游世界来得更真实、更亲近。

没有多少人细写国内美景，也许是因为大家都去过，太平常、太熟悉，没什么可写的。也许是远方皆风景，欧洲也的确精致，值得娓娓道来，纪念成册。

我没有出过一次国，即使国内都还没有去过西藏，和无数个走在路上的旅行者相比，我是普通到不能再普通的一个。但就是这个最普通，才让我有勇气写这本书。别人一年走好几个国家，我一年去几个我去得起的小地方足矣。我本淡泊，不带金银细软，自寻草木山水及诗人旅人之乐，也甚好。

这本散文游记，由于我的不紧不慢断断续续写了两三年。之前写的因回忆久远，细节不详，水平有限，即便不满意，如今也无法做出大的调整和改动了。我喜欢的名家有徐志摩、朱自清、席慕蓉、张晓风，我的文笔也未达到他们一半的水平，这些皆只能请读者海涵了。

2018年夏末，我找了一张普通的信纸，写下了出版定稿前还需要做的最后几件事：加一章节，为本书增加一些别致的趣味；将老妈手写的序言用电脑敲出来；补充完南太行的后两天行程经历；苏马荡改一段，再加两段。

老爸老妈一直觉得我这辈子一事无成，只会乱买书，乱写字，因此常对我说：有本事你写本书看看？

我傲慢作答，写就写。

我心里住着半个诗人，半个孩子，写作对我来说不是难事。武汉人"搭白"算数，我写了，带着一颗静心、几许韧劲。

这部自我漫吟的旅行读本，写得随意而散淡，有些章节，更是以日记的形式，一天天闲话闲说，若是有流水账之嫌疑，倒也让读者明白我见识有限，才华平庸，只能充当一个在旅行中看热闹、瞎抒情的人。写不出什么精彩华章，也想不出徐志摩的游记《巴黎的鳞爪》如此鲜明有趣的名字，但也是真情投入，费了一番心血的，从未背离"我手写我心"的原则，字斟句酌，不曾草率。

毕淑敏说，写游记需要很多的知识和智慧，我觉得自己不够格。她尚且有这样谦卑的领悟和感受，可想而知，写好游记于我就更难了。

最初以为，自己好歹算一个情思丰富的人，加上又喜欢借青山翠谷抒怀，想来，把一处又一处妙景复制、重现，平平整整印在纸面上，应该很简单，没有障碍。然而，写着写着就不淡定了，原来，记述自己的行踪，讲一讲见过的风景和世情，并不容易，我很难有新颖的角度，也做不到微观剖析，更无法游刃有余、旁征博引，那些隐没在时光背后，撼动人心的山川美物，若非亲历者，又怎能领会。一句话，初心虽美，写好却难。

说是写书，其实就是寻常过日子般的写作而已。写作是理想主义的火种，这种表达太高尚、太坚贞，于我而言，写作仅仅是保持那一点点真，保持天地心情之外的另一个我，可以不受这个世界的侵扰，用文与灵，舒舒服服地营造一个私享空间。

写作永远是我休闲娱乐里最重要的内容。也许写书的初衷是为了父母的一句话，但写到最后则完全是为了自己，我放纵自己，在书里写诗、写实、写春归、写秋旅、写盈盈一水间的所有情意，通过一行行文字，在尘世间一路穿花拂叶，留下些许竹影竹迹。

写这部作品，没有目的，只是为了贮存流逝的光阴和一路的故事，聊敬岁月，以求不忘，以求安心。如果说一定有某种祈愿和想法的话，那就是，我想以自己独有的表达方式，将中国星辰大地的美，告诉每一个人，虽然我们不是诗人，但我们听得见平原上的水和诗歌。后来，我发现不太可能做到，如某位作家所言：我在作品中所做的，只是用我这盏灯，照亮了我所了解的这一小块地方，仅此而已。

对！仅此而已。

不是写几篇俗文，贴几个金句在脸上，就是作家了，散文大师的洗尘之心，则更难拥有。好在我有自知之明，既不是美女作家，也不是文坛老将，古有《徐霞客游记》，今有三毛《万水千山走遍》，太多经典，本本文艺，《君竹行走记》充其量就是让你手上多一本茶余饭后能读上半个章节的小册子，本书完全是个人的旅行考察和对风景的书写。游历不广，知识有限，对文化探寻、旅行理念的表达也不够深刻，但我知道，每一本书，都是用黑字印在白纸上的灵魂，只要你的眼睛、你的思想接触了它，它就活起来了。

交稿前，出版社给出的意见是，作为游记，这已经相当于一部长篇小说了，字数太多，不便排版，阅读也太累；新兴作家，没有名气，谁会有耐心把27万字读完，建议删减文字。

把所有东西都丢进去，回炉改造，不舍是本能，何况谋篇布局早已定下，很难改动。我纠结地意识到，文字多了，并非好事，既然不能保证读者在每一篇风景里都能惬意地散步，那么适当删减，也没什么可惜的，我只要将我必须表达和非常想表达的保留下来便可以了。

这是一个既繁重又心痛的工作，但对我，却是极好的。如果没有 27 万字细致处理成 22 万字的这个过程，我无法更好地锤炼文字，滤去浮气，并丰富内在，了解自己。

自我批评和自我修剪，应该是一个写作者基本的涵养和功底。

希望你能喜欢我所创造出来的，再借由你自己特有的情绪和想象力，在心中重新创造一遍的世界。不知何时会等到你，手捧此书，安然翻阅，用充满生机的柔情，让这本书鲜活。

明代文学家冯梦龙在当县令期间，因提出的治理办法都太过理想化，遭到下属的诟病，有人感叹：梦一般的愿望啊！

冯梦龙一甩手，微笑，诗人痴语般回应：能有梦，已是人生之幸！

一个人，在书里偶遇的是别人，真正爱上的却是自己。或许我不知道你的世界，但我知道你一路顺着我的文字而来，并忧郁地回眸，说着你的梦。

梦，才是一部真正的行走记！

感谢你，随我去游览中国，并从此踏上诗意的信仰和欢悦的梦想之路！

君竹

2019 年秋于武汉

一页一远方

"自古逢秋悲寂寥，我言秋日胜春朝。"

从秋天开始的故事最美，在这落叶满径、深藏情感的秋日，我用被岁月雕刻的双手，为自己续了一杯茶，然后欣然提笔，为君竹写序。其实我很少叫女儿"君竹"，因为这两个字太雅、太书卷气，唯恐念着配不上当时的心境，一般我都直呼她的小名或是武汉话的一个昵称。

女儿邀请我写序。

这个大胆的、莫名其妙的请求，让我有些摸不着头脑，激动之后，我开始惶恐、沉思、心中忐忑。她太高看我了，一来我不是作家，二来我连文艺老青年也算不上，我真的能以我真实的心灵之笔去为此书写些什么吗？恐怕我翻阅古籍也办不到吧？于是，我第一时间就否定了，直截了当地对她说：我不行。我以为她慢慢就会淡忘此事，可我越是拒绝，越是激发了她的好胜心，日日死缠烂打非要我写。

我心里明白，写序是多么难、多么要求功力的事情，这对我来说，已是巨作，不可胜任。况且，写序既需要不错的学识，又需要对作者足够了解，不能写太深，也不能写太浅，不能写太好，也不能写太坏，只能尽其所能，实话实说。

虽然从不露出一丝褪色的悲愁，但又不得不承认青春是一本仓促的书，一卷而去。年轻时的我，心里无星无月无情怀，一直在公式化的生活节奏里蹉跎岁月，哪里懂得什么日月流年和珍惜时间，要让我看书写文章，那太困难了，偶尔为了应付工作写份材料也总是头痛不已，即便是现在，在朋友圈里发上一段文字，还会出现错别字，其韵致和美感，就更不是那么回事了。

"黑发不知勤学早，白首方知读书迟。"曾经风雨兼程，太过操劳，退休后，我开始以一颗欢喜心面对生活，翻翻书、弹弹琴、跳跳广场舞，路不尽，人不老，坚守着内心的那份从容。当然，我老年生活的最大乐趣还是写写读书笔记，抄写一些自己喜欢的美丽句子，虽然词句的情境不同，但都能给我带来抚慰心灵的舒爽感。科学表明，太阳衰老后就会变成一颗不会发光的灰矮星，人可不然，余生就是最美的年华，如同烟花，等待时机，一朵朵尽情绽放。

有一次，在电视上看到董卿主持的节目《朗读者》，那些万丈光芒直入人心的美文，如同阳光照亮读者的心房，瞬间，文学的美便打动了我。从那一刻起，从不摸书的我开始看书，还借阅和收藏了一些我喜欢的书，我跟着女儿和外孙女一起看《中国诗词大会》。即便是微信订阅号里并不出众的文章，也能带我进入某个豁然开朗的生命空间。作家毛姆曾经说过这样一句话：最使人受益无穷的一件事，就是养成阅读的习惯。阅读给人带来的益处，绝不是"腹有诗书气自华"那么简单，推动这个世界进步的是科学和文化，科学让我们的物质需求得到满足，文化让我们的精神需求得到满足，我又重返课堂，回到了"书中自有黄金屋，书中自有颜如玉"的时代。

是啊，君竹从小就热爱文学，热爱阅读，经常收快递，多半都是书。她淡眉素颜，从不化妆，永远都是自然美，最让人羡慕的是她有一颗淡泊而宁静的心，不为风摇，不为雨藏，日日与文字静处，不与世间争一分一毫，也许这就是人如其名吧。

竹，纤细柔美，蓬勃向上，君子之花。拂过竹林的风，令人神清气爽，她的一言一语、一举一动都似竹，青青翠翠，纯真自然，毫无伪装，童心里装着一缕缕清欢。她文章里的每个字都沾染着一缕缕竹香，穿越四季轮回，以竹子的姿态行走，是她的生活状态，某一刻你见到她，也是如此。

有人写作、旅行，是为了装或者从众，还有的只是跟随潮流，出于急功近利的目的。而君竹的写作，只是为了与时间共赏，满足自己。君竹的诗情画意也是出于本心，自然而为，她心里的浪漫与柔情，就像撒了一地的盐花和晶石，静静的，很迷人，数也数不清，时间漫过它们，也漫过了我。我很难进入她所拥有的那种诗境，但我却向往并注目着，林清玄曾感慨，"身心无浊意，山水有清音"，还能找到比这更适合的语言来形容她吗？

书里的故事我参与了一部分，所以有一些章节我很熟悉。在生活和旅行交织的路上，我们母女之间有太多美丽的、说不清楚也无法让人读懂的记忆。我最佩服她的就是，她有一颗温柔的、散漫的、与山水互爱互赏的心，她是一个彻彻底底的自由主义者和精神追寻者。

一轮明月跳出记忆的山崖，是她，是她，还是她，如同那句"清月出岭光入扉"。

是她，让我痛快地做了一回漓江山水客，在千年的河上漂啊漂；是她，让三亚的海水描绘过我的心，成全了我与大海相逢的心愿；是她，带我拉开彩云的帷幕，在丽江和大理度过了无数个寂寞而又理想的黄昏；是她，用神秘的美景，美景里的清波，一次次问候我、召唤我、吹拂我，我看到了自己的光芒与干劲。我不懂交通，不熟悉地理，完全不知该怎样游玩，对自由行也有各种担心，她每次都制订了专属的旅游攻略，虽然也有不靠谱的时候，但基本上还是省心又愉快，赢得了我的认可，每次出行她都让我有充足的休息时间，当然，游玩也没有耽误。

有时候我是猫她是老鼠，她怕我、躲我、疏远我，嫌我又老又矫情，管东管西，指手画脚；有时我是老鼠她是猫，她总是用那定不下来、随风飘逸的浪漫袭击我，偶尔甜津津，偶尔酸溜溜，让我又爱又怕，难以逃脱，又注定在她的引领下，重新思想与呼吸，重新塑造一个青春焕发的灵魂。一颗颗浑圆的梦落在我眼前，这种力量将带我走很远很远的路，去看很远很远的景。

很多人喜欢听雨，原来，听"竹"也那么美！

这本《君竹行走记》，简单地读一读，每一章，字字句句，不改其心，认真地读一读，读来读去，化清风与君竹共醉。

我说，有两个君竹。一个在旅途，在别处，在大自然里，她是一只永远不灭的蓝闪蝶，在青草飘拂的山间，呼吸着自由的风，丝毫不在意人间的虚荣；一个在我心里，什么也不是，只是我的女儿，一个可爱的孩子。

9月最后的一天，在繁星来临的那一刻，我终于用我磨砺大半辈子的心领悟到，一缕小小的文字之光也能照耀出整个星宇和心灵。君竹的书，还有世界上所有的书，都是一书一世界，一页一远方。

母亲

2019年9月

目录

第一章　那些年，我走过的路

第二章　你陪我长大，我陪你看海

第三章 中国那么大，Mini 刚出发

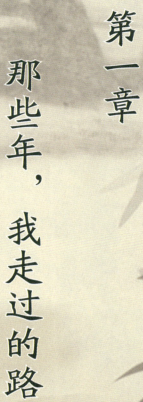

第一章

那些年，我走过的路

庐山：第一次向爸妈要钱去看风景

我年纪很轻

不用向谁告别

有点伤感

我让自己静静地坐了一会儿

然后我出发

背上黄挎包

装有一本本薄薄的诗集

书名是一个僻静的小站名

——海子

那时的我，真的很年轻，也喜欢薄薄的诗集，当真是一个心境如云的女孩，每当取下书签，和书页里的词文相拥，心里就有闪电般的幸福感。

高考完，我找爸妈要了450元，用这个非常"朴素"的价格，约上同学兔兔，报了当时特别火的庐山经典三日游，我选择不了自己的分数，却可以选择去哪儿旅行。平时总是大事父母拿主意，逢上一件能自己做主的事，难免像打开了山神之门一样，顿觉佛光普照，鸟雀欢鸣。

那时，还没有"毕业季"这么文艺伤感的概念，但用现在的心绪去回望它，确实是一场不折不扣的毕业旅行。而我，既没有沉迷于读书（成绩一塌糊涂），也没有在其他方面玩出什么名堂，完全是个失败的"大家闺秀"。大门不出二门不迈的生活让我的世界只有武汉，甚至只是卓刀泉这个生活半径而已，哪里有什么远行的概念，能到郊外走走，就喜出望外了。

所以惭愧得很，天下之大，当时我稍微知晓的，就只有庐山而已。对它有挥之不去的印象是因为母亲年轻时跟随单位去过，回来时兴奋之情溢于言表，还带回了许多姿势惊险、风景迷人的照片。加之庐山离武汉只有4个小时的车程，对于从未出过远门的我们来说，的确是一个温馨又适合的地方。

很快，花香一样的凌姐姐、玩偶一样的胖哥哥和我们成了朋友，我们相处得很好，没有隔阂。

我喜欢这样的相遇，好像是铺满野花的路上的一段奇缘。

我们一起"心有灵犀"地走错了路，阴差阳错走到了五老峰，虽然和团队失去了联系，但我们一点都不怕，仿佛青春就应该这样韵味悠长地走下去。

胖哥哥看我们又渴又累，便半认真半玩笑地告诉我们，喝可乐可以补充电解质，增加能量，下山就请我们喝。一路上他不厌其烦地重复着，可乐、可乐、可乐，一杯冰镇可乐便成了我们唯一的动力和幻想。

如今细节遗忘，情感仍在。感谢他源源不断地为我们构筑了一个可乐味的清凉世界，望梅止渴也能带来神奇的精神力量，让我们脚步变得安稳，心情变得美妙。

虽然风很柔和，雨很清凉，但我们还是成了衣着邋遢的几个小丑，只有凌姐姐是分外出尘，似雨中佳人，当我们齐声在风雨交加的山顶喊出"我是最棒的"时，我一下就认定她的声音最好听、最动情，她用暖暖的小手牵着我更小的手，然后开始找路。最终我们从一条封锁的小路安全出山，和大部队会合。

有趣的还不只是可乐。迷路时因无处躲雨，大家的衣服都湿了，第二天没有换的。后来同行的一个阿姨出主意让胖哥哥穿上睡衣，外面再套上夹克，结果，可爱的他真的那样穿了，我们顿时开怀大笑，那样的情致、那样的无邪，一去不再重来。

后来有没有喝到可乐，我怎么都想不起来了。没出过门、没买过纪念品的我们，看到什么都爱不释手，可乐又算什么。我和兔兔一人买了一支能够抱在怀里的玩具大铅笔，并且一路上费尽心思地保护它，直到安全到家。时过境迁，兔兔在询问我铅笔去向的同时，还不忘提及"艳遇"一事，所以在此，我务必认真解释一下，所谓艳遇，不过是一瓶纯净水到一杯茉莉花茶的距离。

晚上是自由时间，导游不在，可以随心所欲地行动。好不容易从家里"逃"出来的快乐，让我们难以自制，从黄昏开始就在牯岭镇，一边醉晚风，一边寻新奇。

有一家小店，装修风格和货品都很有特色。

我被一个极为简朴的木质宝盒吸引。店主神秘一笑，胸有成竹地说，一时半会你肯定打不开的，也不贵，就十块钱，买回去慢慢研究吧，不难，但也需要动动脑子。彼时，我正全神贯注地研究这个盒子的特征和玄机，兔兔轻轻撞了一下我的胳膊，我扭头才发现一个年轻男子站在我们身后，好像也被这个物件吸引了，有些痴痴愣神。

片刻之后，他温文尔雅地走过来，示意老板把盒子包起来送给我。这是我喜欢的东西，让一个陌生人相送，成何体统。我羞涩又惊恐地抢下盒子，迅速买下，逃离了此地。

后来在一条街上又遇见了他三次，因缘际会之下，我留下了一个字写得歪歪扭扭的收信地址给他。那时流行笔友，现在回想起来，真是满满"80后"的复古风。此后，他经常有信件送来。从他过年的贺卡上漂亮的字迹中我拼凑出了大致的故事：一个小地方来北京奋斗的男子，几经拼搏，沉沉浮浮，如今事业有成，女朋友几次逼婚，但他却不想娶她，一直拖延，他始终认为有哪里不对，不甘心就这样结婚终老，而在漫不经心路过那家小店时，他对我一见钟情，什么都不想要了，只想和我漫天星辰，慢慢写信。

他说：你素素的样子真好看，是我一直想等的那个人。

居心叵测也好，真情实感也罢，一切不过是青春必经的一个路牌。

18岁，庐山，偶遇——人生字典里足够美的三个词，怎么串联都是一个干净动人的故事。他错以为这是爱情，也没有错，虽然我并不这么觉得。那时还小，我也不明白爱情究竟是什么，深雪或微风，纯金或粉红？但我想，它至少是深沉并慎重的吧，不会只是庐山的惊鸿一瞥，悄然一遇。

对我而言，玩耍远胜于艳遇。

在上车返程前的最后一刻，我还争分夺秒地在路边的溪谷中玩，依依不舍地玩水，得意忘形，衣服溅湿，完全不顾自己正值生理期，上车后才觉得浑身

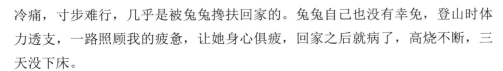

冷痛，寸步难行，几乎是被兔兔搀扶回家的。兔兔自己也没有幸免，登山时体力透支，一路照顾我的疲惫，让她身心俱疲，回家之后就病了，高烧不断，三天没下床。

这种特殊的感情和经历，让病愈之后的我们对庐山更加恋恋难忘。

庐山恋，一生恋，恋的是自由无边的旧光阴，而风景本身，却镜花水月般消散在时空里，能清晰浮现在眼前的，只有锦绣谷的渺渺山烟和三叠泉的无尽台阶。

旅行别后，胖哥哥和凌姐姐各奔东西，一个去英国，一个去上海，17年后的深夜，他们好像白月光下的两只白蝴蝶，穿越了庐山的光阴，从异地他乡奔赴我梦里，枕边沉寂的青春，突然就活了起来。

失联的庐山、艳遇的庐山、生病的庐山，无论怎样的庐山，都让我怀着一颗天真的心爱过，走过千山万水，它始终是离我最近的那座山，见证着我青翠的成长。

青春很青，庐山很近。

麻城：我想写诗，画雪，和你一起走铁路

　　大学里最好的朋友家在麻城，失恋的她恳请我们去陪伴，顺便一起到山中去。

　　在绿野之间闲步一段，或许真能疗伤，摆脱纷杂痛楚的现实。

　　她说的山叫龟峰山，我之前并未听说过。因为山顶有一处青褐色的飞岩，峻峭挺拔，如乌龟探出头晒太阳的慵懒模样，是否仅仅靠此得名，就不得而知了。比较稀奇有趣的一个传说是，天上那九个太阳不是被后羿射下来的，而是神龟在发怒之下，一口气吞掉的。

　　人间4月天，麻城看杜鹃。

　　此山的黄金招牌是壮观的古杜鹃群。可惜季节不对，盼杜鹃花开自然是盼不来的，如今连一片杜鹃叶子都遇不上，俏立在枝头的只有松针和杂果。那时，景区还没有完全被开发，满山的黄沙碎石，林木也生长得杂乱无章，不太好看。但我们仍旧热血沸腾地爬完了整座山，没有人拍照，没有人说话，也没有人抱怨路难走，大家只是安静愉快地彼此挽着、笑着，迈着步子，顺着自然荒凉的小径随意走着。甚至不知道前方是上山还是下山，去向哪里，但我们走得轻松，十分快活。

　　我们是唯一"拥有"这座山的人，这本来是一件很好的事情。

　　途中，朋友却突然情绪失控，眼泪簌簌地掉下来，吵着闹着不回去，非要在半山腰一个秘密洞穴里待一晚，以此悼念她逝去的初恋。仿佛山洞是她的避难所，能懂她所有的情绪。我们几个人都以为她说说就算了，只是单纯地发泄，别无深意。没想到她却格外坚持，甚至愤怒地甩开我的手。所有人都开始无可奈何，无能为力，你一言我一语地各自表达看法之后，集体僵持在那里。她并不熟悉这个山洞，只知道有两公里深，是爬山野营时经常要路过的一个地方。

或许山不深、林不密，豺狼虎豹不会来侵袭，彼此依偎在山洞里数星星过一夜，听上去很浪漫。但这样的夜宿怎么琢磨都觉得不靠谱不安全，在我们的软磨硬泡轮番劝说下，她终于放弃这个想法，无限幽怨地回到家中。

这一次可真是把我们吓得够呛！她激烈、矫情、卑微、语无伦次，冥顽不灵，一个自己和另一个自己进行着一场纠缠不休的情感拉锯战。我稀里糊涂就被她打动了，我知道，她想趁着青春点燃自己，烧个痛快。她的感情恣意奔腾，总是为了爱情做一些疯狂而美妙的事情，我也应该为了我的爱情，留下一些专属的回忆吧，老是校园约会、操场散步多没意思。

那时的Mini爸还只是我刚刚结识一个月的男友。

我说，反正麻城离武汉也不远，我们就沿着铁路走回去吧，机会难得，说不定此生就这一次。其实我文绉绉又肉麻麻的潜台词是：好喜欢你，盼兮盼兮，想和你一日看尽长安花，一夜走尽万里路。

他着实被我玩性太大的想法惊讶到了，但阻止不了执拗的我，只得临时研究地图，准备干粮，在保证安全的前提下，勉强答应了我的提议。

于是，我背着吉他，他背着行李，开始了一段浪漫又痛苦的跋涉。

出师不利，没走多久，我就把脚崴了，红肿疼痛，似乎有些严重，但我不肯返回去坐火车，坚持要一跛一瘸地走下去，他万般无奈，只好随我，但我们的步伐慢了许多。

白昼最后一个澄净的音色也随风飘远，山谷里，夜的味道开始扩散。

短暂的冲动和兴奋过后我突然感觉到害怕，一切并不是我想象中那样简单。

这个寻常的夜，因为走在荒无人烟的铁路边而显得空灵诡异，危机四伏。

毫无经验也毫无准备，没有头灯，没有手电筒，一路上我们只得依赖手机方寸之间的屏幕照明，这样才能看清脚下的铁轨和碎石路面，非常可怜和困顿。更要命的是，不一会儿手机也没电了，我们立刻寸步难行。微弱的月光几乎不起作用，路边的风景无法欣赏，浅碧深红又何须在意，只有漆黑黑、路迢迢，硬着头皮摸索着往前走了。说走，太洒脱，应该是爬行。如此境况之下，也只能不计时间、不计得失，能走几步是几步了，至少比原地踏步要好。

很快，我们就适应了这种狂放的、极致的行走感觉。

两个少年去探险。我们穿行在一段又一段隧道里，不是度假，不是拍戏，是第一次毫无预备地把自己置身于真实的自然中，迎着每一道人生出口的幽光，清风拂面，暗香入心。我一直喜欢含蓄的风情，如今却迷恋这种毫不含蓄、没有退路的感觉。我心中亦知道，这样的情境、心情及细微的感受，都是绝版的礼遇。

暗夜里的火车没有白日里优美远去的身影，也无法承载我对悠长假日的想象。它像一个发怒的神兽，在很远的地方就开始吞噬着黑夜，蓄积着力量，然后闪着光，喘着气，带着未知的凶悍和杀气疾驰而来。

每当火车未到声音先响起的时候，他就做好回避的准备——在铁轨旁边的空地，把我像粽子一样裹起来贴在胸前，自己则背对着火车，把黑暗、寒冷、鸣笛、呼啸全部挡在了身后。随着火车惯性席卷而来的风，他轻微地摇摆，头发有些乱，衣角也掀翻了，瞬间的惊心动魄之后，一切又重回平静，只留下一张微微发热的俊脸。

其实我知道，谁都不会被撞死，但他用血肉之躯在死亡和我之间隔出一条安全带，这种无条件、无畏惧的守护，不正是我想要的爱情吗？爱情就是爱情，当柴火烧，当夜路走，都是美的。他在这种特殊环境下造就的奇特安全感，是其他任何人都无法带给我的。而此刻，他独立而美好的背影，让我预知，他是一个可以托付终身的男人。事实证明，因为有他的爱，三十多岁的我还活得像个孩子，我只顾岁月静好，他替我负重前行。

深冬，子夜，寂静之境。
我们没有羽绒服，没有夹衣，更没有什么雪地靴、暖宝宝的护佑，仅仅是用原生的温软的身体支撑着，蜗牛般前进。

寒冷极速加剧，小雪片、大雪片急急而来，白润润地落在我的发丝和唇边。我的手僵硬而颤抖，连拧开保温杯盖子喝一口热水的劲儿都没有。更狼狈的是，还流出了一段冷冷的鼻涕。当他轻轻帮我拭去的时候，我埋头哭了。我恨自己软弱、没用、很丑，他说别哭，下雪我们也不怕，我把此刻唱给你听。说完，他摇身一变民谣王子，揭开琴盒握紧吉他，姿势比任何时候都标准，且有浓浓的仪式感。但几经挣扎都没有半个音符跳出来，因为手指冻得不听使唤，拨不动弦，也按不准。不再去理会天气变换，我们一起紧抱着吉他，互相捏着、摩挲着彼此的双手，为对方奉上绵绵的热气。那晚，虽然没有听成曲子，但我听

见了爱情的声音，原来星空下冰雪闪闪的柔情，美过繁花似锦，一个人对另一个人纷纷扬扬的爱在这些细枝末节中展露无遗。这个小片段让我许多年后都心存温柔，充满追忆，也为我"嫁谁为妻"这个一生最重要的决定埋下了伏笔，一旦从岁月深深的沟壑里把它拎出来，就能还原青春的旧貌和当时的感动。

这无声的、氤氲万千的爱情！

我是如此喜欢他，喜欢他大无畏的男子气概和比青绿酒沫还要迷人的各种微表情。

这些浪漫、这些悲惨，都没有经过策划，却与我想要的、想经历的不谋而合。

累极了的我们就在避风的山坳和石堆边，蜷缩在一起休息片刻。就这样断断续续，伴着耳边的飞雪声走了一通宵。我的体力已经严重透支，身体轻得像一张纸片，恨不得紧贴地面走。后来，好像是跪着跌倒了，被他抱着，就沉沉睡去了。醒来之后我才知道，我们居然成功地走到了武汉近郊，一夜的渺小与伟大，都顷刻毕现。

从麻城宋埠到黄陂韩集，14 个小时，37 公里，一场雪夜漂流记，就此结束。

故事发生在久远的 2006 年初，但回忆却从未淡忘，爱着、暖着、同步着，带着生命的体温和铁路的印记。

从天亮走到天黑，又从天黑走到天明，现在回想起这段走铁路的经历，既刻骨铭心，又不可思议。年少时，当你爱我，我也爱你的时候，就一心想去流浪、去冒险，却不知道站在原地，共赏蓝天白云，静静编织爱情，也很美好。

有情饮水饱？老妈在反对我的爱情的时候，曾有此决裂一问。

我也曾把心磨到痛处，真挚作答：能。

我始终记得，白雪像牧场，我们没有牧马人，却比牧马人还要越野，还要开心。没错！就是这样。想和你走很多很多的路，夜观星象，晨起前行，边走边跑，画雪写诗。

春深深，雪静静，总有一个人会成为你的远方。

甪直：私奔的琴声

在心灵的庇佑下，我私奔了。

该如何解释这隐秘又浮夸的一幕呢？徐志摩说，年少的时候，疯狂地喜欢"带我走"这三个字，我也一直暗暗垂涎着这几个字里矜持又决裂的味道，期盼着某一天，能对某一个人说出。

其实，我奔得也不远，上海而已。一封认真写完的家书，一张攥了几天的火车票，还有从父母的抽屉里偷的700元钱，开启了如戏剧般的情节，火车上我彻夜未眠。

当我终于见到了想见的人，家里的电话也追杀一样赶到了。私奔之事自然在家里引起轩然大波，妈妈气倒了，爸爸很伤心，舅舅临危受命，寻找"逆女"。

上海站人潮汹涌，我抱着手机，一边说一边哭，旁若无人，声嘶力竭。

舅舅说，我非把你抓回来不可。

我一点也不怕，哭过之后，丝毫不悔。

我脆弱又平静地看了一眼私奔对象，我确定我爱眼前这个男人。爱得欢快，惊心，决堤。下一秒，无论是和他安稳谋生还是流浪街头，我都愿意。没钱怕什么，与其被世俗追赶，活得虚伪而无情，不如爱得纯粹，天长地久。

虽然心里明净坦荡，但我们还是不敢多做停留，迅速离开上海，辗转到了甪直。

选择甪直，没有特别的原因。只因为它离上海不远，又因为当时不认识"甪"，需要查字典。然后发现还有很多人也不认识，它够生僻，够幽闭，可以很好地藏匿我及我的爱情，似乎把一生藏在这里也可以。

抵达甪直，已是入夜时分。

君竹方走记

甪直有"桥都"的美誉，不大的古镇上有许多形态各异的古桥。每一座桥都独自充满诗意，融情山水。漫步一圈下来差不多能把一生的桥都看完。但甪直让我迷恋的远不止风景。

我们回避了热闹，走在一条朴素的小巷里，紧紧牵着手又满腹愁肠。就在这时，居然奇迹般出现了一家琴行，如此不起眼，却吸引了我们。

记得那晚，夜风酥润，琴声悠扬，月光落了一树又一树。小桥、流水、私奔、天涯，身陷这样的情境中，任凭谁都会喊上两嗓子，唱几曲关于青春和过往的歌，更何况 Mini 爸还是乐队的吉他手。

他面容青涩，脚步沧桑地走进了琴行，抚琴便弹。虽然有所预感，但这突如其来的琴音还是让我险些落泪。他弹的是我们最熟悉也最喜欢的曲目，陶喆的《寂寞的季节》。以前我们在大学操场上听，毕业演唱会上听，私下约会听，都只觉得青春动人，别无他想。然而，今时不同往日，在私奔出逃前路未知的背景下听，小曲不再清新寡淡，而是平添了许多人生况味。

寂寞的季节，寂寞的甪直，寂寞的爱情。

感谢这琴声成全了我，它似潺潺的誓言，更似绵绵的决心，最重要的是安抚了我"负尽天下人，却不负一人"的灼痛之心。

突然不想生活在甪直之外，只因在这里我仿佛生来苍老，又在一夜年轻。

整整十年后，再思量私奔到甪直的种种细节和滋味，依旧百转千回，不忍落笔，只雕琢了几行诗非诗、词非词的字句当作印记。

> 甪直
>
> 干净画眉
>
> 待嫁而飞
>
> 我乱世中落泪
>
> 爱若无骨
>
> 那桥上轻剪流水的又是谁
>
> ……

在爱中，我放任自己，也珍爱自己，如同两生花。这两生花开在甪直，十年尘梦，一朝怒放。

私奔是我选择的爱情，也是我精心策划的阴谋，甪直被温柔而均匀地调和在了这场大义凛然的爱情阴谋之中，它对我而言有着非常特殊的意义。我始终无法报答甪直给予我的一段好梦和深情怜惜，唯有琴声絮语般道一句：

江南，慢走！

甪直，珍重。

周庄：分开逃票的快乐

角直之后，一个月之内我又去了周庄。

如今脱颖而出许多新的水乡古镇，但当年，周庄的确是头一把交椅。

人人爱周庄，人人知周庄，我也发誓要见见最美的江南。

2006 年，周庄门票 90 元，这对捉襟见肘的我们来说很贵，想着如果能省省就好了。我们坐车到了周庄古镇的外围，但就是进不去。

没什么不敢，逃票吧！

为了保险起见，我们分别从两个不同的检票口进入，Mini 爸跟着团队，很快就混了进去，而我则有些孤身涉险的意味，心里早就背好了台词，美院写生的学生，住在某某客栈，再问细致的话，应该也能答上来，想来也不会真的去核实吧。

我欣喜又慌乱地低着头，一步一步向检票口走去。带着袖章，面色和善的阿姨把我的肩拨了一下，一个字也没问，就放我进去了，我就这么神奇又迷糊地闯进了周庄的怀抱。

并非在庆幸自己当时的小聪明，逃票自然是不好。但是当时，这却成了我最大的快乐，这大胆的、撒欢的逃票之乐，是任何美景都无法取代的。

每一个江南都烟水柔软，以周庄为胜。流水的窗子，幽幽长长，延伸下去，如同一生的习惯。据说，三毛一来周庄就哭了，其实我也有轻微的泪感，但终于还是嗅了一口氤氲的香气，忍住了。

有人写，周庄是睡在水上的，床很软，周庄睡得很沉实，一只只船儿，是周庄摆放的鞋子，鞋子有些旧了，沾满了岁月的尘土。写得多好，就好像周庄是他的，不是我的一样。

在周庄仅有的两次奢侈，一次是在入夜的河边吃饭，记得其中一道菜是小河虾，碎碎的青葱藏在红红的虾须里，好像整个周庄也被炒香了一样。另一次是花了十元钱，在双桥拍了一张立等可取的照片，那时手机没有照相的功能，我们也买不起几千元的相机，唯——张留影于此。

　　怀念那时无欲无求，没钱买相机也能一路追寻美景，觉得哪里美就坐下来好好欣赏，让一寸寸风景真实入眼，牢记于心。如今，对着境内境外，千般美景，再也用不上眼睛和心了，举起手机"咔嚓咔嚓"一晃而过就可以了，在滑动的相册里，记下的都是拘束和浅薄，失去的都是永恒和自然。

　　然而，连我自己也不能免俗，旅行回来总是优美的照片太多，实际的记忆太少。于是，只能念着心语，描画着脚下的步子，悄悄感叹：周庄，永远亲切的回味。

千灯：无人知是好景来

我在昆山台资企业工作，平时双休，根本不缺时间去周边的水乡寻梦。

那一阵子，十分流行去锦溪古镇，身边很多人相约而去，更多的人已经去过了，称赞其栈桥风雅，荷塘如画，或许沈从文先生把它比喻成睡梦中的少女是有依据的吧。

我摊开一张不大的江南地图，顺利找到了锦溪，开始有点不以为然，却突然瞥见不远处的"千灯"二字，顿时修禅般安静下来。心如千灯，一盏又一盏，多美的存在。我笃定它是属于我的，便和Mini爸毫无预备地去了，走哪儿算哪儿，没有做攻略。

千灯，新派、贵气，却不俗。

地标建筑是一座古塔，或许是翻新过的吧。起初看见苍穹里的它，我有些揣测和紧张，我实在辨别不出它是不是有一个新生的躯体，老旧的灵魂。但这塔，镇得住千灯的美，我很喜欢，它远远倒映在极澄澈的河水中，天方地圆，吉祥安好。

我更喜欢的是塔下的一座石拱桥，这桥真是比铂金更稀有、更纯净。它精美到幻象丛生，又自然到淡若无人。沿桥两岸，景致大不同。不必惊讶，你想走哪条路都可以，或者一来一去，一并体会，一岸是市井繁华的新江南，一岸是安静私密的旧弄堂，两种韵致，两种福气，两条造梦的通道。

渐渐地，河岸边充满了繁星灯火，这预示着我们已经消磨了半个上午和一个下午的时光。我止步在一家干净无尘的丝绸店前，铺子里柔韧闪烁的绸缎，像极了千灯未被修饰的那一部分，千年之灯，千年之人，都要你懂，才会出现。

两个人，节俭地走完了千灯，未花一分钱，却成就了一个千年般的梦想，好像一生都是飘逸的。

木渎：和假乾隆巡游真江南

至今我还想不出为什么要去木渎。

木渎没有甪直那般低温复古，廊桥如梦。虽居江南六大古镇之一，却并不出名。

于我而言，甪直是私奔之地，周庄是逃票之地，千灯是随缘之地，算起来，木渎才是最适合我的。木渎秀雅，雅到你不可一一去评说，雅到你不敢随意乱走乱窜，雅到你再端详一下自己的气质，都恨不得人生重新来过。

在木渎，我留下了一张入戏很深、非常漂亮的照片。我很少觉得自己照相漂亮，虽然本人并不丑，但真的不上相，这张例外。这张照片定格了我与木渎擦肩而过的诗意，像满身的月光，只在夜里绽放。

那是个正午，春风满满，古镇悠悠，但街上的行人却略显冷清，一队身着戏服的宫廷人马突然招摇而过，十分耀眼。想来也是古镇一景，为了吸引游客，皇帝、宫女、随从，一看就是乾隆下江南的场景。虽然演员既不俊俏，也很业余，但这刚刚好的江南、刚刚好的乾隆，还是十分应景，极具观赏性。

最多情的历史片段，借助木渎之美，一一呈现又一一飘洒，瞬间，我就被打动了，这神来之景怎可错过。我毫不思索，情怀灿烂地冲上去，走在乾隆身边，谦虚有礼地并行了几步，就好像历史翻到这一页，不再往前。

当时穿得不美，却笑得很好看。华丽的羽扇和黄盖伞把阳光遮掩了几分，脸颊上盈盈的光，又虚化又立体。有幸被Mini爸把这个瞬间捕捉了下来，后来无数次回看，亦觉得走在乾隆身边的我，不像妃子，不像路人，倒是像极了山高水阔、久别重逢的友人。假乾隆老态龙钟，气质不好，但这并不妨碍整个画面的穿越感。

一向不是出风头、凑热闹的人，却奇迹般诞生了这张照片。原来，我的青春，也曾不顾一切，率性而为，并因乾隆的戏份而完美。

杭州：一边交不起房租，一边赏玩着西湖

三月，从昆山辞职来杭州，并没有估算好一定要在最美的季节来，一切只是赶巧。

起初我并没有觉得自己是"杭漂"，反而觉得自己挺有主见，来到了自己喜欢的城市，去享受一次行走的过程。然而，把婴孩之心投入这座时尚之城，我立刻就感觉到了迷茫，许多幻想和期待，都成了美丽的泡沫。

我以为杭州是我内心诗情画意的一个终结地，但其实它不是。如今再思量，如果按此意图去选择城市的话，肯定不会选杭州，而是大理或其他。总之，应该是一个自由慵懒、适宜隐居的小城。而杭州，是一座七分典雅，三分华贵的城，怎么看，都比较耀眼。它骨子里沉淀的那种气质，是你无法轻易接近的，想要在杭州与世无争，就更不太可能了。

印象中，杭州本地人总是富裕而悠闲的状态。

昆山有男同事也辗转到了杭州，心花怒放地做了上门女婿，坐拥好几套房产，当了房东，改变了打工族的身份。原来，到不了北京上海，"嫁"到杭州也是好的；原来，男人也可以利用婚姻第二次脱胎换骨；原来，这么多俗气的笑脸也能在杭州落地生根。

连凑合都算不上，只是名利婚姻，各有所图。我该说什么好呢，其实杭州很委屈，它似乎不懂这么多城府和心机，更何况这不是杭州才有的特例，在武汉这样的例子恐怕也多如牛毛，只是恰巧身边的事件发生在杭州，使我对这座城有了莫名的沧桑感和距离感，更现实的是，我们感受到了独自打拼的艰难和拮据。

住在城中村，那栋楼、那扇门，到现在我都记得。一个月500元的房租，我们交了三个月，余下的钱已经很少了。在找工作的同时，我们隔三岔五就坐公交去西湖边闲逛。

那时，西湖还没有成为洗脚池，但一到节假日依然人满为患，无数或平静、或幸福、或焦虑的面孔从我身边经过，裁剪出一道风景，很多人和我一样，正浪漫地迷失在杭州。

去了苏堤，后来，在白云初晴时又走了白堤、南山路和灵隐路，也反复地走过。品味了很久，却一直不知道风雅入骨的西湖，真的是在杭州的西边，比起武汉东湖，"西"就成了一个多么相反的、孤冷的、美丽的指向。

一湖在西，自有美景。

春风掠过山峦，孤山两个字，红得凋零，大约是被此吸引，便一步一看山，一步一望水，循着前人的足迹缓缓而行，上了孤山。我走得很慢，在西泠印社耽误了很久，有一颗琴棋书画的心，自然不能错过这里。

在极高处远望，西湖安静如常的幽卧人间，身后是世外山林，我爱极了这番情境。我以为，孤山不是西湖的核心，但它一定是西湖宁静的源头。

从孤山下来不远，一眼就看见百年老店楼外楼微醺在西湖边，虽然隔着一条马路，看不清门口竖着的大菜单，但是感觉很高冷，肯定菜价不菲，如此破费地吃一餐，不如节余下饭钱当车费和门票，玩转西湖。

没有去楼外楼，心情依旧好，远处的湖面上，岛岛相扣，山山相映，几缕春色入湖，更是美不胜收。

山是散落在西湖边的文字。杭州山都不高，却各有仙韵，除了孤山，北高峰我也很喜欢。

什么时候去的，已经不记得了，应该是一个晴日，因为我对北高峰的雨景寻不到丝毫印象。

北高峰能眺望西湖美景、杭城全貌，然而让我记忆犹新的却是山上神乎其神的财神庙和山下青翠脱俗的灵隐寺。

一直以为北高峰峰如其名，登顶后才知不过300多米，根本算不上高，但因它是西湖周边群峰中相对较高的山，所以被人们不知不觉美化成杭州最高峰。

最遗憾的是，没有在山脚的茶园喝一上壶茶，后来爱茶的朋友告诉我，杭州湖边的茶和山上的茶，都是其他地方喝不到的。

碰巧的是，我在杭州过了一个生日。当天，义无反顾地去了与"曲院风荷"相邻的郭庄，一切都没有预约安排，来得非常妙，好像一场空山新雨。

郭庄又称"端友别墅"，是杭州最美的私家花园，也是西湖古典园林的典范。在杭州，仿佛只有去西湖、断桥、灵隐寺才是最重要的事情，很少有人会提郭庄，其实游罢西湖游郭庄，十分惬意。

静心居，是郭庄的一部分。尘世繁华，一一隐去，总有几分静会飘落心底，使人不敢轻慢。

郭庄最妙的地方要数"借景西湖，景中有景"，大景是西湖，小景是园林，近处小桥流水，假山玉石，远处曲岸玲珑，苏堤翩然湖上，甚至能望到一点点杭城的轮廓，坐在深深林园、密密修竹中欣赏西湖，果然不同。这或许就是郭庄的特别之处，换一个角度看西湖，不但没有破坏它原来的美，反而别有洞天。

景苏阁在岸边，正对着苏堤，临湖有茶座。有几株弯曲低垂的花树，几乎临近水面了，开着统一的花朵，朵朵玫红映在碧波里，格外好看，景色非常上镜。更美的是湖水，洁净飘然，令人心动，若有一叶轻舟，立刻就能划向湖心，投身在浸满温柔的天地波光里。

　　郭庄不大，偏僻且寂静，在西湖的怀抱里默默无闻，游客无从知晓，杭州人却痴情此地。能与杭州真实的生活并行，于幽微之处独揽美景，这是多么幸运的事情。

　　看惯了雷峰塔和与之平衡的山色风景，总觉得郭庄从名字到气质都是不一样的，景小无妨，得趣便佳，想必郭庄便是如此。

　　即便没有收入，西湖周边的免费美景也去得起，这一点，让人兴奋。

　　但好景不长，一直没有找到工作的我们很快就陷入了困窘之中。人要耐得住寂寞，守得住清贫，但是房东是不会和颜悦色地坐下来和你一起品味人生哲理的。

　　Mini 爸是个温厚懂事、能屈能伸的人，虽然有点屈才，但他还是去卖保险，用每月 700 的底薪养活我们，而我因为太坚守内心的原则和喜好，放弃了很多原本还不错的工作机会。

　　年少轻狂，浪漫妄想，随意走在路上都可以被自己璀璨的梦想感动到，不懂脚踏实地，不懂柔软包容，不懂充满诚意地去接受一份自己不喜欢的工作并把它做好。宛如野花野草的"杭漂、北漂"又如何，没有什么境界能使人感到不庄严，除非你从内心已经否定了它。

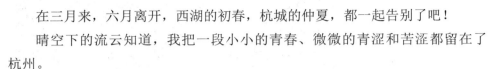

在三月来，六月离开，西湖的初春，杭城的仲夏，都一起告别了吧！

晴空下的流云知道，我把一段小小的青春、微微的青涩和苦涩都留在了杭州。

杭州于我，不是旅游胜地，而是华丽的一记闷棍，让我在现实里沉默并看清自己，这多少有些痛心的成分，但西湖，仍然是亲切可爱的，偶尔听过一曲《我爱西湖的花与水》，这首歌便连同内心最真实的记忆在我心里生了根，随风起舞，荡漾着忧伤。

多年之后，我看到某栏目采访中国美术学院院长，他深情款款地表示，想到这所学校，就会想到它的诗性，这种诗性是源于杭州深厚的湖山之美。

是的，这也是我的感受。

总有一种诗性、一种情怀，在杭州无限婀娜的空间里悄悄蔓延，随处可见又从不浮夸，这种自然的气韵，最终会演变成我们对生命的理解和心灵的叩问。

山西：世界再冷，大锅面也是热的

应朋友之邀去山西长治玩了几天，印象最深的就是面条好吃。

我一向不爱吃面。除了从小吃到大的热干面，就连街头巷尾寻常的炸酱面、手工面也很少吃。我总觉得面条没有什么特别的风味，不如饭菜来得丰盛和爽快。有时晚餐为了图省事，不得不吃，若是配上一小碟滋味甚佳的咸菜或是一勺老干妈，倒也可以不太难受地吃完，但要是没有这些，就只能吃半碗。这对于能吃下三五碗面条的人来说，实在是值得嘲笑的一件事。

但这一次，我却被山西面条的味道打动了。早也吃面，晚也吃面，天天吃面，餐餐吃面，竟然没有丝毫抱怨，且怎么吃都不腻。回家之后捧着香喷喷的米饭，心里却还回味那一根根俏皮的丝线。

朋友的家在一座洁白如玉的教堂旁边，是典型的山西宅院。婚礼就在院子里举行，画面生动，人声鼎沸。切菜的、端盘的、吃面的、喝茶的、抓糖的、祝贺的、唱曲的、说笑的……

大锅里，咕噜咕噜的煮面声生动而好听，亲戚邻里几十口人围拢来一起吃面，瞬间形成一幅晚秋的生活好图景。面对一口热气腾腾的大铁锅，大伙一个个都端着各自的碗，你拥我挤，洒脱地撸起袖子，捞着雪白翻滚的面条。面条的汤汁在微风吹拂下，滴在碗里叮咚作响，然后再浇上一勺荤素皆有、色彩斑斓的酱香臊子。细看，碗又大又深，面又细又韧，面汤有些稠，其色如霜，清淡可人，我竟有一种舍不得吃完，想打包带回武汉的冲动。

面很快被捞完了，大家纷纷散去，有的规规矩矩地坐在桌边吃，有的围成一团笑着分享，有的干脆蹲在墙边大口吞咽着，然后幸福地擦着汗，相当接地气。所有人都吃得无拘无束，开怀自在。这不是吃宴席，所以怎么放得开就怎么吃，吃的就是一份热闹，一份随性。

吃大锅面的经历让我过足了瘾，真是把吃面的热闹感和艺术感发挥到了极致，既充满着地道的烟火气，又不乏民族风情。以大锅面来招待客人，是多么质朴又有深度的文化举动啊。原来，不是我不爱吃面，而是以前吃的面只是需求，而不是品味。一碗烟火缭绕、热烈芬芳的面一下子拉近了我与长治的距离，藏于山西面条里的温厚与甘甜，正是我这个一心在祖国山河里寻找滋味的小女子所寻觅的。当然，作为武汉伢的我，还是最中意武汉的热干面。

不是说热干面有多好，而是我爱它。就好比我们常说一个人很好，但你不爱他，那有什么用呢？所以爱是最重要的。一次，我带一个湖南友人去吃热干面，原以为湖南湖北挨得近，饮食上交集也多，朋友对热干面应该不会太反感，谁料朋友竟无半分喜欢，频频摇头，说："太干太干，好难吃，完全无法下咽。"

以前我常常觉得，因为我是武汉人，所以骨子里会挑剔其他美食，而习惯性地适应本土的热干面。后来，经过多年的美食体验，我可以自信地断定，即便我不是武汉人，热干面的风味和美妙也会同样符合我的口味，它的干，它的香，它的爽，它种类丰富、碎碎迷人的佐料。

并不是饿了才想吃热干面，几乎可以随时随地就来上一碗，专心地、满足地吃完。芝麻酱常常被我十分不雅地糊得满嘴，或是直接飞溅到白T恤上，这对于饭量不大的我来说，是个奇迹。吃不完的时候，我会把面剩着，但是不会放过每一粒萝卜丁和酸豆角，会耐心地从碗底把它们翻出来，一粒一粒吃干净。

不是每一家的热干面都好吃，也不是蔡林记热干面就最好吃，有时候小区门口地道的红油热干面，味道就极好。记得以前工作的地方，周围没有好吃的热干面，只得放弃，转而去吃粉，天天下了公交车就去吃，怀着对热干面的期待，饿狠狠地吃上一碗，热干粉。

Mini爸笑笑说，世界冷不冷，面条不都是热的吗？你这取的什么标题？无病呻吟，太矫情，赶快改了。

"矫情是有一点啦，可是你明知道我内心的意思，对不对？"我美好地回应。我坚持自己的想法，暗下决定，名字就这么定了，不改不改偏不改。一切作品都需要个性，都必须浸透作者的人格和感情，想达到这个目的，写作有时要独断，彻底独断。

这种热，不是面入口唇的实际温度，而是一种入乡随俗氛围下的热情和融入，一种徘徊在记忆里、沸腾在灵魂中的温度，缕缕蔓延开来也全是热气。这种回忆里的热，美味鲜甜，无与伦比，不是吗？这些年，我的味蕾包容地收留着各种各样的美食，但回忆里，手心上，却总端着一碗满满的、香喷喷的大锅面，长长的面条，捞起来是香，落下也是香，细丝缕缕全是香。

回忆如热汤。其实 Mini 爸懂，比我更懂。

我们都是时光的赶路人，路过长治，停下来，吃一碗农家大锅面，再陪你去看这个世界上每天都在发生的，温暖的、柔软的、甜蜜的小事情。若是世界冷了，往事淡了，就投入大锅面里用沸汤纯水煮一遍，一定会变热。

德天：不忘初心，方得仙境

我一直很崇尚旅游结婚，简洁美好，就像父辈们当年那样。

选婚纱、发请帖、定酒席、请司仪，一切的喧闹、讲究和排场都是做给别人看的，太过热闹，反而没有意思。千山万水，双宿双栖，想想就特别美好。

2007年9月，领证之后，我很快决定和Mini爸去广西走一趟，并不是去桂林，而是去看海。因为待在武汉，从来没看过海，一下就被"北海银滩"几个字迷住了，它美得像月下小诗，字字缠绵。

那时并不知道还有一个更美的涠洲岛，离开北海后，我们直接就完成了从海到山的跨越，来到广西边陲大新县。而德天瀑布就好像绿荫丛中的婚礼协奏曲一样，等待我们前来。

小时候，家中的挂历常常蓄满了不知名的山水，一幅幅气势磅礴、声势浩大。我很想知道那都是一些什么样的地方，在国内还是国外，或根本就不存在，只是画家、艺术家们的创作和想象。德天瀑布，就是诸多美景中最不真实的一幅，像天地之间的绿墙，墙上开满了流动的、雪白的牡丹花，气象美满，幽香动人。

德天瀑布，不是单一地垂挂在山边，而是一幅韵味十足的山水画，平铺开来，还有三级叠落的跳跃和起伏，活力四射，袅袅生姿。

我喜欢这无忧无虑、纯真而有力量的瀑布。

站在瀑布面前，才想起儿时的挂历中，也有黄果树瀑布，但它却没有一下子让我记住，兴许是缘分不足，兴许是旖旎不够，兴许是我的幽谷湖心里本就没有它。我迎着瀑帘里的风，将自己沉浸在童年的回忆中，重新笑过、哭过、恣意过。

　　陪你走过一段又一段诗，一段又一段瀑布，直到来到德天。我知道，蜜月，不是生活，但生活却可以带着蜜月的纹路和触感，心领神会地慢慢走下去，堆积出山瀑般的爱。

　　走过美丽的瀑布，又生了一个美丽的孩子，从北海到德天，就是这场爱情最好的纪念。

南太行：四天四夜的绝壁旅行

启程

"太行山，把最美的一段留给了河南。河南境内的太行山，又称南太行，壁立千仞，雄秀唯美。南太行里隐藏了许多古老的村落，更充满着不畏艰险的太行精神。"

看完国家地理这一期的河南专辑后，我不仅改变了对河南风景平庸、无处可去的观念，就连这次6月的出行计划也随之改变了。太行山，究竟把多美的一段留给了河南呢？我是如此好奇，就像孩子的世界里只固执地存在着某样喜欢的东西一样，我抓住这份冲动和喜爱，不再放开。于是，果断决定，开始我的太行山之行。

在逐步查阅资料的过程中，我才惊讶地发现，中国最美的十大峡谷中，太行山峡谷也榜上有名，它以大起大落、大空间、大节奏的雄伟景观征服了世人的眼睛。而在此之前，我竟然完全不知道有这样一处美景，即便湖北与河南是邻省。我更加痴迷起来，参考了一些网上的攻略和徒步书籍之后，终于大胆地定下了这次的路线 —— 穿越南太行。

我的脚步即将在河南和山西的边界线上留下痕迹，我的命运即将与南太行息息相关，这是生命中最张扬的一次。第一次徒步必定不是风雅闲情，会遇到多少艰难险阻，我不知道也不在乎。不过是在浪漫多情的山水间，筑一个自己的梦，何惧之有？瞧，巍巍南太行在等我，它已经听到了我出发的声音。

具体线路

河南辉县万仙山 —— 郭亮村 —— 山西陵川王莽岭 —— 锡崖沟 —— 抱犊大峡谷 —— 抱犊村 —— 河南八里沟

熟悉地图，了解线路的走向，并非难事，但这一次，光是搞清楚两省边界几个极小的地理位置，就花了几天时间，随后不断补充资料，研究并确定休息地点和住宿地点，画了十几张草图，才最后完成此行的手绘徒步地图。为什么会如此艰难呢？我也思考过，那时南太行并没有太大的名气，来此徒步的一般都是户外徒步人员，甚至仅限于郑州和西安的驴友，因此网上公布的手绘图很有限，能满足自己需要的就更少。要想把网上徒步攻略的文字和图片转换成自己实际需要的地图，就要反复阅读全文，且具备一定的地理常识、空间想象和立体构图能力，再结合山西陵川县和河南辉县的交通行政图，才能最终细致地构建出一幅专属于自己的徒步地图。地图对了，仍然有些不放心，不能保证一定不出问题，但至少在基本的层面上是安全妥帖的。

备注

郭亮村：中华影视村，国家地质公园，挂壁公路和红岩绝壁都是其精华所在。

王莽岭：因西汉年间王莽而得名，是"养在深山人未识"的太行圣境。

锡崖沟：太行峡谷里风光秀丽的世外桃源。

抱犊大峡谷：太行腹地人迹罕至的大峡谷，凶险的一线天曾吞噬过不少村民的生命。

八里沟：典型的南太行峡谷风光，幽谷飞瀑，以水为美。

行走独白

　　我们以平均每天行走 12 公里的速度，在太行山里足足穿越了四天。时隔一年之久，我才有勇气将徒步南太行的笔记整理出来，在时光的衬托下，更能察觉到南太行对我的重要意义。一年过去了，太行山对我而言，已经从初尝徒步的新鲜滋味演变成了心底一个难以抹去的太行情结。许多驴友都痴迷南太行，经常走了一遍又一遍，我想，我也会是其中的一员。

　　我喜欢融入大自然的那个自己，个性没有半点压抑，这是朝九晚五的城市生活里绝对无法感受到的，我的许多表情、动作及思考，都是以前从未有过的，也许不够美妙，却带着纯朴和用心，带着大自然珍贵的力量，我享受这个过程。自由，需要深刻地感受，绝非故作姿态。

行走笔记

第一天：2008 年 6 月 26 日

火车过郑州不久，一条浊流滚滚、十分壮美的大河吸引了大家的目光，当时还不知道是怎样的风情、怎样的河，后来才知道是黄河，可想而知，那时眼界有多窄，地理知识有多差。

郑州火车站到汽车客运站就几步路，进站买了去辉县的车票，6 元，车很多，50 分钟到辉县，候车的人群中似乎只有我们是来旅行的，脸上洋溢着鲜嫩的诗意和茫然，其他人都是回家的寻常模样。车站人来人往，很是热闹，可偏就没有吃早饭的地方，只好随便在小卖部买了点吃的，然后两个人坐下来，对酌这份心情，在心里镀上一层金。

去辉县只是铺垫，只是一个大概的方向，关键是找到天梯入口处的那个村落 —— 西递坡村。把"天梯"定为此行的第一站，一来为了逃票进郭亮村，节约开支，二来也想亲自攀登传说中的天梯，体会一下太行的行路之难和生活的不易。这是郭亮村自古以来与外界往来唯一的通道，有华山之险，许多陡峭垂直的路段，走在前面的人就像踩着后面的人脑袋一样。说真的，选择这条较为偏门的、折腾的路线，其实完全是冒险的心态在作祟，当时的我们完全拿不准它的惊险程度，也没有丝毫徒步登山的经验。

到了辉县汽车站，呵！傻眼了。只有到郭亮和南坪的车，攻略上的西递坡村竟然无人知晓，售票员一口咬定真的没听说过这个地方，我们不甘心，反复询问过往的路人，答案都是不知道。是因为网上攻略有误，还是因为天梯入口过于神秘？会不会一般人不知道，只有非常熟悉地形和山路的人才知道呢？西递坡村到底存不存在？天梯又是否已经断裂或早已成为废墟，根本无法行走了？这一系列的疑问纠缠着我，时间一分一秒过去，心里也陡然紧张起来。

那时还是一枚纯真小鲜肉的 Mini 爸说，买票直接进郭亮村吧，咱不逃票了，省得迷路，也安全一些，还不知道天梯究竟是怎么一回事呢。我立刻就不乐意了，如果第一步就打退堂鼓了，那后面这几天的历险还怎么展开？我铁了心要去探秘天梯，但又没有主意，力不从心。

这时，一个男子走过来，神秘兮兮又言之凿凿地低声对我们说："要去天梯吗？我看你们问了半天，天梯不在西递坡村，但我可以送你们去，一口价80，我只是顺便赚个路费，并无恶意，你们可以相信我。"

要相信吗？很快，我在心里盘算了一下，如果买车票又买门票去郭亮村，两个人绝对不止这个价，其实钱倒不是关键，关键是凭空冒出一个引路人，是否可信？而他所说的那些信息又是否可靠？不然到时候浪费了时间又赔上了钱，那才真是得不偿失。

如今，进退两难，也只有冒险一试了。车程不长，到了一处山灵水秀的公路旁，男子跳下车，伸手一指说，前方不远就是郭亮村的售票口，而右边的这座山就是天梯所在。没等我们看清楚天梯的样子，付钱之后，男子就连人带车不见了。徒留我们站在风中，激动、虔诚地眺望，面对一座山，做着一个梦。

看不到一个庄稼人，寻不到一个自然村落，只有气势恢宏、层叠错落的太行山脉挺立眼前。回首话沧桑，真的全是梦，全是梦！

就在这时，青草依依的山坡上突然冒出来几个村民，笑声朗朗，很快把我们围住，你一言我一语地抢着说："你们是要去天梯吧，那要请向导的，去天梯还要走上一段山路，外人不知道怎么走的，必须我们带路过去。"我们仔细观望了一下，山上全是荒草乱石，确实无路可走的样子，看来不请向导，靠自己摸索还真不行。对方开价40元，没有还价的余地，他们男女一共4人，看来是早已商量好的，每人得10元，无奈之下，也只好随了他们。

他们立刻表现得很热情，让一个中年妇女带我们上山，并叮嘱我们路不好走，一定要跟紧，更要随时留意脚下，不要马马虎虎开小差。就这样，我们3人连爬带喘，穿越半山腰一个隐秘的村庄之后，妇人停了下来，指着一处延伸在草丛里并不明显的青砖石阶，说到了。我们扶着膝盖，累得不行，在苍凉的背景中听到她简单描述了几句，再三确认此路就是"天梯"之后，她便挥挥手，独自下山远去。

依偎着半轮夕阳，我们心情复杂地休息了一会儿，继续整装前行。石阶不算窄，也并不陡，一路向上还算轻松，但四周的气氛却不是很妙，古怪而静默，山石裸裂，草木狂舞，怎么看都是人迹罕至的样子，仿佛这条路已经许久没有人走过了。也难怪，已经通公路了，不会再有村民舍近求远，涉险于此了。眼看天色渐沉，我们一板一眼地走着，不敢吟咏诗意，也不敢贪恋赏景，不知走了多远，用目光丈量一番，感觉自己所在的山势已经很高了，风带涟漪，流云四起，眼前的画面像极了《千里江山图》的某个精彩局部，我们只顾深深地感受画中的世界，殊不知天梯险峻的旅途已暗暗拉开帷幕。

在一块凄凉已久的景点石碑上雕刻着如下字迹：天梯始建于明代，共720级台阶，梯势曲折错落，十分惊险，宽处1.2米，窄处仅有0.4米，稍不留神，就会坠崖，故而称作"天梯"。最神奇又迷人的是，上述文字的下方，竟然还附有一段正儿八经的英文翻译，天梯被译为"Sky Ladder"，着实有几分豪迈的质感，随时等待着外国友人来探寻。

天梯是郭亮村的一道风景线，被郭亮人称为生命梯。多少年来，郭亮人的柴米油盐和日常用品都是沿着天梯一步步背上来的，买来的牛犊、小猪也全是从山下抱上来的，养大后，再绕道30多公里，下到山西地界去卖钱。一直到1977年郭亮人在峭壁上开凿出绝壁长廊郭亮洞，天梯才完成其使命，深深隐藏山间，不再露脸。正是因为天梯独特的故事和背景，我才心心念念地将旅行的第一站安排在了这里，并愿意为之扬鞭而去，付出所有代价。

水喝干了，路还没有走完，我喜欢这样的空山和野径，虽然很艰辛，快活时，我们就对着大山和天空呼喊，一派闲趣；疲累时，我们就依靠着天梯，不言不语，相依为命，默默体味着它不同的变化、不同的风景，以及随之传递而来的山水心境。一切就如同那句话——你终于发现，你是属于深山的，在仅仅属于你的绵亘无际的空寂的深山中，你始终是那个踽踽独行的身影。

天梯尽头还看不到郭亮村，只有一条宽阔的水泥马路，建筑工人正在如火如荼地开山修路。古树下，有一位卖冰棍的老爷爷正惊讶地冲着我们微笑，浑身汗透的我们痛快地要了一瓶冰饮和几根冰棍，老爷爷说自己闲来无事，所以风雨无阻，常年在这棵大树下摆摊，天梯上已经好长时间没有人影了，即便是旅行的人也没有，突然看见我们爬上来，真有点开心和不可思议。他问我们，是不是就两个人，还以为有大部队在我们身后呢，我有些不好意思地低下头，如实相告，老人家的表情一下子丰富起来，并竖起拇指夸赞我们，能有这样的勇气和兴致，很了不起。

他用一脸温慈的笑容邀请我们多休息一会儿，多陪他坐坐，我们立刻点头，默契地回应。没有拒绝的理由，本就是怀着充沛的感情来追寻山中之境、林泉之心，所见所闻，皆是旅行。有些地方确实适合小坐，比如远山中，比如古树下，越坐心越平静，越坐越相信遇见，越坐越舍不得离开。没有套路，只有真心，在一刻美好的时光结束以后，老人家起身告诉我们，前方的路非常好走，笔直向前，约莫半个小时就到郭亮村了。

到了郭亮村的入口，我们四周环顾了一下，并没有影视村的气氛和感觉，或许是因为没有剧组现场开拍的原因吧，眼前较为浪漫的画面就是一大群静静绘画写生的学生们，每个人都低调，默默地描画着什么，各自取景，各显才艺。让人惊讶的是，这个小众之地，居然有团队来此游玩，虽然团队人不多，但已经把这个相对闭塞的地方点缀得十分有活力了。云天之间，风景很是开阔，循声望去，发现一个热闹地方。在温着粥、烤着肉的小吃摊上，我们人挤人地坐下，已经分不清是团队还是散客了，有人在问路，有人在点餐，有人急着寻一个落脚的巢，有人美美地拍照。这些游客很张扬，自顾自地醉在光阴里。刹那欢喜之间，我们也顺便点了小吃，简之又简，味道却好，我在小记录本上写下：牛筋面3元，凉皮3元，小牛排2元，棒棒鸡3元。

郭亮村是个好地方，可游可居，狂野自由，让行者眼前一亮，为之兴奋，尤其在炎炎夏日更是一个清凉之境。数年之后，在聊起旅行的时候才得知，和我住在同一小区颇为熟悉的一家人，他们每年盛夏都会带着孩子驱车去万仙山一带度假，其中就有郭亮村。这一脉青山的隐匿之美，竟引起无数同道中人的浪漫情调和心性交融，用各种各样的方式，留下心中的山水。其中，最有特色的还要数绝壁公路了，更好听又神奇的叫法是，绝壁长廊或郭亮洞。这是郭亮人历时6年，用血汗和生命在红岩绝壁上开凿出的一条长1300米、宽6米、高4米的人工通道，被称为"世界第九大奇迹"。

逛完郭亮村之后，心情舒缓，恰恰好。原本计划徒步去南坪，并借宿一晚，结果沿途都没有路牌和路人，我们一连走过了几个山头，才发现离南坪已经很远很远了，再看看一路的荒凉和四周的崇山峻岭，忽然有点想哭，不得不承认，迷路了。如果是在华山、黄山这样的景区迷路，倒也没什么，可离开了郭亮村，就已不算是景区了，早已深入了太行山的腹地，没有向导，没有信号，没有方位，一切未知，完全是野外生存的状态。我如此热烈如此激情地奔赴太行，无论它给予我什么，都是一种恩赐和情分，因此即便处在浓浓的恐惧之中，得失之间，我仍然保留着几分平静。空山无人，风雨随意，就欣然接受眼下这种状态吧，

　　我们决定咬紧牙关往前走，不管走到哪里，先找一个有人烟的地方，问清楚再说。

　　就这样顺着曲折的深山小径，又走了一段长长的、难忘的路，眼前似乎已经没有路了，只出现了一个飘着雾、十分破败的小村落。不需要找寻，迎面正好走来了一个扛着农具、笑容悠然的老伯，我赶紧上前询问，老伯说你问这里啊，这里是山西的昆山村，这么偏远的地儿，你们怎么找来的？我心里一惊，又一颤，完了完了，全错了，居然神不知鬼不觉地跨越了河南，走到了山西的地界，真有点意思，也真有点失控般时空穿越的感觉，Mini爸也随着我叹了一口气，一脸啼笑皆非的表情。

　　对于昆山村我们一无所知，眼下怕不怕、信不信都只能依靠这位大爷了，于是我们继续问，此地离王莽岭景区还有多远？这里过去有路吗？路好走吗？我特意强调景区两字，希望得到大爷准确而可靠的回复。大爷既热情又细心，指着村背后的大山告诉我们，那山就属于王莽岭，但离景区还有些远，有6公里路，路不好走，还有一段挂壁公路。我们点了点头，由于对郭亮村的绝壁公路有所了解，我们并不担心，告别老人之后就开始赶路，想在天黑之前到达王莽岭脚下。

　　翻过了几个小山口，来到一处风景奇特的山坳。山顶的陡崖在炫目的夕阳下一字排开，尖耸、冷寂、狰狞，没有一丝秀美，完全不像风景画，而是像《西游记》里妖怪出没的那片山头，一切就好像精心布局过一样，只等我们的到来。

我们当即决定在此处休息片刻，搁置三脚架，换衣，拍婚纱照。我躲在岩石后，迅速换好婚纱，婚纱是网上淘来的一件300元的单肩白色拖地长裙，没有点缀任何的薄纱、绣花、蕾丝、珍珠之类的附庸品，极为普通素净，但我却很喜欢。

一心一意享受着带上婚纱去旅行的浪漫，让心停一停、空一空，在万里山河之间，打造一个公主梦。天空一直非常干净，干净得像仙女的浴池，该不会有金色的小鹿和神秘的猎人经过此地吧，这山、这景、这暮色，以及钟表上的时间和手中拎起的白纱裙，都不像真的。

十年后，闭上眼，一秒就能想起这片山势奇特的盆地以及我的公主白裙。

更好玩的是，我们偶遇了一个村支书，他独自一人去营盘村办事，背着20世纪70年代的军绿色小布包，火急火燎地走在荒野小径上，我们都站在峰岭之间，越过了所有的人情世故，问候并闲散地聊了几句。这是一段非常珍贵的回忆，带着微小而磅礴的感动。

眼看快爬到山顶了，却还不见挂壁公路和营盘村的踪影，我们还有些怀疑那位大爷指错了路。随后不久，在一个惊险的弯道之后，巨大的山体上突然出现一长排黑黑的、深凹的洞口，极为惊悚，与郭亮村公路的车来车往相比，昆山挂壁公路更原始、更险要，死一般的寂静，其海拔和气势也远胜于郭亮村。

步步惊心之后，终于赶到营盘村，随便找了一个院落便投宿下来，总算没有被抛弃在荒野之中。这漫长又曲折的一天多么不可思议啊，已是黑夜，心却亮晶晶的，像青峰之上的星辰。

第二天：2008年6月26日

若没有昨晚铤而走险穿越挂壁，今日也就不会在这太行别院里迎接美妙的早晨了。农家院的老婆婆挂着笑容，按照自己平时的生活习惯一早就给我们准备好了热茶和鸡蛋面，着急忙慌之间她把热水瓶也打翻了，水和玻璃碎渣流泻一地，新的一天就在"碎碎平安"中悄然而至。

院子里，阳光和煦，屋前屋后都浪漫地环绕着柿子树和山楂树。伸个懒腰，抱臂凝望，这时才惊愕地发现营盘村地处悬崖之上，古风古韵，山脉悠然，有着非常深邃的太行美景。如此旖旎的风光，却来不及细细观赏，当真可惜，为了向王莽岭挺进，也只能有所取舍了。

我们打听到有小路能进王莽岭，正好有辆小面包车经过，来不及犹豫和迟疑，迅速谈好价格，30元上了车。一路上只有极为寻常的山色朝霞相伴，无花无溪无竹，虽不得妙趣，但也没什么关系，靠在车里摇摇晃晃，发发呆，也颇为美好，不觉无聊。

车把我们载到了一个最接近景区，正在施工且无人管辖的路口。跳下车，心头一阵暗喜一阵恍惚，好似在梦中。空山无人，远远近近未闻一丝人语，王莽岭沉静地睡在云间，气息收敛，山川温柔。

晨雾弥漫，看不见什么激动人心的壮阔景色，只能看到童话般的秘径在山间交错，蜿蜒隐去，可能我们真的是从非景区的道路进山的吧，未见任何地图和路标，景区的大致状况也全然不知，完全是凭着感觉慢慢深入，好在不用探路，沿途一直有很不错的观景道。

王莽岭在山西陵川界内，属小众景区，名气不大却有"云山幻影"之称，自带傲气。

意外来到了"刘秀跳"，这是我们途经的第一个景点。

终于看到了一幕闪闪发光与景色相衬相和的解说词。当年，王莽追杀刘秀于此，刘秀情急之下，纵身跳过此峡。王莽人多势众，却无人敢跳。刘秀这一跳，摆脱困境，绝处逢生，成就了东汉王朝的汉光武帝。后人叹曰，一个人的成功

与失败，往往只有一步，只要勇敢地跨过，便可获得成功。

"天书""仙人撑伞"，这些景点的名字也让我非常喜欢，心中有佛光，便什么都能得到，风景自然也是好的。

清新的雾，清新的风，走了几里路不记得了，但走得很尽兴，有许多说不清的美感静卧其间，一如诗中"行穿窈窕，时而小崎岖，斜带水，半遮山"的意境。

行到鹿鸣岭，有不少人叫卖冰镇西瓜和零食，也有山货特产，以人参为主，但那人参看上去总欠缺点什么，像是假的。穿过一片袖珍石林之后，突然瞥见山上有亭，亭子边上就是云海。此地云海不多，却来去无影，极为空灵。

近处，凉亭四角黛青，铺满风声；远处，山峦紫烟，千古仙气。把手机调成静音，与心爱的人在山顶对坐，随意搭配周边的风景，随意挑些吃的，来个凉亭午餐，当真是好。两碗酸溜溜味道并不正宗的过桥米线，因在此时此地，竟瞬间涌出了王莽岭的气质和味道。我不想煽情地说这是最美的良辰、最幸福的事，但我确定我爱这一刻。这便是所谓的山亭夏日吧！

然后我去扔垃圾，顺便感受了一下强烈的日晒，在一地松针的岩石上歇了歇，有照片为证。那时的我穿得浮夸而土气，白发带，花朵耳环，条纹吊带，喇叭裤，肤色不白，唇色也不好看，没有半点淑女的样子，更别说惹眼的美丽了。唯一可以炫耀的就是，眉间透着青涩，内心藏着桃源。

从清晨到正午，就这样隐在王莽岭，一切以我醉卧在观日台一块代表性的巨石上正式结束。日光满身，山间卧眠，用灵魂饱吸大自然的温热，用身体每一寸最真实的感受与太行山回应，这结束，尚且能配得上我暗自流动的武侠情怀，只可意会不可言传。

接下来要说的锡崖沟，也算是武侠小说里的另一幅构图。当我们毫无形象、疲惫不堪地等车的时候，有个当地女人帮我们说好话，一人10元的车费，顺利坐上了一辆旅游大巴，跟着某团队去往锡崖沟。团队到了锡崖沟，直接去吃饭，我们已经吃过了，加之行程不一样，便就此分散，直奔景区而去。

确实算不上撩人心动的绝景，景区做游戏一样，只挖掘了一小段天坑似的路线，可盘旋而下，稍做欣赏。正如导游所说，半个小时就玩遍了，下到谷底的路还没有开发，虽然自己下去找路探险挺刺激的，但实实在在那样去做的游

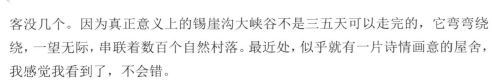

客没几个。因为真正意义上的锡崖沟大峡谷不是三五天可以走完的，它弯弯绕绕，一望无际，串联着数百个自然村落。最近处，似乎就有一片诗情画意的屋舍，我感觉我看到了，不会错。

没有挨挨挤挤的人，画面清爽之极。

在寂寥的小雨中，我们不疾不徐，把有路的、有护栏的地方都走了一遍，十分满足。风好美，好舒服，我们背倚着一处山口，挺立在风中。

盈盈水光间，古老的峡谷叠成一缕缕时光。有人在峡谷极远处，孤零零的，俗气地喊了一嗓子。我的天！喊完之后，我突然觉得不俗了。真是爽透了，疯透了，浪漫透了。

那是另一端，另一段我无法相逢的旅程吧。

从王莽岭到锡崖沟是单程路，回程需经另一条路。好在，我们不返回王莽岭，所以不需要操心怎么回去。我们要做的是，折回到刚才的路上，行至半山腰处的东庙华村，只有这样，明天才能顺利达到马武寨，进行此番行程中最具看点的抱犊大峡谷穿越。然而，锡崖沟挂壁公路因路险难走，常有落石，一般情况下只准车行，不准人过，保安死死地看守着，说太危险，不让走，我们察看了一番，硬闯和潜伏，都没有机会。我们只好软硬兼施，男女上阵，把聊天、讲理等所有的战术都拿出来与他苦苦纠缠，保安渐渐被我们打动了，紧张又无奈地松了口，同意放行，但一再提醒需要注意安全，并目送我们到很远。

郭亮村公路的历史厚重，故事感人肺腑。昆山至营盘的公路与世隔绝，呈

自然本态。如今四面环山，正在脚下绵延的7.5公里长的锡崖沟公路，其长度和弯度都是公路史上的奇迹。风姿绰约地走在路上，感慨良多，这是我们走的第三条太行挂壁公路，好像是一场盟约，一公里一公里地流浪和叩拜，才有了今天，该说些什么呢？一个爱山人的行路历程、一个爱山人的心路历程是说不完的，继续走下去，便是最好的诉说吧。

锡崖沟公路，一踏上去，我便激动了，是我想要的。

满眼弯道，迷境般远去，公路不幽暗也不狭窄，和普通的省道风格相近，灵秀的石峰石柱，如盾如笋，交错排列，点缀在公路的一侧，让人心生幻想，疑在洞穴。稍微舒展一下身心，便能感知到锡崖沟公路传递而来的奇异之美，是真的奇异，不是假的奇异。

身边，是古书里的远山奇景；天边，是自己最热烈的心情。挂壁公路像长长的走不完的凉棚，完完全全避开了炎热。走累了，就在路的深处，择一处干净的石墩坐下来，心中一闲，眼中的世界便更寂静、更诗意了。趁歇息片刻的工夫，掏出随身携带已经揉捏得有些变形的小本，写写字，不图详细，不图认真，只为记录下心中这段无法复制的旅行点滴。

你是幽兰，还是我是幽兰？这跌落在深山，烙印在深山的记忆啊！

山水被文字带走，是一种享受，况且也真的需要走走停停，多增加休息的时间，明显感觉到体力不如昨日，背包走上二十分钟左右，就得休息几分钟，人才能舒爽地缓过来，不然身体实在扛不住，真切地体会到力不从心，也陡然

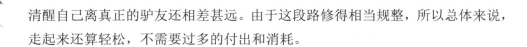

清醒自己离真正的驴友还相差甚远。由于这段路修得相当规整，所以总体来说，走起来还算轻松，不需要过多的付出和消耗。

四山之间，暮色正好，绝壁和公路，都已浓缩成了极具美感的橘黄色。

我也不讲究什么了，直接坐在了马路上，双肩包一落地，浑身又轻松又得闲，不怕车，不也怕虫了，就想坐在这里，双脚贴在热烘烘的路面上，等待太行的夕阳染亮全身。

累有累的美，静有静的美。

浮云尽去，享受着纵深、曲折的道路，倾听自己的脚步声，来自黄昏，来自太行，才更深地懂得这段旅程。

锡崖沟美在公路，峡谷反而成了陪衬，所以还是自由行好，能称心如意，自由行走。跟团的话，显然很难领悟到锡崖沟挂壁公路又自然又艺术，一派趣味的一面了。

半山腰上影影绰绰的几户人家，就是我们苦苦寻找的东庙华村。此时，已是下午六点半了。前往实地，才发现住宿条件很差，所谓"住宿"只是一种叫法，其实根本不存在什么住宿，而是在农家废弃的杂物间里搁上一张一米的木板床借宿，一口价10元一晚，双方都迅速理解，没有质疑。10元，在这里，是一个温暖的、中庸的、无法改变的数字。你出再多钱，也住不了更好的房间，因为这里压根就没有经济型客栈，更没有什么星级酒店，你不愿意给这10元，就只能连茅屋都没得住。

就把这里当作旅人向往的个性民宿，还有山景房呢，大胆地住吧。

这个季节来此的驴友和写生的师生很少，所以客栈老板没抱希望有游客前来，10元也算挣钱，比没有好。生意总归是不好做的，老板一点也没闲着，趁此空档期忙着扩建装修，以便在下一季接待更多的人。

收拾妥当之后，我们开始打听抱犊村，为明天的行程做准备。抱犊村虽然隐秘，也并不属于王莽岭景区，但想必当地人多少知道一点，果然有人惊讶地望着我们，不相信居然有人知道这个地方。从他暗藏玄机的表情里，我几乎可以断定，抱犊大峡谷之景更胜王莽岭。

在渐深渐紫的天空下，我们意犹未尽地期待着。

第三天：2008 年 6 月 27 日

清晨，从后门绕到一块地里，推柴门，望远山，借着晨曦之光眺望太行远景，空山之妙，果真惊艳。

最好看的还是山雾，质地细腻，光泽柔美，从两山之间的大裂口飞出满满的温柔的雾，天地林木都浸润其中，静在那里，端一碗山泉水，一起洗漱，一起耳语，多么美妙无言。

所有人、所有时间都不在场，我的世界只有白雾。

从此，这个清晨，成了我生命里最安静无声、最毫无杂质的一个早晨。

从此，所有清晨都有这份回忆和依托，所有清晨都卡在这个时间点，一次次重复着今日。

早餐的时候，我几乎是揉着眼睛问客栈老板，昨夜山巅的闪电照得窗口和天空一阵阵发白，但为何又听不到雷声？老板想也不想，朗声大笑说，哪里是什么闪电，那是流星雨，夏季的夜晚，太行山上经常能看到流星雨，不足为奇。流星落千山，这样的美，竟然因我的孤陋寡闻和困倦交加而错过了，不禁在心里感叹了无数个可惜，并疯狂幻想了一下如此浪漫的星空图景。

或许，人生总该有一场流星雨，如梦如幻离歌般留给梦境。

一辆银色的小面包车正好去马武寨送货，我们便坐上了车。

八百里太行，远远近近皆画境，必有许多已知或未知的美丽峡谷。很快，我们就被彻底地抛入山野之中，沿途未见半户人家、半条溪流，除了山，还是山，山是主角，也是配角，山是正文，也是注解。我爱山，每次都毫不犹豫地选择爬山，山越大越好，越无名越好，我喜欢历经险阻，无惧无畏与大自然深层次接触的过程，这和山上风景的好坏关系不大。

太行山脉青青盈盈，饱满而抽象，构建出一幅幅魔方般的画面。如果把我们走的线路打通成一条火车线，一定是太行最美的高山火车风景线，再来一列文艺又别致的蓝皮火车，就堪称完美了。眼下，什么都没有，唯有呼啸的山风和沉默的车痕。穿越一大段荒野之后，车停在一个村口小卖部前方的空地上，忽然又回到了人间，看来，越过山丘，还是有人等候的。

这应该就是马武寨了吧，我恍惚地想。真正的天险之地，四周百里皆为绝壁，村寨也原始静美，自得佳境。在这一年到头也只有少数户外人士来此惊扰一番的地方，突然蹦跶出我们两个人，着实显得有些突兀和微妙，但守店的老人家却没有一丝惊讶，更别说张望一眼了，就是眼皮都没抬一下，禅定在柜台的角落里，一副不闻不问、闭目养神的模样，门前的山水似乎与他无关，山水间的来客也与他无关。他也许早已习惯了守山又守店的日常生活，而我却怀着一颗山林之心，当真羡慕他，就这样推门见远山，时时刻刻、长长久久地与自然寂静相对。

来不及精挑细选，我们在小店简单补充了一些零食饮料，塞进包里，一边匆匆离开，一边开始琢磨抱犊峡谷的起点在哪儿，该怎么走。不能任意发挥，然而又毫无头绪，不像其他景区有旅游导图和各类标识，驴友前辈们一路也没留下什么记号，光凭攻略上的手绘地图实在是很粗略，难以判断，时间不等人，如果启程晚了，关键是还不清楚峡谷里面究竟是什么状况，万一天黑之前走不出峡谷，那就真的很不妙了。

我拿出武汉姑娘的泼辣，果断地边走边问，但没有结果。

说时迟那时快，一个在田间耕作的农夫闯入了我们的视线。就这么一问一抬头，目光交错之间，他已收集了一切讯息，知晓了我们的来意和去处，他反复叮嘱我们从那个田埂下去，一直走就是了。仿佛指路就是他在这里现身的全部意义，他哪里是农人？我觉得，他分明是一个熟知地形，还会奇门遁术的老江湖。

我们的表情，瞬间由紧张变得轻松，按他所指的地方，一门心思埋头走去。看来要相信某种灵性的注定，只要峡谷存在，就可能遇上垂钓其中、洞悉世间一切，并随时为红尘中人指路的仙翁。

谷口林木不多，疏朗有致，丝毫没有峡谷的迹象和风范。继续走，也没什么稀罕，一条被阳光慢慢晕开充满野趣的小路而已，我高傲得像个贵妇人，满不在乎，昂首阔步。早晨，将自己盛放在未知的路段，这真是一份小小的任性和趣味啊。

此番，不是暴走，但也不是闲步，故事才刚刚开始，在慢慢叙述之前，先介绍一下抱犊大峡谷的神秘背景。此峡谷又称马武寨大峡谷，是太行深处一条极为隐蔽、极为险峻的峡谷，长3000多米，峡谷的一头是山西陵川县的马武寨村，另一头是河南辉县的八里沟风景区。抱犊峡谷内，道路艰险，人迹罕至，先民择居于此后，牲畜无法入内，乡民只得怀抱幼犊带入村内饲养，抱犊之名，由此得来。

我猜测，我们脚下这条细细碎碎铺满初夏凉意的林间小径，便是村民当时抱犊行走的路，不过看起来确实很寻常。现如今，生活条件早已改变，恐怕再也不会有家畜的脚印出现了。我有些尴尬、迟疑、不安，莫非抱犊大峡谷就是如此了？和我想象中千峰万仞一条苍龙似的峡谷完全不同。

　　阳光明丽，步行在峡谷间是温柔惬意的状态，即便只是孤单单两个人，也不自觉地带着英雄豪气，三步并两步，走得又爽又潇洒，心里既有风暴，也很静美，两者完美融合，并不对立。

　　行进半小时左右，路忽然优雅地隐入了左侧，留下一抹碎影，而正前方陡然跳出一块石台，尤为特别，地质结构使得台面平整漂亮，十分适合在此小憩或野餐，你愿意的话，踱步一小圈都可以。

　　旅途婚纱照第二次取景地便是这里了，随时选定的，没什么奥妙无穷的意义，只不过把照相的兴趣和勇气全部拿出来而已。天色山影，皆是大自然赐予我们的真实背景，安安静静，随便摆几个摄影棚里的姿势，就已然画面美丽，入了情境。

　　喜欢这里，不怕误了时光，并听从内心的眷恋将此地命名为"婚纱台"。

　　坐在婚纱台上，婚纱厚重而闷热，但心情很好。峡谷有好景，天空如洗，一洗就洗出了无穷无尽的夏日险峰。朝霞笼住了左右两边的山，缥缈的烟雾和山峦，千重万重，意境深远不可测。

　　过了婚纱台之后，简直没

有路了，只有被青藤和杂草覆盖的乱石堆，每一步都走在石尖上或石缝里，在可以落脚的大石块之间，勉强能拼凑出一条路的痕迹，走得很痛很难，也颇有野趣，很过瘾。我渴望奔赴谷内，与风景赤诚相见，反正已经回不到最初的谷口，回不到马武寨，更回不到王莽岭了。

当日光慢慢晕开，便有些热了，还好深谷夏日，绿意正浓，我们开始循着峡谷边缘的阴凉处走。估摸着只走了峡谷的三分之一，我就有些认怂了，任凭心中有风、有诗、有白马，但脚下却走不快，头发和步伐一起散乱，双肩被背包硌得生疼，抬不起来，也无法扭动。Mini 爸心里着急，低头在草石间摸了一会儿，找到一根表面干裂却非常坚实的粗枝，把我的背包取下来往枝头一挂，再把自己的包挂在另一端以求平衡，然后挑着担，两头晃晃悠悠地走着，如今也只有这个朴拙的办法了。他能帮我减负，也能带给我十足的安全感，却不能代替我走完剩下的路，我需要很好地认识自己，超越自己，无须再纠结，只有经历了才知道对错，何况一场徒步一场遇见而已，何来对错。

虽有骄阳似火，这里却仍旧是一个望不透的清凉世界。隐匿其间，脚步迟缓，心神却安宁。有人说，至美的旅途，应该是披草而坐，倾壶而醉，衣上起风，两耳水声，现在大抵就是这样的画面吧。

山石潋滟处，豁然一亮，别有洞天，像到尽头了，又像某个入口，带着某种暗示和转折的意味。

Mini 爸前去察看。我看他背着手，一阵观察，虽以背影相对，但我几乎能感知他的全部状态 —— 有问题，不对劲。

他说，瞧明白了，二三十米的垂直距离，岩面上有四五条瀑布长年冲刷的灰褐色痕迹，底下应该是一池深潭妙影。我也忍不住走过去，向下望了几眼，谷底开阔一片，石滩如银，仿佛泼了水，有另一条河流，轻扬远去。十年之后，才在某篇资料中得知，这条未得名的河谷，叫马蹄河。隔着时空再回想，感觉确有马蹄声声从山水间踏过，远远近近，似曾相识。

此去无路，如何是好？莫非真的迷路了？虽然迷路也是一种美，但时间有限，我现在来不及体会这种美。

Mini 爸突然说道，给，把相机和包拿好，我去探路。

我慌了，忙问，这两面皆山，前方是瀑布口，怎么探？

就在我发愣的工夫，他已把身子紧靠在左边的峭壁上，开始一点点地试探，一点点地攀登，眼前立刻上演了一部动作大片，我全程屏住呼吸不敢看，他每一个简单的动作都让我提心吊胆，后悔不已，寻找出路已经不重要了，只要他平安地下来，站在我面前就好了。

　　他攀爬、跳跃的身影，让人心动，勇敢的男人最有魅力。

　　下来之后，他说上面也是一处河谷，可能是另外一条大峡谷的某个分支，但是感觉并不能走，应该不是正确的路，我们需要再做其他的分析和思考。

　　我突然想起，这个瀑布口，就是攻略中所说的需要带绳索下降的地方。现在没有绳索和任何速降装备，瀑布虽已干涸，障碍也不多，但徒手爬下去，还是不太可能。初步判断了一下，在水流丰富的瀑布季节，即使有绳索，其他驴友也未见得会直接从瀑布这里走，一定另外有路，多半的可能是，山上有小路可以穿过去，彻底跨越这一段沟壑。

　　顺着这一片地带里露营过后食品饮料的碎屑一路追踪，一条崖边小路慢慢出现，果然诡异得很，几乎不可见，枯枝铺地，没有踏痕。

　　这一段，当地人称为"洗脚路"，有难言的危险，也有难言的美景，这条深深幽幽的隐秘之径，让我想起了地狱之门、马里亚纳海沟等散发着异彩的地方。

　　一线天里，飘着一缕新翠，把夏之情味演绎得出其不意。然而这都是表象，实则一线天是洗脚路里最险的地方，到了这里，地质发生了奇特变幻，峡谷近乎垂直，层层镂空，暗潭密布，需要绕过暗潭，俯下身双手扶着铁链一路下滑

移动，而唯一固定铁链的铁钉，有的早已松掉脱落，十分不安全。

一个个暗潭口径都不大，宛如洗脚盆，看来当地人取名还真是生动又写实。水面口径虽不大，也很平静，但却阴森得很不寻常，我怀着古怪冒险的心态，很想找一根极长的树枝，贪玩地搅乱水面，测量一番，看看究竟有多深，水底有没有什么奇物或灵兽出现，又怕惹出什么麻烦，最终作罢。

出了一线天，峡谷顿时开阔，平铺在沟底的一池水，池里潜行着蝌蚪和游鱼，忽然聚拢，忽而散开，像是知道谷内有人闯入，故意在玩游戏，挑逗着人的兴趣。连小蝌蚪都会享受避世而居的快乐，等候蜕变，想必将来这青蛙的品种定是超凡脱俗，品质非凡。

行到水穷处，坐看七仙潭。

七仙潭想必也是驴友起的，慢慢被公认的名字。

路太荒凉，行路至此已是不易，所以七仙潭，我们没有再费劲绕路前往，只隔山而望，远远地欣赏了几分钟，有些路，不必到达，静静随心观望，当真更好。

七仙潭形态狭长，碧玉叠翠，连接着一缕随风而吟的瀑布，水流不大，却很有味道。有三五个孤渺的人影，正在离水面最近的地方卸下背包，扎营戏水，声响不大，丝毫不影响这宁静美潭的一抹幽意。阳光透明，洒在波光潭影里，谷底微风吹来，吹得刚刚好，若是不必赶路，眼前又有一杯清冽的凉茶，完全可以不问东西，停留下来。

这样一个身临七仙潭清静的六月下午，一直在我的记忆里，幻化游弋，美到不可说，不光是限于这段长长的徒步记载里，投放到任何一种心情、任何一种时空里，我都可以和它碰面、相聚，成为刹那如蜜的那个点。

有文艺又热心的驴友，在白色铁皮上画了简易的地图，并绑在树干上，供来往的背包客研究参考，从峡谷入口到七仙潭，沿途都做了标记，蓝色记号笔旧旧飘散的痕迹，透露着山中岁月的味道。也正是因为这张地图才知道，到达七仙潭之前，我们路过了一个叫养鱼池的地方。水清清浅浅，十分可人，比一般的溪水还要浅上几分，几乎带着一丝鹅黄月白，和七仙潭那种水色混合的叠加的绿，美得有所不同。

我们显然是超过了按驴行标准所定的四小时，才到了抱犊村。

枇杷噼里啪啦落了满地，铺砌成了一段数百米的山果小路，有很多都还是圆滚滚的果子，没有砸碎也没有烂掉，一粒粒浮动着橘色的光点，单单是景，就很好看，闻枇杷的清香，又醉了几分。

抱犊村深处南太行腹地，不通公路，几乎无人知晓，只有最原始的 7 户人家，景色却轰轰烈烈，奇秀无比，其中最盛大的一处红色砂岩美景就是老龙口，南太行在这里突然断裂了下去，形成一个落差 300 米的巨大豁口和百公里长的断裂带，风景从这个节点开始一路招摇，绝壁林立，处处都是地质奇观。

我们在老龙口巧遇了郑州的一群驴友，反穿峡谷，大部队正在此处合影、休息。这样的画面让人感到亲近，也让人激动，其实也没什么稀奇的，抱犊村早已成了一处完美的驿站，汇集着全国各地来来往往的驴友们。

别了老龙口，很快就进入一条危险之路。通往八里沟的路是绝对的穿越，绝对的纵山，见缝插针，猫腰而行，纯粹是在断裂带一边的悬崖顶端行走，和上午的路况大不同，原地活动的时候，也像是坐在云端，不该乱走乱动。

又碰上一队衣着鲜明，特立独行的背包客，从西莲天梯而来，方向也是八里沟。着实羡慕他们，即使一天负重而行，走到最后还是潇潇洒洒，毫不拖沓。他们走得快，我们走得慢，总有人在前方呼喊我们的名字，怕我们掉队，虽是意外相遇，并无太多交集，却能够倾心相待、关怀备至，这样以心交心、以山结友的心灵胜境，比任何美景更令人动容。

奔走了一天，终于在这天夜里闲下来，把路甩在后面的感觉是这样的好。

在八里沟连旅馆名字都没有的农家小院里披星而坐，感慨万千，特别喜欢连续几日一直睡在如此野的地方，山为宅月为灯，现在这种幸福感到了极致，到了整夜都无法消散的地步，彻底满足了，彻底达成了心愿。

徒步，尽是趣味，也尽是学问。

抱犊大峡谷，确实是一条优质的、野趣的、令人着迷的户外穿越线路。七级绝壁，逐渐下降，脚边是深潭，两侧是峭壁，一步一叩首。

在这世外的荒野峡谷里，最折腾也最有趣的就是自己寻路，时而沿山谷走，时而又从谷底上来，沿半山腰的古道小径走，并肩而行的浪漫，无形中诗化了不少艰难恐怖的意境，幽谷深深深几许，兜兜转转、牵牵绊绊走了这么久，终成团圆。

第四天：2008 年 6 月 28 日

走太行路，赏太行景，今天已经是第四天了。

前三天是有险必冒，逢山开路，遇水搭桥，今天在八里沟，是怎么悠闲怎么来，悠悠我思，悠悠慢行。

八里沟，瀑布高悬，彩池遍地，是一个闲在太行山谷底的明媚水世界，但不属于户外路线，早已是非常成熟的景区。百潭百瀑水连天，是官方宣传的景观特色，景色属实，没有出入，怎么说也是国家地质公园，自然不会差，加之一路绿树阴浓的点缀，就更显美好。让我感受比较真切的是，拓展项目和游乐设施不少，最常规的是凌空微步的大吊桥，最壮观的是尚未修好的悬崖天梯，但是这些，都比不上天河瀑布。

天河瀑布，比八里沟三十六奇峰来得更惊喜、更直白，它是南太行的水神和命脉。

八里沟所有的灵气都聚在这一瀑之中，那是悬在古诗里的瀑布，哗然而下，十分垂直，我们站在对岸的天梯上，隔远了看，根本察觉不出动感，看到的是一条白练凝固之后如布景般的画面，我画不出它的样子，只能揉揉眼睛，看得发痴。

略显尴尬的是，就算八里沟再美，也很少有人心有所属，专程来玩，基本只是将这他山之石作为一个切入点，然后深入南太行的各种户外线路。

　　由于从抱犊峡谷沿八里沟后山徒步而来，所以在整个景区里，我们是逆向游玩，最后从景区正大门优雅地离开。

　　出了八里沟，四天的太行行程也将尽，余下的就是长长的返程和长长的回忆。旅途中的苦乐太多，亮点太多，想截取一份美丽很容易，但说不上什么才是真正的太行印象。当文字和照片不断刺激着我的记忆，当无数细节写了又写，悄然翻开，南太行好像唯我独有，多少次眼前辽阔，孤单远思，从心底生出敬畏和纠缠，原来，五岳之外还有太行，我的南太行。

神农架：生如夏雪也不错

这是最保守的一次旅行。

我一向独立行动，户外玩也不加入团队，不是因为故意要特立独行，只是本身性格使然，自由散漫惯了，像《射雕英雄传》里的黄老邪，人一多就不自在，也许我算个黄小邪吧。所以公司这次组织去神农架，说实话我是没有兴趣的，但是有工作任务在身，为了写《神农架系列丛书》去搜集相关资料，你可以喜欢自由，喜欢独处，但是，责任感不能丢失。所以，我没有带着丝毫旅行的心情就踏上了去神农架的路途，只是坦荡荡为了工作，景色其次。

那时的我，行者之心初现端倪，轻狂的毛病开始在背包里扎根：只向往更远的地方，仿佛远处才有彩虹、有故事、有美梦。省内的风景从不上心，更不曾关注，我并不觉得神农架有什么出彩之处，只不过是一个因有野人出没而被渲染得稍显神秘的地方。

有人调侃，来神农架10次就有9次是在下雨，另一次没下雨，是因为在下雪。神农架受纬度和大气环流影响，很多时候都是气温微凉，雨水偏多，冰雪期更是有半年之久。

但8月，忽降大雪，并不是常有的事，刚来到板壁岩，就被我们碰上了。记得前两年小姨千里迢迢从美国回来，专程去西藏游玩，也是8月遇雪，纳木错临时封路，最后遗憾而归。

神农架，天生美，即使下雪也不会太糟糕，板壁岩的雪更是石林之中暗藏情调，但让人无奈的是羽绒服和雨衣都被游客租用完了，这种情况下我们根本无法抵御寒冷、下车游玩，只能躲在车里勉强取暖。风景没看成，至于书，更是一个字都没写出来。

在神农架待了一周，可谓幽怨至极，在稍许晴朗的两日，去燕子垭才舒缓了一下心情。神农架的景致并不是以燕子垭最为出名，神农顶、神龙谷皆有绝佳的景观，但是燕子垭穿透雾霾，带来雪霁天晴之后的通透和轻快，在我心中，已是唯一。

附：燕子垭游记——好一场水墨丹青

天净明霞，花鸟柔情，彩虹为桥，织云为衣，这是跌入了江南的梦境吗？不，这里是神农架。这三个字如同深渊般美丽，美得没有退路，美得极致空灵，江南的意象不知不觉间浸染了中原林海，让神农架在苍茫之中尽显妩媚。它，在云海里若隐若现，宛如卷轴柔柔折合又徐徐开启，刹那弹指间，才别水墨，又逢丹青。原来，真的是行者无疆；原来，真的应该停下来，看看这个世界有多美丽。

带上背包和信仰，我终于在传说中最美的季节来到了神农架，没有早一步，也没有晚一步，我如此庆幸而满足。夏末秋初的神农架在薄雾中不发一言，却美得有风骨且傲慢。我感觉不到自己在行走，因为所到之处都宛如中国山水画，无论我走到哪里，都不过是一个略带色泽的移动的点。神农架的云海，就像丽江的阳光一样出名，它是我最为迷恋的爱，很爱很爱。如果你问我为什么要爱云海，我只能说，也许我有一颗云海那样的心吧。彩虹桥是观赏神农架云海的最佳地点，而此时正是天地清凉，云海流淌，站在彩虹桥上一览天下，天下就真的是天下了。

彩虹桥是进入神农架燕子垭景区前一抬头就能观赏到的景点，这座钢桥悬空高、跨度大，是亚洲海拔最高的桥。不说云海，单是它呈现于眼前时，就足够惊艳，拱桥周围的景色几乎是一瞬间被镂空，只有这座巨大的虹桥跃然在晴空中，将千秋万世抚平于脚下。牛乳般的流云，汪洋万顷，洁白而富有张力，把人猝不及防地卷入了远古的大气象之中。在与自然的交流中，我才发现我们是多么怀旧。照亮先人们的太阳，依然照亮着我们，给先人们启示的高山，依然还那么庄严。我们完全可以与自然保持一种原始而真实的联系，去体验生命的洪流。我们在崇拜大自然的同时，也被大自然所欣赏，在保护大自然的同时，也享受着大自然的疼爱，这是多么让人喜悦的事啊！

从彩虹桥上走过去，神农架盛夏的美越发张狂起来，山石、云海、溪流都逐渐有了更为丰富的情节和立体的色彩。就连山风也来凑兴，这股幽凉的小风儿，不知从哪里窜出来，顿时暑意尽消。我知道，风，吹过的不是树梢，而是我的夏季和我的世界。

得知前方有洞，我的心优雅地抖动了一下。在我徒步的经历中，峡谷很多，洞穴很少。在我的想象中，幽深难测的洞穴里总会寄居着一些不明之物，伴着阴森的滴水声和无法预料的恐怖。而当我得知此洞名为燕子洞时，长长地舒了一口气，有美丽的金丝燕出入的洞穴，应该不会是什么诡异之境。远看燕子垭，山崖旁两翼山岭似飞燕展翅，因邻近有著名的燕子洞，得名"燕子垭"。山道蜿蜒，逐级而下，景色渐渐明朗，终与燕子洞相逢。

洞口并不狰狞，约20米高，没有怪石嶙峋的迎接，只有一条很平展的小路延伸至黑暗之中，燕子洞里没有灯，刚刚压下的恐惧又生出几分刺激，我一步一步慢慢朝里走，环视着顶上的岩壁，心里揣测着金燕戏洞的情景。洞内深度未知，因此我没有走多深，但看其情景，想必金丝燕的皇宫深院一定另有佳境，下次有机会再来专业探洞吧。

短嘴金丝燕是一种海鸟，它为什么会生活在这里呢。我查阅资料才得知，神农架在远古时期曾是一片汪洋大海，这个海拔2400余米的洞内保持了极好的原海洋性特征，因而燕群生存下来，生生世世在此繁衍。金丝燕忽闪的一双大眼睛，让人爱怜。世间女子要是有了这等明眸，人间想必也会可爱几分。就在这时，金丝燕纷纷出洞，阳光下，万燕盘旋，金色扑面，疑似一场虚设的场景。不能逗留，要继续前行啊，古今离别最销魂，叫我怎么忍心就这样离去。再次仰望它们，那金色的身影和扬起的金色浮尘，仿佛前世的天光月华匆匆燃烧，只为还今生一个幻美的诺言。若非尘缘未尽，我定会做洞前一株柳，不惹春风，只陪我的燕子看年年岁岁花相似，不问岁岁年年人不同。

旅游是对履历的一种弥补，旅游鼓励人们对世界展开足迹扩张，引导人们朝更远的地方看去，我也怀着这种理念开始寻找最美的高山草甸——"朝天堂"。在寻找的路上，我竟然不止一次发现了一个小东西的踪迹，每一次见到它，我都会上前去看它、抚摸它，冒着天黑下不了山的危险，我一次次为它停留，只因为它的珍贵会击退所有你可能错过它的理由，它就是神药"文王一支笔"。在神农架这个巨大的药材宝库里藏着四种稀有的药草，"文王一支笔"就是其中的一种。它形如粗粗的毛笔，民间传说周文王途经神农架，曾用它当笔，写诗作画、批阅公文，故得此名。通向"朝天堂"的路以前本来就是一条羊肠小道，没有石阶，又因行路艰难，游人几乎没有到此的，路就更依稀难辨了，所以与其说是游览，不如说是探险。脚下又陡又滑，如果不是靠手中的树枝支撑着，根本无法立足，而且岔路众多，荒草及膝，迷路的可能性很大。随着山势变陡，我逐渐进入了密林深处，"野人"这个词开始发挥它的神秘作用，我大气不敢出地盯着每一棵树的背后，唯恐那个红棕色的身影会突然咆哮着出来把我掳走，虽然我对野人充满好奇，但我不想遇到它，这种邂逅还是留给专业考察人员吧。

"朝天堂"草甸并不是神农架最著名的，但茫茫林原中它是我心中的指引，就像北斗星一样，它不是最亮的，但因为星移斗转太过频繁，在时间的参照下，北斗就显出了它纯粹的力量。经过了多少幽暗的丛林，视野陡然开阔起来，我终于找到了"朝天堂"。

站在蔚蓝色的星球上，这片草甸的美一度让我遗忘了凡尘俗世。那草，从四面八方，从极淡极远处慢慢涌来，慢慢呈下滑状，在中间地带形成一个很浅的窝。淡黄色，指甲壳般大小的野花从脚底一直延伸到天边去，轻歌曼舞，诗意无限。夏天已过，但草色还很新，在雨后闪着鲜亮的光泽，莫非它是被天庭遗忘的绸缎？它的柔润，它的细腻，真是舒服极了，我一躺下去，就不想再起来，只想静静地迎着山风，让心灵的花园和这片绿地相伴而舞，融为一体。后来，我才得知，这个原始森林深处的美丽草甸真名叫"超天趟"，然而我还是习惯叫它"朝天堂"，我和它相互晕染，相互依偎，它的方向就是朝向天堂的方向啊！

神农架在尘埃和云朵之间静静地悬浮，悬浮到把下一秒的美提前到这一秒来勃发，如果身体和灵魂，必须有一个要在路上，那么，就让我把身体留在盛夏，把灵魂锁在深秋吧！我不过是想做一个收藏风景的人，而神农架，恰好被我选中了，我偏偏爱你，轻轻爱你，远远爱你，不问如花美眷，也不问似水流年。

云南：煮一壶滇茶，说一说这 21 天

　　彩云之南，在行者心中的分量不亚于西藏。而我能随心所愿，较长时间地逗留云南，是得益于当年公司濒临破产，每天上班都无事可做，便索性请了长假。不管是之后恢复原职，还是换份工作，都很难有这样长的假期了，机不可失，失不再来，马上出发是我唯一需要做的事情。彼时，公司的同事不是在为讨薪奔波，就是为跳槽做准备，我没有告知任何人，便悄悄退出了这场无声的战争，我无暇顾及其他，我所有的小心思，全用在了旅行上。

　　此行的终点是怒江大峡谷和丙中洛，为了不走重复的路，便定下了行程，川进滇出，一路慢慢走，逐个领略每一个我中意的地方。

第 1 天

　　武昌到成都。

　　3月1号，非节日非周末，武昌站却人潮涌动，热闹非凡，幸好火车没有延迟，按时出发。同车厢里有一对来自成都的中年夫妻，他们来武汉看望读大学的女儿，1月底来的，对武汉已有相当的了解，阿姨一提到武汉就笑着摇头，说不如成都好。首先是物价，武汉工资低，消费高，而成都则反之。其次是食品卫生，米油不敢随便买，很多东西都不敢吃，牛奶有的也不安全不新鲜，而成都别的不提，光是鲜奶、酸奶就来自本省的雪山和草原，原生态，很放心，且便宜得很，成都人天天喝，相比起来，武汉人好像不太喜欢喝牛奶或者说是不敢喝牛奶。然后是气候，阿姨说就好比现在，武汉的冬天，江风干冷，飞雪无常，实在是难熬，有时候几天都不想出门，成都连冬天都冷艳舒适，活色生香，即使有雪，也不会特别寒冷，有时候还有绿荫，里面藏着一堆堆喝热茶、搓麻将的人，就连卖菜的小贩也是一边卖菜一边玩牌，闲适到不可言说。

一旁的叔叔终于插话了，他坦言，武汉话太呛，像吵架，他们努力听，多半也听不懂，远不及成都话的缠绵好听。

阿姨神色舒缓，连声感叹，成都唯一不及武汉的就是吃早点的地方不多。在武汉，总能过足嘴瘾，出门就是成片的小吃摊，且品种繁多，花样齐全，她说她最爱吃的就是发糕、豆皮和鱼糊粉，蛋花米酒和豆腐脑也非常棒，反正每天换着吃，不重样，实在是怀念在武汉吃早餐的日子，还笑着问我，武汉人是不是都爱捧着碗热干面，边走边吃，真是很有意思的一道街头风景。我温婉地回答，是，有时自己也这样，一来赶时间，二来，说不上从什么时候起，早已成了习惯，成了一种饮食方式和"过早"精神。

第 2 天

路过南充，有人说这里隐藏着一个著名的水果镇。

结果站台上没有一个流动的水果摊位，连卖副食的也没有，但是时光却在澄澈的果香中细腻穿梭，引领我们直奔巴蜀胜地。

成都的好，我们很快就感受到了。

无比精致的春熙路，无比劲爽的火锅香，当我们消费完一顿正宗的九宫格火锅后，一半湖南一半湖北血统的我，对这天赐的麻辣重口味，真是爱到不能释怀。翻看当时的记账单才发现，才吃了 87 元，却吃得又饱又好，如今两个人吃饭，无论中餐西餐，怎样都要花当时两倍的价格，不知 2009 年真的是物价比较低，还是我们点的都是便宜菜。

下午的行程可以说是跟着风景去漂流，那叫一个紧凑。望江公园、四川大学，南河漫步，再去锦里和武侯祠，最后沿着青羊正街和人民北路走了很长一段。

绵长的细雨，且有越下越大的趋势，但路人都愉悦地行走，无人慌乱，也无人打伞，显示出成都人一贯的自由慵懒。冷雨天，树下聚拢打麻将的人比行人还多，这雨中的闲情，分外喜人，想着火车上阿姨说的话，我在心里默默地笑了。

喜欢淋小雨、喜欢打小牌的成都人，真是美到了每一个小气候、小光阴里。

其实，我更喜欢的是成都的街道，路宽人稀，无限清爽，不像武昌，不像光谷，

走到哪里都没有空地。百所高校，学生一到周末就倾城而出，几乎是武汉路面上的主体人群，你无法忽视，更无法躲避，公交、地铁、购物、餐饮，挤来挤去就是唯一的法则。毫不夸张地说，现在和朋友聚会，约在光谷，就是受罪。

第 3 天

我对青城山的记忆，不止是在想象的层面上，它是我接近巴蜀的第一道秘符。青城天下幽，一个"幽"字，点了我的经脉。

那时傻傻的，去青城山的时候，并不知道前山和后山的区别，据说后山明艳秀丽，别有洞天，我们去的前山风景不及后山，但松石花鸟，处处禅意，也充满趣味，颇为不错。

已然是一幅开阔的画卷，林幽、径幽、亭幽、寺幽，这绿幽幽的媚，始终贯穿全程。很不巧，一直到最高峰老君阁，沿途路过的寺院和大殿都在修缮之中，一阵繁忙杂音，但这并不影响山中的清净，回头眺望寺庙，浮世中的檐角，有种说不出的茫茫威严感。远去的山峦，苍郁、抒情，一转身，自己也寂静入尘，融在一片浅浅的碧叶间。

从青城山回来，感觉心情美妙，还有余力，又去了春熙路，感受夜色。晚饭简单惬意，由串串香、龙抄手和两片香甜的菠萝画上句号。

在天府广场上，我抬头望着这无限清丽的巴蜀天空，春熙啊春熙，像是谁的名字，风情弥漫，一片灿烂。

第 4 天

从今天开始，一心为了泸沽湖。

首先要南下，先到西昌。去西昌的火车要穿越整个大凉山，山高谷深，隧道相随，明明是午后，却一路时光迷离，黑夜比白天多。

久闻凉山幽绝而贫瘠，如今将这个概念具体化，悠远之中，难免有些心痛。在坡度陡峭，没有农田和路径的荒凉山麓上，总有人在山中独行，甚至牵着小孩，他们早已习惯了万水千山独自愁的苦旅，这一步一行的平常心，让人感动和敬畏。总觉得他们会笑容温暖地望向这边，火车经过的方向，就是他们梦想的美丽新世界。

这趟去西昌的火车很空旷，每一节车厢，都只零散地坐了几个人，车厢里异味扑鼻，十分难闻，因为车刚到成都，没来得及清扫又出发了。

在长时间的摇晃中，终于抵达了航天城西昌。

西昌火车站古朴别致，12路公交20分钟就能穿越市区，一览全景，西昌的洁净美好和刚刚火车的景象，有戏剧性的反差。

入夜，烧烤摊开始此起彼伏地响起叫卖声，在武汉有得天独厚的优势，我却从不吃夜宵，在这里，心情颇佳地投入了红尘烟火之中，小饮了一番。

一饮一观之间才发现，这个西南小城的夜景非常了得，其浪漫华美的程度和一线大城市不分伯仲。整个城市灯光效果极好，广场、雕柱、艺术中心、体育馆都漂浮着浓厚的光彩。更难得的是，闹市区不大，却既有本土风情的酒吧一条街，也不乏精致气派的高档食府，真是极其全面，各人都有所爱、所选。

第5天

备好了晕车药、牛肉面和一些零钱，从西昌到泸沽湖镇，足足8小时的山路，全天在路上。从丽江进入泸沽湖也一样周折，毫无捷径可选。

起初，我也疑惑过，就为了看一个湖，何必，何必，何必！想来我也看过不少湖，东湖、西湖、太湖、莫愁湖、鄱阳湖，无一不巧，无一不美。

地球上这滴蓝色的眼泪，有何不同呢？

按原计划，此时我应该徜徉在香格里拉的奇幻天空下，但在获取泸沽湖第一手资料的时候，我就放弃了。这个深陷在书页里，安安静静的女儿国，让我顷刻间爱上了她。没有过多的理由，如此原始的一种感觉，像突然冲到体内的荒凉誓言。其实有几分打赌的意味，我不确定她的美是否能抓住我的灵魂，搜索到的泸沽湖的照片美得离谱，仿佛不可信。

一路上，我几乎停止了思考，因为枯黄的山脊、浅褐色的山路，让人闻不到一丝水的味道，我甚至有种想下车，返程的冲动，我不敢相信前方会有一个如此美丽的湖泊等着我。

后来，觉得山中的景致也不错，心逐渐安定了下来。

经过梅雨河，开始并不觉得好看，水既不绿，也不缠绵，后来反倒看出了一些味道，可是河水转眼就没了。

最美的是泸沽湖拉萨河这一段。河水的颜色极有层次，远处似乎是棕绿和墨绿的，再近一点的水中有青绿和浅蓝的水草，然后是几乎透明的薄薄水面和水岸。

两岸的山很有趣，山坡顶疏朗地分布着一些矮树，树叶不多，色彩绚丽，山麓和山脚由干枯的草场构成，一抹淡黄，苍茫如画，河谷平坦处异常唯美，有桥、有柳、有牛羊，还有雪白的梨树，一株株在房前或是天边，宛如江南。

当无数道厚重的金光洒在身上，我知道高原的黄昏来临了，终于在天黑之前，到达了四川边境的泸沽湖镇。

小镇不耀眼，不出挑，极其疲惫的我，忽然之间有些失落。

接我们的摩梭小伙已如约等候在此，很快就到了他开的"驴友客栈"，一边听着他与成都女孩的绝美恋情故事，一边选好了心仪的房间。二楼的湖景房一点也不贵，细窄的阳台正对着草海，过季的芦苇孤眠在山脉下，难掩壮阔，果真是芦草如海，景色迷人。

听说泸沽湖的星空是摄人心魄的，透过青色的纱帘，我淡淡地抹去眼中的杂物，用剔透的目光在高原的天空搜寻着，想看清每一颗星石的出汤，想看清它们是怎样光彩夺目！

摩梭情歌开始萦绕在整个村庄，苏理玛酒的香气也逐渐蔓延开来，在一种空灵的湿润里，夜色摇着摇着就浓了起来。

当星星被盛满在天空的时候，我难以置信，然后真的悲伤了起来，我深深地确定自己25年来第一次活在这样的星空之下，这是一个多么残忍的认知。

星光若只如初见，该多好。我多次痴迷于这种想法，但最终都郁郁放弃，在泸沽湖畔我才知道，这想法，竟然真的可以实现。这星空，璀璨、忧伤、神秘、通透，好像完全脱离了地球的背景，沉陷于每一缕宇宙的光线中，一如初见，甚至，它可以独立存在于你能想象得到的任何地方，站台上、童年里、掌心中……

也许宇宙从来就不是黑暗的，只是它的清澈无人能窥探，它用星空的方式交付给了泸沽湖一个秘密。我所在的方位还看不到格姆女神山，但我想，在这个秘密的呵护下，她一定睡得很美。

未曾想到，泸沽湖的星空竟是一绝。往后许多年，我再也没遇见过这么美的星空，不是太灰暗，就是太松散，偶尔闪亮的一片星星，也不够痛快。倘若有一天学会了钢琴曲《星空》，也只会为泸沽湖而弹。

第6天

昨晚，在泸沽湖镇寻找住宿的时候，遇到了此行的同伴，一对西安的小夫妻，他们也是一路远行，从九寨沟过来，大理、丽江、泸沽湖这一段，我们四人的行程安排几乎一致，此后各自的路线和风景便不再相同，他们南下，去西双版纳，我们北上，去怒江峡谷。

就算今天起得再早，走婚桥也是去不了了。因为我们要环湖行走至云南地界，而走婚桥在四川这边，南辕北辙。其实无妨，此行的路上也有一些长短、弯曲的木桥，延伸至草海中央，颇具油画感，其景色足够引人驻足和拍照。末代王妃的家和杨二车娜姆的博物馆，只随着脚步轻轻一掠就过去了，并无更多印象，我最期待的始终是那片水。

终于，十几只猪槽船横在了面前，我突然意识到草海结束了，马上就要看到泸沽湖的湖面了，这一刻我非常紧张，它凭什么在中国这么多美丽的湖中脱颖而出，终于该有一个解释了。三样最普通的元素，山、水、雾，不知道经过时间和空间怎样的糅合，才能拓印出这幅遗世独立的奇景。不时有当地人从眼前走过，也有俊鸟在水中划出丝线，但我已经完全感受不到动态的东西了，我觉得自己静止在了那片水中，却又转眼腾空在这绝世的气息里。

踏上木质观景台，离湖水一下子就近了，幽暗冷清的湖水忽然像打开了通向另一个世界的门，水质透明得让人眩晕，分明没有阳光，却从水底折射出宝剑般的光芒。我良久无语，只是弓着身子，让水把我的影子拥到很深很深的地方，我甚至认为那不是水，而是一片湿淋淋的长空，湖面不大，却完全有天空的特质，纯粹、辽远。

看到泸沽湖的第一眼，在山水的幽思间，我提前挥霍了计划的徒步时间，今天若不加紧行程赶到云南里格村，投宿就很不方便了。好在环湖的山都不大，山上的捷径也被驴友们走得很明显了，所以整个徒步过程算是比较轻松。

高原的光线时明时暗，泸沽湖的春色也因此瞬息万变，景色非凡。好几次，在没有树荫遮蔽的时候从高处俯望泸沽湖，我都怀疑自己产生了幻觉。只有从一定的高度看过去，才能发现临近岸边的水质非常特别，水是相当光润透明，但分明又裹挟了许多种蓝色在其中，由浅至深慢慢蔓延到湖中心，像极了马尔代夫，如果不是我所在的高度有危险，我一定会跳入这片无法模拟的颜色里。

不知不觉从四川穿越到了云南，里格村也近在眼前。客栈在格姆女神山巨大的阴影下一字排开，供人挑选。我在一家摩梭客栈前停下了脚步，客栈门口用原木雕刻的一副对联扣住了我的心。看见苏轼写的"人生如逆旅，我亦是行人"出现在泸沽湖，着实让我惊喜、沉醉了许久。好个逆旅，好个行人！住进这家店是我与苏轼的另一种相遇，但倘若苏轼真的踏歌在泸沽湖边，我想，我是会悄悄走开的。我是他词句里的行人，我有勇气行走，但没有勇气停留，越是停留，越是让这片风景染了俗气。

第 7 天

次日，我们在里格半岛有限的范围，静静地探索。

原来，哪儿也不去，全心全意在里格岛上捕捉意趣，也是一件很幸福的事情。

清晨取景时，误打误撞，沿着某客栈背后一条不为人知的线路爬到了里格半岛最高处，山顶有一块不大的空地，晒太阳、看风景，都非常好。阳光如丝，湖水如绸，在极远处泸沽湖形成的半弧地平线上，青山逶迤，雾色淡远。

不说别的，单是这3月的好阳光，就证明云南是个好地方。我们向阳而坐，靠得很近，都没怎么说话，晒得热了，就把外套脱下来，系在腰间。

从山顶望去，湖水极蓝，蓝得像失去了参照物，看久了，你便不觉得那是湖，而是一幅近在眼前色彩深蓝、布纹好看的油画，只有岸边淡淡的水影和准备离岸的船只才会提醒你它流动的质地。

晨光还未散去，湖面上已经有几只小木船嗖嗖地出发了，有的是送游客上湖心岛的，有的是摩梭人自己运输往来的船只。

看湖面太久了，一抬头才发现格姆女神山就在我背后。虽然这只是视觉上的误差，但我还是兴奋了很久。我并没有注意女神山的形态是不是像卧狮一样，昨天一路走来我也只是看得模模糊糊。因为这无关紧要，即便它看起来什么也不像，它还是一样孤独，神圣入境。一片安详的云影滑过天空，女神山下的悲欢离合在阳光的浸透下仿佛慢慢鲜活起来，千年画卷舒展在眼前，年复一年的光阴像湖水一圈圈扩散开来，膜拜女神的摩梭人在水光四射的传说里，寻着女神，寻着爱情，寻着世间最容易错过的美丽。

泸沽湖除了美景，吸引我的还有猪槽船，暖暖的午后，合租了一条猪槽船，浪漫游湖。湖上的看点并不多，我却喜欢这没有景点的纯粹感觉，近距离地亲近湖水，再次感受泸沽湖水质的清澈。能见度达12米的湖水，可想而知有多清。你所能看到的最深处，水藻如花，隐隐绽放。

本以为今日就这样在水声荡漾中结束了。没想到一群驴友的加入，使旅途又丰富了很多。下午我们决定"两小时暴走落水"，此番行动有6人，除我们原有的4人之外，又临时加入一对北京情侣，都是稳稳的徒步范儿。

中饭后我们准时出发。时间这玩意，有时候很欺骗人，有时候却很准。整整2个小时，我们全体到达落水，一个不落。

比美景更让人感动的是，在途中遇到了3条狗，真是缘分不浅，它们执着地跟随我们，从里格半岛的荒芜小径一直到落水村，这条路本就没有多少人走，加之有英俊的摩梭狗当护卫队，我们几个普通的背包族仿佛顿时身价倍增，过路车辆上的人，都频频探头观看，我们也大摇大摆，不亦乐乎。刚到落水，三只色彩不一的大狗仍旧围绕我们，不肯离去，后来游人渐多，它们便一边摇头摆尾，一边慢慢退后，最后欢快地混迹在岸边的马群中。

这种长时间的徒步，这种奇妙的忠心跟随，让我们对这个高原湖泊有了更深的情感和记忆。

不少人在网上评价云南境内的泸沽湖没有四川的纯美，开发过度等等，其实无非是云南的湖边客栈及相关旅游设施形成了规模而已。

落水和里格的风格很不一样，落水村由于开发较早，团队一般在此落脚，商业味道确实浓了点，但我们毕竟不是用审美的眼光来挑选古镇村落，落水村的商业气氛并不妨碍泸沽湖在这里的优美转身。如果说里格是天堂失落的油画，那落水就是天使失落的画笔。我以为，里格已经把泸沽湖的美景包揽了十之八九，到落水来，就是来细细品味这片蓝色的。不知道是受"落水"名字的影响，还是别的什么原因，从走进落水开始，我一直有呛水的感觉，大串大串的蓝色水泡直入肺腑。这水、这蓝，有种坚贞神秘的气质，莫非它是格姆女神细腻如水的血液？深浅浓淡的蓝色一溜烟地倾泻开来，超然物外，丝丝玄妙，仿佛裁开深深的水面，就会有很多很多蓝色的美玉涌出来。

沿着湖岸漫不经心地走着，满眼都是明净的光影、密集的白鸟和诗意的木舍。湖边清秀的小树下，一对异国情侣在长椅上相拥，甜蜜地说着什么，夕阳从两人的脸颊边沉落，我讶异于画面之美，如果不是远处几个摩梭姑娘正整理着渔网，我真以为是到了欧洲某个湖光山色的小镇。后来，看到爱琴海，才惊觉泸沽湖的美与之何其相似，甚至比爱琴海更幽深动人。

在一处传统景点，我急急地跑上去和一头被打扮得花枝招展的牦牛合影，它的壮实冲击着此刻画面的梦幻，让我有理由相信，这一切是真的，更相信天下诗情可以只属于一个湖。

有诗情却让人悲情，落水的泸沽湖让人心痛啊！它多么无辜，它根本看不见什么是旅游，什么是商业。它眼里，只有爱它的人，无论是生死相依的摩梭人还是远道而来的客人。如果你愿意到落水来看湖，请忘记这里的小瑕疵，柔和一点，虔诚一点，它会把最美的呈现给你；如果你伤心，更要来，伤心的人在泸沽湖还是伤心的，但不会感到碧草呜咽、烟水失落，泸沽始终给人一种生命之外的大气象，所有伤悲都只会悄无声息地坠落在这蓝色的湖底。

去过泸沽湖之后，我再也没有兴趣阅读关于它的任何文字，因为它，只在我心里。很多次我都在回想，第一眼，望见那水啊，那遥远的蓝色仿佛可以刮过骨头，在体内萌芽，但当第二眼以及此后的无数次回眸时，就再也没有这种感觉了，即使躺在船上在湖中逗留几个小时，还是会觉得离它好远好远。它深邃地悬浮在时空的某个点上，回到世人未曾见过的那一个时刻，凡人都无法接近。若不是岸与星光的密谋，这片天之湖水又怎会如此出奇？

里格，贵在湖岸静美，半岛如玉；落水，妙在湖光风影，皆是幽蓝，白鸥阵阵，美如大海。我喜欢里格远离喧嚣，也喜欢落水的气韵非凡。很多地方都想再去

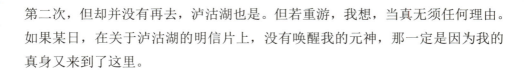

第二次，但却并没有再去，泸沽湖也是。但若重游，我想，当真无须任何理由。如果某日，在关于泸沽湖的明信片上，没有唤醒我的元神，那一定是因为我的真身又来到了这里。

第8天

早上10点出发，下午4点顺利到丽江。下车没走几步，就看见了标志性的建筑，大水车。

稍微休整了一下，就已经入夜。我开始快活地忙起来，吃腊排骨，买面包，挑选防晒霜和晒后修复。本想在丽江看一场电影，结果电影没看成，却来到百货商场购物，都怪自己小瞧了高原初春的阳光，环湖3天没有做任何防晒措施，有时面霜都不擦，只是清水洗脸。到了丽江，明显感觉晒得快不行了，烈日照射下，整张脸像火焰山贴面。一瞧柜台里，熟悉的牌子都没有，全是当地的小物品，导购推荐了一个12年的丽江老牌子，说很多人去香格里拉怕晒伤，都买这个牌子，这里的日晒不是一天两天，当地人自己也用，看着她温情又诚恳的眼神，就算是被骗，我也乐意。何况，多少应该有点用处吧，现在手边什么都没有，也只能试试看，死马当活马医了。

恰逢三八妇女节，夜晚的丽江，人山人海，四方街更是堵得水泄不通，其热闹程度完全不逊于旺季。随大流稀里糊涂逛了一圈，兴奋过后，便不再有兴趣，在酒吧一条街，远远听了几首喜欢的歌，便早早回客栈休息了。

第9天

凌晨5点，又饿又冷，一路摸黑到黑龙潭，只为逃票。其实根本无须门票，当时不知道是轻信了哪里来的攻略，说门票不菲，很不划算。然而，开弓没有回头箭，我们惨兮兮的4人，只能全身冰冷、手脚僵硬地随着稀少的晨练人群慢慢攀爬，一路一边坚持一边后悔，一边眩晕一边惊叹，在第一时间，第一现场，我看到了玉龙雪山日照金山的美景，总算不辜负这个寒冷曲折的清晨。

虽然象山只有几百米，而玉龙有四千多米，但站在象山山顶，竟有和玉龙

雪山海拔持平的奇妙之
感，美到我觉得脚跟不
稳，开始陷落，我浮生
若梦般享受着雪山之晨。

　　光灿的、战栗的玉
龙雪山霸占了整个天空。
还能说什么呢，我只剩
下满身的雪白和心满意
足。有美艳的金光从最
高处飞起，我好像抓住
了几根羽毛似的，顺势喝了一口手中刚买的热牛奶，顿时随着金光，温暖起来。

　　山峰的积雪和岩石的线条逐渐被新生的日光照亮，雪山被阳光摇着、揉着、
晒着，从沉寂到跃动，最终金山傲然，与天地融为一体，丽江古城淹没在圣洁
的金海中，有雅淡的、甘甜的味道。

　　与黑龙潭虐心的逃票之旅相比，下午在束河真是满满的幸福和闲适，爱极
了这个永远能仰望雪山、清泉流淌的素净古镇。

君竹行走记

第 10 天

美景一旦来临，便势不可当。

今天做了两件喜欢的事情，专挑古城地图上落满尘埃的幽静小巷去瞧一瞧、逛一逛。我很尊敬这种美，它让我平静，像白月光，可以漫长修心。第二件事更像朱砂痣，借着暖阳，在万古楼附近登高，欣赏丽江全景，静候雪山神灵，古城片瓦飞檐，浩荡如画，如朱砂般铺展眼前，时而光艳，时而多愁，仿佛在这里真的可以诗书一生，了却心愿。

如此美好的一天，晚上却发生了一件可怕的事。半夜，我们深感不适，便同时起床，两个人都头晕目眩，支撑不住，几乎快要昏倒，后来在床边坐了许久，又喝了些热水，终于慢慢缓了过来，至今也没弄明白到底是高原反应还是其他因素造成的。想想那时要是真的昏倒了，第二天一定就在医院了，行程也将完全更改。按理说，丽江这个海拔是完全不存在高原反应的，感慨之余，不免遐想，或许，是生活在别处的一种梦境提醒，又或许，是壮阔美景对身心情感的一次震撼和重塑。

第 11 天

"一切缘由都写在湛蓝的天上，今天就是摆脱一切的好日子。"这首美国乡村之音，在丽江某个酒吧响起，歌词几秒就过，我却记住了。

记住，是因为要离开。丽江虽然没有待够，但我已感到圆满，现在只想去大理。清晨 6 点，退房出来，丽江悄无声息，晨光动人，想要的景色，就在眼前。

走到肯德基，想喝杯热饮，再小坐片刻，缓缓精神，却不料还没开门，瞬间愚蠢地明白，原来全国各地的肯德基并不都是 24 小时营业的。坐出租车到客运站，去大理下关的人实在是少，一辆大巴车，半数人都没有坐满，就直接走了。车载电视里反复播放着专题节目《洱海清，大理兴》，沿着传说中丽江到大理的最美公路，很快便到达了目的地。

我与大理只有简短的缘分，一是因为赶时间去怒江，二是因为对大理印象并不好，不想停留。现在北上广，恨不得人人都有一个去大理隐居的梦，那时大理远没有现在火，处处充满了不一样的乡村味道，吃饭难，客栈差，超市小，街道俗。我像个怨妇似的，没有心情爬苍山，洱海也看得并不真切，坐着小三轮车，在游船码头匆匆望了一眼，只觉得云多雾水，湖水暗淡。

不曾想 5 年后，我会携家带口在大理流连忘返，惬意又忘归。老爸不想走，老妈更无忧，宝贝也欢欢喜喜地在《天龙八部》中的大理古国结束了幼儿园入学前的婴童时光。

第 12 天

六库是一个奇特的地方，上一秒路边还有国际友人用魅力十足的英语、法语在查询车票，打探路况，下一秒就有染发少年骑着大摩托车，开着超大音量的音响，风一样从 20 世纪 70 年代穿越而来。

六库穿透气流，"嘭"的一声华丽丽地混合着各种味道，降落人间。

向阳桥，名字好，风景也好。桥下碧流滚滚的是怒江，水质到了六库，已经不太干净了，但依旧姿态动人。桥面上，春风吹过，吊桥和铁索全都摇晃得厉害，移步轻走就有飞的感觉。此时暮色四合，山色狂野，我知道，另一个六库又来了。

第 13 天

昨晚在六库睡得很糟糕。房间看似不错，住下之后才发现床、灯、电视、垃圾桶、马桶全是坏的，就连椅子也几乎不能坐，估计这就是 50 元一晚的配置吧。

忍着困意，正式走进怒江大峡谷，进入世界自然遗产"三江并流"的腹地。

能观看到福贡县的飞来石，就证明这路程已经走了一半。这块高7米、重400吨的巨石，正是在1983年我出生那年，在一个大雨滂沱的夜里从碧罗雪山上飞来的。

飞来石，让我很惊艳，在车窗里扭头看了许久，但最让我感兴趣的还是怒江出了名的溜索。它横跨怒江两岸，沿路可见，因为太过惊险，也有"风之桥"之称。

我非常想下车体验一回，但毕竟不是自驾那么自由，班车也不会刚好停在溜索旁边，车辆只会在加油、到站的地方停留，所以只能眼睁睁地一次又一次错过。我宽慰自己，就算现在双拳握紧，临风而立站在溜索边，也未必真有勇气滑过去。其次，这么危险，这个项目是否对游客开放了呢？也许它只是单纯发挥着方便两岸居民物资流通的作用。不管怎样，对一个旅行者来说，怒江溜索这神奇的景观，是绝对不可错过的风景。

水无石不怒，山有欲飞峰。漫长的一天，飞驰在怒江的悬崖公路边，能安全到丙中洛就是幸运。

放下行李，开始轻装在这个怒江小镇上转悠。有月光在岩石上方闪烁，在一家洁净的小餐馆门前，一位爱好摄影的单身男子，热情地邀请我们一起吃晚饭。此时的丙中洛难得见到旅行者的身影，他说遇见我们很开心，终于不再寂寞了，他一个人在西藏待了很久，最后从藏区察瓦龙一路穿越到丙中洛，也是为了找寻真正的香格里拉。

我们聚在一起，吃着热辣的牛肉火锅加土豆饼，没有戒心，亲切交谈。风入松，鸟归林，云半遮面；数落花，沽新酒，好似神仙。

第14天

上贡当神山，路遇采药老人，他指明了一条上山的小路，也是一条"本来没有路，走的人多了就成了路"的路，路不好走，老人与我们同行了很长一段。

他说翻越贡当神山就可以到达传说中的独龙江，但路途险恶。蚂蟥遍地，需两天两夜翻山露营，还需天气良好，老天保佑。如今茶马古道还有马帮在行走，虽然次数极少，但古道一直存在着。

谈话之间，我才察觉到老者身材瘦小，面色红润。他弯了弯腰，笑着说，自己是黑龙江人，定居丙中洛十多年了，儿女都不在身边，女儿北大毕业，已经工作，儿子在大连，不愿来丙中洛。"其实丙中洛真的很好，比东北更好。"老人捋了捋胡须，眉目含情地说："1999 年修路之后，有很多国外的游客、僧徒慕名来此，一度鱼龙混杂，治安混乱，而如今的丙中洛，宁静美好，一派祥和。"

　　和老人分开之后，内心安宁，步履轻快。最终登顶的感觉真好，北望嘎娃嘎普，南眺碧罗雪山，九曲怒江就在脚下，世外田园一览无余。

　　山顶舒缓平坦，有一片废弃已久的羊脂玉开采区，我们也开心地染了俗气，各自去寻玉，想遇到好运气，捡一块价值连城的白玉回去，明知没有，但找一块自己喜欢的供奉在家中，参透自然，收获禅心也不错。Mini 爸很快就没有这种孩童捡石子的兴趣了，而我真的捡到了一块非常中意的。

　　山下还有些许暖意，山上却凉意袭人，山风吸纳了远处雪山的寒气，隐隐呼啸在身边，穿透肌肤骨骼，我们都只穿了单薄的外套，明显有些撑不住了，此行没有带特别厚的外套，一路坦然自若，直到此刻，方有些后悔。

　　我们所站的地方，放眼望去，绿意都在脚下，而平视极远处，则全都横卧着雪山山脉，每个方位都有，形态清晰，各具特色。

　　原以为能远眺到梅里雪山，有些激动不已，后来才发现方位不对，而且从公里数看，距离太远，是不可能看到的。看不看得到梅里并不重要，有蓝天做底色，冰雪怎样都是好看的。不知是反光作用，还是天色极好，冰川四面环绕，晶莹到刺眼，眯着眼看去，就像是给天空镶上了一道钻石裙边。

　　据说，现在贡当神山特意为游客打造了白塔和经幡，画面美了，却多了人工的痕迹，少了原本的天然质朴。

　　上山下山路线相同，简洁明了。下山途中，我们一直在寻找拍摄"怒江第一湾"的最佳视角，可是深入密林里找了几次，都失败了，还差点濒临悬崖，步入险境。

　　让我觉得最有意思的是，下山有一段几乎是 Mini 爸牵着我，连飞带跑，俯冲下去的，感觉我俩化身成了英俊的王子和落难的公主。这段路很有特点，既不是石板台阶，也不是山间密道。路是并不明显的狭小土路，纵横交错在农田里，而整个农田在山麓上气势舒展，滑坡极陡，若走得太慢，则心生胆怯，完全没有信心能走下去；若走得太快，随时会有一屁股跌进田埂泥泞里，半天起不来的可能。

野狗的嚣张和威胁，出人意料；雪山的反射，使眼睛生疼；太阳的炙烤，让人筋疲力尽。百转千折，下午三点多，终于下山了。回到房间，连出去点菜吃饭的力气都没有了，一觉睡到黄昏，然后去扎那桶索桥上，画落日，看风景。

真是神奇的感受，早上，还在绝高处贡当神山，现在，却身处绝低处的怒江谷底。怒江流经此处，形成一个不规则的小弯道和一个小半岛，半岛上石屋林立，绿径纵横，桃花成片。更迷人的是，怒江不再怒，你可以随心所欲地在这里看山、玩水、漫步、低吟。水流不急，很是细腻温柔，在石滩边，轻轻一探身，便能将手伸入碧绿飘然的江水中，仿佛掌中握玉。

第15天

清晨出发，雾色飞歌。

正逢重丁村的教堂周日做礼拜，我在教堂参观了好一阵，才继续向前行走，一路赏景。丙中洛一度颠覆我的想象，原以为它深寒、荒蛮，但此刻它却沉浸在一片不可描摹的虔诚柔暖、优美空灵之中。

途经一个峡谷，一脉天成，神秘伫立。峡谷没有名字，我却深深地被这种无名之美吸引。

后来才得知，峡谷走向与怒江峡谷交错，自西向东，东边汇入怒江，而西边的雪山之中藏着真正的香格里拉。据说，人们津津乐道的中甸是徒有虚名，稻城也仍有争议，就连丙中洛也不完全是真的。数年前，有外国人冒险进入此地，此后再无人进入。据探险者描述，此处几乎与缅甸交界，绝世秘境，千座雪山，冰河步道，有一大一小两个美丽的天池湖泊。

对此，我充满遐想。

走了很远，累极了，午饭简单潦草，吃得很急，因为要赶在下午两点前去怒江第一湾拍照，过了这个时间，世界便不一样了，逆光中的第一湾会朦胧黯淡许多，美景不似当初。

贡山过来的班车，在怒江大峡谷的观景台并不停留，一般游客都是从大巴车上下来，匆匆留影，然后再前往丙中洛住宿。而停在路边，为数不多的车，显然都是自驾的游客，那时没能力，也没想过会买车，觉得自驾游是离自己极远的事情，心里有一丝很单纯的憧憬，这和虚荣没有关系。只有我们，如此特别，专程从丙中洛镇原路返回，徒步而来，想要放慢时光，好好观赏怒江第一湾，这是唯一的办法。

这一个巨大的、惊叹的湾，弯得真是急、真是好。

峡谷万丈，一江碧绿的愁肠。

我们倚着栏杆看了很久很久，后来干脆席地而坐，直到夕阳穿心而过。很快我的衣着和表情，就和丙中洛是同一个色调了。清凉的光影下，我用手指甩出长长的影子，抚摸过雪山，又抚摸过自己的心，终于明白了天人合一的境界。

第 16 天

秋那桶，像俄罗斯的某个地名，它是怒江峡谷北面最后一个村子，它的美与生俱来。

沿着怒江峡谷溯江而上 12 公里，便是秋那桶。这比攻略上说的离丙中洛只有三公里的距离要远上许多。那时单纯又没有经验，对旅游的信息总是深信不疑，虽然被攻略误导，走了很远的路，但却没有后悔。

因为，秋那桶很符合我的审美。秋那桶峡谷接壤西藏，是整个怒江大峡谷最精华的部分，景色神秘壮美，森林茂密，瀑布纵横，山花灿烂，雪峰簇拥。

路过雾里村，名字美，更是让我想起了几句美诗。

> 雾起时
> 我就在你的怀里
>
> 这林间充满了湿润的芳香
> 充满了那不断重现的
> 少年时光
>
> 雾散后却已是一生
> 山空
> 湖静

三月的天，竟然越走越热，浑身冒气。周边地形复杂，但脚下的小路却简单明朗，沿怒江蜿蜒穿行。

走过石门关，江面平缓了许多。

春天的河谷，色彩不出挑、不突兀，浩浩荡荡只有三种颜色，莹白的雪山、嫩绿的麦苗和淡粉的桃花。路时而弯曲，时而笔直，尽头永远是明艳动人的雪山，越走越感觉自己像中世纪童话里的公主，走在回家的路上，而远处雪山的风光，便是城堡墙壁上的一幅装饰画。

秋那桶村子里面，处处都是风景。只有一位穿着冲锋衣裤、神情自若的中年男子，独自扛着摄影器材四处寻景，除此之外，再没碰见其他旅人。

我和风景中的那个自己对望，会心一笑。一直深居简出，不是社交达人，所以社会担当很一般，公益活动也未曾参加，修养如此有限的我，却一直有个心愿，多带一公斤背包出行，为了远方的孩子——那些渴望读书的孩子，我期待在某次旅途中，能极有缘分地遇见一所希望小学，遇见一群可爱的孩子。

天赐良机，秋那桶正好有这样一所小学。

到了具体地点才知道，希望小学在山顶的背面，根本看不到，此时我已经完全没有体力了，一切只能拜托 Mini 爸了。个人力量实在有限，加之这次行程太远，带给孩子们的东西自然也不多，无法深情地表白，只能聊表心意。

他按照我的嘱咐，去了学校，居然还有体力一路小跑，笑容灿烂，我很感动也很快乐，但又有些失落，盼来盼去，还是没能见上孩子们一面，更难过的是，我不能为他们多挑一担水，也不能教他们多识一个字。悠悠浮生，我们只能各

自珍重。

他去追，因为阡陌之中，有我的梦，他导演了我的旅途，我导演了真实的自己。

不一会儿 Mini 爸就下来了，我迫不及待地询问情况，说话都紧张得发抖。他说放心吧，一切顺利，只有一位男老师在，教室十分破旧，孩子们特别认真地在学习，怕打扰老师上课，我递给老师就走了。

世间有多少温暖的相逢，这会不会是其中一个。

感谢秋那桶，留了一个未被打磨的角落，去成全我的柔软之心、渺小之梦，并将散落在天涯的爱一一拾回来。

桶，在怒族语言里，意为"和平"，凡是"桶"为后缀的村落名称，都是怒族和傈僳族的聚居地，他们在怒江过了几百年农耕，世外桃源的生活。夜里，当风从雪山那边吹来，寒霜落在窗台，好像一切都隐入了远古的时空之中。我依依不舍，向黑暗深处望了几眼，什么也看不见，心却是明朗的，仿佛又重现了白日的一切。起初来丙中洛，并不是为了贪图清净，因为并不知道此处会如此清净，只是为一览怒江峡谷的雄奇而来，顺便感受一下人文之美。如今，日日徜徉在这春暖花开的雪山脚下，便爱上了这种静，不能自拔。

就让我醉心于这种安静的灵性吧，只因时光知心，雪山有情。

第 17 天　法力无边，心在路上。

第 18 天　重回大理，白塔匆匆。

第 19 天

在春城昆明，结束了这一场春天的旅行。未去滇池，它像荡漾在心上的铜铃，不响，余音自美。

第 20 天　在火车上铺熬了 23 个小时。

第 21 天

梦游般出了火车站，是武汉熟悉的气息，似小说又似电影。

大武汉，我气脉所在，我性情所属，我文字起始的地方。

我深深地爱着她，还没有"过早"，来一碗热干面最过瘾。不是旅行才有最美的色调，一日三餐，寻常生活，也是瑰宝。

下一次旅行的时间可以更改，但不能更改的是，有一种梦，在暮色山野里，悄悄延续下去，生命决裂的伤口，被风灌满。

西塘：后来的烟雨，后来的长廊

2010 年初，去无锡见一个好友，充裕的时间足够我挑选一个古镇，沉迷片刻，闲话光阴。

阔别三年，再下江南，相思袅袅又亲切十足。我直接坐火车到了嘉兴，来嘉兴有两个选择，一个西塘，一个乌镇。

按理说，乌镇更像是江南最美的坐标，但我知道，天青色的西塘，在等我。

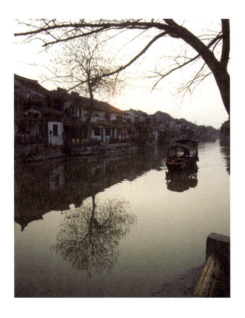

元旦之后，西塘立刻有了春意，让人惊喜。

小镇东南角尽头，有几座非常简约、平直的桥，比起拱桥，更秀美几分。桥有长、有短，用清幽的石板连接，起承转合之间，自有韵味。

一个人立于桥上，春色如画。

桥头，茶水摊位上游客如云，座无虚席，就连旁边卖芡实糕的小摊也被人群包围了。看来，西塘是热闹的，但这样的气息却并不让人生厌。桥尾，有人轻描淡写，勾勒画笔，卖白玉兰的老婆婆也成了画中的风景。

桥下长长的日子和长长的流水，看腻了柳岸，低头看流水也很好。小河并不窄，静静地，像是并没有流淌，水色淡远，河中白云飞扬。

我爱上了这里的桥，这样的风景对我来说是恩宠，上桥、下桥、入画、悟境，皆有诗意。

其实，西塘最出名的是烟雨长廊。

所谓长廊，其实就是带顶棚的街道，有一千多米长，沿河而搭，既能乘凉也能避雨，更是无可比拟的人文风景。

沧桑陈旧的气息，真是让人不忍踏步。我独自走在廊下，没有遇见丁香般的姑娘，但是十分幸运地找了一家喜欢的客栈住下，并逛了一下周边的特色小店，有时候还能找到长椅休息，或者干脆坐在临近水边的石阶上，怎样都是自在的、无忧的。

当年红遍大江南北的电视剧《像雾像雨又像风》，正是在西塘取景，西塘的灵魂，也不由自主地和这部片名吻合，这是多么有灵气的相依相映。

天青色来临，烟雨慢慢扩散于长廊之上，两岸的灯笼，悬挂在春花秋月的天边，一河碧色，荡漾在倾国倾城的夜色中。

江南，如果只是杜甫诗词里一个飘逸的方向，那么西塘又为何如此真实地成为我梦境的韵脚。在小小的弄堂里，一个立体的江南就这样横躺在了我的面前。西塘的石皮弄太窄，风在弄堂里互相谦让，在无数个迂回流转里，古人细密的心思和折扇的风流都随着一杯暖茶下肚。是身在弄堂，还是身在风里，都逍遥而去吧！

一个人的西塘，幸福和缺失，难以言喻。

如今，千里之外，常常隔着无边月色，思念西塘……后来，烟雨，还在吗？后来，长廊，还长吗？

阳朔：许你一座书童山别墅

老妈想去桂林。

从她很年轻很年轻、一笑眼神还很莹澈的时候，这个心愿就根须般长了出来，被岁月的风怎么吹都折不断。这些年，凭着这点情怀、这点念想，她在心里恐怕早就走出了一条通往桂林的未名小径了。

桂林这出戏，唱了这么久还不上演，我有些烦，也有些按捺不住了。我时不时就对母亲说：你老唱着"我想去桂林呀，我想去桂林"，现在又有点闲钱，又有点时间，不去等什么，老了就要享福，想做什么就去做，懂吗。她明明高兴得很，到头来却偏偏要挖苦我一句：就你潇洒，不务正业，我才不去呢。父母总是这样，嘴上说不去不去，其实心里是想去的，不去是为了省钱。

总有一个人要任性。

某天，我出其不意，举着两张近日出发去桂林的火车票，来到母亲面前。她正系着红围裙，热火朝天地炒菜，我悄悄地站在她背后，把票"唰"的一下，举到她眼前，然后极力稳住手腕，没有晃动，好让她看个清楚。

她被油烟呛了一下，迅速把我的手挡了回去，说干什么啊，毛毛躁躁的。我得意地说：你看看呗！她一看，大吃一惊之后，又"扑哧"一声乐了，她说：真去啊？眼中闪着清新的暖意，我说是啊，票都买了，难不成是假去啊。于是她就激动了，一个人低声感叹，静静地对自己说：一直想去，一辈子也没去，现在，终于可以去了。我看见，有梦，覆盖在她脸上。

"人生就需要冲动嘛，现在，信我了吧。"我甜蜜地搂着她说．"何况这还不能叫冲动吧，只能算是平凡认真地了却心愿而已，人家卖房放手远行，或一人一车环游西藏的，那才叫冲动。"

说是去桂林，其实去的是阳朔，都说"桂林山水甲天下，阳朔山水甲桂林"。

我选择了一条半程竹筏半程徒步的综合路线，起点仍旧是百年不变的杨堤，在九马画屏下船后，尽情玩耍，然后步行至兴坪，再坐车去阳朔。

到桂林时是黎明，星群刚刚从天空撤离，一弯新月还在用子夜的光芒迷惑众生。我们没有停留，一鼓作气来到杨堤码头，火车站出发的大巴是陆路直接去阳朔的，半途中在杨堤下的，只有我们。

阳朔的山水之美、水墨之境，简洁到一两句的赞美也显得画蛇添足，那种天然的意韵，到过的人便知，没到过的，说了也不会懂。单单是杨堤码头，一排在晨雾中若隐若现、清淡相拥的山峰，就已经把母亲迷得七荤八素了。

到了九马画屏，真的就像身在画屏之中，该走的船已经远去，该来的船还未出发，春色浮动的山石水木间，空无一人。

我和母亲静默陶醉着，偶尔说笑，一边欣赏着自己在漓江中安静的倒影，一边拿出早餐，休憩闲聊。一切都美好顺利，没想到之后却出了岔子。

去兴坪的路上，遇到独自一人徒步的外国帅哥，他高挽裤脚，面露欢颜地跑过来向我们问路，告别后，我们开始沿着橘园行走，缓慢地欣赏风景。

不久，下起了大雨，一路泥泞，行步艰难，便随意钻进了一户农家避雨。

依稀记得离端午节还有一阵子，一位裹着蓝布头巾和母亲年龄相仿的女人却已经忙着包粽子了。她表情认真，动作娴熟，粽子的馅料十分丰富，黄澄澄的板栗和饱满的绿豆最为醒目。好像自家的熟客一样，她热情地给我们拿了干毛巾和茶水，又随手在我们背包里放了几个粽子，我们坚持不要，她却坚持要给，这突如其来的温情，像隐身的雨衣一样，一下子把屋外的风雨隔在了千里之外。

雨势减小，但风不弱，再停留下去也不是办法，我们带着粽子的清香继续赶路。母亲心生忧虑，开始责怪我好好的竹筏不坐，非要走路，我一边委屈一边不甘，心情也湿透了。为了快点解决这种尴尬的境况，我只好没路找路，穿过农田，摸索着来到岸边，拼命摇手、呐喊，希望拦停过往的船只，摆渡到阳朔。何曾想过自己会在漓江边，上演一场荒岛求生。

不坐竹筏，在漓江边徒步观景，是另一番视角和诗意。但此时，谁也无心赏景，只剩疲惫和山影交织成一片。顺着兴坪的方向，又沿着河滩步行了很久，终于遇见一艘准备离岸出发的船，只有船家一人，从兴坪前往阳朔办事。真是抓住了救命稻草，我们踩着浅滩边清澈的漓江水，飞快奔过去，母亲十分激动，跑得比我还快，完全顾不上脚下打滑的小石子。阳朔，以如此大胆的方式迎接我们，我们，也只能欣然接受，大胆去爱了。

风行水上，我们也如风自在。一岸春草绿，比之前江面上的一段更生动，我突然想起"芳郊绿道"几个字。船家看似随意地左右划动三两下，实际却操作得当，很见功底，若非他微微地憨笑着提醒，我们竟未察觉20元人民币上的景观，险些错过了。做攻略的时候，心里满满都是它了，都有些腻味了，所以真的遇见，惊喜就来得很平静，不是生命里激荡出来的那一声"哇！"我一会觉得它俗气，一会觉得它洋气，母亲则有几分兴奋和新奇，摸索半天终于找到一张20元，好好摆弄了几下。确认过眼神，确认过痕迹……这块因钱出名的山之石，在人民币上，它是简笔远景，罩着淡如茶色的光辉，在真实的景色里，它是三块排列组合得很不错、极具美感和标志性的魔法石，当然，这或许只是我浪漫多情的片面感受吧。

竹筏在软软的水面上轻快地荡漾，几乎没费什么工夫就漂到了阳朔码头，虽然看起来快，但真要我们沿河走过来，恐怕也够呛。上岸的时候，雨早就停了，阳光越来越暖，眼前是一座美美的山水花园。

到了阳朔，母亲早就把赶路的波折忘在了脑后，她弯腰在路边精挑细选买了一些小金橘，顺便还打探了一番最近大热的书童山房价。

阳朔附近的小镇、峡湾、度假区，都陆续开发了不少房产，我们去的那一年，以距离阳朔县城 2 公里处漓江下游的书童山最火最受追捧，路上会有人直接走到你面前，把传单塞你一个措手不及，然后用高八度的声音开始煽情又浮夸地推销，来，看一看书童山的房子吧，好多外国人买了，已经住进去了，到时候你的邻居多半都是国际友人，小孩的英语、法语、德语也不用发愁了。这广告推销台词也并非虚妄之言，土地价值最重要的两个方面，一是城市资源，二是自然景观，书童山都占全了，加上在阳朔集体买房定居的大时代大背景下，书童山独放异彩，确实吸引了不少外省、外国的人来此购买，并真正抛开前半生，从此在阳朔携家带口，满意地定居。

母亲说，那些生无可恋的人，如果来到阳朔，应该不会想寻短见了吧，我真想买个房，或者租个房，在这里一直住下去。她温柔地笑着，眼里满是羡慕。我淡然而坚定地承诺她：会的，我们还会来的，说不定还买个别墅呢。

曾经庸俗地觉得，别墅是富人的标签、土豪的配置。其实对别墅的向往，又何尝不是对隐居之梦的编织和延伸呢？也可以具体地说成是对读书问道、怡然自若的田园生活的一种回归，又或者，只是最单纯的烈焰奔腾般的一种生活热情、激励和畅想。只要不过分攀比，在不乏正气的情况下，适度去享受健康的物质生活，那么，买一栋别墅住一住，也就算不上是什么奢侈无度违背美德

的事情了，更何况 4000 元／平方米的房价就能找一个浪漫的栖身之所，日日与漓江相伴，这看上去确实诱人。

我们被欲望引燃着，却只能回归现实，拿着火车票，怎么来的就怎么走，无法随遇而安，无法诗意地停留。书童山别墅，最终还是成了一个值得纪念、常常追思的美梦。

心都乱了，怎么能这么美呢，漓江，漓江！

我暗暗想，若还是不能留在阳朔，那就趁这几日，安心地把自己放逐在漓江岸边，在那青山更青处，让心中的虹影，肆意去飘吧！

次日，捧着一个梦似的，我们一清早就去了遇龙河漂流，如评价所言，果真是一条玲玲珑珑、秀秀气气的小漓江，如宣纸上润了一脉清水那样美。步行、骑车、竹筏漂流是遇龙河的三种玩法，每一种玩法都碧水萦绕，人在画中，而且各有趣味，不可代替。本来看中了工农桥附近的一处独栋观景客栈，想安心住两日，三楼的大阳台正好一览遇龙河如飘云远去的悠悠美景。虽够幽、够闲、够放空自我，但后来我又愉快地否定了，还是想更舒展地体验一次漂流，于是选择了上游半程漂和逆流富里桥，这是比较精华又能充分避开旅行团游客的一段了。最喜欢遇龙河僻静的味道和那座意境古旧的富里桥，算起来，这是行程之中第三次漂流了，却并不觉得重复生厌，反而像一场依附于心间的精美盛宴，慢慢美、慢慢尝，也许漓江大大小小的支流天生适合竹筏赏景吧。筏工小林住在白沙镇，除了在旅游旺季从事筏工之外，还打理着一片橘园，但仍然生活贫寒，至今未婚。他早已动了去大城市打工的念头，比如武汉，他一脸憧憬，甚至连着追问了许多武汉吃穿住行等具体生活细节。谁都想姹紫嫣红地去活，轰轰烈烈去闯，不想固守眼前的那一亩三分地，这是实情。念起家乡总是好的，总有看得见的乡愁和神圣远古的眷恋，但要永远留下，却未必甘心。

后来，我们聊到了归义古城的歌舞晚宴，也就是旧县，聊到了环绕白沙镇数条风景奇异的骑行路线，聊到了关于私自拉活的筏工，政府正在摸底清查及正式收编，置身这样的水与岸，谈起这样的话题，也是颇为有趣。

漓江很美，但重新来一遍，没必要了。遇龙河是刚刚好的一点妙，上有长天，下有静水，怎能不妙！灿灿夕照下，远山像鲤鱼翻身一样，露出金色的背脊。昨日已逝，过往犹存，一个又一个美而简洁的片段构成了浓得化不开的回忆，天边的田园，无忧的生活，天真地融入，除了童年时代，也就只有此刻了。

丹霞山：妈妈说，信了你的邪

这次，好不容易请了假，索性带母亲多走几个地方。想来觉得自己很八卦，为了一睹阳元石、阴元石的风采，如此疲惫地坐夜车，从广西折腾到广东，目的地是韶关的丹霞山。

丹霞山的清晨，无人打扰，是属于我和母亲两个人的。

别处的是青山泼釉，这里是完全不同的红色篇章，柔和的阳光，像碎糖一样黏在赤红的崖壁上，煞是好看。

走了一段寻常的山路，便得见阳元石的真颜。

一个栩栩如生的男性生殖器被放大数倍，英武地挺立在天地间，夸张、写意且富有表现力。此石比真正的男性之美，更具天然妙趣。惊叹之余，我多少还是有些羞意，抹不开面子去仔细观摩，后来发现许多人都是因为阳元石慕名而来，更有求儿求女，孕育心切的人把它当成"祖根"膜拜，无论是男人还是女人，大家都落落大方，雅俗共赏。于是我和母亲也凑了一回热闹，请空闲的游客帮我们和阳元石合了影，这张挑战传统又趣味十足的照片，后来一直挂在家里的照片墙上。

阳元石旁边有一座不高却尖耸的光秃小山，叫阳元山，又称"细美寨"，因山顶有一夫当关万夫莫开的山寨而得名。如今山寨早已废弃，加上山路奇险，一般游客都不会到此，只是远远看一眼也就罢了。

问了好多来来往往的游客，没人知道怎么上去，最后遇到一个团队的导游好心告知，他领队几年，也只去过两次，并劝我知难而退，上去太危险。这下更激发了我的好奇心，我不想一转身，就修改了人生，就错过了晴空下那满满一山的美丽。

怕母亲阻拦，我没有详细地告诉她我要去哪里。她就像个天真的孩子，大胆快乐、无忧无虑地跟着我走。我是那种不好好走路，骨子里不安分的人，放着鲜花大道不走，偏要走凋零小径，而我无意中把母亲也带到了这条路上，让她跟着我疯狂了一回。

上山的栈道通往阳元石的背面，回眸一看，难忍笑意，石柱背面形态松散，气质全无，完全不像男根，和正面云泥之别，但纹理之间，还是映射出毕加索的艺术味道。

花非花，石非石，精微的情致，最重要。

我试探着向前攀爬摸索，起初山路还有类似台阶般的凿痕，后来路的印记越来越模糊，越来越难走，接着奇观出现在眼前。这和仅容一人，可以大大方方顺着台阶走过去的一线天还不太一样，我深呼吸，然后侧着身子勉强挤进石缝里。窄小的天空悬挂在头顶，前胸后背紧贴着两面潮湿的石壁，几缕幽草从渗水的岩缝探出头，挠得人心里发凉发慌，只有顺着石壁上踏脚的小坑，九十度攀缘而上，十几秒的步程，是从地心冲向云霄的离奇感觉。

我专心攻破着每一个难关，忘了及时回头，看母亲有没有跟上，等我发现的时候，她已经被落下很远，不见踪影。我一鼓作气登上山顶，然后在开阔处，大声叫母亲，却始终没有回应，心里一下子就怕了，这么难走的路，母亲能行吗，会不会有什么危险？然而原路下山更难，也许母亲没找到，我自己先挂彩了。这不是逞能，也不是舍我护你二选一的时候，别无他法，我只好黯然地在山顶凉亭坐下来，等着母亲，如果在我预期的时间内她还没有来，我再下去寻找。

就在祈祷之间，母亲带着诗人般的光辉走到我面前，我一下子从地上跳起来，担忧立即变成了骄傲，多么苦的一次行走，她居然成功了。

母亲做出一个仰天高吟的动作，然后一个大跨步，生气又滑稽地指着我额头说："死丫头，你把我害苦了，我根本不敢往前走，也没法后退，只得硬着头皮向前，直到找到你。你说你，从小到大都没用，万一丢了或出意外，怎么办？"我边打趣边扭过头，微笑的眼睛里却一下子就褶皱出泪意，母亲永远比我想象的更担心我，即便进退两难，自身难保，她眼里、心里依然全都是我的安危。那时，还没有生 Mini，我没法用我的母爱去全面覆盖一个人，然后换位明白其

中的深刻，但是，为爱翻山，为爱攀行的画面，我已铭刻于心。

信了你的邪，把我搞到这种地方来旅游，再也没有下次了。她继续爱恨交织地絮叨，骂够我之后，像虚脱了一样，累得爬不起来了。这个时候被骂，我既幸福又享受，只要母亲没事就好。

细美寨的下山路不逊于上山，九九天梯也非常折磨人。这就是所谓鱼脊背路，黄山和华山也都有各自的鱼脊背，如果在风中稍稍停留或摇摆，好像随时会顺着幽冷的山脊滑向深渊，唯一能做的就是保持平衡，抓紧铁链，踩好脚下的每一步。

终于到了半山腰的玄机台，得以喘气和休息，伴随竹影婆娑，心情也归于平静。一对从山东曲阜远道而来的老夫妻，装备极酷，一路的艰辛和幸福都写在了脸上。大家围坐在一起聊天，他们低调地透露，沿途游玩了很多景点，一般来说，只要家中没有大事，他们每年都会出行一次，长线比较多，一个负责规划自助游的全部行程，一个负责掌管所有的开销经费。夫唱妇随，白发之恋，真让人羡慕至极。

在落日中远眺，丹霞如花，疏密有致地点缀在一片淡青之中，连吹来的风都精细地勾勒出每一片花瓣的轮廓。母亲呆呆地望着她几经辛苦爬上来的路，惊魂未定，这次确实害得母亲跟我好一番折腾。她恨极了我，很久都不和我说话。所谓的很久，当然不是真的很久，在我诚意地道歉和拥抱之后，母亲娇嗔地和我贴面一笑，很快又开始期待下一次出发。春深意浓，山水依旧，我们自然不能分离。都说一生要和父亲有一次单独的旅行，可以读懂父亲沉默的爱，其实我想说，母女同心，一起旅行，也是一份特别美妙的交流和记忆。

华山：千山有味千山知

我很贪心，办任何事，都不忘顺路扫荡身边的美景。我和Mini爸应邀去内蒙古参加一个朋友的婚礼，正是好时机，当然要取道华山，一路游玩北上。

饿极了的我，在华阴火车站尝到了一大块厚实又美味的肉夹馍，味蕾已经彻底满足，来华山一心求险的激情也抚平了许多，如今觉得，随缘上山，自在如常就好。

华山的景致，自不必提，在山水之间牵引着我的，是那些安静而动人的灵魂。

在北峰，一个身穿皮衣的小男孩，在爸爸妈妈的注视下，又跳又叫，笑容极酷地宣言"我来了，华山"；在去东峰的路上，我们正好和一位白发挑山夫相对而行，他手臂已弯曲变形，却用一支短笛不断吹着小调，释放着心底的悠扬和沧桑，所有世俗的烦恼都看不到。笛声所至，潇洒不羁，穿透鸟鸣，简直是极妙极妙，听者，暗暗叫绝，心神畅快。

然而，最打动我的是秋山之巅一个朴素的背影。在莲花峰顶，时光很静，风很清，一个孤孤单单的中年外国男子，惊喜地遇见了中国如此多娇的江山，于是呆住了，站住了，失神了，用孤独的灵魂倚栏眺望，肆意欣赏着，心里升腾起对世外佳境真正的呼唤和热爱。要我说，什么都不差，就只差拎一壶美酒，与山风交谈，像《独坐敬亭山》那样，"相看两不厌"。

我感觉，在这宁静无边的交集里，我有片刻是懂他的。其实这个外国人，正看反看侧看，怎么看都不英俊，背影也不够挺拔，却很特别、很美，像是从画里刚刚落笔完成剪出来似的，搭配上山水的构图，整个效果很好。

不求更多，于喧嚣世间，能有机会与自己喜欢的那座山静处一日，已是无限幸福和美意。我兴致勃勃地躲在一处，调整心情，观察人间，一幕幕值得欣赏、值得入画的片段，成了我华山之旅最明媚的一部分。相比之下，因雨势太大，没走长空栈道，也就不算什么遗憾了。不得不说，华山于我，已经够意思了。全程七小时，在东西南北中五峰之间踏雨而飞，遍览无限山河，还有什么比这更有故事、更能写进光阴，投入信箱的呢？

平遥：晋中一梦，做一对漂亮的麻雀

在看最新一期《中国好声音》的时候，听到《少年锦时》的歌词："仅有一辆进城的公交，还没有咖啡馆和奢侈品店，晴朗蓝天下，昂头的笑脸，爱很简单。"突然就被这种画面感打动了，写的不是平遥，却很像平遥。

华山之后，北上平遥，这次很惨，只买到站票。将近七个小时，我们铺了张报纸，蜷缩在车厢的某个角落里，在火车平稳行驶或到站时，就站起来活动一下身体。记忆犹新的是，有个年轻小伙十分厉害，把两个空的啤酒瓶倒置在地上，然后一直轻盈稳当地坐在酒瓶上，不晃不倒，我不记得周围有没有人注意到他，反正我是被惊讶到了。

从窄得转不开身的火车站坐了一辆三轮车，黄昏时分，终于赶到平遥古城。挺拔的城墙轮廓清晰，灯光还未亮起，夕阳投射在古城上方，像一枚无限扩大的黄铜色硬币，在古老的光芒里，历史文化名城的气息开始袭来。

只在平遥住了一个夜晚，却有种不想回到现代的感觉。

一眼望去整座古城大气磅礴，格局方正，视野无极。此时正值国庆黄金周的前一天，却商铺清冷，游人稀少，安安静静的没有闹气。天空很蓝，处处飘着清幽之气，闪着流萤般的梦，这情景，这佳境，大大出乎我意料。

平遥古城围绕着一条主街，以村庄的格局蔓延开来，既有着田园的散漫，又中规中矩，让人联想不到这是繁华动人的"小北京"，倒像是别具古韵的深山古刹。

城里的大街小巷都是步行的好地方，城墙外围考虑到体力和体验方式，选择骑行比较合适，而我们正好反过来了，城里骑车，城外漫步，同一种风情，组合排列不同，别有一番滋味。

所住的客栈旁边正好是一家车行，顺理成章地租了一辆双人自行车，第一次在古镇使用这种交通工具，一切都显得很有趣。我们在城内骑了一整圈，循着时光晶莹的足迹，一窥平遥当年的容颜。这辆骨骼纤瘦、一漆纯白的双人自行车，我格外喜欢。一身轻风，明清古巷随意逗留，不问何去何从，这种感觉真好。

我几乎没有打扮自己，旧背包、白毛衣，头发随意地扎着，身上没有一件花俏的物品，但这并不妨碍我触碰平遥隐秘的灵魂。偶尔把相机调成黑白色调，才发现极其吻合内心的感情色彩，也适合平遥固有的气质。平遥完整地重现了明清古县城繁华的模样。打开梦境之门，你会慢慢发现，它的存在，给从容展示粗犷的土地镶上了一条雅致的金边。

街边停着最原始的毛驴车，我觉得好玩又稀奇。毛驴的须发在风中扯出一缕缕充满乡土气息的诗意，头顶的黄色绒球像深秋的麦芒。驴无声地立着，有几分优雅，身上的装饰偶尔发出轻微的响动，好似有齿轮从田野间飞过。赶驴人头上包着白色帕子，白得油腻，大如围巾，实在是不好看，因为没有生意，他眯着眼，跟旁边的人哼说着什么，手上掰着两个馒头在啃，眉间荡出一种轻飘飘的无趣和凄凉。

日升昌记，是平遥必游之地，但我们当时并没有做攻略，只是悄悄地路过此地，停车休息而已。每年都有三千万真金白银从此处摩擦生辉，沉甸甸地流过，看来"汇通天下"这个名号不是白白叫响的。

所谓的异乡拾趣，在这一刻玲珑到底，格外生动。不必思考在古城的方位，不必纠缠多余的欲望，纯粹地进入古城，如旷野远行，神游天外。

用上等墨色勾勒出的南街和西街、古玩地摊，趣味得很，任谁都会发酵出不一样的情绪，想顺着此路永远游逛下去。但北街上的碑帖、零碎、工艺品还是最吸引人，常常有异样的华彩投射天宇，风中有云，云中有光，那是一个神奇的远方。

在很久很久以前的人间，还有一个诗歌般的名字：古陶。这名儿冰肌玉骨，一身爽气，让我心动、惶恐，爱到无法释怀。铁艺、银器、紫砂、田黄、沉香、珐琅……你懂的、不懂的，见过的、没见过的，都隐入在芳菲阵阵的民间宝库里。你翻过了许多山，最终看见了它们，却只将闲愁与之诉说。

城墙外，是古城的留白处，非风景，亦是风景。

秋色已深，我们却像透明的春草飘动在城墙外围，长长的垛口和长长的白云也献上了虔诚的步伐，紧紧相随，这是一段又纯美又闲适的体验，不知道这平行空间里还有多少浪漫的灵魂在不舍昼夜，冲向永恒。

去丽江的时候，连同束河都被染了世俗味，而这里的商业气息却俏皮地躲藏在寻常百姓的生活中。到了饭点，一家又一家商铺的住户就会端着一大碗含满汤汁的莜麦面，坐在门前，呼着热气，摇头晃脑乐呵呵地吃着。在家庭的温暖和小型的聚餐里交换着各种笑声和情绪，浓烈的驴肉味像不听使唤的热带海风一样涌入原本极为平静的空气中，有些傲慢，又有些惭愧。新漆的木门边，女子抹了粉，慵懒地转动着银手镯，打扮成少奶奶一样相约去听戏；在更远的粉墙边，有老人随着柳条的光影移动，好像旋转在疲惫的布景里走不出来；小孩子们追着、吵着、闹着脾气，手里抛掷着一些复古又有趣的小玩意。

所有人，都因为这座古城而温良美好，心有家园。

我被并不熟悉的场景和感情所牵引着，干燥贫瘠的晋中平原，用一道欢快而短暂的光，切割出一幅强烈的生活画面。恍惚之间，我觉得自己的前世好像就生活在这里，也或许，我们是黄土高原上一对沾满灰尘却非常漂亮的麻雀。

平遥啊平遥，在历史的钟摆上荡秋千，我们也跟着荡啊荡啊，不知不觉落尽繁花梦一场。仿佛又要私奔，我戴着一顶蓝边绣花的贝勒爷帽子，在城墙下和心爱的人轻拥相坐，在淡淡的、温柔的秋季，走过平遥，将风景都看遍。从此便一步一梦，慢下来。

说好下个秋天就回来，好不好。

凤凰：迷人的错——致一个人的产后旅行

　　凡是遥远的地方，对我们都有一种诱惑，不是诱惑于美丽，就是诱惑于传说。即使远方的风景，并不尽如人意，我们也无须在乎，因为这实在是一个迷人的错。

—— 题记

　　产后八个月，我丢下孩子，自作主张，一个人去了凤凰。

　　其实早就可以说走就走，两个月的时候，身体太弱，催奶无效，自动断奶了。把远方熬在心里，拖延到八月才出发是因为身体迟迟没有恢复。产后第一次出行，我激动而谨慎。湘西，是我早就该去的地方，爷爷是湘西走出来的孩子，父亲在武汉出生却依旧流着正统的苗族血液，这一切都召唤着我走进它，我身体的一部分原本就属于它。

　　仔细想来，去凤凰的原因还有很多，一是从公司离职时，清理出一些旅行的书籍和资料，其中凤凰的影像纪念册最让我上心；二是身体不适，最终忍痛放弃了计划良久的马来之旅，心中郁结，顺手就买了近处最想去的地方，企图道一声珍重，找回那个健康快乐的自己；第三个原因，显得比较有信仰：身边的朋友对凤凰都轻描淡写，没有好感，就连老爸跟单位旅游回来也抱怨没意思，心中便顿生疑惑，果真如此吗？凤凰似乎有太多的不好，那么，就去看看这些不好吧。我无法回避沱江两个字带来的百种情境千般滋味，它碧绿的忧愁在悄悄抽丝，包裹着我心里一千零一夜的梦境。

　　首先要对这次旅行说声抱歉，我自顾自逍遥，把带孩子的事情全都丢给母亲。因为不放心孩子，行程只有匆匆的三天半。在长沙转车，真正在凤凰的时间是两天两夜。

列车的终点是张家界，但是这节车厢几乎都是到怀化下的，张家界，凝固在远方，像一株花纹颤动的罂粟，无人采摘。一出火车站，铃兰和薄荷调配出来的完美气息扑面而来，湿湿润润地拍在脸上，舒爽极了，马路两边葱绿安静的树荫和山形，衬出怀化的轻柔美色。

绕过火车站的闲杂人等，我开始寻找去凤凰的车。有时候火车站有直达凤凰的小巴，没有就要自己去城北汽车站坐车。汽车站窗口清楚地写着：到凤凰，先上车再买票。看来一个人也是有好处的，我被安排在了最前面不算座位的那个位置，行李就在身边，很安全，关键是视野向前，最大限度地避免了晕车，司机说一个半小时到凤凰。

老爸说去凤凰很危险，山路难走，全是吓唬我罢了。比起名山大川的那些U形山路，去凤凰的路真的挺好走的。规矩的小山路和小弯道，在大地上温软地铺开，司机开得那叫一个快马奔驰、胸有成竹。有些路段因为修路的缘故，有些碎石，不太好走，但是一点都不危险，只是颠簸得有些厉害，车速较慢而已。路上的风景实在没有分量，有一个所谓的西门峡景区，在路边建了一个观景台和漂流点，峡谷小得可怜，毫无看点，但水还是很清、很讨喜。让我想起了去神农架的时候一路在林间翻涌着夏日之梦的香溪河，也是如此清莹涓细的流水。

车到站，我有点蒙，看不到山，看不到城，看不到景，看不到路，只有一小块简陋的平地，三三两两停着一些四处拉客的摩托车和公交。我选择了公交，反复确认2路汽车是能到凤凰古城的，这才放了心。遇到了一个好心的女孩，看到我没带零钱，帮我付了一元的车票，一问，居然是汉口的，我们拉家常般聊了几句，她说和男朋友一起从广州来湖南办事，顺便来凤凰玩一天，明天就走。在她脸上寻不到半点娇美的踪迹，就知道这一路肯定匆匆忙忙够辛苦的。多么奢侈的光阴，凤凰，是我们梦里的白莲，无论如何是要瞧上一眼的，淹没在杂草里的我们的心，奋力地向它攀爬和触摸着。

公交车上一半是当地人，一半是游客。

当地人有的穿苗服，戴粉花，光艳动人；有的和我们一样并未身披彩衣，而是拎着背篓，打着瞌睡，对游客、对周遭的氛围早已习惯，全然不好奇。车上的这一批游客可能都是初来凤凰，每到一站，大家都扶着手中的行李，身子往外探，叽叽喳喳地交流问询，是不是这一站？没人搭理，司机也不说话，大家就一直耐着性子坐啊坐啊，车绕过几条小马路和一个小转盘，车下有个粗犷的女人毫无情致地用大嗓门一喊"古城的都下车，到了"，于是大家欢欣地、盲目地、连推带挤地下了车。

与此同时，我也盲目仓皇，并不清楚自己的方位。前方，是一座大桥，我正在桥头的车站，桥上车来车往，四周新城景象，并无特别。丽江，一下车就是标志性的大水车；西塘，一迈步就是碧烟小巷；阳朔，一靠岸就是山水田园，可是，我的凤凰，在哪里呢？

世界上有两个凤凰，一个在湘西，一个在沈从文的笔下。当我信步走上了桥，不经意地往右轻轻一瞥，我相信，我人生中有那么十秒，又笑又狂，满心迷醉。看呀，多美啊！我无法断定那是否就是凤凰古城，她为什么可以轻漾着光芒，俨然像天空之城一样徐徐降落人间，仿佛轻轻一碰就会销声匿迹，带走一切。古城青山倩影，城墙斑驳，沱江蜿蜒，有别于千篇一律的江南古镇。俯身看去，古街上游人如织，却并不让人反感，一个个活动的小人儿好似写意长卷里的墨点，滴滴入画，灵动可爱。

"为了你，我已等候千年"——凤凰的旅游宣传语，完美地契合了她的美，不是虚化。我轻轻地呢喃一句：千年后的我，来了……我跋山涉水，远赴湘西边陲，原来就是为了这一眼，值得与不值得，果真要经历了之后才能证明。

很多刚下车的游客也都走到桥上，短暂地惊叹过后，情绪激动地翻出包里的相机，咔咔咔拍个不停，也有侧脸温柔，静静走在桥上的旅人，想必来凤凰已有几日，完全是一副凤凰的美了然于心的自然神态。

我一时意乱情迷，竟找不到古城的入口，微笑着跟着暖风和花香走，拾阶而下，来到江边，正式进入了古城的区域。

最先吸引我的不是古城本身，而是满眼五彩的花环和艳丽的长裙，只要是女游客几乎都是这个打扮，再配上灵活的腰身，浪漫的眉梢，哇，简直妙极了！沿街都有老婆婆在售卖花环，新鲜欲滴的花朵，颜色造型略有不同，我对这个没有抵御力，很快也买了一个戴在头上，花朵上的水珠洒在额间和鼻翼，感觉自己像颗嫩芽，痴在春风里。长裙，我本身就带了一条，但只要在小店发现心仪的，我还是会毫不犹豫地买下。我对长裙实在太有情怀，无论是棉质的、百褶的、碎花的，还是素色的，都一样喜爱。

　　现在正是上午 10 点左右，团队拥挤，背包客也接踵而至，街上人声鼎沸，十分热闹。然而，我在内心惊叹，凤凰啊凤凰，你为什么总是能安静地存在？存在于柔曼的水草、摇曳的吊脚楼，还是虹桥的倒影里？总之，你能轻而易举地越过游客的相机，越过众人的目光，安静到让我窒息，让我心疼，让我随波荡漾。

　　由于赶路疲惫，打算先找家客栈，稍做整理和休息，再细细领略凤凰。本来是冲着"时光，如初见"咖啡旅馆去的，喜欢他家的名字和房间风格，虽然价格贵点，但是临江的单间全没有了，我没有预定是因为没料到生意如此之好。遗憾之下，依照自己清淡的想象，随便找了一家临江的客栈住下，刚好只剩一间房，有白色鸟巢状的大吊椅和简洁的玻璃茶几，阳台下方是沱江清水荡漾的岸边，泛舟江上的小船来往穿梭，好不热闹。

　　我在阳台上一边喝水，一边拿出小本对着沱江写字。沱江，像古绸缎上那种深深、深深的绿，有绿到天荒地老的感觉，着实让人迷幻。照片不能真实地刻画下这种美，怎么形容呢？对，苍绿色的江水，就是张爱玲说的那种让人颓废和刻骨的苍绿。

一只只小篷船就在我低头的时候悠悠驶来，偶尔会有满载着游客的小船驶向江心，有翠鱼和白鱼悠游地跟随，船夫热情地唱上几句，游客也大胆潇洒地回应。一向喜欢安静的我，这一刻突然害怕起独处，很想投身于这种飞扬的喧闹里。我倚着栏杆，欣赏着眼前的场景，某些时候，烟火和生机比小说里的诗句更打动人。

惊艳的第一眼还定格在脑海，我就已经第二次爱上了凤凰。

沿着沱江边的城墙，一路行来，冷寂的空气中隐隐约约透出淡香，若有似无，沾了衣襟。岸边，洗衣的棒槌声屡屡入耳，往山麓里飞去，仿佛是古籍小说里才会出现的画面，让人恍若隔世。

古城中店铺林立，随处可见明清风韵的酒坊、染坊、银号、商铺，身戴银饰的摊贩闪亮散布其中；房舍、家具、招牌甚至装饰都是木制的。看似保存了相对原始的风貌，待到慢慢审视，却可以看出上面的木锈以及颜色的沉淀，这些都见证了这座古镇曾经存在的悠久岁月。

带着内心特有的情结，我找到了名为"我们私奔吧"的酒吧，因为是白天，还看不出光彩与气氛。有人在门口轻轻打扫，扫着落花，为不同寻常的夜生活做准备。不知道有多少人真正私奔过，但是为爱走天涯的勇气应该会让很多人慕名前来坐坐吧。世界上最美的三个字不是"我爱你"，而是"在一起"。所以，让我们私奔吧！

在此摘抄一段我喜爱的一位女作家的文章《私奔》：

自古似乎都是女子冲破一切的阻碍，与心爱的男子卷着铺盖移居到他处，称之为私奔。私奔，我向往已久，那勇气着实让人佩服，而且赏心悦目。特别是古时的女子，出身于深闺大院，裹着小脚，拿着自己的私物与心仪的男子直奔天涯海角，此气魄正如黄河之水，如大浪淘沙。

找一个心仪的男子私奔，我不知道现在的女子是否会有这种想法，并且付诸行动。于是"采菊东篱下，悠然见南山"，过一段逍遥自在的日子，依山傍水，策马扬鞭。我不知道现在的男子能否承担这种责任，携子逃离。私奔是爱的勇气，为了一个男人，放弃一切，你舍得吗？而我会，为什么不呢？如果我爱他，为什么不能天涯海角随他而去。如果我爱他，我周围的一切更应该庆祝我的行动，如果我爱他，这点牺牲又算得了什么呢？怕只怕，爱得不深，却以为爱到深处。到了洞口，才发现这个洞太深，于是后退，却是死路一条，爱情的决裂便在此刻诞生。

私奔其实是一个很美丽的词汇，私乃秘密，有诱人之嫌，私乃偏爱，有倾向地选择，而奔则更注重一种气势，让人浮想联翩。私奔是一抹绚丽的色彩，是爱的表现与见证，是一种爱的行为方式。她无须口头的承诺，只有咫尺天涯地奔跑；她没有口蜜腹剑的言语，只有同舟共济的毅力。

其实每个女人都曾经会幻想有一个可以私奔的对象，因为这是一种托付终身的象征，她意味着这个女人将与这个男子举案齐眉，终老一生。然而我将无可奈何地问你："这样的爱情这个世纪还有多少呢？"

临近中午，我在虹桥桥头随便找了一家店，吃了一碗油腻滚烫、辣味十足的苗家牛肉粉，仔细看宣传才发现这家店打的旗号还挺大，央视指定的唯一米粉店。可是后来一逛，发现太多米粉店、臭干子店、姜糖店都打着央视等旗号。

天气渐热，阳光刺眼，在人群中我有些眩晕，决定回去休息一下。黄昏时分，我恢复体力，又快活了，像刚孵化的小鸡一样带着好奇和期待钻出了蛋壳，一蹦一跳地离开了客栈。

一颗淡蓝色的晚星，镶嵌在天空。

介于暮色和夜色之间的凤凰，四处弥漫着古老而神秘的气息。

穿过白天走的小巷来到跳岩附近，不知不觉丢了魂，好一派岁月静好、与世无争的小城风光！一对对情侣仿佛宣誓一般，一格一格地走过跳岩，目光坚定，双手紧扣；岸边很多闲散的游人三三两两在发呆，完全是一副逃离北上广的自在神态；不知名的歌手拿着吉他自弹自唱，追忆时光；沱江穿越了他们的心灵，不知深浅、不知哀愁缓缓地流淌着，让人忘了置身何处，今夕何夕。凤凰是不是中国最美的小城我不确定，但是她的美，一弹指，一刹那，已雕刻在我心中。

夜色渐浓，沱江上升腾起一层轻薄的雾气，两岸的灯火极有韵味地缓缓燃起，小街两旁点着烛光的银饰摊越来越多，红红的灯笼也齐齐地亮了起来，倒映在水中，顿时光影万象，扑朔迷离。酒吧一条街也霎时热闹起来，每个酒吧都会传来几句激情高昂的嘶吼声，不同的歌曲、不同的格调在江面上缱绻机遇，一盏盏被寄予了希望和祝福的河灯，也随着歌声默默地流向远方……

原来，摄影师如此痴情于凤凰的夜色是毫不矫情的。"越夜越美丽"这句话与其用来形容上海，不如用来定义凤凰。

夜凤凰，依旧是曲径通幽，却多了春江渔火，虹桥璀璨，于是更显得姿态万千。此时再看凤凰，满江满眼都是吊脚楼温柔闪烁的倒影，真是城比山美，水比城美，一条沱江舞动了凤凰的灵魂。

走在桨声灯影的沱江边，我沉静了，迷失了，后悔了。我后悔为什么没有早一点问老爸关于凤凰的一切，没有早下决心来？我后悔为什么不带上心爱的他一起来？我后悔为什么这样肤浅地解读凤凰，只留给了它两天的时间？

4月17日，在凤凰的第二天。明天就要启程离开，今天我自然是格外珍惜。都说最浪漫的事情，是在凤凰淋一场小雨，老天真是眷顾我，清晨一出门，阴天变小雨，静品好雨才发现，"烟雨凤凰"几个字美到心坎里去了。

这场雨下得很有感情，人在旅途！

青光闪闪，像春的胎记。雨履行着它的使命，把古城剪成一池柔光幻象，我在雨的眼睛里看凤凰，又是另一种情境和心跳。

一场雨过后，天如宝镜。

拿着长镜头的老者正在静静取景，画面祥和美好。沿着不知名的小巷走了一会，来到一个绿树清新的广场，中央巨大的凤凰图腾雕像吸引了我，很有浴火凤凰、飞天而舞的美感，四周停了很多大巴车，蜂拥而至的游客拥到广场前拍照，看来，这里是团队集合的地方。我顺势登上城楼，看到南华山在纷飞的丝雨中烟云惆怅，奇幻多姿，便拍了张照片，这座极美的小山让我暗下决心，下次来一定攻克它，在南华山顶一览凤凰的全景。

吃晚饭的时候，认识了东北的佳佳姐。

她和男友都在北京，厌倦了那里的生活，但她的男友没时间来凤凰，所以她就和一群老年摄影队一起来了。在凤凰待十天，会去周边很多地方拍摄采风，如奇梁洞、乌龙山、勾良苗寨等。她和临江一个客栈的老板是好朋友，老板说他是 9 年前把店盘下来的，一年 30 多万的租金，因为都是江景房，房价高，所以目前盈利还不错，虽然凤凰人流如织，但客栈也十分饱和，现在想来凤凰开客栈的话很难。佳佳姐说她也想开个客栈，随后又自嘲太不切实际了，太多东西放不下，最后还是得回北京。我又何尝不是呢，一直都呼吸不畅，想逃离城市，做一条足够可爱、自由迂回的溪流，冲向悬崖和星群。

冷月灰淡的夜里，她像指南针上的精灵，指向我，对我说：张家界美不美，我一定发照片给你看，丫头你回武汉了，别忘了和我联系啊。

在凤凰，每天都会认识新的朋友，他们最关心的问题是 —— 你从哪里来？在凤凰准备待多久？喜欢凤凰吗？没有人会在意彼此的真实身份，穷学生、小白领、艺术家、企业家或是诗人、词人、流浪者。在凤凰这样文艺浪漫的地方，人们互相传达的热情与温暖是最基础、最原始的。这里的社交不是名片、金钱和高级会所，大家更愿意在沱江边轻柔细语地聊几句，或感情，或人生，或仅仅是此刻的心情而已。

白天的凤凰并不是时时刻刻都有游人，偶尔也足够静美，有时我会去跳岩或桥上走一走，然后回客栈宅着。到了黄昏，就披一件外套，迈过光洁的小门槛，开始逛街，买蜡染长裙，买手工发簪，买自己也辨别不出真假的银镯，讨价还价一番，顺便还会捎上一碗米粉回来。如果遇上流浪歌手，就会忍不住乱了心绪，在铺满月光的江边，听上几曲，晚些回来。

在凤凰，漫步一天，你会遇到很多意料不到的人、事、物，让人开怀，让人情动，这种感觉和丽江就有些相似了。两天下来，为了回避当地人拉客坐船，沿路回答了无数次"坐过了"，但内心却并不排斥，是愉快的。虽然他们的问话很官方、很形式，但他们的眼神始终是春风如水善良的，这是湘西迷人的注脚。

4月18日，我起早赶车，山水独欢。

青石板路安静无人，只有屋檐还滴滴答答落着昨夜的雨，最后看一眼，倒映在水中沧桑的北门城楼、夹岸人间，恍如海市蜃楼、云中丹青，还有桥、岩、船、楼、村、径，和昨夜的春眠幽居。

凤凰一日，人间千年，今晨的感受最为强烈，或许是要离别的原因吧！

一个人来到这个小城，并无夙愿，并无牵挂，我竟然会如此不舍，拿着相机的手有些颤抖，有些软弱，不知道把哪一张照片作为最后一张，才能展现出这充满幽意的山城山景。是的，我怕亵渎了凤凰的美，我怕惊醒了它的梦，所以才会选择在这个溪流无声的清晨轻轻走过跳岩，嫣然隐身，不再回头。

记得有这么一段话："你可以不结婚，但是一定要恋爱；你可以不出生，但是一定要有一次至爱的旅行；你可以不曾来过人间，但千万不能说你没有去过凤凰。"

当年我去的时候，凤凰古城虽游客爆满，不堪重负，但依旧清新自然。一年之后，古城开始为了追求经济效益，圈地售票，满地金银，连美感也大打折扣了，多么让人心痛的现实啊！

挥之不去的美丽与哀愁，不能相忘，我的凤凰！

明月山：山水至上，明月美兮

随手写下题目后，又随缘问一句：约见此山，明月煎茶，一同饮到心不累、口不渴，可好？

故事很长，要从《远方的家》这个栏目说起。有一次，看到一位女记者，初次体验一条横跨大峡谷的溜索，她花容失色，在工作人员的保护下，闭着眼，跃入峡谷之上，蓝天之中。如此精彩的瞬间，一下子就捕获了我的心，立刻上网查询，得知此景就是江西明月山。

这也太惊险刺激了吧，要去吗？敢坐吗？三秒后，我就得到了答案。

其实武汉到明月山很适合自驾，6个小时就到了，而我们是从南昌转车去的，有些周折，但不累。车上遇到了一群驴友，大家都是奔着武功山的云海和草甸而去，没有一个人听说过明月山。然而我却没有志忑或失望，冷门的，才是我喜欢的，因为喜欢，我就相信它有未被发现的美。

据说明月山的月亮确实硕大明亮，颇为动人，但称作明月山，却与此渊源不深，而是因为俯瞰时，整个山势呈半圆形，恰似半轮明月，故称明月山。

溜索只是其一，明月山是以高山瀑布、高山湖泊著称。

随着台阶渐多，山势渐陡，开始出现泉叠泉、瀑又瀑的景象，云谷飞瀑、鱼鳞瀑、珍珠瀑、玉龙瀑，等等，并不是用花哨的名字糊弄人的瀑布，是真实的巨大的山林之瀑。我几乎是慌乱地接住了这份来自大自然的献礼，在一路细雨飞花、且行且诗中，走了许久，仍传来湿润的瀑声，恕我阅山有限，不得不说，这是我见过最集中、最飘洒、最有味道的瀑布群。

如果水流善舞不是明月山独有，那么湖泊，绝对是别具一格。平原的山岳，

山顶极少有湖泊，即便有，要么是人工湖，要么不是真正意义上的群山之巅。有湖，还如此之美，就更难得了。

月亮湖，一个藏都藏不住的浪漫忧郁的名字。

湖畔边错落有致的别墅群，也有随之而来的美称，梦月山庄。是梦月，是赏月，还是临水捧月，何来取舍，只要能坐拥这一山的好风光，哪怕是下一阵月光雨，也是最佳景色吧。

这是一个原始宁静、冷杉环绕的湖泊，如果周围有皑皑雪山或徐徐经幡，那一定是个完美的高原海子，当然这湖坐落在明月山巅，意境也不差。没有游船，没有小岛，甚至微风和飞鸟也没有踪迹，大面积的水域显得森森冷冷，直通湖心的曲折栈道，把水面分割成一面面明镜。并非节假日，本来游客就不多，加上很多人还在爬山或乘索道，所以湖边空旷无人，只有银灰色的雾气在水面上慢慢升腾，真是一幅幽绝的秋日画屏，美到旁人再无处下笔，无处题字。

很不想离开月亮湖，现在还是朗朗白日，我还没看见月亮呢，但得知溜索就在前方，传说中最美的明月，也只能还未见就作别了。来到明月山的乌云崖，横跨青云峡谷，海拔1580米的高山滑索，终于出现。

10米/秒的速度本就吓人，再加上今天特殊，有大片云海的铺垫和遮掩，溜索及对面抵达处的地形都看不清，让人心里没底，更加害怕。其实有没有云海，它都在那里，速度、路径都不会变，但人就是觉得目光所及之处才踏实和安全，而心里的光明和勇敢，往往来得缓慢许多。

五十元在手心里被攥成一团，胆怯了片刻后，我还是决心体验一回，可Mini爸软硬兼施，就是不放心，不让我去。正在我们纠缠之际，星月洞起点处，一个绳索绑好却不肯溜的青年男子，在工作人员的一番鼓励和说笑中，一掌就被推入了深渊，我始终不敢呼吸，紧盯着眼前快速发生的这一切。伴随着尖叫，他如同天空巨型橡皮筋上一个精致的黑点，几秒之后，就迅速淡去，消失在浓厚的云层里，看着在云间摇摆、若隐若现的溜索，我总感觉他会失控，一头撞上对面的崖壁，或者就此穿越时空，人间再无踪迹。虽然绝无可能，但这可怕的想象，却时不时跳出来，惊扰我一下，真是被明月山打败了。

我在这样的氛围里，惊慌地败下阵来，哪还能想起"闲者，便是江山的主人"这样的好句。溜索这回事，罢了！

晚霞从容一吻，祝云端的旅客开心好运。

我和Mini爸认真决定，下次一定不争一朝一夕，在山顶小屋多住几日，带宝宝看一看这世间最美的明月，当然能挑战溜索，做一回勇敢的爸妈，就更好了。

再相见，便不散，月光如练天如水。

北京：我没有走过这里的每一条街道

我29岁，第一次去北京，既不是学习培训，也不是走亲访友，更不是北上追梦，没有任何目的，一个人就这样单纯地走一走，瞧一瞧。

我喜欢北京西站，我不知道这里是不是最真实的北京，但它最接近我的心。

我从快捷酒店出来，吃着小煎包，眼前反复涌动着北京西站的人群，看得人心疼。我知道大多数人跟我不一样，不是来北京旅行，而是来热血奋斗，改写命运的。到来和告别，是人们对北京最寻常又最复杂的表达形式，这里有多少地下室，我数不清；这里有多少坚强，我扛不起；这里有多少心事，我读不懂。

西站，是一块暗自结晶的天体矿石，悬浮并汇聚了很多北漂的故事和感情。

北漂们一出站，他们的行李箱很快就会适应北京的气候和温度，但沸腾的路、湿润的心，一切的爱与痛，才刚刚开始，没有人能避开北京的吻痕。

商场有距离感，广场有拘束感，火车站有陌生感，写字楼有成败感，只有天桥无法识别异乡人和北京人，在通往城市、通往内心的必经之路上，柔软包容，心怀众生。

感谢双腿不远千里带我来到这里，也感谢天桥上还有我的一席之地。

走上天桥，一边望穿车流，一边听着《北京，北京》，单单一支曲子，单单在西站的天桥上粗略感受，就能让人泪流满面，滋味万千。而这考验眼泪的歌，却总有人用生命在循环演唱，唱得支离破碎，一地星光。

能不问未来，不找工作，自然纯粹地领悟北京，是一件幸福的事。

在北京的六天里，一天太累没有出门，其余五天，我每天都坐着公交，细腻又寻常地体味京城，出奇的是居然不堵，而且没有雾霾。每到一座城市，我都喜欢坐公交，即便地铁快捷、出租方便，可以的话，步行最好，慢条斯理地接近一个城市最真实的气质，是一种娓娓道来的愉快。

有旅行者说，必须放下偏见，打开感官，才能去感受一座城市的不同。你瞧，说得多好，但我只能做到前半部分，深入解读北京是谈不上的。

在紫禁城，巧妙地避开人群，自得其乐；又随着北海公园晨练的人，绕着白塔走了一整圈，静静怀旧，然后在某个风暖的晴日去了后海，第一眼着实淡雅，喜欢之极，便多待了一阵。至于自然之境的慕田峪，可以说的就更多了，从拼车的艰难到攀登的洒脱，从边远的孤唤到蜿蜒的情怀，情到最深处的还是看着赤脚的国外友人，在城头高举五星红旗，摇旗呐喊。

最纠结的是香山。直到在圆明园转车的时候，还在琢磨去还是不去，香山永远是想象中最美，而且一定人山人海，但还是脚步错移，鬼使神差地去了，并且寻了一个不错的理由，难得把自己置身在皇城的原野上，去香山寻秋意，终究是浪漫的。

果然，售票和进山的长队都气势可观，看的我有些退缩和惊恐。

袖珍的香山，攀登起来却不容易，难怪上行的索道载满了游客。徒步华山的时候也没有腿断掉的感觉，但面对此处陡峭连贯的台阶时，我却不得不服气，小小的香山把我难倒了。后来遇到了也是独自一人的梅姐，相互鼓励，爬到山顶，别提拍照了，连落脚的地方都没有，你能够搜寻到的平面、角落、空隙，全都是拥挤的面孔。我们一人举着一根糖葫芦，边吃边挤，边挤边聊，真是尴尬难忘又满怀秋日情韵的回忆。

梅姐卷发红裙，妩媚动人，丝毫看不出是户外爱好者，也看不出是中学英语老师。因四周嘈杂，她伏在我耳边说：你一个人来，要玩得开心。我点头，在黄昏回旋流动的人海中，心生温暖。

比起在北京高难度的化茧成蝶，我只是在京城简单地做着喜欢的事情，让某种心情，某种记忆，某种灵魂的对应物，延续下去。

有时候，北京是青春的目的地；有时候，北京是梦想的铸造机；但更多

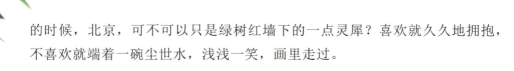

的时候，北京，可不可以只是绿树红墙下的一点灵犀？喜欢就久久地拥抱，不喜欢就端着一碗尘世水，浅浅一笑，画里走过。

君竹行走记

2012/10/22

恩施：探秘清江古河床

据说这是恩施最美的户外线路，武汉驴友一心一念的梦想地。单是清江、古河床这两个名字，就有一种层层叠叠交织不尽的苍翠和古意。

我羡慕父亲曾在恩施屯堡县工作过，这不就等于是在恩施大峡谷里上班吗？他却身在美景中三年而不自知，甚至厌烦屋后那条飞瀑的轰鸣声，觉得影响睡眠。不过也对，年代不同，当年最流行的方式就是旅游结婚下江南，没有人热爱这蝴蝶都飞不进来的深山空谷。

对湖北景色熟悉的人都知道，湖北最美的地方在恩施，恩施最美的是利川。

坐落在利川深山之中的古河床，总长 8 公里，荒无人烟，草木秀美，目前全程都未开发，保持着极好的原生态风光。

以前徒步几乎都是单纯的山林或峡谷，最让我感兴趣的是，这条路线由瀑布、峰林、洞群、暗河、地缝、天坑、河床等组成，不但结构丰富，变化万千，还浓缩着所有喀斯特地貌的精华，不得不承认，还未行走，它已经轰然激荡，提前征服了我。

本来准备像南太行一样，两人独立行动走完这条线路，恰巧遇到一支来自荆门、经验丰富的户外团队，便一同前往。

年轻的队员占少数，多半是年过半百的老将，大家都神采奕奕、全副武装，头灯、冲锋衣、登山杖、防滑手套、太阳镜、高热量零食，一应俱全。有人细心准备了蛇药和绷带，还有人自备了葡萄糖作为身体补充剂。比起他们，我们随意了许多，穿着牛仔裤，手握两根很轻盈的登山杖就出发了。走过许多的路，却一向很忽视装备，觉得没必要特意把自己装扮成驴友，以此炫耀，实实在在用脚步去丈量才是最重要的。但现在也理智地承认，稍微完善一下必要的装备，

也是对自己的保护。

　　向导负责包车，把我们送到了徒步的起点黄泥坡，然后在徒步终点笔架山村接我们。

　　古盐道在茫茫群山中渐隐渐远，我们的脚步也随之远去，这段路相对而言还比较好走。

　　青苔点染，乱石层叠的古河床遗址，俨然是另一番味道。行走其间，每一步都充溢着艰难感和沧桑感，你会难以置信，自己已经回到了风沙笑傲的亿万年前。此刻，相机拍下的是古河床极致干涸的巨石阵，实际赫然呈现的是，清江流水潺潺羞涩未语的成长史。

　　此番行走，最精彩之处莫过于洞中有洞、洞洞相连。弧形最美、空间最大的一个溶洞叫"银河洞"，天说变就变，刚入洞休息，背包还没放下来，雨点就凌空而下，好像漫天散落的星星，银河之美，尽显其中。

2013/04/30

　　小路穿过洞穴，洞穴又连着草坪，草坪背后是悬崖，悬崖又隐藏着河谷，这条飞舞的线路，像一条不肯沉入时空的银龙，给了我无限的惊喜。就这样在应接不暇的变化中，穿越竹林的挑战，出现在了面前。

　　大部队人人敏捷，很快就消失在了竹林深处。Mini爸试探了一下，觉得难度不大，便先保护我通过。竹林茂密，下坡很陡且泥泞不堪，如果硬往下走，容易滑倒或失控，尖锐的断竹很多，发生危险也就在一瞬之间。唯一的方法是倒退着走，以身体两侧可以抓得到的柔软竹枝作为支撑，提高步履的稳定性，当然心理素质更重要。我属于勇气有余，技术不足，此番折腾，也用尽了我全部的力气。

　　竹林过后，其实右侧有一条隐秘小路，直通一线天，顺着当地山民制作的垂直木梯登上一线天后，就可以顺利出山了。但我们直接进入竹林前方的巨大洞穴，以为这次肯定也是穿洞而过，此洞像是开发之后又搁置的状态，洞内是规整的台阶，台阶随着洞内的地势时上时下。洞内漆黑无光，只有脚下的一片

光源区可以看清，大多数人用的是头灯，我们只带了一个户外手电筒，是老爸前不久送我的礼物，叮嘱我一定要带上，果然派上了用场，可即便是远程手电的百米射程，还是看不到洞的顶端和边缘，哪怕一丝轮廓都没有。心中突然就没底了，看来此洞之大，非同凡响。

很快猜想就得到了验证，大家专心地在洞内埋头行走，寻找出路，直到台阶消失不见，出现了坑洼不平的碎石路面，低头一看表，才惊觉已经步行了一个半小时，恍如隔世的感觉，袭击了每一个人。而接下来的问题更加严峻，是继续走，还是回头？

虽然没有感受到洞内空气稀薄，但此时时间就是生命，如果光源耗尽，那将极度危险。于是大家把光源集中，在一个小山锥上开始短暂的商议。网上关于古河床的攻略本就不多，更没有详细的手绘线路图，一路走来都是靠攻略里简要的文字和图片来做判断。迷路，其实也在情理之中。

2013/04/30

有人主动去探路，Mini 爸也热情地加入其中，经过一番探寻之后，无论是从实际地形还是技术层面，洞里左右两个方向都被排除了，唯一的路，是继续向前。可是前方深不可测，没有人知道还要走多久，如果走上一天一夜，就凭我们的装备和干粮，那真的无法脱身，只能葬身于此了。

很快，大家一致决定，不能铤而走险，应该按原路返回。索性刚刚走过，且岔道不多，正确的路线了然于胸。又一段苦苦跋涉之后，当洞口毒辣的日光刺痛双眼，汗流浃背的我们才意识到，终于从黑暗世界重返了人间。在写字楼的电脑面前，你绝对体会不到这一刻重见天日的感觉有多么珍贵幸福。

事后，问当地人才知道，我们迷路的那个洞，就是腾龙洞的后洞，也就是俗称的旱洞，而前洞则是著名的腾龙洞主景区。20 世纪 90 年代，有自发组织的探险队举着火把，深入洞穴探险，走了三天两夜都没到尽头，便全部返程，后来又有开发商看中，进行投资，最终因为此洞太过神秘宏大，不了了之。这不由让我心有余悸又感慨万千，这一次的行动，无人失踪，无人遇险，真当是自然之母对我们最微妙的疼惜和保护。

苏马荡和齐岳山的出现，没有惊喜可言，纯粹是为了增加这个徒步故事的戏剧性而已。

齐岳山，据说有中原最美的高山草场，骑马是一绝。但到了之后才发现，都是零散分布，私人圈地的马场，看起来冷清而老旧，根本没有游客，马就更是瘦小得不能骑，用武汉话说就是"闹醒黄"。但也不能怪罪它名不副实，如果只是供周边县市游客的户外休闲，倒也是一个小众去处。

比起齐岳山，苏马荡是另一种风格。

苏马荡宣称是中国最美的小地方，坐落在利川大山深处。舟车劳顿到了之后，有些傻眼，只是群山环绕的一个普通镇子，没有景点标示，于是找了一辆三轮车想继续往山里走。司机是当地村民，他说：这怎么走嘛，我又不知道你去哪个村子，而且路都很难走的，等你去了，天就黑了。

细细打听才知道，原来这里不存在任何景点，不存在旺季，不存在必去，整个小镇就是一个在天然山水围屏里的避暑山庄，清一色是为湖北人和重庆人打造的避暑小区及洋房，有的完美封顶，有的大兴土木，所以来这里，只有一件事，那就是看房或买房。精彩的、值得玩的，结伴同游的期待，全部落空。望着高耸入云、风格靓丽的各种楼盘，感觉像上当了一样，我心里感慨万千，五味杂陈。后来，寻寻觅觅之间，无意中绕到一个小区的观景平台上，踮脚眺望，只见森林辽阔似海，层层碧翠，蓝天卷着白云，白云下满手阳光，蝶舞花飞，整个画面光线莹亮，熠熠生辉。我瞬间极为惊讶，不由感慨苏马荡于我而言，真是北纬30度的一个美好的骗局啊！

有人说，人生所盼，不过是一座空山，寂静作响，苏马荡大约就是为了迎接这种浪漫情怀而存在的吧。平心而论，苏马荡的颜值确实没得挑，空气纯、小镇幽，杜鹃红红、青山莽莽。回武汉之后，才发现身边真的有一些亲朋好友和成功人士，因为迷恋苏马荡的环境和气质，购买了避暑房，但均因时间不多或路途遥远，买过房之后就再未去过。一个个度假纳凉的美梦，最后沦为不尴不尬，束之高阁。

苏马荡，可以叫苏马，也可以叫苏荡，但万万不可叫马荡，一旦没了"苏"字，立刻就变味了，丢掉了一些雅，还折断了一缕莺莺燕燕的春日气息。

经过了五年的酝酿和扩张，如今，苏马荡今非昔比，名声大噪。

一问去哪里避暑了？都是去利川，一问一个准。女儿的小学同学、老公的同事、我的高中好友，光是朋友圈里就有不少人逃离武汉，正在苏马荡逍遥快活，纳凉避暑。从某日更新的一张风景照中，我惊讶地辨别出，苏马荡不再是一个山尖布满小房子、风情含蓄的小镇，它已极具规模，俨然有县城般大小，山顶、山谷、山麓、山脚，气韵连绵全是楼盘，就像一场盛大的房地产发布会。远远看去，山吐明霞，别墅峰岭相映成趣，像极了欧洲美城。我被这个凛然静默气象万千的场面震撼到了。

被千年夏天洗过的苏马荡，总有绿在心里铺开，就像我们永远都不灭的避暑心愿一样。远山尖挂着的云影是绿的，环绕在唇边的呼吸是绿的，就连拧开水龙头洗脸洗手的水，都是绿丝如愁。每年一入夏，人口就飙升至50万，远远超过小镇本来的人口，整个小镇都被来自武汉度假的老人和小孩所占据，太过繁华，不堪重负，而一过九月一开学日，便人数锐减，这空寂寂的、不带一丝乐趣的城，被当地人戏称为"鬼城"。

在苏马荡，夏天，不是夏天；冬天，却是真正的冬天，于是造成了这短暂的大规模的人口迁移，人们像候鸟一样记住了清凉，记住了苏马荡。

穿行在苏马荡，只能感觉到夏天的热烈清丽，而感觉不到夏天的炎热。骄阳和流火被拦截在千里之外，简直就是升级版的神农架，不扇自凉，洗心洗肺。

整日在空调房里不见得舒服，冰饮西瓜轮番伺候，对真正的热好像也不起作用，而苏马荡则是一个恬淡的大空间、天然的大空调，身处其间，每日吃什么都不纠结不燥热，吃什么都觉得去腻、开胃、心情好。

真正住下来，走一走，赏一赏，那才叫妙，或干脆不出门，邀一轮夏月进屋，在月光下饮茶或做梦，那更好。在千里之外，好好享受断舍离，苏马荡距武汉自然没有千里，请允许我这么写。有老人说，苏马荡是真的好，住了两个月不到，多年的风湿病奇迹般好了。

整体来说，恩施利川太有特色了，我没法不全心全意地记录它，成长与收获其实早已完成，剩下的就是，将诗意绿岭间的一草一木，偶尔拿出来穿针引线，慰藉心灵。

香港：嘿，我们的"港囧"

女人似乎天生喜欢香港，那是一个奇幻闪亮的千面之都、购物天堂，而我一向与清幽为伍，不喜繁华之地。不只如此，我还有轻微的科技恐惧症、社交恐惧症、密集恐惧症等，可想而知，我有多怕香港。怕的程度，暂时无法衡量，香港就像突然罩住我的一团紫莹莹的美艳阴影，我紧贴、顾盼、徘徊，捋捋头发，想软弱地逃走。

但是零团费的诱惑摆在那里，不去白不去，加之又有亲戚盛情推荐，因此，香港成了非去不可的一趟旅行。

难熬的感觉，从香港最平常的街景开始。深沉而狭窄的马路上，全部是紧张的面孔、职业的衣衫、飞快的步伐，没有一个仰望蓝天、轻松微笑的人，这种不悠闲深深刺激了我，让我想念桂林，想念成都，甚至是武汉。这个一睁眼就要忙到天荒地老，一睁眼就要花掉很多钱的大世界，就留给爱它的人去憧憬吧，我还是更喜欢那些淳朴可爱的小地方。

更让我讶异的是，走在街上像踩在金矿上，一步一转身，空气微醺颤动，充斥着不可逆转的纸醉金迷之味，即使是拐角僻静处的周大福也人满为患，想挤进去很困难，顺利买到心仪的饰品要靠争靠抢，也要靠机缘。

有一家很大的钟表店，不少妙龄店员都来自深圳，其中不乏明星般美丽的女子。

盯着千般闪耀的表盘，我好像看见人生快的、慢的、好的、坏的……都在一个个黄金梦、豪门梦里蒸发又凝固。香港的浮华、香港的沧桑、香港的自由、香港的无情，这金缕衣下的点点滴滴，我大概永远不会明白。

不明白，并不妨碍我以另一种姿态接近它。在香港，并不是玩得疯狂，买得快哉，才是人生的主题。站在海洋公园山顶咖啡厅的拐角平台上，举目望去，米灰色的天幕上，点缀着一个个翠蓝的岛屿，岛屿之间，偶尔冒出三两个清新可爱的教堂，一阴一暗的天光深处，有游艇壮观地悬在画中，等着出海。我的喜悦，从海平面上拔出来，嗖嗖往上长，这种风景上的趣味是我始料未及的。我心目中的香港是赤裸裸的霓虹千里，当鸟瞰海湾和群岛的时候，才惊喜愕然，香港也有风景无敌的自然景观，我想，如果能让疯狂购物的心冷却一下，一定会发现，下一秒的香港，更美。

兰桂坊、浅水湾、太平山，你可以去，也可以不去，一切的感知都很随意，因为处处都是香港，而不是某一处的明艳才是香港。只有当你自己披着时光，手持信仰，进行一场随心随意的自我漫游之后，那个微涩青青、萌芽出各种小情调、小故事的香港，才最真实。

还好还好，我感慨，香港并不让人讨厌。我对它充满了傲慢与偏见，它却对我刻下了亲近、韵味和尊重，愿意让我去触及它的珠光及裂痕，如此一来，我还怎能忍心对它笑得不情、不愿、不柔软呢？

固定的行程中有一天自由行，我抓住这个机会想去南丫岛，作为香港的后花园，即便它没有传说中那般世外桃源，能寻一个海风僻静处，放松心情，也很好。

后来遭到集体反对，硬是拉着我和大家一起"血拼"。这次"血拼"，让我残忍地认识到自己在面对相对陌生一点、复杂一点的状况时，简直心思凌乱，无计可施。更让人吃惊是的，大家居然都和我一样。一群女人被公交、地铁和方向感搞昏了头，用来问路的时间比逛街的多，迷茫地杵在香港地铁出入口。在这窘态百出的过程之中，我忽然美满地意识到，大家挽救了我，如果我只身去南丫岛，即便死死拽着地图，也难保顺利抵达或安全返回。

大量采购化妆品，满意而归之后，大家觉得百无聊赖，开始研究起美食。也许是我们晕头转向，找错了地方，这并不是一条千好万好、妙藏美味的小吃街，至多归类为气质寻常的商业步道，连优质都算不上。一眼望去，餐馆好像不多，有几家门面庄严的东南亚餐厅和杭帮的招牌菜，却无法让人心动。这时，有人提出去吃"珀翠"。初听此言，我心里是明朗的，望文生义，琥珀翡翠之流彩，你说美不美。然后，我用手机搜了一下，我的天！想法是好的，品味也不错，蟹肉沙律和草莓塔塔，也确实把我勾得五迷三道的，内心的泉涌之声我听得很

清楚，但问题是这家能领略到维多利亚港湾美景的顶级法国餐厅，吃得起吗？这可不是随便吃吃的，早餐300元一份，巧克力160元一份，如此简单的吃法就让人心疼，你可以很漂亮地、正儿八经地坐下来，把推荐菜、特色菜、精品菜吃个够，可买单的时候，你还能漂亮得起来吗？一阵低声议论之后，全体失望了，跌坐在街边的长椅上。最后，盲目地寻到一家茶餐厅，也不知道吃什么，菜式看着就别扭，整个感觉都不对，于是东施效颦，模仿隔壁桌点了一些简易套餐，结果就是，各自埋头，胡乱咽下，吃得又心虚又无趣，又浪费时光。早知如此，还不如扬眉一笑，爽快地买杯港式奶茶，有多甜就多甜，有多腻就多腻，也无妨。

什么"珀翠"？简直是，破碎。明明没有那个消费水平，却迎合着所谓的富贵优雅，硬着头皮跃跃欲试，害得一群人热血沸腾，又纠结地放弃，这究竟是什么心理？虚荣、媚俗、猎奇、任性？我琢磨不透，也无权揣测和批评。我只不过遵循自己的思维，把这些有意义的、无意义的、细小的经历戏称为"港囧"，并记录下来。

一切都入戏、入戏，太入戏了，从幼稚园出来的我们，做了一些幼稚园孩子般的事情，也正因如此，对香港的喜欢，简单得就像在维多利亚的游船上，让浑身湿透的那一个海浪，慢慢退去，走了还来。

"小河弯弯向南流，流到香江去看一看"……老歌就是好听，尤其是唱到"香江"两字的时候，更是柔媚得不像话。香江，香港，一字之差又同属一地，有美名助兴，真是越念越回味，越念越传奇啊！

澳门：东望洋山的步步闲情

　　无独有偶的是，我对澳门的感受，也和海浪沾边。时隔三年，至今还停留在无法摆脱的晕船情节中。

　　港澳飞翔船，光是名字就够高调、够颠簸了，事实也果真如此，看似平稳的轮船，却抵挡不住海湾的风浪，在一阵摇摇晃晃、歪歪斜斜之后，一船男女老少很快就晕了、蔫了。平时就晕车的我，眉目轻掩，被折腾得一句话也不想说，灵魂被若干次地甩出去，又被海草一样的细爪拽了回来，五脏六腑一下子灌满了咸湿的海水。可怜旁边的女孩子吐了好几次，随手把我座位前的一次性纸袋也用了，我坚持了很久，还是想吐，只好起身去洗手间。三个狭小的洗手间门前，居然都蹲守着人，大家排着队，面面相觑，也没有多余的言语，皆因晕船而捂着胸口，神情痛苦，有人无意中投递了一个关心的目光给我，忽而就有了同病相怜的意思。在冷冷清清的光阴渡口，被抛入这个时间点，一起去澳门，一起晕船，此时此刻这样的境遇，也算是命中注定的一场劫、一场缘吧。

　　我完全是冲着澳门的老城区和黑沙滩才去的，据说还有非常美，充满南欧风情的玫瑰堂，教堂有粉的边框和绿的小窗，三角梅瀑布般挂在屋顶。

　　可惜，这些地方团队是不会去的。第一站，不能脱俗，去了大三巴。在大三巴只逗留了半个小时左右，游客不多，天空很美。八月的天，热浪滚滚，但闭上眼却能感觉到丝丝清凉，海风从远处徐徐吹来。

　　澳门风和日丽，一片静好，与赌场和情色无关。

　　这么说并不是急于要和低俗撇清关系，是因为我对赌场的兴趣仅限于影片。现实中，我根本没有进去看一眼的欲望，但是去"威尼斯人"，这是必经的行程。

　　女友干劲十足地在"威尼斯人"的精品店一家接一家地逛，我耐心地陪伴，时不时望着天空和优雅的河水发发呆，倒也闲适。她逛了很久，也累了，冲着赌场有免费的饮料，非拉着我去看一看，我们踩着帆布鞋，甩着长马尾，朴素得像个家丁，也不管融不融洽，就一头扎进去了。

体验无处不在。我狠狠喝了一口赌场的水，刹那风云，好像人生重新洗牌了一样，突然觉得很有意思，也很接地气，多少也有些不虚此行的意味，比起把赌场的钱揣进自己的口袋，我更愿意拿一瓶水走，这其中的轻松自在，应该只有豪赌又豪输过的人才明白吧。

澳门之记忆，溶解过半，单对那瓶水，多了一些念想和回味。

住在东望洋酒店的那个黄昏，女友再次沉迷在购物的乐趣中，我便独自出门，往酒店背后的山坡走去，这似乎是澳门半岛的最高峰，据说山顶有一座洁白温暖的灯塔。

原来，澳门的山景竟如此美丽！

原以为是普通的拾级而上，后来发现是平展舒缓的健身步道，绿树浓荫，环山盘旋，像极了东湖的绿色跑道。来去的行人也都是一身运动装束，三三两两，快步或慢跑，看来东望洋山是市民休闲健身的好去处，很快我就被这种气氛感染，放下了手中的相机，整理着装，专心迈步，加入澳门人日常的锻炼之中，毫无陌生之感。

一路同行的锻炼者，也赠予了我各有特色的问询和关心 —— 戴着耳机的帅哥、牵着卷毛狗的美女、赤膊慢跑的发福男子、压脚锻炼的澳门大妈、好心引路的门卫小伙，都比我想象的更加质朴和热情。

东望洋山，看似平庸，其实闲雅。比起澳门的浓郁气质，我更喜欢这个角落里聊避风雨时空隐去的味道。

一路临山望海，景色葱郁，柔波阵阵的树影间，时不时会出现一片崭新的健身器材，人们可以随时停下来休闲、运动。一直觉得，澳门就应该是这样的，在偌大的花花世界背后，自有本真，如今证实了它果真有闲情醉人的另一番风骨。夕阳如花，我伫立山边，突然对澳门心生痴迷，无法平静，我喜欢上它了。

澳门，又叫镜海，很少有人知道这个诗意的称呼，在东望洋山上看海，你就会明白其中的味道，任凭无数爱恨情仇，在山下的堵城里虐心演绎，镜面般的大海依旧淡雅平静，有着最珍贵的美。

一位诗人曾说，香港是属于金钱的，澳门是属于诗的。我也愿意相信这句表白。走在路上的，坐在海边的，赌场发牌的，每个人可能都是诗人。一个半岛、两个离岛，组合成了一块虚虚实实、奇特交融的梦土，这是澳门永恒天地里的一张风景照。

随着山势渐高，从高处眺望一眼，一不小心就会被澳门的夜色所打动。询问才知，离山顶灯塔还有一段路程，天色已晚，便放弃了，沿着原路下山返回，途中与一个白衣白发、精神矍铄的老爷子攀谈了几句。

老爷子光芒四射地笑着说：湖北，我去过的，还有个恩施对不对。

我也笑了，急急点头，心里却闪过一排惊叹号。

"我告诉你啊，以前这里还不是公园，现在呢，已经是澳门的绿肺了，但是，很少有外地游客来，因为大家都去大三巴和赌场了，相反，我们不去那里，只喜欢这里。我在澳门出生，澳门长大，在这里住了一辈子，不知道别人怎样想，但我是不喜欢香港的，太快太闹，哪能有澳门自在悠闲？"

我依然只是点头，因为他的话语、他的解说，已远远超出我的想象。人永远都有一种超越和假设，认为生活在别处，人们轻视自己所固有的，惦记和向往自己所没有的，他应该是一个有精神信仰、内心永不焦虑的老人，所以能大方赞美并享受当下的生活。

"你一个人来锻炼啊，别迷路了，愿意的话，我们一起下山吧。小姑娘，你真是不一样的游客，能腾出时间到这里来转转，真的是很好很好的。"老爷爷简单地挽了挽衣袖，浅笑迈步——我看见了他脚下缓慢的一生。

白发多一些，又有什么关系？他对生活有自己的理解，我也是。

恭候光阴，步步闲情，除了可以准确地描述此刻，又何尝不是对人生的表白呢？万丈红尘倒映出柔美山色，一个武昌姑娘和一个澳门大爷愉快地结束了此次交谈，也结束了夕阳余晖中的澳门行，徒留寂寞灯塔，沉香入梦。

湘渝：姐妹一起闯边地

两省边界，必有美景。

因被矮寨大桥和峡谷风情吸引，所以，德夯苗寨一直是我的梦想之地。这条8天的穿省线路是我在研究湖南地图时，用铅笔在图上急急勾勒，一气呵成的，彼时心中满是山川河流、四时景物。最让人清新爽快的是，不走回头路。从德夯经边城茶峒，然后跨越到重庆，在秀山、酉阳短暂停留，穿越渝东南山区，将清凉之城黔江作为重庆的最后一站，最后从恩施返回武汉。本来梦幻森林坪坝营也囊括在内，此处极适合纳凉避暑，但后来发现从黔江去坪坝营没有直达路线，要从咸丰绕行，非常折腾，于是坪坝营就作为单独的短线储存进了脑海。

行程已经敲定，旅伴却成了问题。出发前一日，我还在急切地打电话，绕着操场走了若干圈。电话打到表妹那儿的时候，她像是一直等着我一样，默契又干脆地说："好，我刚辞职，正好跟你走了。我现在马上去买票，万一买不到同趟火车，咱们就在长沙汇合。"

天地人和，就这样，我们在八月初顺利来到湘西首府吉首市，可是刚出火车站，问题就来了。

去德夯的班车因为与公交公司的经济纠纷而暂时停运，为今之计只有包车前往，而一问价格，才发现包车真的太贵，于是我们选择了和两个来自邵阳的女大学生一起拼车，每人80元。她们要先到乾州古城看演出，吃土匪饭，然后再到德夯，并且还要连夜赶到凤凰。相比而言，我们一点也不辛苦，还可以在德夯舒服地住上两天，虽然我们到德夯的时间、景点安排已经打乱，但是就目前的情况而言，能顺利到达就不错了，其他的再慢慢更改和调整吧。

乾州古城与凤凰古城，宛如湘西的双生花，同样的世外小城，同样的一江两岸，甚至连跳岩也一步步记录着相似的画面，但是乾州怎么看都失了老味道。四千多年的骨骼还招摇挺立，血肉却疏松尽落，早已不在。

这也是乾州古城毫无人气的原因吧！空荡的街面上，落花般零散的行客，大都是一些周边过来走亲戚、凑热闹的人，大家连话都懒得说，心里的淡漠和荒芜交叠成流水，就这样远去。偶尔有人举着镜头，移动双臂，对着城楼和天空按下快门，刹那的快门声，像是熬过了无数轮回，自然脱落的天地之音，寂寂无声的古城突然就活了起来。

其实"清静"是非常诱人、气味专属的一块招牌，但如果是以十里古街被雕琢崭新，覆盖了岁月的灵性为代价，那这份清静未免也太自私自利，缺乏诚意了。

如果不是司机大叔带路，我们一行人都不知道天问台的存在。车直接开到了山顶，一幅安稳又惬意的田园画卷出现在眼前，满眼除了浓绿，再无颜色，山尖儿上的绿，更是像瀑布似的，直接就滑落到了谷底。

七拐八绕地走到尽头，便是屈原问天的地方。放眼望去，疑似陌路，又似重逢。由于站的角度几乎与群山齐平，所以一览无余，看得十分清楚。只见深山环绕着一座稍矮的独峰，矮虽矮，却不输气势，堂皇大气。一条脉络清晰的崎岖小路通往峰顶，峰顶是一块圆玉盘一样的小平地，好似用刀锋削过、祥云染过，出彩又出奇。司机大叔双眉上挑，骄傲地说：你们不知道吧，宋祖英在

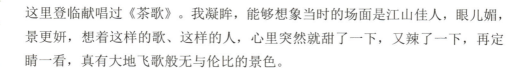

这里登临献唱过《茶歌》。我凝眸，能够想象当时的场面是江山佳人，眼儿媚，景更妍，想着这样的歌、这样的人，心里突然就甜了一下，又辣了一下，再定睛一看，真有大地飞歌般无与伦比的景色。

天问台有一条奇险无比的路可以穿越到德夯苗寨，当地也只有少数人走过，司机一边介绍，一边按照常规路线把我们送到苗寨大门口，没有想象中的拦门酒，苗寨清淡平和地迎接着我们。

带领我们进寨子的女孩子叫翠翠，很像《边城》里的那个翠翠，她一直以经营餐饮和歌舞演出为生，后来去参加星光大道，因出众的苗歌获得了不少荣誉和人气，据说马上要离开德夯去北京了。我看到山水散去后她眼里的图画，没有离别，只有憧憬，外面的世界很精彩，外面的世界很无奈，应该能概括一切吧。萍水相逢，没有续集，我只能暖心一笑，唯愿这个苗寨少女能梦想成真，成为新一代歌手，把山歌唱到长城内外，登上世界舞台，也希望在沧海桑田的旅程之后，她依然爱自己，依然爱音乐。不是每个人都愿意久居德夯，守着纯净如一的简单日子，但是如果漂泊在北京不再微笑、不再幸福，那就回来吧。

细数德夯，有七八条天然大峡谷，最著名的有三条，玉泉峡、夯峡、九龙峡，如梅花三弄，风情各异，拨弄心弦。

我和表妹以一天一条峡谷的速度前行，阅景也阅心。

每一条峡谷尽头都有奇景。流沙瀑布因湖南多年来罕见的干旱，早已干涸，但抚摸着石壁上"流沙"两个字，手心还是有轻柔的痕迹划过。而另一条峡谷因为无人结伴，前后寻找多时，也只有我们两个人，途中遇到死蛇和野蜂之后，我们便不敢再深入峡谷腹地。

站在客栈的一二三楼，虽然楼层视野不同，却均可看到四周峡谷的美景，真是足不出户，也能赏心悦目。原来除了大理丽江，神州大地还有很多这样生动多姿的古镇古寨，只怪我目光短浅，现在才来德夯。

本以为入住鼓乡客栈是无心之选，只是因为它在大寨门口，出行便利，又风景独佳。如今才明白，其实一切都是滚滚红尘中的因缘际会。

客栈由一对中年夫妻经营，他们是土生土长的德夯人，男人敦厚淳朴，女人温柔可亲，见我们两个女孩子初来异地旅行，便格外疼惜和关照，邀请我们共进晚餐，还特意从瓜田里摘了一个刚熟透的大甜瓜，送我们当饭后甜点，而他们的女儿非常纯真地向我们轻微点了一下头，就远远躲开了，在前台一个人翻着书，玩电脑。

男人很勤劳，放下碗筷就去忙了，和女人交谈之际才知道，小娴是他们的独生女，生性羞涩，不善交际，她9月份就要去武汉念书了。武汉那么大，高校那么多，而偏偏她的大学就在我家门口。我刚刚来她的家乡探访，而她即将去我的家乡生活，多么美好的巧合。缘分的奇妙让我拿小本记下了她的名字和电话，很希望在武汉能照顾到这个小妹妹。

我们离开的时候，正赶上矮寨一周一次的赶集，母女二人一起做向导，带我们去感受最地道的民族风情。

矮寨大桥在刚刚变暖的晨光下散发着巨大的能量，而我们却藏身在这个小镇上，不被日光和世界所惊扰。

我和表妹满足地漫步在色彩流动的人群中，被很多特色的干货和小物件吸引。熟悉之后，小娴大方了许多，叮嘱我们不要乱买，有些东西可能只有在当地生活才用得上，而小吃，可以随意品尝。

小娴的母亲特意带上小娴和我们接触，好让她练练胆子，去适应更大的风浪和未知的世界。她担心孩子不够伶俐、不够圆融，会吃亏。

然而，我就是喜欢她这种心无尘，不圆融。

她一边用俏皮难懂的苗语和当地人交流，一边转头用普通话问我们的想法和需求。她闪亮的笑容、瞬间切换语言的可爱表情，让我心生明媚，融情于景，好像被她拉到了另一个时空，这是只属于我们的热闹欢腾，我已经把最美的东西带回去了，买不买什么都不重要了。

很快，武汉成了我们下一个聚集地。

我们成了一家人，我顺理成章地做了她的小姐姐，有时候直接叫她小娴，有时候会唤一句妹子，怎么叫都觉得亲。对于武汉的繁华，她既心生向往，又胆怯不安，我知道我能做的就是陪在她身边倾听或鼓励，真正的成长还得靠她自己，迢迢路远，北斗灿灿。

她攻读中南民族大学数学系，学业很忙，双休还要去武汉大学辅修课程。偶尔有空，我便叫她来家里吃饭，她总是赞美莲藕好吃，汤好喝，虽然是家常小菜，但是她很喜欢这种家的感觉和记忆。有时候我们会在阳台上边晒太阳边聊天，有时候她困了，在沙发上睡着了，我就会守在她身边。许久没见，实在是想她的时候，我会去宿舍底下等她，给她送去一件并不贵的新衣，或者带上一些不甜腻的小零食。我知道她不喜欢甜，相反，我很喜欢甜蜜的食物，为此她竟省吃俭用买了各种口味的奥利奥送给我，满满的一盒子，让我幸福又惭愧。

承诺带她去看电影，一直也没做到，但我们一起享受过浪漫的西餐，我没有任何目的，既不是向她变相解释这才是城市生活，你得了解并适应，也不是醍醐灌顶，要如何奋斗才能有更好的生活。来光谷不是非要吃牛排，不是非要购物刷卡买单，没有什么是必须要做的事情，我只是单纯觉得，在我熟悉的时空里，和她一起分享美食，一起经历一些我还比较喜欢的事情，是接近她最亲切的方式，爱不是都要从接近开始吗？

而她对我总是更好。每次寒暑假，她总是千里迢迢，不辞辛劳地为我捎上自家烟熏的腊肉和野生猕猴桃，她的母亲还亲自为我挑选了一条质地上好的棉布长裙。前几日，正值暑假后返校，她还专门为我带了一个背篓，我十二分的惊讶欢喜，她说"竹子姐，你不是一直说想买个背篓，没买到合适的吗"。没想到两年前我心血来潮的一句话，她当真记在了心里，并用心践行。不知道这人世间还有多少感动，但当她用纯净的眼神诠释着自己的爱心和给予，我恣肆大胆地认为，全部的感动都在我一个人身边束拢发光。

不得不说，她有一个神奇的大家族，虽是大山里的孩子，但她从小就和母亲去了三亚、上海、北海等地旅行。外公外婆一生也游山玩水惯了，不论年岁多高，依旧心怀梦想，常出远门，就连她的舅舅也是旅游达人，有时携家人，有时自己单车骑行，几个月才归来，青海湖和海南都留下了他的足迹。今年暑假，她因为帮忙客栈的生意没有去，她的母亲带着家人去了邻省贵州的草海，虽说风景平平，但是一家人出游的幸福，很值得纪念。

我们深情诵读着各自原有的生活，我们共享心愿，不分彼此，自由融洽，一起爱德夯，也一起爱武汉。

湘西的美景当然不止德夯一处，小娴告诉我，大家都说德夯美，其实德夯人最喜欢去古丈玩，古丈比德夯更幽更奇，更胜一筹。但内心的幸福指数告诉我，在德夯避世而居两日，已经让我十分满足了，至于古丈撩动神秘的坐龙溪，就留在下次吧。

穿越湘西的花垣县，就是边城。小娴说她小时候常去花垣玩，对花垣很熟悉，但是边城她一直没去过，而这两年花垣不太平，总在出事，她提醒我们不要多作停留，直接去边城就好。

叫边城，是因为以小说之名叫惯了，其实边城指的是湖南茶峒古镇，地处湘黔渝三省交界处，被戏称为三不管的地方。小河的对岸，是重庆的洪安古镇，同样是田园牧歌般的风貌，点点移动的波光，传递着隔岸的温暖。

第一章　那些年，我走过的路

刚下汽车那会儿，发现此处大兴土木，边城清风般的飘逸感全部被浓重的木锯声取代。这显然不是我理想中的边城，但当我在一个黄昏，独自来到河边的时候，边城终于用丰富的文字，轻轻拨弄出它独有的光辉。

"黄昏照样的温柔，美丽，平静。但一个人若体念到这个当前一切时，也就照样地在这黄昏中会有点儿薄薄的凄凉"，当想起《边城》中的这段文字的时候，我眼前也正是这样的场景。

边城的故事，让人回味悠长。因为爱，留下过许多个像翠翠这样年轻的身影。质朴又勤劳的边城人，为这个小城增添了许多温软的色彩，让这片远在湘西深处的山水始终吸引着人们的目光。

边城是这样的美，但是听说，边城的夜色和凤凰仍旧不能比。

凤凰我是去过的，夜色繁华如梦，近处是虹桥璀璨，远处是灯火摇曳，而边城的夜色，朴素得出奇，没有旅行者想象中的那一串串红灯笼，也没有星星和渔火，就连桨声似乎也听不到，夜色中本来的面貌，就是边城的灵魂。

我喜欢这种感觉，能在春花秋月的某个时段，在边城住下，慢慢享受这个小城的晨昏昼夜、喜怒哀乐。旅行不是暴走，不是留影，而是在当地生活一段时间。

"近水人家多在桃杏花里，春天只需注意凡有桃花处必有人家，凡有人家处必可沽酒。夏天则晒晾在日光下耀目的紫花布衣裤，可作为人家所在的旗帜。秋冬来时，房屋在悬崖上的，滨水的，无处不朗然入目。"沈老的文字仿佛具有魔力，让人的身心坠入一个恒久温暖的世界，目及之处，尽是阳光。人们通过阳光下点点滴滴的劳作维持着日常的生活，或许他们并不富有，但是他们是快乐的。

在那个动乱的年代里，中华大地烽火连天，在经历了新文化运动的洗礼后，沈老先生毅然选择了湘西这片纯朴美丽的土地，用诗一般的语言轻声诉说着整个民族的悲哀，召唤着炎黄子孙的良知。因为爱得深沉，才孕育了这些略带着哀思的文字。

书中的边城，永远是一派岁月静好、与世无争的小城风光。我一直在想，取名边城，真的是因为它扑朔迷离，如此边远吗？还是沈老用心在守护着什么？其实我们每个人心灵深处不都有一座荡漾着白月光的"边城"吗？在我看来，只要守住了内心的安然宁静，我们便找到了心中的边城。

总有一个名字，叫边城，总有一段记忆，在笔下。

下一站很有意思，在龙潭古镇买白酒。

在重庆气势非凡的巨幅绣品里，龙潭古镇只是绣花针下精致的一个微点，但它的生动之态、落针之美，却有些神奇。

一般的古镇，不说改造吧，至少经过了基本的修缮或维护，而龙潭化身的女子，别说在脸上大动干戈，就是连微整都没有。

古镇已经不足以用低调古朴来形容了，它落败得几乎让人伤感。傲慢的蜘蛛网和蒙尘的红灯笼共同构筑了龙潭特殊的风采，镇子里找不到一家餐饮和住宿，完全没有和商业接轨。每一处都是居民自己的宅子，每一个人都在宅子里慢慢修炼，慢慢生活，不出声，也不留客。太多古镇被热闹又昂贵的客栈紧紧包裹，压抑得无法呼吸，而这种束缚终于在这里脱胎换骨，得到了区域外却血脉相同的一种解脱。

摇摇欲坠的门板后藏着一个个气息幽冷的杂货铺，角落里堆放着粮油、白酒、米醋、酱油等，柜台上罗列的无论是锅碗瓢勺，还是不知名的书本香烟，连同老人家身上披着的衣服、手里的茶碗、脚边的凳子，都像年代久远的东西，整个古镇没有一丝现代气息，像飘浮在 20 世纪 50 年代的一页报纸插图。听说刚有一个剧组离去，我暗自赞叹导演不俗的眼光，古镇没有经过所谓的开发和保护，看起来更有味道，如果不是赶往酉阳，我一定会在此借宿一宿。

老爸一向爱酒，难得遇上自饮自酿、没有勾兑的纯正粮食酒，我买了五斤的白酒，装入普通的白色塑料酒壶，然后扎紧，密封。为了防漏，便一直将它直立着放入背包中；又因为太重，我和表妹就换着背。我咬咬牙说为了老爸，一切都值得，表妹咧咧嘴说为了姑伯，豁出去了。虽然如此小心地呵护，但是等我们回到武汉，酒还是只剩下一半了，但这份千里送酒的豪情，老爸却很感动，一直舍不得喝这酒。我想他一定知道，这一路绵绵不绝漏洒的酒香就是我们不轻易说出口的爱。

在酉阳，只专心做了一件事，那就是买箱子。表妹这一路上不知不觉间买了太多东西，随身的背包不够用，只好临时去买箱子。我们逛遍了县城所有的大型商场和批发市场，从焦急到淡定，从理性到感性，最后终于选到了一个质量不错、很有旅行色彩的小箱子。我们长长舒了一口气，不安分的购买欲又开始滋生，我们忍不住买了一些特产，有荞麦做的四季糕点、新鲜腐乳和香脆辣椒丝。

城北的桃花源我们没有去，尽管它的口号非常响亮，"世界上有两个桃花源，一个在您心中，一个在酉阳"，有时候地标性的景点未必能代替这一方土地所呈现出来的综合气质，把时间和情绪温柔地释放在买箱子这件事上，我们的感觉良好，这个有趣的经历让我们对这个县城充满了不寻常的感情——你以为你浪费了时间，你以为你略过了风景，其实只要你经历的能让你感动，就没有辜负旅行的意义，不是所有的事情都要跟灵魂、洗礼扯上关系。

去酉阳真正的目的地是神龟峡，它的灵气一直让我很好奇。谁料到，越是想早点接近它，越是在路上出了岔子。原本是去两河镇，在汽车站看到有出发去双河镇的车，简单询问之后就上车了。两小时后，车把我们带到了深山之中一个荒僻小山村，司机说前方路不通，所有人都要在此下车，回家的人们都各自步行远去，车上就剩下我们两个人了。

我和表妹对望了一下，立刻就傻眼了，赶忙问司机神龟峡在哪里，司机想了半天，摇摇头说：你们是不是走错路了，此地偏远贫困，和贵州一河之隔，没有听说过什么景点，也没有游客来。

我们按原路赶回县城后，才知道是因为售票员表述不清，把两河镇、双河镇说成了一个地方，一字之差，结果却南辕北辙。来回四个小时的折腾虽然影响了心情，但旅行还是要继续优美下去的，不为别的，就为神龟峡，我要把它从绿影激滟中打捞起来看一看。

即便是两河镇，也没有多少人知道神龟峡具体的方位，街边一位在交通执勤的老人非常好心地过来帮助我们，他很讶异我们能打听到此地。他说景区虽然风景美，但少有宣传，基本没有外地游客前来，至多就是黔江人来玩的多，连重庆人都很少。

按照老人的说法，要走15公里左右的盘山公路才能到达，于是我们包了一辆小面包车前往，司机面色和善，让人放心。

关于阿蓬江神龟峡，我了解甚少。那一阵子，很久未买《国家地理》，于是随手买了最新的一期，就看到一条格外宁静的小峡谷流淌至眼前。绝壁对峙的峡口幽光处，船行其间，静水如蓝，画面美得不似人间，心里便想着，这地方，是一定要去的。

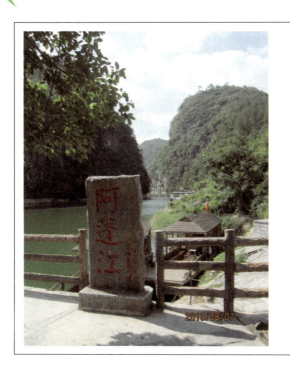

神秘而纤细的水路，构筑了一段格调孤单的旅程。

小游船单薄却精致，船才划出去不远，眼前的一切就开始显得不真实，似乎是把一个奇幻的想象世界在这个特定的时刻呈现出来，而很快，就要随着魔法消失不见。然而，我并不介意这样虚幻的陶醉。

乌江本就美在原始，而支流阿蓬江就更显脱俗，神龟峡的气质，一半在弯曲奇特的峡谷，一半就在阿蓬江这让人心间、眉间都荡着倾城美色的江水了。真正的惊世之美，不怕没有人懂，同船有去过小三峡的人，对神龟峡痴心绝对，大为赞叹，称其景色只在其上，不在其下。那时我还没有去过小三峡，但看着翠竹低摇的水面渐渐收拢变窄，江心的一片彩叶婀娜变幻，随波飘来，我便知道，神龟峡就是唯一了。

次日清晨，我们比当地人起得更早，穿上各自喜欢的印花裙，沿着319国道徒步，只为了目睹一座铁索桥的风采。国道这边的桥头，是当地居民的一个临时候车点，稍显热闹，而对岸的桥头，少有人出行，孤单伤情地连接着深山里的几处梦里村庄。

2013/08/07

　　从桥上望去，近处是一个水利大坝；极远处的山，体态非常庞大，几乎占据了半个天空，很难估测究竟有多高。这便是重庆的山啊，我在心里美美地一笑，深蓝的天、淡紫的山、锈红的桥身、白莹莹的村庄、峡谷暖绿色的水调和着金色阳光，似乎还有更斑斓的色彩在远方跳跃。

　　而远方，正是我们的下一站，濯水古镇。

　　这里客栈遍布，选择的余地很多，和龙潭古镇截然不同。相同的是，这里也没有多少游客，每家客栈都门庭冷落，看着怪凄凉的，据说倒闭的客栈也不在少数。

　　因为坐落在武陵山区，濯水古镇结构小巧紧凑，视觉效果极好，它周围不是秀丽的小山，而是雄伟的山脉，河岸视野开阔，相映生辉，一边是新镇，一边是古镇。

　　濯水，让我心如清涧，非常愉悦。

　　那一片山，恍若苍山；那一片水，好似洱海，它有一些大理的影子，是用清水洗过，极缩小版的大理。青梅色的河水在天边淡去，软嫩的水草也随着河

水流向天边，远处腾空而起的高速公路上，一轮夕阳，花灯般缓缓移动，垂钓的人们拥挤在河中的沙地上，用心享受着黄昏，我倚靠在客栈二楼的阳台上，将这诗画山河里的味道幽幽饮下，真是别有滋味。

　　第二天上午，闲得乏味，古镇没有什么好玩的去处，在一腔热血的助力下，便存心要折腾出一些什么，于是风风火火去了河对岸的蒲花暗河景区，这个名字，我暗自揣摩了好几回，还是一次次记错，总是将此地单纯无害地篡改成了蒲田、花田之类。

两公里左右的溶洞暗河，说不上多罕见，但却让我不敢怠慢，暗自喜欢。把自带光芒的橙色救生衣裹得紧紧地上了船，满怀勇气和希望穿行在河道里，低头闪躲，抬头惊叹。这是一个阴柔狭小、极具艺术感的地质空间，让我想起了电视剧《烈火如歌》里的暗河宫，这剧本大约就是在这样的景色里生成的吧。仰视暗河上方一对天然溶洞形成的天空之眼，所有的是非和短浅瞬间尽去。身在暗河，连灵魂都在暗处，触不到，惊不醒，反倒是浊气不侵，到达了另一个光明的顶峰。

仔细回顾走过的路，任何率性而为的偶然，都是快乐的。这原本只是处于无聊，道听途说的一个选择，最后却衍生成了一段小小的奇迹，如此亲密地温习了一遍重庆天生璀璨的自然山水。

蒲花仍在，可惜的是，坐落在濯水古镇，亚洲第一的风雨廊桥，三个月之后被一次意外的大火烧毁，至今难以修复，谁又料到它的命运竟和大昭寺如出一辙？虽然我并不愿意将这样的情节理解为命运。上班的时候看到这个新闻，久久难以置信，心有一瞬间是失色的、战栗的，当我把这个消息传递给表妹的时候，她也心绪难平，极为难过。

一夜回忆梨花雪。淡青色的河水上，长出这么气质卓越的一座风雨桥，我惊呆了，什么也说不出，只任凭心底涌起芳香的巨浪，它是水底的抒情曲幻化而成的吗？

一边是烈焰里残酷的事实，一边是记忆里夕照的画面，风景里有曾经的我们，两个小礼帽，棉布短裙，穿着凉鞋任性徒步的女孩子，在廊桥的虹彩光影里逗留了很久，吹着风，吻着云，认真的步伐、自拍的趣味、霞染的田野、木雕的光阴，一切好像缓缓流动，还有续集，却没想到，竟然是诀别。

每每把心打开，这温甜又迷人的落日虹光，总让人断肠心痛。

所有崎岖都变成了星光，所有麦浪都拂动着理想，我们终于一步一步沿着日月的痕迹，走到了自己想去的地方。

黔江是重庆有名的清凉城，但我们并不是奔着它的清凉而来，而是为了解答心中对城市峡谷公园的疑惑和想象。

市中心，有峡谷，这可能吗？

我们女王般站在峡谷的山岗上，远远地眺望，好像一生的风景都扛在了肩上。

峡谷是黔江的心脏，整个城市用仅有的温度孵化着这一块山水宝石，抬头是明媚的大厦，低头是苍老的天坑，大约只有这里才能和谐呈现吧。我不是这个城市的天使，但我却会为它轻微蹙眉，或月夜歌唱。黔江是我无论晴天阴天都会想念的地方，像一次缠绕，一种坚持，一场狂舞的流浪。

突然就想到，一个词人写的句子，如此贴合我此时的心境，"你是我闪闪发光的珍珠／在时间的深处／记忆流转到哪个山谷／有你倒影的湖，你是我长夜尽头的日出／只要打开窗户／无论以后在哪段旅途／爱你／我一直很清楚"。

离开黔江的时候，虔诚地等时间倒转，心很平静、很辽阔，这一段翻山越岭的浩荡旅途、人间烟火，终于在这里画下了句点，记住了幸福。

大别山：秋日私语，似水流年

　　中秋，想和黄冈的老友团聚一下，短短一通电话，说走就走，一起去了大别山。

　　大别山几个字，怎么念，怎么嚼，都有一种安静壮丽的老味道在里面，仿佛大别山就是应该挺进，而不是走近。

　　天堂寨和薄刀锋都是比较经典的景区，我们没有过分纠结，直接去了大别山的主峰天堂寨。

　　雄伟的花岗岩深处有一座鹊桥，雕刻精巧的喜鹊和云朵，寂寞地浮在拱桥的上空。桥上都是相拥甚紧的恋人，婉转之间，眼神清晰。

　　虽然已是孩子爸妈的身份，我们还是一派纯真的悄悄融入其中，感受着云端的宁静美意，花好月圆。朋友夫妻俩，特别契合这样的场景，虽结婚已久，却永远都是恋人般甜蜜，他们是绝配的才子佳人。

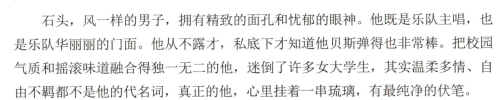

石头，风一样的男子，拥有精致的面孔和忧郁的眼神。他既是乐队主唱，也是乐队华丽丽的门面。他从不露才，私底下才知道他贝斯弹得也非常棒。把校园气质和摇滚味道融合得独一无二的他，迷倒了许多女大学生，其实温柔多情、自由不羁都不是他的代名词，真正的他，心里挂着一串琉璃，有最纯净的伏笔。

美人如玉，玉儿的名字恰如其分地印证了她的美。校花的颜值和微笑只是最表面的东西，她的气质独特到可以浑身戴满黄金而丝毫不俗，并不是所有湖北美院的毕业生都有这样的灵气。而我记住她，是因为她站在寝室门口，就像雪后出现的仙子，寂寂然，清清亮，瞬间就洁白了所有人的灵魂。

石头和玉儿大学毕业，在武汉短暂地停留后，就投身宁夏，忙于事业，因此我们一直聚少离多。这次在大别山一聚，实在难得，让人倍感珍惜。

小玉有些不适，所以我们集体放慢脚步，重点不在爬山，而在聊天和抒情。趁着石头和小玉休息的工夫，我和Mini爸等到一个制高点，在一湾飘荡的芒草间，远眺了一下天堂主峰，便匆匆返回了。

那天，天空呈现出少有的高原蓝，即使是山中晴日也未必有这样纯净的蓝，如果不是天堂寨特有的山岳风貌提示着身处江汉平原，真的让人错以为是到了西藏圣境。

丽日当空，天堂大峡谷里，两个男人体力充沛地走在前面，划下烈火青春的心迹，而我和玉儿边说边笑，裙角荡漾，漫步其后。

　　一丝晴光和轻微的凉风过后，两片脉络枯碎的叶子落在头顶，我俩正背靠背坐在下山途中的某一级石阶上休息，眼里倒映着秋天的树和两个美男子明耀的背影，心里便知，这就是最好的秋 —— 有晴空和大地的留痕，有一生一世的肯定和相依。

　　　　　　　爱，还在途中，
　　　　　　　灵魂的集合，活泼的希冀。
　　　　　　　何止天堂寨，又何止天堂之恋，
　　　　　　　下一个山头，我也会等你，
　　　　　　　你的雾色，
　　　　　　　你的缓缓，
　　　　　　　挚爱一人，至爱一景，
　　　　　　　山在梦底，幽秘如你。

巫山：错过红叶却爱上你

　　这年圣诞前夕，着了魔似的一心要去三峡看红叶，想把心中积压多年的冬景空白，全部填上江山红叶的美。

　　我经历过的冬天都没有红叶，甚至对普通的雪景也没有什么印象。幽幽动过心的是那首"冬季到台北来看雨"，但我觉得冬季到三峡看红叶，似乎更惬意，也更温暖。

　　宜昌出发的"长江七号"快艇把我们顺利送到了巫山 —— 这座三峡最美的古镇。

　　码头上远去的"长江七号"，带着电影的传奇色彩，轻柔地颠簸在江面上，眼前的巫山也随着它幻化了一样，像半漂半沉在水中的老电影。

原本不想这么迅速抵达，想享受一下长江上航行的舒缓过程，但是客轮几乎都是下午出发，隔夜才到巫山，一夜之间会错过很长一段风景。加上我时间有限，只好有些无奈地选择了快艇，但坐上之后，反倒是喜欢了。快艇生性勇猛，破浪前行，像江心上的一首赞歌。风声水声烈烈嘶吼，缠绵悱恻，真是绝了。

　　巫山依山而筑，路陡弯多，小城的情韵顿时随着江水奔腾而出，坐在小面包车里狂奔在一弯又一弯的街巷中，我心生感慨，原来这就是曾经的楚国巫郡，现在的巫山新城。

　　然而，始终没有出现摄影师镜头里"一江碧水，两岸红叶"的迷人景象，因为每年11月中旬到12月初红叶才开得好，现在接近12月底，红叶已所剩无几了。小三峡的山色依然葱绿，极少的时候会有一小簇红，漂在倒影里，或黯淡地镶嵌在山脉层叠的某个角落。

　　虽然让我心动的并不是红叶，但我一点都不失望，我喜欢的是巫山这个地方，管它有没有红叶呢！

　　在巫山游走了两日，我在它千年的妆面上，悄悄地绣上了无数个情感的结点。遗憾的是，没能行走三峡古栈道最美的一段；喜欢的是，神女市场里热闹的烟火人间；难忘的是，晚餐不知名的小馆子里唇齿留香的巫山烤鱼；伤心的是，错过了一艘当地的班船，就好像错过了自由航行的人生；惊喜的是，巫山峡江那一轮小小却朗润的红日；感慨的是，巫山的清凉避暑房也渐渐被炒热，这贵族的味道慢慢改变着风景本身；期待的是，在某个夏日携一家老小来此，住上一周；寂寥的是，这个冬日有太多记忆在大宁河、小三峡、巫山十二峰之外，只怪我的水墨青衫太小，罩不下这片浓厚的记忆。

　　偏偏喜欢你，小镇巫山。

　　因为红叶，我才会来；因为来了，所以才遇见你。你说我是不是应该感谢最初的这份情怀，成全了我如今的美意呢？

宜昌：雨闯南津关，心眠白果树

回来许久，都没来得及整理照片。一日，翻看手机里南津关的照片，我简直呆住了。画面里不见天空、山势和任何杂质，全部都覆盖着孤寂的、绵密的绿，像一个千呼万唤始出来的碧绿仙境。

某年某月，爱上宜昌，以一种神秘的心情。

我们愉快地奔驰在春天的山路上，一直是在城市里开车送送孩子、逛逛超市之类，没多少山路行驶的经验，但 Mini 爸凭着天生的驾驭感和十足的谨慎，这一趟走下来，也不算费力。

天色已暗，阴暗巨大的山体慢慢袭来，最后一抹光线给山脉褶皱处披上了一件黑丝绸，预定好的山庄好像在和我们捉迷藏，怎么都不肯显出真身。前台的电话接通却始终说不清具体地址，我们迷失行驶在黄花乡的地界之内，借着车灯的光仔细寻找，终于狠狠爬上一段陡坡，绕到一座山后，才找到。山庄地势险要，峡谷开阔，1.6 公里外就是有艺术迷宫之称的金狮洞。

第二天一早，我在早点摊上买了六个包子，因为袋子系得很紧，所以车开出去一段路后才发现，老婆婆多送了我们一个包子和几种好吃的咸菜。习惯了因为外地装束、口音或车牌而挨宰，阿婆这份助人饱腹、不为图利的心意，让人尊敬和感动。

吃包子的时候心花怒放，然而到了南津关的起点牛坪垭村，我却心情黯淡。从省道到县道，最后沿着乡路几乎走到了山穷水尽的地步，南津关峡谷还是踪迹全无，我们只得把车停在一户农家小院的空地上，下车去打听情况，原来这家正好负责景区的售票，这也是进入峡谷的最后一户人家。

在村民的引导下，我们穿过两大片油菜花田，在一树树纯白梨花的陪伴下，渐渐脱离村落，深入无人之境。此时，一条步道隐约出现，直通谷底，至此南津关的美景拉开序幕，我们选择全程徒步开始。

有"万里长江第一溪"美称的下牢溪，就发源于牛坪垭，其水之清澈蜿蜒，应该和南津关有密不可分的关系。如果不走峡谷，从牛坪垭徒步穿越到唐家坝，也是处处奇峰美景，但我还是心系南津关，非它不可。

南津关大峡谷是北纬30度上的神秘景观，典型的峡谷美景造就了"三峡、六瀑、九道关、十八潭、三十六峰、七十二泉"。这是一块自然净土，虽被称为景区，但其实是封闭原始的峡谷风貌，除了小部分路段的铁环踏板和栈桥，峡谷核心区域完全保持着原生态，这也是最让人期待的。

峡谷里本来应该水量充沛，溪流密布，很多路段都要涉水而过，但在温暖的春天，河谷显得干燥清爽，只有几处柔和的浅滩和小股水流。抓铁链、玩水潭、爬天梯、过小桥，难关慢慢过，我们没有急于冲关或拍照，而是当了一回漫步的旅人，一路好好欣赏，好好呼吸。

南津关，天生精致，怎能辜负这一笔一描的美。

峡谷蜿蜒秀美，刚拐过一道弯，身后的一段就在清凉的峡壁和苍碧的树荫中隐去了。河谷的一个背阴处，突然出现了画中人，一个不弓不驼的朴素老者，背着刚刚采摘的一些绿葱葱的植物，在溪水边淘洗着。我们好奇地走过去瞧看，询问后，老者朗声大笑说：这就是感冒时喝的板蓝根啊，年轻人，不知道吧。是的，和许多绿叶植物一样，就是放在面前也不认识，我们所见的是冲剂里粉末状的板蓝根，如今能还原它的本真面貌，忽觉心清目明，意境大为不同。

温淡的雨点，像无数透明的

小鸟停在溪涧、草丛、林间、风中。走到一片安然飘散的瀑布前，我们就返程了，小雨下个不停，要穿越全程还需很久，最关键的是景区出入口不在同一区域，我们要从出口返回入口去取车，这其中路况辗转复杂，一切未知。如果提前联系景区，请司机代驾，把车开到出口处去接我们，那就好办多了。

可是，实在很舍不得那片瀑布，像薄薄的一片珠帘挂在天界，从下往上望去，瞬间就被细雾迷住了眼，但还是能看清。一串串碎玉纤细地洒下，重重叠叠，备显忧郁。Mini爸伸手接过水珠，用凉润有力的臂弯揽住我说，就叫"情深深，雨蒙蒙"瀑布吧，很符合其特质。匆匆许多年，最爱回忆在这空山无人的瀑布前，我们青春无敌，静听流水，深情拥抱，这不就是人间的激滟，爱情的暖意吗？

后来得知，瀑布真正的名字好像是叫"红颜落泪"，这又柔又冷的名字，真是让心里那个小小的我，怯生生地喜欢着。

有一年多没看到瀑布了，南津关瀑布只是欲望的序幕，三峡大瀑布才是我果断放弃了清江画廊和三峡人家，坚持要去的地方。

瀑布一直是我的心头之爱，加上拜读了毕淑敏的《生当作瀑布》，更是对其爱到眷恋。

更喜欢三峡大瀑布之前的名字——白果树瀑布，芬芳自然。

没有抱什么期待，很多东西冠以恢宏的头衔，其实都是纸糊一般，提不上台面，又是借"三峡"之名，又是用"大"来渲染，可是真的好？

瀑布水量不大，一条清冷莹润的泉，梦幻般从天坠落，带着光晕、香气和跌落的喜悦。没有苍鹰飞旋，也没有百花齐放，单是这优美一瀑，就已摄人心魂。

这瀑布一个转身，想必，背影也是同样好看的吧。

瀑布的基调本就清凉，加上四月的风里也充盈着初夏的意象，整个山谷一下子就舒缓下来。不知道是阳光的作用，还是视觉的偏差，只见有淡淡胭脂色的光芒在瀑布顶端，无限扩大，明亮宏阔，像彩虹的小尾巴。岩石上的青绿也闪耀着，跟着这股雪白一起流动，我曾几度在瀑下徘徊，感觉自己在这盛开的画面里，伸展如花枝，腾飞待放。

瀑布的尽头是一面石壁大佛，三峡大瀑布的二期工程正是从此处开始，目前只看得到沿着石壁开凿了一条通天小道，看起来像是要越过此山，绕到更远处去，不知道背后又是何等的远山星光。

突然，凭空生出好多奢望，想趁着心眠入夜的美，为宜昌献上桃色的腮红和温软的眉睫，再戴上用南津关第一眼的绿做成的花冠，穿上白绸飘飘的瀑布长裙，假使没有长裙，在流银万千的梦里给我一颗白坠子也好，可以吗？我该轻轻地问谁。

建始：沉默的灵性

对建始的了解仅仅只是"醉美建始"的宣传语而已。

作为地道的湖北人，我却不太清楚建始究竟有着怎样的身份和血统，翻开地图才看清楚，建始属于恩施州下面的一个县，千峰叠翠，气候宜人，素有"天然氧吧""富硒王国"的美誉，被联合国教科文组织评定为最适合人类居住的环境之一，还挺酷。

记得两三年前，建始的野三河突然在武汉的各大旅行社里被宣传得很火，但是知道或者去过的人却很少，毕竟名气不响又交通不便，游客心里没底——那究竟是个什么样的地方。大家更热衷于恩施大峡谷女神级的美貌，至于野三河这位清秀佳人，不看也罢。因此，网上可供参考的资料也十分少，只有几篇景区开业的新闻稿和官方庸俗的一些简介，照片也只有寥寥几张，但是凭着对灵秀风景的敏感度，我几乎在一瞬间断定，这是我想去的地方。

上班之后别无选择，只有利用假期出行了。五一为了享受免费高速，大多数人会选择在假日前一天的半夜出发，可赶一晚夜路，第二天肯定没多少精力了，于是我安稳地睡了一觉，凌晨四点才出发，中午十一点便顺利到达。

车行到野三关的时候，山体的阴影更加巨大，天气也变得很有趣，进隧道之前是万里晴空，穿过去了就是丝丝飞雨，一路上晴雨更替，光影万千。

野三关，又称野三河、野三峡，让人摸不着头脑，仔细研究之后才明白，野三关是巴东的一个镇，恩施的东大门，也是巴东火车站的所在地，但其实这个火车站与巴东是完全分离的，离巴东县城还有 3 小时的山路车程。当年就是没弄清这个地理概念，遇到大雪封山，去火车站的山路虽然能走，但危险重重，最后只好退了从巴东返回武汉的火车票，改坐快艇前往宜昌，再回武汉。我对野三关是陌生的，但父亲对野三关却颇为熟悉，因为他在恩施工作了三年，每一次回武汉必经野三关。20世纪80年代交通还很落后，从恩施到武汉坐车要漫长的两天一夜，那一夜指的就是在野三关休息。除了休息，更重要的是两地的司机要在此互相交换，接替岗位，顺利走完余下的路程。进入恩施，要换成熟悉当地路况的山路司机，而进入江汉平原，则由武汉的司机担当重任，而野三关也从崇山峻岭的险要标记蜕变成了如今鄂西旅游的门户。这个独具风情的小镇深深锁住了父亲的青春，也在我的世界里，留下了一个神秘的情结。

野三河正是我这次要去的地方，是八百里清江画廊最美的一条支流，同时它也是建始和巴东的分界河。而野三峡是指地跨花坪乡、高坪镇、景阳镇的好几个旅游风景区的统称。

下高速，走国道，忽逢大雨，随时有山体滑坡的危险，本来想停下来避避雨，但路边似乎一样不安全，只好冒险前行。导航信号不好，一直无法定位，也不知道有没有走错路。穿过一镇又一村，终于到了一个空荡无人的度假中心，附近紧紧簇拥它的几家农家乐也冷冷清清，完全没有五一的盛况。

寻找景区又是一个大麻烦，在走错路又折返之后，终于来到了景阳码头。网上攻略称码头就在度假中心附近，其实度假中心连接的是黄鹤桥景区，与游船码头根本无关，码头在20公里山路外的景阳大桥桥底一个并不显眼的位置，一切迹象都标志着，这是一片世外山水，是一个野趣横生的地方。

今天伴着小雨，游人极少，只有这一艘游船孤独地出发了。看着两岸奇峰夺目，画屏展开，我只能惊叹又心痛地说，确实比小三峡美，都是祖国引以为傲的山川风物，如此比较，其实没有意义，但我不知不觉就把两者牵连在了一起。因为那年圣诞，说走就走去了三峡，印象太深刻了，三峡的美好与遗憾在心中永远无法翻篇。

我和 Mini 爸一直避开游船导游，在二层平台处临风赏景，极少的游客零散地分布在二层，大多数游客都蜷缩在一楼无所事事，打牌消遣，叠落着百元大钞，庸俗地计较着输赢，与周边景色显得格格不入。这种不和谐让人有些难受，并不是说要用旅行来拔高思想、认识世界之类的，但是最起码它是在用心感受自然密码。如果只是离开熟悉的家，换一个地方打麻将，那还有什么意义呢？以前没有遇到这种情况，这次出行也让我看到了，大多数人只是将旅行流于形式，充其量向周围人公示一下：我在度假，以彰显生活健康美好。其实，他们的心灵在原地并没有挪动一分一毫，旅行对他们而言，远没有手中的苹果手机来得亲切和实用。

夏雨初歇，天空像水彩画一样微淡地铺开，船体在彩云和江面组成的平行时空里划行，身姿动人。

忽见一片断崖的裂缝处，一艘小艇缓缓驶出，大家以为是一条支流或者暗道。当离开大船，换乘小船去观景，才看清那一处是一条瀑布，村民为了挣钱，私自带游客去近距离欣赏。因为隔得很远，瀑布没有任何声响，它就静静地挂在那里，隐藏气息和源头，瀑布被撕成无数个细细的小瀑布，但又若隐若现地交织在一起。

游船峰回路转处，总有瀑布妖娆而出，也不知道它是九叠瀑布、丝弦瀑布，还是龙湾瀑布，每一个瀑布的名字都那么美。一个无人看管的小女孩，大约六七岁，一看见我就会撩起头发，做出可爱的姿势，在我镜头里跑来跑去。我随手把小女孩和瀑布同时拍了下来，没有任何摄影技术可言，但事后翻开照片，却发现甲板上孩子飞扬的头发和欢乐的瀑布，聚合着一种触及心灵的生命力，仿佛有风从照片里清凉地淌出来，这是过了此刻，便不再有的神奇力量。

前半程大家都欢声笑语，忙着拍照，后半程大家或审美疲劳或困倦了，一切都安静了下来。有人脖子上挂着长镜头的单反，就这样趴在椅子上睡着了，只有均匀的马达声划破平静。

在这平静之中，我更为清江的绿心动了。岸边，笼罩在船体阴影下的水，

几乎纯净，有海岛的气息，能看见星星点点散布着一群极小的鱼苗；远处的绿不再透明，开始充满鲜润可爱的颜色，色泽不浓不淡，不明不暗，刚刚好悬浮在你心中。游船甩出两条巨大的浪花，即便这样也无法破坏这篇绿诗。软软的水波退去后，又变成了翡翠般的恬静。清江以水色清明十丈闻名，如今看来，果然名不虚传。

黄鹤桥比起野三河更默默无闻，只有少数当地人对此熟悉，会携家带口前去避暑。

黄鹤桥，黄鹤楼，原来并不是我弄混淆了，这其中真的有渊源。传说有两只黄鹤，一只在去仙宫的路上被此地吸引，再也不肯离去，一只太调皮了，飞呀飞，飞到了崔颢的笔下《黄鹤楼》的诗里。

朱自清说，逛山的味道比游湖好。黄鹤桥的山，我以为是欣赏不到的，因为进山之后一直浓雾弥漫，只能看清脚下的步道。此山多大，是一派奇险，还是点滴柔媚，都无从想象。

雾散后，云海飞腾，群山以夏天的姿态、春天的香气，在云海中悄悄变化，慢慢移动，我固执地以为，云海是黄鹤桥的一大奇观，和我同感的还有一群重庆的游客，他们挥舞着艳丽的丝帕和帽子，大声呐喊，重庆的山应该不少吧，从他们的赞叹之声，我能感受到恩施山水独特的魅力。

云海散去后，终于运气极好地与群山相见，无论是"黄鹤之巅"，还是"稳坐江山"，每一处景点都大气非凡。黄鹤桥，果然是有张家界的味道。我没有去过张家界，不应该妄下评论，但此刻峰林叠翠，干净利落地展现着它的美，我的魂魄瞬间就被定格了。再细看，远处一脉连绵不绝的绝壁画廊，神似恩施大峡谷，原来这就是景阳峡谷的天界之身。

Mini常常问我：妈妈，悬崖是什么？虽然有画册，也对着电视的地理频道生动地对她解释过，但此刻，很想指着那矗立的独峰对Mini说：你看，那就是悬崖。

站在万丈悬崖上远眺清江，一条青罗带载满五月的天空，自西向东，无声远去，对岸就是景阳新镇。从谷底到山腰再到山顶，处处都是梯田和人家，锦绣河山，美好生活，随着初夏的踪迹一起降临人间。

　　我逆风而笑，微微有些出神，黄鹤桥景区的入口简陋破败，你绝对想不到一脚踏入景区内，会有刹那惊艳的画面。景区深藏在绝壁之间，范围不大，自然是不能和五岳相比，但神奇的是它的地质景观一应俱全，好像所有的山水大师约好了一起运墨动笔。奇峰石林、天坑地缝、绝壁栈道、天堑洞穴，无一不精，无一不美。

　　突然想到了那句广告词，你本来就很美。

　　黄鹤桥本来就这么美，只是我知道得太晚了而已。隐居此地，也许谈不上什么生活品质，没有百货商场，没有西餐牛排，甚至没有无线信号，但是心一定是清凉快乐的。大约每个人都有一个田园梦吧，像顶破时间的土层，傲然开放的七色花，总有着梦想成真的决心和力量。

　　为了次日前去石门河方便，夜间，我们在318国道上随便投宿了一家客栈。月光下，孤冷的大道无限延伸，318对我而言仍旧是一个皎洁的梦，一个朦胧的谜，或许书写完的时候，我已经走过318了。但那只是或许，至少现在我对它是既紧张又憧憬的。它扑面而来的美，穿过山影树影，让灵魂一路随它远去。一直想去一直也没有去，其实是最拙劣的借口，但我并不怕人笑话。迟迟没去，是因为我对它太过执念，太过欣悦，太过期待，太过谨慎，好像一个赌注，未见输赢已经精神涣散；好像一个钟摆，未见约定已经时光骤停；好像一记耳光，未见印记已经疼痛于心。是的，318还未去，它就几乎耗尽了我所有的心血和热爱。

　　去年石门河开张时留下的红绸缎还整洁地系在游步道上，青山丛中数点红，煞是好看。我一向不在乎是几A级景区，无A的我更喜欢，但是石门河既然是4A，也不能抱有敌意吧，来来无妨，可就是这一来，却让我不想走了。

　　峡谷内的栈道修得很好，随着深渊下瀑布的走向，蜿蜒自如。环顾四周，尽显暮春，丝毫没有人类的足迹，只有进入这片领地的每个人自己的心灵投影。峡谷深处的幽深阴冷和峡谷外的迷醉暖阳形成巨大反差，而美也正是在这种反差中形成的，漫步其间，颇觉奇妙。

　　是谁，在风雨雷电之际，用瘦瘦的一把尖刀让石门河从地心深处探出一道光芒，以神秘之躯遗留人间，留下恒久的裂口。穿越在千年悬挂的古藤之中，侧耳聆听，总有曲折微妙的声音从缝隙或半空中传来，似水滴飘散的轻音，又似岩石隐秘的呼吸。面对奇景，我只能报以甜美且歉意的微笑，因为厚腻的青苔早已像天然的绘本，替我悄悄记录下了这一切。

我是个不折不扣的峡谷控，千姿百态的峡谷也走过不少，但是石门河的绝世之美还是震撼了我。我突然间变成了一个从未见识过美景的人，一路上只顾着抬头凝望和低头惊叹。石门河和南津关同样狭窄幽深，但又各有特色。南津关谷底是静静的浅湾，即使雨季，蹬上一双溯溪鞋，便可悠然通过。而石门河峡谷的水有漂流之势，地心之险，水声轰鸣，行人无法靠近，即便景区栈道也离峡谷底部有一段垂直的距离。

中国最不缺的就是美景，如此说来，那石门河最让我称赞的就是安全措施了。记得途经一条河流，河流上特意为游客建造了跳石，流水很温柔，跳石也并

不惊险，但是铁链防护却很到位，还有穿戴严谨的景区工作人员看守，一边提醒游客注意脚下，一边随时准备救援。危险警示标识更是比比皆是，曾经有滑坡或者树干歪倒的地段都挂着"快速通过"的牌子，有凸出或裂缝的石块均用粗壮的铁链捆绑牢固。最有趣的是，有多长的步道，恨不得就有同数量多的石椅，如此多的休息平台，让人又可喜又好笑，仿佛到此一游不是为了走路运动，而是为了静悟人生。

石门河离318国道如此之近，却养在深闺人未识，是一种遗憾，也是一种幸运。问心，洗心，舒心，三段峡谷，各有千秋又环环相扣，果真是一趟不落凡俗的心灵之旅。硬要挑毛病的话，那就是石门河这个名字太过质朴无华，没

有吸引力，一定程度上掩盖了它的旖旎别致，如今更名为建始地心谷景区就很好，既响亮也贴切。

如果幸福之外还有一方天地，我想应该是这里了；如果痛苦之外还有一种修行，我想也应该是这里了。

虽然是短途，却内容精粹，风味多彩，三天行程不重样，一日游船，一日登山，一日峡谷。

回来之后，心情极好地开始工作。一餐午饭就能让我想到建始的农家乐很特别，每人 25 元，没有菜单，自己去陈列蔬菜的货架面前亲自点菜，或者全权交给老板，让老板凭着经验随便搭配，不论怎样选，都好吃。与此同时，手边来自建始的投稿文章突然也多了起来，以前很少遇到，这样的天意和巧合让我很享受，有一种旅行已经结束，故事却依然延续下去的美满。

三清山：天真似少年，山还在那里

继去年七月青海湖之旅，深恋着那条蓝色的天路之后，这半年来我一直保持安稳、闲适的上班状态，老老实实，心无杂念，国庆、圣诞都没出任何幺蛾子，半点不提旅行。眼看 2016 年一点点褪下它的活色生香，待我圈出日历牌上元旦空白的三天，恋恋山水终于被风吹乱，乱到了心里，仿佛有珠帘开始飘动，等待一个号令、一场邀约，从此，像云雀一样留在松林间。

"我又想去爬山了。"我对 Mini 爸说。话语的意思很浅，其实是想浓情地表达：生活有点累，我想在山峦深处认真地歇下来，认真地看看你，看看雪。

天气即天意。

很快我就决定，如遇晴空，就一路向西幻化成八百里清江水，不坐传统的游船，而是沿清江公路自驾，直抵盐池温泉。与名声在外的咸宁温泉相比，盐池温泉深锁于青山中，虽行路难，风景却天生奇美。

如遇飞雪，便一路向东去皖南，黄山的雪景自是一绝。三天有点赶，但我乐意，何况还有传说中皖南贡鹅这等美食。小区里开了一家餐馆非常火，专门经营火焰醉鹅，据说这是皖南山区吃着稻谷原生态放养的鹅，至于是不是地道的贡鹅，大约就有些争议了。

查询天气后，基本断定是往黄山方向走了。临近元旦，黄山标间涨到了1500 元，这可是我大半个月的工资，我心疼到不能接受，住宿评价里还提到"今年冬季养护需要封山"，要我放弃最美的莲花峰和西海大峡谷，单纯去看雪景，我做不到。就这样，一场冰雪之约不了了之，只能圣洁地安放在心底了。

忽然之间我想到，有朋友曾因黄山中秋人多临时转战三清山，山之清绝，至今难忘，那我就来个依葫芦画瓢吧，用水墨三清，诚恳地去修一段旅途。

12 月 30 号

君竹方走记

认定了眼前的风景，就去吧！

内心有一种纯真和热切的冲动，不可描摹，思来想去都觉得与其 30 号下班后在家干枯地睡上一夜，不如漂亮行动，下班，闪人，拎包，出城，上高速，夜宿景德镇，怎么玩味都有一种说不出来的期待和痛快。

夜行，比白昼更有人在天涯的感觉，还潜藏着一丝鸳鸯蝴蝶梦的浪漫。最大的好处是省了时间，元月一日就可以直接开始正式的行程，井然有序地串联起瑶里、李坑，不急不赶，无限静美地玩上一趟人间古镇。

车行路上，树影绰绰冷风冷月，不算佳境，但关上电脑，离开办公室，往千年瓷都方向而去这个洒脱动感的过程，仍旧妙不可言。

最好的瓷是白如玉，明如镜，薄如纸，声如磬。

猜不到，也不想去猜瓷都是什么模样，爽爽的像夜魔侠一样，隐秘地飞过武汉这座大城，晚上 8 点 51 分，我们已远离武汉 233 公里了。一离开湖北进入江西段，路就不太好走，即使是高速，也略显颠簸，不太舒畅。鄱阳湖大桥更是如同百慕大，一条短信怎么都发不出去，手机信号全无。

喜欢途中两个浪漫的小镇地名，小池和星子。

路牌在旷野中亭亭玉立，重复出现在许多路口，可惜情深缘浅，好几次抓拍，字迹都不清晰，后来索性不拍了，就这么一边路过，一边在心里喜欢着。每当车的远光灯一打，路牌上的名字就闪闪发光，自顾自酝酿着一种清韵。

小池。

星子。

这是一种迷恋，很爱，很爱。

夜又深又隐，一切都在斑驳中美丽着。

下了高速，在景德镇郊区进市区的路上，只有极少的车辆，没有外地车，也没有一个行人。

直接导航到住宿地点，穿过香港路就到了。瞬间有种想笑场的感觉，武汉以及不少城市都有香港路，但我没料到小小的景德镇居然也有这般大气场的名字。

山寨版的七天酒店，之前在网上预定时并未注意。标间橘色的背景墙被黑夜照亮，千年旧梦，悬在天花板上，让人一躺下就美美的，心情分外舒爽。

天晚风轻，特别想散步，更想混到景德镇的某个夜市上去吃烧烤。其实烧烤与散步，并不矛盾。办理完住宿已是深夜11点了，一肩风沙，疲惫不堪，突然不想出去折腾了，残存的一些浪漫因子，也都散了吧。

太累了，我好像一片瓷，凋零在景德镇。

古镇情未了，把心托付给明天，定要好好消磨一番时光。

12月31号

晨光一片，干净，瑰丽。

很遗憾，掀开窗帘后，未见风景，只有一片低矮且杂乱无章的老房子，深深的院落和露天阳台上都堆满了各式各色的陶瓷器皿及碎片，估计酒店地处的位置是城乡接合部。远山、远城区则很漂亮，润满了秋色，毫无冬景之感。小城的气质不用改动或调色，本身就很好看，天一亮透，就有闲游远去的感觉，虽然瑶里并不远。

景德镇，建筑素白，一城淡雅，奶黄、淡白色调的住宅小区比比皆是，处处可爱。景东大道上，全是赣H的车，转眼到了去瑶里的路上却空无一车，异常冷清，"诗画庄园，敏秀一湾"宣传瑶里古镇的巨幅广告，显得卓然而突兀。路过了浮梁县衙和一个刚搬迁的示范村，有村民正在精耕细作，种植人工草坪，一派致富的图景。

郊外小路闪着幽静的光芒，左边是淡远纯粹的田园风光，右边轻纱飞雾，春山朦胧，是一幅彻头彻尾的写意山水画。瑶里古镇的美提前预约到了这里，一路埋伏，气韵幽微。记得有个亲戚在一年春季去了瑶里，还捎回来一个印有自己美照的陶瓷变色杯，那时看来还挺吸引人的，但对于当地风景，却没有多加赞美。如今，仍有网友在神奇地描述，说瑶里古镇至今还原始封闭，与世隔绝，镇上几乎看不到有人使用智能手机，于是乎，我十分庄严地点燃了好奇心。

我暗自揣测，瑶里或许比不上凌波的江南、胭红的丽江，但毕竟是江西紧挨皖南的古镇，水墨姿色应该差不到哪里去，景色再不济，踏着青石板而歌，也该是一种不错的抒情方式。

一块瘦窄的牌匾和一个寂静的小停车场预示着瑶里古镇到了。

四周开阔，安静无人，也看不到什么淡远的山，只有一个度假酒店的门口稀稀拉拉停了几辆外省的车，定睛一瞧，还有一辆气质傲慢、说不上名字的豪车。原来，早有一批昨晚已到的旅客，难怪今天路上没什么车辆，看来大家都挺积极。不管是奢游，还是苦旅，沐浴着如幻的冬阳，来这空谷小镇里移步当车，四下走走，当真是怡然的假日状态。

坐了太久的车，我渴望步行，准确来说，我渴望沿清溪舒畅地步行。

当真以为一下车就能看见干干脆脆、漂漂亮亮的古镇，结果傻了眼，连古镇的影子都没有。跨过一条正在维修的路基，售票窗口如云影飘过，差点错过，一问才知不去瑶里的五大景区，单纯进古镇，是无须门票的。

可古镇到底在哪儿呢？导航无果，凭直觉沿着一条仿古老街深处走了几步，酒家客栈真不少，均是马头墙造型，十分典型的徽派建筑。阳光追着房屋，投下一片片迷人的几何阴影。环视一圈，所有的客栈都大门紧闭，等了一会儿，连个问路的人都没有。

仿佛入了梦境，怎么都找不到瑶里。不想再找了，恨不得放下一切对山水的痴情，就近找个老院子坐下，来两碗热茶，然后爽快地打道回府。

这世界啊、这节奏啊，就是很奇妙，一位抱着簸箕晒干货的妇人迎面向我们走来，好像感应到我们的疑惑和沮丧，她笑容里有着适度的温暖和幽默，顺手往河边一指："喏，往这里，走下去就是瑶里。"

这是一条夹在民居里特别不像样的小石板路，又窄又破，聚满潮气，多么潦草的入口，和画中的瑶里竟无半点相同，有意思，瑶里真有意思。石板路破败不堪，颇为难走，更是半分幽静都寻不到，路边充斥着喧闹声，排排坐似的挤满了拉家常的老人们和摘菜的女人们。

沿河走了一段，山川蜿蜒，景色逐渐便好了起来。穿城而过的瑶河是大自然的主旋律，一半已经干涸，剩下的细流依旧清澈可人。风景温柔漫过水面，左岸，是新旧混搭的临河人家；右岸，清淡地横卧着一片不知名的小山脉。

不似西江精美华丽的风雨桥，瑶里是极为朴素绵长的木板桥，宽窄、模样和我童年记忆里老武汉的竹床差不多。木板桥不算漂亮，却趣味横生，搭配周边的景致，格外上镜。

边玩边过桥，刚走到三分之一处，低头惊喜地发现，分明是深冬，水底、山头却俱是绿树如云，古镇顿时显得水灵起来。视野所及之处并无其他，只有远近不同的桥。每座桥，都被一片青苔和水域供养着。

Mini爸好奇古镇的整个地貌，矜持了半天，还是决定航拍一次，更具现场感地观赏瑶里。沿途没有合适的平地起飞，只有木板桥的桥面还算理想。作为新手，接近水面，在桥上起飞，自然有一定的风险，但刺激之下才会有决心飞好。况且起飞多少有些噪音，为了不招摇，不影响别人看风景，木桥也是最佳选择。快速取下镜头，将无人机搁在木板桥上，微调遥控器，一阵类似蜜蜂的嗡鸣声过后，无人机扑扇扑扇，强劲起飞，很快，如蝶如翼般自然地融入空中，他开始了他的航拍旅程。我心思全然不在无人机上，忙着拍景和自拍，顺便也偷拍了一些无人机升空以及翱翔的画面。

我仔细观看了照片，虽不是什么优秀的航拍作品，但用上帝视角航拍的瑶里的确令人着迷。枯藤、老树、小桥、流水，全都有。粉墙黛瓦之间，一抹瑶河涓涓碧色，细腻蜿蜒，无论风怎么捣乱，镜头怎么晃动，广阔的天地间永远是绿，东西南北皆被翠竹山岭包裹着。顷刻间，瑶里古镇更显清雅古韵。

顺利航拍之后，Mini爸想早点去李坑，而我却决定，在瑶里任性地走下去。我突然对镇上居民晾晒的腊鱼腊肉、没有见过的咸菜以及与年味有关的细节很感兴趣，平时对这些是不太上心的。小弄堂窄得不得了，有时候自拍杆升得太长，一不小心还会触碰到这些香浓的尤物。

找到了标志性的景点，榕树和大水车，景色寻常，但我还是很开心，悄悄累积着心中的情愫，在河边悠然地笑着，找石头，听水声，别有一番情趣。认认真真地玩下来，慢慢发现在瑶里的过程是意韵丰富的，甚至会深深喜欢上桥洞下的孤独的香草和细细的水波。

但只是喜欢而已，对于瑶里，不算深爱。如果让我选择秘密结婚的地方，肯定不是在瑶里，但合上眼睛，却有花好月圆、把酒黄昏的遐想，能幸福地感受到一份与众不同的恩泽和平安。我顺手发了一条动态：小巷烟火长，陪你去流浪。这意境有点飘，但心是真的。后来又不好意思，迅速删了。

瑶河，能抚慰我的青春和逆流的回忆。在河畔，问一声午安，再唤一声古名"窑里"，我该带着余下的深情奔赴李坑了。

拒绝无趣，不走重复路。我推断，在瑶里的山间，有一条翻山越岭的灵动小路能直抵婺源，这样就不用无聊地返回景德镇，走一大段重复的路了。几乎可以想象到无名小路的美，或野池白莲，或鸡犬闲闲，即便搜寻不到什么闲趣美景，单纯的探险之乐，也能成就一段好时光。

正午的阳光让天地很暖，明明未到春天，却像春光无限似的，好不惬意。车行山谷，动感漂移，走了约5公里才发现不对劲，这条路走下去，根本不是穿石城到婺源的路，而是瑶里最出名的汪湖景区。对这个景区的森林和瀑布我也曾好奇过，但很快就没有兴趣了，因为三清山的时空更让我充满向往。

一边开心地自嘲，一边火速调头，向梦中庄严的石城前行，这一个插曲没有让我们陷入不良的情绪中，反而使人生的路途去尽雕饰，更显洒脱。导航，从来就不是唯一的信仰，错一下，随意一下，也没什么不好。

春风如刃，路渐崎岖，任由美景带路。眨眼之间便过了数个弯道，Mini爸稳住方向盘，我稳住心跳。

原以为去石城的山路，一定清扬婉兮，宛如佳人般柔柔美美，江西的山嘛，能有多雄伟险峻？事实却让我大跌眼镜，山堪比恩施巴东，更似云贵高原，绝不是所谓的山脉和山坡，而是劈天盖地的大山、深山、高山。看来这段路还真是非凡，完全可以作为山水画的绘本教案了。

"进深山，找茶喝"，从山路边的广告牌就能看出，这山，是真的深、真的大。如此清雅又有气魄的几个字，实在是好广告，深得我心。

山风摇绿，十分清爽，看山的情怀突然就来了，我像卡壳的磁带一样，瞬间锁定磁场，走不动了。但山路危险，不适合停车，只能匆匆摇下车窗韵味了几秒，实在是走马观花，欲罢不能。紧接着，出现了一片忧郁的半岛，貌似停工未完的度假村，静美的别墅群雕琢了些许黑灰色，多半是纯白，继续延续着徽派建筑风格，天似清波，将半岛和别墅映衬得格外清灵，仿佛遗失在人间的仙岛。

石城在婺源北线，温温淡淡的景点，不算出名，美就美在村前村后有百棵红枫，在深秋是一个华丽丽的赏枫地，也是摄影爱好者最钟爱的地方。这一带属于灵岩国家森林公园，不见村舍，单有森林，浓荫的颜色很深，林木的香味很舒服，绝对是一块清净地，可我竟然粗心到没有安排时间在此停留。

车在不太平缓的沙石路上停了下来，奇妙的分叉路口，一环套一环，往右的路又生出一个小分叉，一个往程村，一个去戴村，两村隔山相望，各自妩媚。

"要进去看看吗？"Mini爸问。

一秒感受，一秒抉择，我想了两秒，说好。既然到了，参观一下也无妨，与其风流客，不如枫留客。每一个路标、每一个商铺、每一个山庄都与枫叶枫韵有关，反而与石头的关系不大。我流连在一树树的玉兰花间，心里私语，又妒又慕——石城每年的春天都是这般俏丽吧！

山依旧，路依旧，白云依旧。

车里一点也不闷，灌满了凉风和草香，又袭来一番春意。

月亮湾过后不久，江湾篁岭景区的牌子高高伫立在路边，这意味着距婺源只有12公里的李坑快到了，满山满谷都特别安静，一派田园静谧的感觉开始蔓延。

明知李坑有些落俗，但还是想去。

和瑶里差不多，游客中心和停车场都无人光顾，十分萧条，景区入口是一片非常蹩脚的小桥流水的景观造型。桥也就罢了，最糟糕的是那水流，浓墨的底色，风一吹就散发着奇异的臭味，本来临岸而行，散步极好，现在全被毁了。

简易又充满蝶变的小村落，适合归隐、写生，留下来生活。

翠凤居一带，流水清莹，桥桥相汇，最为开阔也最好看。忽然之间，与景区门口的臭水横流相比简直是天壤之别，好像生态系统被修复好了。不想矫情地想起丽江，去无端地做什么比较，无奈眼前的画面却偏偏有四方街的气氛和格调，像躲都躲不开的灵魂电波，迷离的在两地穿越。

最幸福的是，天气很暖，元旦第一天就脱掉了羽绒服，在李坑舒舒服服地晒太阳。时光泉涌，每一个目的地都归属在自己的流域里，没有什么千难万难，行在心，你想到达，就能到达。梦想，之所以显得遥远而尊贵，是因为那个梦字，去掉梦字，它就是一件你想做的事，如此简单而已。

零散分布在景区的指示牌统统写着"按顺序游览"的字样，十分刻板。深陷美景之中，哪还管什么对的顺序、错的顺序，这样的提示让人摸不着头脑，却也不乏幽默和趣味。

古居民区被午后的阳光混搭成淡茶色和暖金色，好像一片肥润的土地吸饱了日光之美，状元府就隐匿在某个角落里，我们好不容易寻了过去，却发现整个府邸门窗紧锁，并未开放，二楼清晰地传来木地板咯吱的声响和小孩的玩闹声，观此情景，恐怕早已沦落为炊烟袅袅生活起居的场所了。

状元府的背后是一座幽幽的小山，像小公园似的，有松有竹，还有一条翠绿小径，直通山顶的菇山亭。

山路十分干净，石阶是旧旧的颜色，山脚边一抹小池清泉，地图上的蕉泉指的是不是这里还不敢确定。池里飘逸地游着几条红黑鲤鱼，我大约了解几分，婺源菜正是以粉蒸荷包红鲤而出名。瞧见黑鲤泛着光泽动人的花青色，我的神思一下子揉进了中国画中，丝缕如墨。

由于水色纯然透亮，便呈现出只见小池的轮廓不见有水的有趣错觉，鱼儿以落羽之姿，自由飞行在真空里，优哉游哉，甚是可爱。植被纠缠覆盖的岩壁上，泉水细细落下，叮咚作响，两个稚童穿着单件毛衣，面色通红，玩兴正浓，一个在快乐地取水，另一个在沉醉地观看。冬春交织的风缓缓吹来，散发着稚趣的幽香，三言两语全都碍事，静静感受这份美足矣。

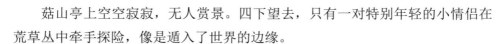

菇山亭上空空寂寂，无人赏景。四下望去，只有一对特别年轻的小情侣在荒草丛中牵手探险，像是遁入了世界的边缘。

亭子没有梦境的美，却有人间的美，虽看不到村内一笔一画细致的小桥流水，但整个村落的大格局却可以清雅入目。

下山的路，草木欣荣，菜地规整，在青菜田边的一块荒地上试飞，这一次航拍李坑，来得爽快彻底。哪怕并无秀色，哪怕无聊至极，就是想认真地去做这件事。

阳光极好，又夺目又温暖，Mini爸愉快地调整了一下无人机的姿态，我安心观摩，顺势放下外套，活动腰身，舒展一下束缚的诗心和筋骨。

小飞机盈盈摆动，最后淡成远空中的一颗小星，像千年之眼守护着这片宁静的庄园，陪它一生长夜，一世星光。

我们并未"恋战"，随便扫描了几个李坑的画面，便结束了飞行，这种自然而然的节奏和感觉很好。

瑶里布局很分散，羞羞地晕开一片又一片的屋瓦飞阑，而李坑的建筑则精巧集中，较为别致，没有宏大的场面和划界的河流，只见稻田里静静歇着玫瑰色的云朵，如同最寻常的郊外风景，拙朴却不俗。刚修好的高架桥在散淡的景色中雕琢出几分雄伟，这超级工程的纵横之美，可见一斑。

网上，查记酒店的评分很高，而元旦的状况却是人气为零。孤单地迈入，核实了内心的味道之后，我在各式迷人的花酒中选了青梅酒。最便宜的是纯米酒，卖得最好的是桂花酿。

店里阳光醉醉，蜡染飘飘，青梅味道十分出众，我这不会饮酒的小女子喝得不肯放手，七分酒味，三分酒香，和刚进村口品尝到的乌梅香味完全不同。世外古道，渐行渐远，守着冬季的碧色，在明清古宅间慢慢沉寂下来，从武汉到李坑，走在这遥远的相思里，只为你。

像离开温暖的巢穴，别了李坑，赶往三清山脚下住宿。想到达明天，现在就要启程，在寒夜的江湖里演绎这样的歌曲，真是恰当极了。

冬日，黄昏降临得早，起初还能望见乡村公路两边的漠漠水田，地平线上闪过无数零碎而俊秀的小山，很快天色墨黑，黑得很干脆。山路有多美，完全看不清，只一门心思沿着三清山旅游公路，在夜色中驰骋。

当月光路过身边，我才缓过神来，云锦中一弯新月，爽爽朗朗，悬挂在路的尽头。心中突然涌起一些情感，2016年到2017年这个跨年夜，这个浪漫的月夜，注定不同，我将带上爱的人，带上灵魂最秘密的律动，奔向我的山！

再回首，天上月痕，地上车迹，仍旧清晰。

公路两边没出现任何村庄和建筑物，黑夜一直蔓延到前挡风玻璃上，忽然，山坳处惊现灯火辉煌，疑似一湾星河，灿烂不已，大约是什么不为人知、适合隐居的奢华酒店吧。

诗人说，远方有灯。这样一想，所有的光亮和情怀都有了美好合理的解释。我忍不住摇下车窗，想看个彻底，我用胳膊肘撞了撞Mini爸，他带着随性的浅笑，随即放慢了车速。

山野黑漆漆的，静悄悄的，只有这片光亮格外悦目。

后来的后来才知道，这是临近金沙的一个画家村。画家村是雅称，其实就是三清山脉里颇为纯净的一个小村寨，改头换面成了一片住宿集中的农家乐而已，大批写生画画的人会在此采风居住。一看就是精心设计的亮化工程，家家户户缠绕着灯带，过分焕彩，有一些俗气，但远远看去，整体还是充满美感的。七七八八、气质不一的酒家客栈从半山坡错落排开，许多老街、山路、行人、灯花，交错成了今夜的梦。

从婺源方向而来的自驾车都从金沙索道进山，金沙服务区停车颇贵，好在酒店门口免费停车，着实节约了一点银两。车刚停稳，我就快活极了地跳下车，任凭车门上的青草碎泥散落一地。

金沙真是一个特别的地方，温度舒适，竟然有16度，比武汉暖和许多，难以想象竟然进山来过暖冬了，原以为大山只有避暑的功能。

当地人说，除了去年有些异样，其余年份的冬季一直是这样平稳柔和的温度。这奇异的享受，让我还未上三清山，已经对此目眩神迷，刮目相看。在酒店前台预订了明日的门票和索道，值得注意的是，上山下山需在同一个索道，而归属黄山支脉的三清山景区很大，这就意味着一定要规划好环山线路，不能乱走一气，错失了美景。

房间清香无蚊，我们一起凑到窗边，将夜里的泉声听了个仔细，莫名其妙地开心着。好好拜访一座山，是一种精神上的执念和快乐，是一种弯弯绕绕命中注定的遇见。三清山，尤其需要拜访。

1月1号

古木悠悠，天空是瓷的蓝、瓷的白，似乎还残留着景德镇的余味。

七点，利落地起床后才发现，早早有人在餐厅热火朝天地喝粥笑谈，清点装备，准备登山。新年第一餐，吃得欢畅而缓慢，葱花小面和水煮蛋都很合胃口。

站在酒店大门口，轻柔地观望了一番，山脚下风景素淡、漂亮，已让人超前体会了几分三清山骨子里的美。

清晨，终于有了元月份该有的气温。在冷冷的空气里，挺拔着两三座山峰，远离这即将新生的一天里所有的纷繁和创伤，山峰背后是更模糊更密集的峰林，像极了耕种在空中的玉米地，一直铺展到半融半化的雾色里。

步行到金沙索道离酒店也就十分钟左右，越过山门牌楼，光艳的山脉浮现眼前，我立刻野了起来，真想漫山遍野去跑啊！一生热爱秀美的山川，山对于我来说，比海重要得多。太行之美，是我对于大山最直接、最赤诚的记忆。

索道大气，无可挑剔，景色是交织变化的翠峰幽壑，不算迷人。上山后，一出索道，人群自然而然就散开了。有的人光顾着说话，有人埋头看手机，有人急切探寻这新鲜美丽的景色，四下抚触，也有人爱好独处，虔诚眺望，正儿八经地研究路线，研究怎么去玩的人并不多。

一个打扮很休闲的男导游，正忘情地介绍着三清山，并三言两语引出一个故事，告诫该团队的游客，不要贪恋美景，下山索道不等人。

不久前，某男子因探险入

迷，自行徒步去了较为偏远的三清宫，等他回来，为时已晚，索道已停。为了回到山下那个缤纷的世界，为了及时赶上团队，他只能自认倒霉，乖乖掏钱，花500元包下整个索道，单独为他运行一次。破财下山，这已是极大的通融和破例，并不是每次错过索道都能如此。索道能开天辟地，自然是也有一套和谐公正、不可逾越的法则，这恩恩怨怨的山之记忆，是他应该领受的一份旅行纪念和人生滋味。

当我把故事里的画面一一检索，衔接完整之后，在心里长舒了一口气，还好我们今晚不下山，不会遇到类似的失误，我可不想在三清山的历史编年里留下什么特殊的印记。

踩着最早的时间点进山，山风还很冷，阳光也不够强烈，陆陆续续上山的人影全隐没在幽暗之中。

花岗岩峰柱，几分冰冷几分坚忍，只有一小片山尖笼罩在光亮里。一路寡淡，没有什么东西让我真正喜欢。我暗暗地对自己说：不急躁，不点评。急什么呢？做一个风景的见证者就好了，山上时光，随遇而安。

巨蟒出山这个景点到底有几分像，不好说，但我确定青翠山林间它凌空而起的姿态是无与伦比的，一切都匍匐在它的脚下。高贵的巨蟒头颅，美在孤立，美在向上，美在蛇般的神性和傲气。

如果说索道是人间和仙境的分界点，那么这里便完全是仙境了，完全没有人间的车马喧嚣。滑竿在一大片虬枝飞舞的老树下悄然成阵，大家游兴正浓，无人坐轿。轿夫们无事可做，半蹲着聚在一起，有一搭没一搭地闲聊，没有一个人铆足力气吆喝生意，全都怡然自得地等待着。

浏霞台，在我看来是三清美景的起始地。当群山涌来，你是哑口无言的，云海不多，真的一点也不多，淡淡地浩渺着，但却一点也不影响水墨三清的雅韵。

栈道外全是山，它们是世界。

山一会儿扑向我们，一会儿扑向天边，天边铺着薄透的藕灰色的雾霭。什么都不差，就差一座睡美人城堡，深夜再来一场流星雨就更妙了，哎，又开始诗心作祟。

我用疼惜的眼神抚过这片山水，脚步越来越轻，带着少年的心性。

渡仙桥和独秀峰，哪个在先，哪个在后，已经记不清了。

独秀峰坐落在很美的云顶山巅，可惜毫无清欢，观景台上的人可以组成合唱团了。观景的好位置都被人捷足先登，若不是碍于这一点，其实这里超级适合无人机起飞。我温柔地蛊惑了一下 Mini 爸在此试试，他观察片刻，低调地摇摇头。

既然不飞，那就继续走吧。

有十指相扣的情侣正在问路，打探消息，大家不约而同地在找东海岸，又美名为阳光海岸，但偏偏没有任何明确的指示牌。眼前，没有别的路可走，我大胆猜测，独秀峰延伸下去的高空栈道，八九不离十就是阳光海岸。

正午的云彩像粉红纱帐，躲在纱帐里被晒得脸色也粉红的人是幸福的。所有的寒凉在阳光中迅速解冻，春阳太傲慢，连沿途的栏杆扶手也被晒得暖暖的，握上去，极有安全感。

一剪清风从山的侧面拂来，银色冷峻的山谷被阳光一个个照亮，光芒像山间窜出的水，沸腾着，倾流着，果然是名副其实的阳光海岸。灿灿然，一片壮美。连绵起伏的花岗岩横亘在脚下，纹理自然，姿态万千，有一种超现实的美。

从地图上看，玉京峰是东海岸步行道上额外的一段抛物线。这预示着，你可以帅气地登顶，一来一回共两个小时；当然你也可以轻松优美地掠过此地，直奔东海岸尽头。

我几乎没有思考，就三步并作两步冲了上去。说冲，指的是瞬间定格的一个身姿和心态，已经累极了，根本没有冲的能力了，能勉强爬上顶峰，已是不易。

梦，只要撑得过去，就能实现。无法克制无限风光在险峰的诱惑，且坚信路走到这里不能断，我不在乎能不能登顶，我在乎的是，想爬就爬的潇洒和快乐。

认真咀嚼旅途中一点点的香气，在与天空平行的山巅，倾注所有目光，瞭望山河岁月，享受那春之风起和春之云潮，有何不好？

原生态的台阶，杂草丛生，婉约而行半小时后，有了惊喜的发现。

树丛的间隙里，藏着一小块明亮的平地，昨夜露营的痕迹依旧清晰，看来夜宿山间数星星的浪漫，从不缺人去实现。

此地适合打造成半山腰观景台，山色浩荡，气象生动，三清山居然也有和神农架一般绿到无边、活力四射的林海，到了三清山才知道有多重的压轴戏，前面两个古镇只是开胃甜汤调调味。

最让人叫好的是，天空湛蓝，空气洁净到根本不存在 PM2.5，这块天空之地和无人机完美匹配，正好可以全方位扫描玉京峰的美景。

玉京峰从容挺拔，离天很近，离我也很近。Mini 爸开始摆弄飞机，我倚靠岩石坐下，一边驱散着暖阳下的浓郁困意，一边顺势把地图铺展在晒得温热的石头上，简单研究了一下来去的路线。

山区航拍，拍摄范围广阔，入镜元素众多，有一定的难度。好在今天无风，大疆飞行平稳，毫无抖动，顺利俯拍到目标位置玉京峰，但我们所期待的高空视角并未出现。无论飞机攀登到怎样一个高点，都显示不出霸气的航拍效果，和站在山顶上拿起手机拍照的感觉相差无几。在巍巍然的大山面前，一切飞行都显得拙劣和多余，这就是人的渺小，山的奇迹。

　　如同面揉好后需要醒一醒，风景也需要被唤醒，登玉京峰就是这样一个不可忽视的、被唤醒的过程。然而很多人到此都筋疲力尽，直接放弃。从前的旅行者风餐露宿，装备简易，却有一颗勇敢的心；现在很多驴友装备精良，招摇过市，却反而负累一身，并不愉快，失了旅行的本真。

　　可喜可贺，我们终于抵达了山顶，回首山路皆是落寞。在为数不多的登顶人群里，学生是温暖强大的主流军，偶尔也有大妈花枝招展地点缀其间，极尽所能地跳跃拍照，不顾危险。喧闹、媚俗、默祈、抒情……风景之中，各取所需。

　　山顶的怪石和旗杆，是取景构图的好地方。站稳，摆拍，立刻充满了视觉上的悲壮，画面感十足。回忆这些年爬过的山，好像一瞬间全部重新解构，堆垒在眼前。云海幽暗，乱旗飘摇，千里之外紫气氤氲，一座仙山崛起，宛如在水一方，我立刻被迷住了，想知道它在哪个方位，是什么风景区，更想翻山越岭去看个究竟。

　　顾盼流连，耽误了太久，该去西海岸了。

　　风景如果可以剪辑，最美的一段应该是西海落日，熟知攻略的人一般都会安排在下午走西海岸，以便观赏。

　　走到西海岸的山谷口，刚才在玉京峰上眺望到的无名仙山，一下子近了许多，原来仙山是在西海岸的方向。海岸线曾经历了三次海浸，所以现在才有群山如海、宽阔荡漾的姿态。

　　栈道上没有一丝尘埃，清爽得不像话。

　　长长的山路，别人拍照的时候，我一直在认真走路，认真看山，后知后觉才开始拍。美景来得太猛烈，每拍一张，我总要愣半天，再拍下一张。和我的大呼小叫、惊叹赞美相比，Mini爸气定神闲，像什么都没看到一样，保持着潇洒稳重不动心的表情。用一些美美的山水把自己的感官和心灵都喂饱，他显然已经太习惯这种过程了。

　　我们常常在松针入云海的景色开阔处，随手把包一扔，面对群山静静坐下来。心中碎碎地飘荡着许多甜蜜又闲暇的话，也并未说出口，一阵流云过后，眼前的景色又被缥缈成新的山水意象。

天边的粉霞，盈盈闪光，漫长的落日开始了，迂回的栈道仿佛越走越远，没有尽头。

小腿酸痛，双膝无力，每一步台阶都举步维艰。东海岸走得轻松自如，西海岸却走得软弱丢脸。

其他的罪我不想受，但爬山受罪，是我想要的。头发是乱的，影子也是乱的，但心不乱。一个在电脑面前呆呆的木头人，现在却变成了一个翩翩的山里人，那种舒坦和快乐是平日没有的，是从性灵里痛痛快快迸发出来的。风涓涓流动，像水一样好听，有时候低着头，只看脚下的路，也是愉快的。

路上的行人不多，今天遇见的，算是比较集中。

百步天梯处，一位穿着漂亮冲锋衣的大妈，心急如焚地走过来跟我们借电话，说与队友走散了，东北话带着爽劲残留在半空中，余味友好，温软的眼眸更是不像说谎。山水过客，一切只是路过，能掏出一部分感情，获得清心的安慰，已算得上是一份特别的回忆。孟子最强调人的本性，最强调道德真心，大约也是有这样的相遇和体会吧。

在寻找女神宾馆的路上，一对个子瘦小、背包却超级大的情侣晃晃悠悠地走在我们前面，两人用甜蜜又哲思的状态说笑着。

"我不看都知道，那肯定是女神石。"男孩摊开双手俏皮地说。

"名字都叫错了，女神峰，笨蛋。"女孩抿抿唇，娇媚地回应。

"好，依你。"

"我怎么觉得不像女神呢？表情好悲苦。"

"哪里悲苦？那你想让她怎么样，本来就是这个表情好吧！"

"那你学一个。你学了，我也学。"女孩一边撒娇一边拽着男孩的衣袖。

再衍生下去这段对话就更是琼瑶剧了，眼下比回忆琼瑶更实在的事情是找到住宿地。转念，我又煽情地想，错过女神宾馆也无妨，就把我放逐在这夜晚吧，让气温骤降，让身体痛苦，倒也是另一种承受和体验。

天欲黑，但一点都不阴沉，天气十分爽朗。

为了配合这好天气、好天空，女神宾馆的男老板一袭风衣，正在自家店门口兴致极好地玩无人机。他玩的是大疆精灵，我们的是大疆御 PRO，电光火石之间，一下子点燃了我们的默契和兴趣，无暇看晚霞，直接奔向了围观的人群，和倚在宾馆门口的几位驴友一样，目光跟着飞机，梦幻低回，四处神游。

女神宾馆的餐厅和房间都是不折不扣的山景房，虽然风格简单但景色绝佳，女神峰镶嵌在窗外，近在咫尺，仪态万方。我听见心里的欲望在说话，能把春夏秋冬住个遍就好了。晚上正当休息的时候，有人逐一敲门问吃不吃晚饭，要不要沐浴露，声音又高又尖，略带嚣张。见缝插针地捞点小钱，大约是所有山顶住宿的潜规则吧，不想去深入探讨这个问题，这是我不喜欢的。

正准备锁门，突然在雪白的走廊尽头看见了一轮明月，似像又不像，仿佛刚刚诞生，一瞬间我的精神、情绪、向往全被它占据了，浪漫劲儿像酒精一样上头。我不顾三七二十一，穿着睡衣就跑去看月亮，Mini 爸怕我着凉，拦都拦不住。让我哭笑不得的是，根本不是什么月亮，而是一盏圆润优雅的护栏灯，其色泽和质感远看和月亮十分接近。果然是我情感丰富，心生幻象，Mini 爸也笑着说，这结果可真有意思。

再也看不见山的走势、云的纵横，只有一片静默的黑色和低沉的松声。星空在流动，星空的方向就是我的方向吧！

1月2号

一夜醒来，女神宾馆一下子变成了露营地，桌椅板凳全都被堆放在了墙边，整齐划一的莹绿色帐篷铺满了整个前厅和餐厅，像森林里的蘑菇地，颇有几分天真和神秘的味道。有个小驴友憨笑着跳出帐篷，准备洗漱，灵动的小眸子里闪烁着勇气和光芒，没有一丁点风餐露宿的委屈和困倦，这种不娇气，我很喜欢。

不过才清晨六点，山里山外被笼罩在一片漆黑之中，但前台已经很热闹了，有人絮叨地询问玉台日出，有人睡眼惺忪来退房，有人着急忙慌打开水。

新日又来，旧念不忘。

在平凡的世界，平凡的远方，用清风野径去浪迹天涯，趁我还不算一身俗骨，还有一点小孩儿的心气和一点尚未熄灭的热情。

六点半，果断出发去玉台，顾不上梳妆，顾不上饥饿。拂晓之中春天的味道越来越浓。天空中有细细的风吹过来，四周郁郁苍苍，一派鬼魅，但山路却并不黑，台阶隐约可见。

Mini 爸硬说杜鹃谷就是玉台，我也觉得有几分像，便心存温馨地相信了。他雄心壮志地称要拍日出，飞机刚上天，昨天女神宾馆的"大疆精灵"突然从山背后跃了过来，羽翼含情，款款振动，两飞机相遇在杜鹃谷上空，像蝴蝶比美逗趣，引得一众观看日出的人纷纷仰头。

为了看日出，两次起飞。

第一次，只匆匆囊括了晨曦全景，没跟拍到日出，Mini 爸不甘心，在电量稍显不足的情况下第二次起飞，用心揣摩，耐心等待，仍旧无功而返，心情却坦荡了很多。白白辛苦了无人机，今天的日出太婉约，不肯凝视人间，只留下山间几抹轻微的红晕，淡淡俏皮着。

Mini 爸身边围着不少人，几对英姿飒爽的中老年夫妻和一个蓝色外套孤身旅行的外国男子，不远处还有一个戴红针织帽的女孩在天空下走来走去，盯着飞机，十分好奇。大家都不太了解无人机，七嘴八舌，玩笑着讨论："这是啥玩意，一个单反镜头的钱吗？""如果一万以内可以考虑，是吧老伴？""风和日丽，玩玩正好，估计要 3000 元吧，太贵了。"也有人只是乐而不厌地看着飞机，并不多言。

日出过后，战斗了好多台阶，转了好几个山弯，才寻到真正的玉台，一群人在等风吹散乌云。

玉台果然是看日出的好地方。

云卷峰峦，山脉的层次感十分梦幻虚化，我所有注意力都被锁定在这片山色之中，栈道像一条横向分割线藏在密密麻麻的奇峰里。极私人地欣赏这一方天地，用淡泊的美景去平衡这过度名利的人生，独与天地精神之往来，不用背负理想的十字架，多美好，多平静。

云影墨色慢慢研磨，拉开画面，不是为了取悦我，只是和灵魂有关。一朵又深又静的云遮蔽了我，我想起了徐志摩。他说我要那深，我要那静。那在树荫浓密处躲着的夜鹰，轻易不敢在天光还在照亮时出来睁眼。思想，它也在等。

说来也怪，一路天阴沉得厉害，偏又不下雨，妖风四起，风力极大，和昨天大不同。整个山林震震作响，偶有喧哗的笑语人声，也很快消散在深山里，带着幽冷放荡的味道。总有浪漫的旅人，风再大，也不忘拍照秀恩爱，冬风吹拂，演绎着云林佳境之间的相爱与纠缠。

又走到了昨天与西海岸交汇处的日上山庄，几乎没有人和我们同方向，走了半晌才看见一个六七岁的小男孩，快活地折下一根野枝，无奈地捡起扔在地上的登山杖，眼看孩子累得不行，越走越没信心，父母一前一后随即跟了上来，马上借机教育。育儿与登山同步，真是来得妙，估计在家里没少说家训般的启示。"这就是爬山，贵在坚持，爬得慢没有关系，但你不能半途而废，也不能闹脾气，大自然是不听话的，你是男子汉，一定要征服它。"这番话简单却应景，也富有诱惑力的激励了我。

每个人背后都有一座山，一个忘尘之境，一个可以还原自己的基本信仰。

这段路是返回金沙索道的一条偏门路线，不算正规景点，却实实在在很美，经常出现可以歇脚的小平台，四周被奇松怪石环绕，魔幻般的镜面景象，花岗岩石壁和峡谷大气磅礴，层出不穷。峰岩越复杂变化，内心越单一纯净，我喜欢这种感觉。

　　攻略上一致指出，万寿园是最差的一个景区，可去可不去，我却觉得万寿园景区虽小，但足够精彩，颇有险趣，有华山缩小版的感觉。各种高矮错落、纵横穿梭的栈道、天梯汇集于此，大都沿山脊修建，天然未凿，充满了奇思妙想和无穷的乐趣。这一眺望不打紧，正好看见一群游客排队下天梯，拎箱子的、光脚的、抱小孩的，真是花样百出，险中求乐。

　　美景激发了我们的游兴，从清晨到黄昏，我所经历的日落和云海，终成一方墨砚的定格。

　　清清爽爽返程，路过陶瓷大学，把满山的记忆带到小黄鱼餐厅。黄鱼有点咸，桂花有点甜，怀着对一日三餐的感恩，这趟旅程才真正沉淀下来。

　　云来山更佳，云去山如画。

走过的路，已似陈旧的墨迹，向一步一天涯的登山时光致敬。三清山的故事，多么深刻，多么绝版，可以让我在往后的日子里边吟诵边回味，绵绵无期。

爱上你以后，开始四处旅行，单身的快乐是说走就走，爱情的快乐是说一起走就一起走。

我知道，陪我走下去的不是台阶，不是地图，不是前方的自由，亦不是山高水阔远景，而是你用全部的力气陪我爬山的笑容。我不怕无人同行，不怕身处险境，不怕人生十之八九不如意的事情，只要人生的每一步都有你温暖的臂膀和坚固的信仰。

陪你去经历，你说。

千山万水，谢谢你还爱我，我说。

开心的时候，不开心的时候，我都想爬山，这是一种萦回曲折，难以表述的喜欢。想和你在一起，想和你在山巅说情话，看星星，聊聊群山，聊聊初恋，聊聊孩子，聊聊世俗或诗意，都可以。

天真似少年，不晚，不晚。

天意加你，就是爱情。

黄陂：所有清凉，都是一种生活的向往

端午过后，Mini 常常如梦似幻，用一种定定然的神奇表情说：我去了原始森林，爬了很久的山。

我纳闷，这是晚上又做梦了吧。

她认真地摇摇头说：真的，我去过。她用微微甜蜜仰头的姿态望着我，睫毛上的水雾柔弱又幻化，让我也跟着迷惑和心动了。

闹了半天，我才明白，她指的是这次端午的黄陂清凉寨之行。多么纯净的认知，多么自信的肯定，她认为可爱的小山小树，就是童话里姿态最美的大森林。

森林在她心中有着至高无上的地位，有着青蓝色的天空和无限的雪国极光。

清凉寨的清凉并不出众，任何大山皆有这样凉风习习的功力，即便在湖北境内，避暑胜地它也完全排不上名，反倒是漫山遍野、无穷无尽的金黄小雏菊，让此处的风景花海阵阵，浪漫倍增。

我们去的时候，正赶上雏菊盛开。

这波光，这感觉，这阵势，说得网络化一点，是洪荒之力，元气满满；说得韵味一点，是雨过清风，弄香满袖。若是添一些翠叶和朱帘，就更加不错了。

没有暗色的泥土、石壁、苔草、林径以及任何旁物做陪衬，盈盈入目，满天画屏，全是雏菊花朵，逼得你没有多余心思去感受其他的。你会把身心投进去，紧贴花海，纯粹地进入那种氛围，成为其中那一粒金，那一分子。

哪怕一丁点花苞，都暗藏了情怀，在峡谷边，天空下，似诗似愁地飞着、卷着、低笑着，像一个身姿纤细、端着金箔的小妮子，在溪水边等待着下一次遇见和寂寞。我寻思着要好好观赏一朵，但那一朵很快就淹没在金灿灿、密麻麻的集体图案里，虚虚实实、袅袅扬扬，分不清你想看的究竟是哪一朵。它们轻轻的、闹闹的，一朵环抱着一朵，朵朵相连，流动如一，等形成一定规模后，便去环抱更远的山。一河金色的花溪随山势变幻出无穷的层次和韵律，而不是平顺延伸。山随花动，花随山移，淋透了色彩，叠满了空间，释放着天地初始的力量和淋漓。山从来都是静谧的，动的是心是风，是信使般的生灵，以及花开知否时光倒流的秘密。

精神的高地，大约就是这般明亮。不断加厚的金黄，神秘地堆垒在天边，梳理出某种姿态、某个方向，直至把地平的弧线填充得非常饱满。众神的花圃也不过如此吧，在一种飘忽上扬的感动里，我默默解答了一切。遵循着一些山川岁月的痕迹，把涉及雏菊的一些可爱回忆在心里慢慢把玩。事实上，花之流金、花之行旅、花之神意，哪里诉说得完？

在清凉寨，你忙不起来，你不想看手机，忙工作，忙聊天，你只会归于花香，归于静。传说雏菊是月亮的草药，因为它有清凉、抗忧郁的作用，如此一看，似乎真有月光凉润润地藏在它的花蕊之中，好像一不小心，就会泄露天机。五月，雏菊尽开，或明艳，或苍茫，或羞涩，如果把这些色彩、传说、情绪、感触都一一采摘回家，再加上一把端午的艾叶，泡个暖澡，又岂是电视剧里俗套的玫瑰浴能比，真应该给Mini洗一个带着强烈个性的雏菊花天然浴啊！艺术必须要美，泡澡又何尝不是。大雅大俗都与美共存，才是最难得的生活之好。

木兰故里，休闲黄陂。

黄陂，清凉凝碧，像插图，像散文，像一整个竹林和浓夏。木兰草原、木兰古门、云雾山、锦里沟……在浩荡的木兰美景里，清凉寨只是这山水画卷里婉约的一角，而你呀雏菊，只是这单一季节里无人在意的风景。我不知道我会不会辜负你寂寞的灵魂，但我知道，我的喜悦，因为你。雏菊花开，梦里清凉，连同生活也拂满了清凉气、花草香。

黄陂掌管着武汉郊外绝大部分的美景，县城内外，分区分片，按图索骥，还有很多可玩的地方，它的芬芳和历史也不是一两句话可以说清。所以，我常常在各种季节、各种心情下，去黄陂山间放逐心灵。

某年春节，去木兰山，许愿上香赏梨花，又一年五月，去天池幽涧里，淋雨又踩水，无论去哪里，都让我想起清凉寨攀过篱笆，爬过山坡的那片花海，清凉即在手中，生活即在此刻。

第二章

你陪我长大，我陪你看海

不能荒废的约定

　　小时候我对夏威夷印象极深，那时马尔代夫完全不在人们的字典里，普吉、巴厘岛也仿佛不在那个时空，就连三亚也只是一个沉寂的孩子。20 世纪 90 年代有一阵出国潮，在美国大热的情况下，夏威夷也逐渐从广告、海报、小说里被人熟知。国外回来的亲友，常常声情并茂地提起这片自由之地，夏威夷顺理成章成了碧海蓝天唯一的代名词。

　　此后多年，蓝色夏威夷就像冰海一样冻结在我的记忆里，时常婉转融化，又很快宁静而眠。

　　去夏威夷，也成了心里一个神圣的期待。然而和大多数人一样，我也要工作，存钱，奔波于生活，夏威夷是我去不起的地方。

　　目前，我还不能那么潇洒地带母亲去夏威夷，那么，我们就去三亚吧，这是我仅有的、力所能及的孝顺。

　　其实我知道，你根本不在乎是苏梅、甲米，还是帕劳，这些美丽的海岛你都没有听说过，它们对你来说也都一样。因为你不是去拍海边写真，你只是想看看一望无际的海，听听千言万语的浪，哪怕不是最美的大海、极致的风景，你也会久久愉悦，美满如一。

　　不去管北方有什么英雄会，我们只去南国，等待一场大海和玫瑰的视觉盛宴，直到时光卷帘，海生云烟。

南国前奏

我知道离日出的时间还很遥远，但这世间总有一次日出是为我而跃升的吧，为了不错过，这雪夜再怎么冷，我也必须现在就起程。

—— 题记

出发的时间的确是夜晚，但 11 月还不算雪夜，没有诗歌里的雪，也寻不到一丝釉色里的夜。

我对母亲说，秋天之后，我们就出发，海南的冬天是最美的。

此行说来还有些小曲折。去拉萨的火车票已经攥在手里发热几天了，母亲盯着我们俩各自的身份证号，唱叹不已，紧接着开始犹豫。无论是青藏线，还是川藏线，根本不在母亲的计划之列，她觉得西藏跟自己此生无关。我单独带她去，她根本没想过，也没这个思想准备。我说，人家推着板车都能带行动不便的老母亲去西藏走走看看，还为此专门写了一本书叫《陪你去西藏》，我带你去，怎么就不行了？你又健康又能走路，我只需稍稍照顾和陪同你便好，我保证，梦幻的开头，无悔的结束。她还是百般纠结，觉得不妥，我急了，问她，怕颠沛流离驾驭不了西藏？也不是，她说。我懂了，说白了就是，去的决心没那么大，心里的原动力不足。西藏，只是来预约美景，友情客串一下的，看海，才是她真正的目的和向往，那还说个啥，退票呗。

记得某个爱琴海系列的海洋面膜上，印过一句广告宣传语：我在乎的并不是看大海，而是你带我看海的那颗心。如此矫情又唯美！我半猜测半悦然，大概母亲已经领会了这种情怀，什么时候她变得这么满身风花雪月，如同复制的另一个我呢？

对很多人来说，飞三亚是很常规的一个状态，或出差或度假，但母亲对旅行本就没有什么太大的兴趣，加上最南端的三亚在她的印象中实在太远，就更是减弱了她的向往之心。

通往天河机场的高速公路有市区里难得一见的空旷和通畅。此时，机场临近，但旅行的味道无迹可寻，缺点灵妙。

我30年来第一次坐飞机，母亲58年来第一次坐飞机，我们的处女飞。

我永远只坐绿皮火车慢慢远行，至多也就是动车。飞机，是从来不去的高空之梦。曾经在机场工作过数月，经常出入机舱，无数次和空姐空少点头问候，工作的最后一个步骤就是进入机长室，找机长签字。机长室内星星点点，无限空灵的仪盘表让我惊讶于自己的无知和浅薄。

飞行在国土的上空，母亲有些害怕，也有些感叹，她微微遗憾地说，如果是白天就好了，想必窗外应该是草原歌曲中那样的蓝天白云吧。

我点头，握紧她的手说：其实夜晚也很美，你看。

窗外是宇宙星空和红尘道场，城市似一大片平移的金灿灿的织网，在夜色里安静而夺目。

所谓夜色徘徊，为我愁肠，大抵是如此吧。

晕机，是意料之中的。我和母亲平素就晕车，有时连公交都晕。

母亲觉得喝点冰镇的东西会很舒服，于是，轮换着要了橙汁、可乐和王老吉，我开始敬佩那些常年出差、飞来飞去的商务人士，果然是要好身体和好耐力。我们坐一次飞机，就吃够苦头了，满耳的轰鸣和气流的颠簸。

感谢空姐，天国般的女子，带来清澈的微光和美好的远方。

当广播里响起"三亚凤凰机场已抵达"时，母亲再也支持不住了，紧握清洁袋，夺路而逃，我根本来不及反应和阻拦。这是很危险的，飞机刚落地停稳，舱门还没有打开，母亲就在众目睽睽之下跑到了门口，着急要出去，空姐优雅而耐心地和母亲说了一些什么，然后把她扶到头等舱的空位上休息。

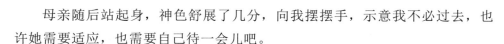

母亲随后站起身，神色舒展了几分，向我摆摆手，示意我不必过去，也许她需要适应，也需要自己待一会儿吧。

下飞机后一切顺利，只是母亲很难受，还是吐了。接机的地方有很多旅行社，鱼龙混杂，各自举着旗子，圈地，点名，都半夜了接机处却十分热闹，人声鼎沸。

大家都困倦了，纷纷坐在行李箱上或互相倚靠着休息，半小时后终于可以离开机场了，大家被分别安排在三辆小面包车上，很快小车开始在三亚微茫夜色里的小街小巷中穿行，街景颇有一些汉口的感觉。每到一站，就是一处下榻的酒店，司机会喊名字，陆陆续续，折腾到凌晨三点，所有游客才像快递一样被签收到了各自的酒店。

多么痛的领悟，这个时候大家才明白，原来飞机上只是萍水相逢，大家虽然都是去海南，但接下来几天里并不是团友。同时来自武汉的我们，因各自行程不同，在集体接机和登记后，又被连夜分包给了不同的地接社，明天起，将开始不同的行程。我和母亲是行程跨度很大的双岛游，显得很特别，其余的人几乎都是在三亚市区内的景点游玩，只有一个来自随州的小伙子是去海南东线，游博鳌和万泉河。

大家就这样短短相见又再见，刹那芬芳，连微微一次含苞都来不及。

就这样被扔进了一个所谓的三星酒店里，司机已走，前台冷淡，导游无踪，母亲不禁陷入了焦虑和不安中，因为报的是知名又正规的旅行社，我一点也不怕，倒是格外自在。

明天，总是未知，又何惧现在是有人温馨相迎，还是被人弃如敝屣呢？我一边费力地拖着行李，一边安慰母亲，人生总有一些不快和不安，睡一觉就好了。

这就是"红豆生南国"里的南国，怎么样，现在心中有相思吗？我搂着母亲问。

母亲浅笑不语。

当三亚迎接你的不是艳阳，而是夜幕，其实也很好，这种好不是退而求其次的妥协和自嘲的说法，是真正欢喜的迸发。

第一道夜色比第一道阳光更为迷人。海的极目四望，在深沉的柔光里窥探着每一个人。

你看不到海，甚至感觉不到它。但是你的内心知道它那么近、那么近，在夜色里的某一个方向，大胆地延伸、奔跑，寂寞地靠拢后，一步跨出去就会被神秘的潮水打湿脚踝。

夜海，赋予风景新的索引和新的正文。

雨林口号：一二三，呀诺达

6点就被导游的电话叫醒了，刚睡了三个小时，即便是上班，我也是七点多才起床，如此辛苦，却又心甘情愿，这就是旅行天然而非刻意的魅力。

导游是个浓眉大眼的泼辣女子，一手摇着扇子，一手举着名单，在一番寒暄和折腾之后，终于将这个临时的团队聚齐了。

我轻轻瞄了一眼，团队里除我们之外，还有两对母女。一对比我们年长些，听口音是东北人，女儿是一个身着印花长裙的中年妇女，老母亲满头银发却精神极好。还有一对，女儿是90后，母女俩穿着色彩鲜艳的亲子装，举止亲昵，高声说笑，在人群中显得十分扎眼，尤其是两双超细的高跟鞋，用此起彼伏的韵律向自己及众人宣告，这将是一段多么美丽却并不舒适的旅程啊。

虽然睡眼惺忪，早餐也没有胃口，但是导游的出现却像及时雨一样，让母亲整个人都清爽了起来，仿佛多年失去联络的人重新找到了组织。

然而，这种喜悦却没有维持多久。

大家刚在大巴车上坐稳，导游就开始了自我介绍以及长篇大论的各种故事、趣闻，不久，她脸上挂着虚伪的笑，嘴皮锐利地翻动，"我见过的人多，还是你们见过的人多？我每天见多少人，练也练出来了，早就学会怎么应付和怎么吵架了，你们能比得过我吗？我可以说几句话，让你几天都开心，也可以只说一句话，就让你几天都难受，玩都玩不下去。当然，我也不希望自己说这样不好听的话。显而易见，有本事能旅游的人，都是条件不错的。想想，如果饭都吃不饱，你会来旅游吗？如果你什么地方都不去，不愿意自费，不想花钱，专门看着别人玩，干巴巴等着别人，那么是不是很遭罪，与其人遭罪，不如钱遭罪，大家说是不是？"

谁也没有表态，只有一丝尴尬的气氛，像烟雨划过。

一大堆论述之后，目的昭然若揭，就是交钱。四个晚上，就有三个晚上有项目，而且是强制性交费，必须参加。很快，导游又拿着麦克风，提高了嗓门，补充了一句："你就记住这一点，里面的景点，再不好看，也比在外面等着强。现在，我马上来收费，如果走到你面前来的时候，钱还没有拿出来，或者讲什么条件的，我绝不会等你，后果自负。"

一切毫无情致又在意料之中。之前提醒过母亲，这种情况在三亚和香港都极为常见，母亲没往心里去，她说你直接在团费里报高一点都可以，为什么非要以这种方式让人不开心呢，这不是找事吗？可是团队里其他的人都像商量好似的，每一个人都不动声色地数着钱，拿在手里，不带丝毫犹豫，导游还没有走到面前，恨不得就急着把钱送出去了，或许都是被导游刚才那句话给怔住了吧。玩的就是开心，在开心面前，钱算什么呢。可是，这样大规模的和谐场面，还是把我给怔住了，在游戏规则面前，我们突然变得很孤单很脆弱，举步维艰。

明哲保身，在此时演绎得十分生动，谁都不愿意为了600块钱和导游闹得鱼死网破，影响随后几天的心情。

母亲偏偏不乐意，我知道她的倔劲犯了。

下车了解情况之后才知道，那对年长的母女和我们一样，只选了一个自费项目，坐在大巴车最后排的一对情侣心不甘情不愿地选了两个，其余的人都乖乖交了600元。

当初我决定自由行从海口到三亚，沿着海南东线一路向南，途经分界洲，我对这个心灵的分界岛很有好感，还特意以超低价预定了两晚岛上的木屋别墅，为了让母亲住得别有情致又不会嫌贵。结果，她对我安排的自由行很不放心，为此我还难过了好一阵子。现在选择了放心的团队游，她又觉得受约束、受气，旅行哪有处处都如意的呢？我们应该学会为自己的选择买单，但直接这样和母亲说她肯定听不进去，难免觉得我在指责她或教育她，甚至觉得我在维护外人。所以，我没有去分析其中的是非黑白，只是一路宽慰着母亲，让她安心，尽量忘记这些不愉快，投入到即将开始的精彩之中。有些事，行走之间，所思所感，慢慢就想通了，错乱褶皱的心绪，也能柔顺起来。

进入呀诺达，路程极其波折，又是大巴又是山路公交，雨林深处还有一辆辆缓缓而行的观光车。

一路上，花草绚丽，云水皆美。

十分有趣的是，我们走到任何一个园区，遇到任何一个工作人员，他们都会满含笑容，向我们伸出"V"形手势，然后热情大方地喊一声"呀——诺——达"。

大家都很喜欢这种交流和问候的方式，以至于后来，游客之间也互相"呀诺达"起来。

"呀诺达"是地道的海南语，意思是"1、2、3"，也有一切崭新、从头开始的含义。回家之后第一件事情就是教 Mini 用呀诺达打招呼，Mini 好奇又开心地问我，呀诺达是什么呀？这种别具一格的雨林文化，在孩子心里有着童话般的魅力，它可能是天下最好玩、最好听的故事。至于"呀诺达"的传奇、"呀诺达"独特的语言意义，那需要她长大之后自己去找寻和揭秘。

能千里迢迢从三亚传递给孩子一个正能量的符号，我很感恩，也很满足。

呀诺达真正迷人的不是香气缭绕的热带雨林，而是这个小小的手势，它传递的健康、快乐和友好，远在绿色生态之上。这无与伦比的人文精神，像明亮的河流穿过身体，重新定义了三亚的属性，也让我们在雨林最安静致远处，享受了一次有灵魂参与的风景。

小小分界洲，分界不分心

　　来到分界洲的时候，色彩沉静，海天如宣纸，暖阳似朱砂，忽然觉得世界上最美的两个事物，就是天与海了。

　　在景区大门处，导游高喊：现在准备解散，不想下水的，可以往山顶走，风景不错，游泳的、浮潜的朋友们，玩得开心，注意安全，记住，两小时后在这里集合。

　　说完她戴着大檐帽，百无聊赖地走开了。她大概来过这里无数次，腻味到倦了吧。而这两小时对我们来说何其珍贵，恨不得争分夺秒把最好的景色都揉进眼里，拍入画面，但对她而言，充其量只是纷繁人事里拎都拎不起来的一片寻常时光。

　　我一边在海景小路上慢步走着，一边宽容地想，虽然现在导游的心思多半在游客的外快和等待的烦躁上，但她也一定用珍珠般的心，爱过这片海吧。在很久以前，在虔诚的最初。

　　分界洲是一个简单、清润的小岛。

　　有人说有点巴厘岛的感觉，但我一眼看去，发现竟有些苍山洱海的影子。海对岸青黛色阴郁的山体好像苍山横卧在那里，不同的是，海水不似洱海的一派深蓝，而是清清淡淡，分了层次，透明之中更显璀璨。

　　海豚表演是这里最有特色的一个项目，反正时间也不够了，就索性不看了。同时，我们也没有往岛的高处和深处走。那时便预知，虽然看到的只是分界洲岛冰山一角的美，但赏心悦目也足矣。

　　我们避开海边浴场的人群，沿着海岸线，玩得很高兴，表面上对风景又贪又痴，其实内心是完全放空的，心无一物。时间在跑，诗意在飞，此时感觉拍照、说话、下水嬉闹都是多余的，只需快速地奔跑在万里海风里，心与海鸥闲。

2014/11/11

    分界洲岛并不出众，很多人频繁来海南度假，却对分界洲岛不曾耳闻。我也并不知道它的海能让人欢喜。最初吸引我的是山顶的悬崖咖啡厅，远眺南海的景色，虽然最后没有爬上去，坐下来喝杯海上咖啡，但和母亲一起看这么美丽的海，能把丰沛的浪漫全收拢到掌心，已经是很幸福的事情了。

    母亲对遥远又陌生的马尔代夫一向没有兴趣，任凭我怎样给她看景致无敌的图片，任凭我怎样哄她、骗她、哀求她去办理护照，她都毫不动心，她说这辈子只想看看咱们中国的海。

而如今，第一次在家门口见到这样清澈无比的海水，我能强烈地感觉到，她又震撼又迷茫，因为这完全颠覆了她在厦门对大海的定义，厦门的海没有这么美。

　　去厦门，是她第一次看海，她对厦门的印象很好，但海水却不够明艳，只是在灰淡之中泛着点蓝影子。远处的海平面上也总有绵延的陆地和小岛，不像电视剧里那样一望无际、辽阔动人，母亲打趣道，如果不是有沙滩的点缀，似乎和武汉的东湖差不多。

　　这一次，是真正的清清爽爽，广袤无垠。

　　母亲说，我们就在海边好好坐着，把大海看个够吧，我称心如意地点头。

　　可是，不管是真诚地看它，还是放肆地看它，或者只是用最安静的意念路过它，好像都真的看不够。

　　这平常的海，这诚实的海，这来去自由的海，怕只怕，下一秒就要分开。

　　我和母亲紧紧相拥又寂静分界，管它什么红尘、永远、轮回、缘劫，只要我们分界不分心，一切便不再重要。

天涯海角月黄昏

　　一早就前往兴隆植物园，因为没睡好，一直不在状态，就连跟母亲拍照都是手忙脚乱、心不在焉的。

　　昨夜留宿兴隆，完全不是普通意义上的市区酒店，而是一个偏远而神秘的庄园，放眼望去，全是一片阴森森的独栋，据说有一栋房子里还闹过鬼，连服务员都不肯去上班。我想出来逛逛，却发现什么都没有，只有一个简易的水果摊和一个冷清的鱼疗场所，几乎没有游客。游客都去观看艺人表演去了，有自愿的，也有非自愿的，反正我们一直和导游对着干，今晚自然也没有去看演出。和我们在一条战线上的人还有另外四个，都各自回房休息了。这一夜，很无聊，很心慌，于是和母亲聊到很晚，后来母亲睡着了，我看了看窗外，又看了看书，才勉强睡了。

　　植物园里有一片火龙果种植区，第一次见到这种植物，觉得煞是有趣。火龙果树形似高大的仙人掌，垂坠着许多厚实多肉的枝条，明明还是秋季，树上却没有一颗果实，少了那份奇异的红，难免有些单调和寡淡。

　　我觉得火龙果果肉清淡无味，但是 Mini 却很爱，每次切半给她吃，她总能吃得干干净净，用小勺子舀出一个空碗的样子。后来才得知，火龙果防痴呆，又治疗咳嗽，还含有大量的果肉纤维，三大优点正好针对母亲、我和 Mini，看来真是适宜我们全家吃的优良水果。

　　兴隆咖啡很有名，不管吃没吃亏，买了一些回去。母亲买的是咖啡粉，我则挑了几袋口味不一的咖啡糖，想着平时上班吃，也很方便。离开了购物区，母亲又想起了什么，非要回去再买，说要送人，又说要留着过年吃，我只好在外面等着她，然后我们大袋小袋冒雨回到大巴车上，赶往下一站。

　　导游在车上没话找话，开始讲马加爵当时逃亡到三亚，在一个五星级酒店门口讨饭，然后是怎么被一个摩的司机发现的事情。司机因提供了线索，领了不菲的举报奖金，辞了职，买了房，而酒店门口的保安却万分沮丧，五次赶走了马加爵，都没有认出他。车上似乎没有人在听她说话，任何一丝附和和交流的声音都没有，每一颗心脏都很安静。瘦瘦的海，淡淡的蓝光，有一种时断时续的妩媚气息飞逝在窗外。

到了蜈支洲，忽然就天晴了，远远望去，左手的一片海湾，轻云涌动，海水晶莹。

因为最想去的是分界洲岛，所以我对今天的蜈支洲岛没有什么兴趣，但我还是乐意跟母亲讲解。蜈支洲景色美，中国版马尔代夫，是大家来三亚必去的地方。母亲一边点头，一边领略着沿途的风景。

我觉得阳光有些刺眼，脚步有些疲惫，母亲却很兴奋，精力十足，继续着昨日的欢闹。

大多数人还在继续往前走，想在仅有的时间里绕岛一周，一览全景。我们毫不贪心，选择了一处透明而恬静的海滩，便停留下来。好风景，永远都在此刻，而不是更远处。

我在树荫下坐着，包一扔，鞋一脱，母亲则慢慢地走向大海，背影风姿绰约。

后来我也追了上去，在母亲头上卡了一朵波西米亚的金色花朵，她张开双臂玩着水，白色的碎贝滚到的她脚边，清凉的海水打湿了她黑黑的长发。在镜头里，她很年轻，笑得很灿烂，脸上没有皱纹和阴影，肩披丝巾，眼含涟漪。因为她在爱，她在用力，她在用仅有的能量记录生命。

到三亚看玫瑰，是我没有想象过的情节，看似浪漫，却多少有些舍本逐末的意味。玫瑰哪里都可以看，更何况重点还不是玫瑰，而是玫瑰精油。导游说园内很大，劝说大家集体坐观光车，车费30元。这时，母亲已经一个人悄悄入园了，而导游则翻着白眼，非常不悦。我知道她不想坐车，一是晕车的反应还没有过，下车走走舒服；二是实在看不惯导游处处设套敛财的做法。

其实我内心，是想陪母亲的。

我一向喜欢步行，依我的性子，也是不会坐车的。这一次我没有忠于自我，保持底线，是因为觉得如果不停地闹独行，导游对母亲的态度只会更恶劣，而母亲无论是和她正面冲突还是低调回避，心里都不会舒服。有时候，沉默和忍耐是必须的。

玫瑰谷的确很大，坐车走马观花，确实不如步行其间、随意停留来得美妙。

一处处花田，深远、静寂，无人打扰。

好像有无数春天消融在各色花朵里，而我坐在车上却毫无欢乐。我忧郁地寻找着母亲，想知道她走到了哪里，想看到她的身影。

就在这时，母亲在一大片花海中向我挥手，还大声地叫我的名字，而车还在走，很快就拉远了我和母亲之间的距离。

我突然有种难舍的心疼。

那一刻我特别羞愧，不管怎么样，我都不应该弃母亲于不顾，让母亲一个人走路，一个人看花，连张照片都没有人给她拍。更重要的是，她是那么需要我，需要我理解她的坚持和快乐。

我顾不上花了钱却不坐车的吃亏感，我说，我要下车。

司机说，还没到，不能停。

又行驶了一小段路，司机还没停稳，我就冲下了车，在一车人的注视下，我径直向母亲奔去。离开车的那一刻，好像挣开枷锁，全身感到爽快和舒展。这该死的30元钱，差点偷走了我的心。

一边是格桑花，一边是三角梅，母亲几乎看不过来，乐在其中。等我跑到母亲面前，第一眼，就看到了她色彩绚丽的眼神。我很想在她脸上亲一口，但最后我只是陪她走啊走啊，走了很远，走到一片橙色野菊的田野中央，躺下来看天，海风晕染着花朵，风满花，花满心。

很快，又去了天涯海角。

夕阳无限好，怎么裁剪，都是一段上好的风景。

我欢喜极了，逆着光给母亲拍了很多剪影，母亲说照得不好，可我觉得很多简单自然的影像，都表达出了我的灵感和心情，这对我而言就足够了。我不用更精彩的单反，也不偷懒用手机，还是习惯用这台一千元的、最简单的卡片机，只要用心记录，有任何瑕疵，也足够美好。

妈妈，你让我温柔地成长。

Mini，你总是甜腻腻地对我唱"我的好妈妈，下班回到家，劳动了一天多么辛苦呀"，妈妈一点也不辛苦，妈妈只想知道，我可否也成为你心中的那片月光？

也不知道哪里才是天涯海角，只是沿着长长的沙滩无尽地走着，终于看到了"天涯"意韵无穷地镂刻在石柱上。石柱前，极有次序地排起了长队，无数人等着和天涯两个字合影，如此俗气。可是当我走近，却也忍不住扬起手拍一张，哪怕不照自己，也要将这天涯的分量好好沉淀在心中。怎样的情愁，怎样的天涯，怎样的深意，这一刻，都最为澄明。

母亲很着急，找不到海角。我也不好意思开口问这个略显愚蠢的问题。身在海角，却不知道海角在哪里。只好牵着母亲，踏沙踏浪，浪漫寻找。

"这里涨水了……"人们喊着，而淌过这一片过膝的海水，海角便展露真颜。想和海角合影并不容易，水太深，人太多，没办法过去且不安全。唯一的办法就是远距离取景，爬上礁石，以海角做背景，或者就站在涨潮的海水中，照出最真实的效果。

在得到想要的照片后，我们安全地撤离了海角。

浪花、秋歌、人在天涯，琼瑶阿姨诗意袅袅的小说名，瞬间连接成了眼前的画面。我抱着极大的感动，傻傻地站在海边，直到最后一棵椰子树也在天空中沉默下来，才收心，随月白的禅意一同离去。

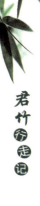

竹水瑶池

正写到这一章的时候，QQ上一个久未联系的高中同学瑶，她说明天在夏威夷登记结婚，今天就收到我的好友动态。

是的，今天不知怎么，鬼使神差地写了几句话，发了QQ，没想到竟然收获到了意外的惊喜。

瑶同学说：我还记得你大姨说你可以嫁到美国，和她一样，现在，变我嫁到美国了。

感谢命运，让她正在经历曾经大家都让我经历却并不适合我的道路，但是这条路却特别适合她，出国留学，遇见爱情，这样不是很好吗？

我们一起考过全班倒数第一，我数学，她物理，我们一起乐此不疲地传过纸条，看过男生，讨论爱情；我们一起认认真真地写青春回忆录，字迹幼稚却仿佛要写尽一生。她声线惊艳，最爱李玟的歌，常常压低嗓门，用书本掩面在课上唱歌给我听。我习惯她，依恋她。

当年，没有女汉子一词，但这个词绝对是为她量身定做的。短发，大嗓门，很欢乐，从来就是潇洒利落的做派，比男生的气场还强，我这个多愁善感的小家碧玉常常被她取笑。如今活脱脱变了个人，穿红裙，化美妆，长发飘然，气质妩媚，一个东方佳人，一个美国帅哥，如果不中西合璧，爱上一场，倒真是可惜了。

突然很不放心：你漂洋过海嫁到国外，虽然你很强大，虽然你有留学的经历；突然又很放心：你的梦想、你的人格，都是那么美丽而独立，你应该可以保护好自己，保护好爱情。

隔着青春的距离看你，蓦然，就觉得你更可爱了。

我在武汉光谷川流不息的人群里，想象着她在夏威夷浪漫又霸气地宣誓，心中无限感慨，无限甜蜜的氧气。一个天涯的旋涡就把我卷到了海角的怀抱里，虽然天各一方，但大海悠然的诗行会代替我们相遇，这有何难，谁叫我们心意相投呢？

十几年过去了，她空间的名字依然叫竹水瑶池。当年她说，女人如水，我们就各取名字中的一个字，组成一个书名吧。后来天各一方，写书没有成功，名字却默默保存了下来。

你爱我们这个综合体，比爱你自己更真诚。

现在轻轻念这几个字，觉得比任何时候都要好听。我知道，把一朵开得正盛的夏威夷花插入净瓶，一世瑶池，千万竹影，便是我们最好的感情。

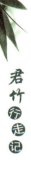

澈如水晶美如茶

导游郑重其事地介绍，海南有三样东西不能买：玳瑁、珊瑚、珍珠粉。玳瑁和珍珠粉因为极具海南特色最容易让人动心，也最容易造假；珊瑚为珍稀物种，现在政府已经不允许游人把珊瑚带出海南岛，所以不能购买珊瑚作为纪念品，包括自己在海边拣的珊瑚也不可以，以免在机场安检的时候被查获，让本来很好的旅行横生枝节。

说完不能买的，自然就要说能买的了。

导游大气地表示：你们这次来海南真是来对了，因为全国各地就数海南的天然水晶最好，水晶灵气，转运，抗辐射，能增加正能量，排除体内病气浊气，总之无穷好。

表妹曾送我一串茶水晶作为新年礼物，那时并未放在心上，只是欣赏，从未佩戴。我对水晶，没有任何概念，唯一能想到与它有些关联的就是一首老歌，"我和你的爱情，好像水晶，没有负担秘密，干净又透明"，我唱得很不好听，K歌时却偏要点，只因为喜欢里面的歌词。不够曲折，也不够特别，但就是回旋着追也追不上的美丽，像青鸟疾飞，像麋鹿奔跑。

在菜市场一样的叫卖声中，许多人都买了水晶，我们当时没有带卡，身上全部的现金加起来也不过两千元，全部买了水晶，真是有破釜沉舟之感。做出这样疯狂的举动，大约一半是因为忽悠，一半是因为沉醉吧。母亲非常中意那串碧玺手链，而我买了适合女性体质的石榴石则完全是为了还原当时唱歌时的感觉和心情。酝酿了一辈子的水晶情结，在这一刻爆发。

回家之后，继续中了水晶的毒，爱它爱到一发不可收拾。网上仔细搜寻，实体店精心挑选，快递的盒子也越叠越高，白晶、紫晶、海蓝宝、绿幽灵、月光石……水晶里有风景，有人生，有属于大地结晶的平和与纯美。水晶的韵致，深得我心。

水晶，需要定期消磁，方能更健康地运转其能量。最简单的方法便是将其浸泡于矿泉水或天然的溪水、雪水中。我最喜欢用月光消磁，在朗朗的月夜，把水晶手串晾晒于阳台，看世间最清淡的光在水晶上写字、画画，勾勒出纯粹的线条，淹没在这片情韵之中，无垠、无声，感觉甚好。

如果能让水晶回归母体，把它安然地放在水晶洞里，效果最佳。在买水晶的地方，隔着厚厚的展馆玻璃，我看到过一块从洞里开采回来巨大的莹紫色水晶原石。

林清玄说，澈如水晶。

在这一清一澈之间，云水禅心，满目皆画。我知道，水晶从秋天的海边飞来，它是懂我的，但我还不是很懂它。我唯一能做的就是将它佩戴，不再取下，从此结缘，交心，让我们之间的牵连越来越深，好似往那深海岁月走去，不知返，不忍归。

水晶之后是竹炭，作别竹炭，便开始了香茗之旅。

不知道海南的茶是不是真好，但在一系列无比庸俗地推销之后，终于轮到茶叶了，总算是一丝禅意的安慰。

我拽着母亲的衣服，和团友们一起挤进一个小房间，反正也不准备买。本想坐在最后一排，没想到商家精心安排，椅子只摆了长长一排，围成圆弧形，没办法，只好心安理得地坐下听课了。

推销之前，自然是要先品尝的。大家都毫不客气，一副不喝白不喝的架势。还有的人喝了一杯又一杯，只有我显得秀气了几分。这样的场合我很不适应，只想快点离开，根本没有心思去品茶。

还好商家善良，喝完后，买不买都可以，没有语出不逊或存心刁难，也可能归功于海南旅游法执行得不错吧。坐在我旁边的一位重庆老伯心情愉悦地捋着胡子，买了三盒兰贵人、两盒雪茶，他说自己是第二次来海南了，很喜欢这里。看来海南很受欢迎，重庆的大爷、港台的大妈都乐意来。想想我们这个团，还真是活色生香，各省份风情混搭，有新疆的美女、青岛的新婚夫妻、安徽的祖孙、四川的摄友、江苏的退伍老兵、深圳的男人帮、长沙的大学生、山西的画家、杭州的文青。

我又一次感性作祟，因为喜欢兰贵人这个古典的名字，很冲动地想去买一盒，一下被母亲拦住了。我知道她是不放心真假，怕我在这里买会吃亏，会用高出几倍的价格买到一盒普通的茶。想想一路上因为一些细节问题和母亲常有摩擦，今天一天都很融洽，不能为了茶叶伤了和气，一盒茶叶而已，不买也可以，节约总不会错的。

秋风习习，带着碧玺的美，带着兰贵人的遗憾。

我撕碎了心里的锦缎和纠缠，默然一笑，让一切都隐去吧。被好茶供养的女子固然美，素颜素心，淡如茶烟，但若做不了，能精神清香也是好的。

和母亲一起旅行久了，真的觉得彼此都改变了。母亲强势的性格被抚平了很多，她学会了放下长辈的身段，尊重我、体谅我，不再对我大呼小叫。还是豆腐心，却不再是刀子嘴，并且我能很明显地感觉到，她在平常爱我的状态之外，更多了一种对我深深的依赖。我知道，这种行为习惯是基于旅行这个特殊的过程中才能生成的，我不知道会不会随着旅行远去而消失，但我依然非常感激。

记得出发前，母亲用孩子一样的表情问我：一路上你会不会对我好？如果我脾气不好了、生气了，你会不会让着我、哄着我？我一再保证、承诺、对天发誓，她才相信。不可否认，我自己也改变了。我一向柔弱、迷糊，不够聪明也不够能干，但在旅行中，浪漫和诗意不可能让我们安全度日。我必须理智，必须强大，且有足够的耐心，才能呵护好母亲，带给我们更好的旅行体验。我学会了更坚强、更有诚心地去做一件事，去爱一个人。

起初，我们并不是为了刻意改变什么而去旅行，我们只是单纯地喜欢那个地方，便轻快地奔向梦想之地。但旅行慢慢给予我们的，永远在想象之外。也许你并没有意识到是旅行改变了你，但其实很多改变，已经在温柔的潜伏、曼妙的演变中悄然而至，哪怕这改变只是少了俗媚，多了清朗，也不错。

发现另一个自己，遇见更好的自己，真的不是旅行的人随意写写而已。即便现在的你像曾经的我一样，觉得它只是一个惺惺作态的总结，太过拔高旅行的意义，但有一天你会发现，这一切都是真的。

偶尔，我也会颇为幼稚，心血来潮地向朋友推荐一些地方，转发一些攻略或帖子，但不会很执着地去鼓动谁一定一定要去哪里旅行。这是多么私人的事情，别人想去，自然会去，毕竟看世界不是每个人的梦想。小区里多的是守着十几套拆迁房、一天到晚打麻将的人，对他们来说，钱和时间都不是问题，只是他们没有一颗旅行的心而已。这没有不对，也并不庸俗，只是个人的选择而已。

　　而我要的也并不多，只想用山水之心，寻落花小径，有人能陪我一直走下去，随意、舒心，如能素雅几分，定当更加珍惜。

三亚湾的夜游好戏

这一次的自费，躲不过去了。

在三个夜晚自费的项目中选择这一个，很显然，是夜游三亚湾酝酿出的意境打动了我。但真正的情况究竟如何，心中完全没底，没底就没底吧，索性洒脱点。

品尝过让人怨愤的团餐后，我们很快就被推搡着上了船。

船行海上，夕阳飘逸，从海湾远远望去，三亚的山和楼皆秀丽有致，当暗紫色降临，灯光便宝石般一颗颗亮了起来。

三亚没有上海的苍茫感，也没有深圳的繁华感，它只是一座安静淡雅的海滨小城。单凭这一点，我就非常喜欢。

但在这一刻，三亚异常璀璨，甚至有些浓艳，我并没有不喜欢，只是有些惊讶而已。

起初看海，我不是很认真，只是稚童般地东张西望，单纯好奇而已。

月下的海，真是深沉。

月光照着海面，海的影子又在身边拂动，你看不到那影子里的脉搏和变化，但却总觉得有精灵、神秘的东西在闪烁。

忽然，我有了小小的兴致，在免费的酒水中，拿了一瓶略冰的啤酒和两个一次性小杯子，和母亲一起喝。

母亲疑惑，又笑着说：你能喝？

是，我从来不喝酒，连茶也很少喝，因为体质的原因，平时用柠檬或桂花代茶饮比较多，有时候也用红参或陈皮。

我边笑边倒着酒，悠然地说：喝点怎么了？

夜海，真是一部作品，心中不浩瀚一点，怎能配上如此良辰美景。

离人间远了，尘埃远了，只有这片海是真的。你觉得它在说什么，它就在说什么，你觉得它有多少字，它就慢慢地写给你看。

晒着星光，挽着海风，和母亲在三亚的游船上喝到微醺真是一件浪漫的事，如此契合我的内心。

在冷冷的、湿湿的海面，凤凰岛像希腊神话一样挺立在海的绸缎上。我们无惧寒冷，就这样看着海或看着天，但大多数人并不像我们，他们都聚在船舱内，因为抽大奖的活动，才是此行的重点。

船舱的大厅里，温度高，大家的兴致更高。

一群四川的美女，川音十足，浓妆带笑，并不凑拢，而是远远地围观。

年轻的男主持人眉飞色舞，巧舌如簧，用夸张又煽情的营销手段，一下子把气氛引爆到极点。

20元抽一次奖，图一个开心，大伙都不排斥，出来度假，谁会在意平时一顿盒饭的钱呢。

"我买这个……"有人捏着钱嚷嚷。

"来，快给我打开这个盒子。"有人挤过去，拼命用手指着自己想要的。

我们团里一对19岁，来自新疆的姐妹，抽奖的劲头气势如虹，完全没有少女的青涩和含蓄，不知不觉砸进去了几百元，却毫不在意，满心愉快。

明知是个游戏，甚至是个圈套，但我的好奇心还是被激发了，忍不住想去试试。

别去，抽不到什么的，都是假的，母亲开始提醒和干涉。

母亲非常不高兴地站在我身后，又是使眼色，又是拽衣服，千方百计地阻拦我去。

我没多想，不过是损失20元钱，参与一下，有何不可。

后来，母亲不再说什么了，但我知道，如果我去了，她肯定会一直不高兴，一直耿耿于怀，并且会时不时拿出这件事说一说。想到后续的麻烦和不痛快，于是作罢。我踮着脚尖，从热闹的气氛里悄悄隐退出来，躲在一边。

我知道，母亲永远是为我好，这不是钱不钱的问题，她最终所表现的是一

种爱我的态度。如果我辜负了这种态度，辜负了这份此情此景下的谨慎和呵护，她的郁闷可想而知。

人人都希望中彩票，中大奖。

大奖最有悬念，也最让人啼笑皆非。

剩下的盒子已经不多了，主持人极尽声色地诱惑了几次，说只要包场，大奖必在其中，但大家纷纷摇头，无人呼应，对大奖的热情远不及之前。

直到最后，真相揭晓，所谓的大奖其实就是一些品质极差的珍珠、水晶挂件和车载饰品，抽到的人明知上当却乐在其中；没抽到的人，也都洒脱一笑，全当自己发挥不佳，继续聊天赏景、唱歌喝茶。

这是三亚湾若干平静夜晚中的一个，但对我而言，却是一个非凡的夜晚，每一个感受、每一个细节都能衔接成亲切的回忆。

夜色轻薄散开，大巴车平稳地行驶在椰林大道上，导游精力充沛地打开话筒，开始宣读明日各自的航班，并提醒大家拿笔记好。这意味着今夜之后所有的人将解散，明天将是全然自由的一天，每个人将根据自己不同的航班时间，返回全国各地。

一帘椰梦留住最好的下午

上午睡醒后，立刻觉得时间不够用，随即和母亲去了附近最大的一个超市。三亚出奇的美，南国的云彩和路人的微笑，烘托出一种异国的气氛。

买了一些寻常的特产，我眼馋地盯着鲍鱼干和海虾仁，母亲说吃不了，别买了。我最中意的是一瓶小巧的黄灯笼辣椒酱，原以为一定是椰般香甜，却没料到海南也有够辣够狠的辣酱，想想就觉得乐趣无穷。

下午，更幸福。

林语堂说，要享受悠闲的生活只要一种艺术家的性情，在一种全然悠闲的情绪中，去消遣一个闲暇无事的下午。感谢今天这样一个平凡的好时光，这样一个悠闲的海边午后，让我有机会将自己的心安放在大师的语录里。

在椰梦长廊绵延的沙滩上几乎没有空位，每隔几米，就有人铺了报纸，放上水果，和家人欢聚于此。卖红心火龙果和热带花环的妇人挑着担，在海风中走来走去，看世态万千，看天地皆宽，果实花影空悠悠地投射在暖沙上，十分好看。

不知道看大海是不是人类最原始的梦想，反正这是母亲最大的梦想。这个梦想如此紧张又幽微地盘踞在她心底，这个梦想平常到几乎要把它忘掉，这个梦想简单到随时可以去实现，这个梦想却又难到只有一条路可以走，那就是放下手上的事情，一二三，悦然行动，安静出发。

这不是什么大不了的事情，却奈何总找不到适合的时机去做，拖着拖着就忘了，等着等着就老了。

还好，我们没有太老；还好，我们正在三亚。

生活不在奢侈，贵在舒服，能陪母亲看海，这是无比微小却无比舒服的一件事。

在这片休闲的沙滩上，有一片长势极好、姿态优雅的仙人掌群。在我刻板的印象里，仙人掌只会一簇簇地长在真正呼啸的沙漠里，或是规矩又委屈地出现在白领喜欢的小盆栽中。眼前的景象着实让我又惊又喜。仙人掌旁边是一大团被废弃的细密渔网，瞧着这画面，些许破败配上生生不息，真是极富生命的美感。

爱一个人，就如同这美感一样相容无痕吧。

在海边，回忆和获取是一件很容易的事情。

看着母亲，我开始想，三亚的山盟、阳朔的雨意、厦门的琴声、大理的归隐，到底哪一个才是真实的你？我只能说，每一个你，我都无法忘记。祝福我亲爱的母亲，沿着我们的个人路标，一直随女儿到天涯。

初冬，留在江城品味白雪，是不疲惫又不花钱的选择，但是转身，在一次短暂的飞行之后，就能在倾城似雪的海滩上沐浴着阳光，那样的暖意，当然更幸福。而我，愿意让母亲更幸福。

虽然她的脸那么苍老，虽然我很久都不会去抚摸一下，虽然我会因为和她怄气而故意不去看这张脸，但事实上，我非常爱她，非常想让母亲开心地笑、开心地老，开心地迷失在我已规划好的旅行地图里。也许走得并不远，但是足够把美丽和情愁锁在心里，写成日记。

看着嬉水的母亲越走越远，孩童般在海的线条里肆意地喧闹和尖叫，我把视线拉回来，看着近处自己的脚趾陷入沙层里，碎碎地硌着脚，满溢出流金岁月的感觉弄疼了我的心。

忽然觉得，母亲有些孤独。她没有和海对话，也没有和我交流，即便是我陪在她身边，天地间她仍旧是一个独立而行的灵魂，她的经历和体会是我永远都无法理解也无法企及的。不过这也无妨，我们此刻都在海边，安静地存在着，这巨大的浪潮里有我们跳动的心，这便足够了。

她曾经目送我，就像我现在目送她一样，爱的交替，总是这样微妙，这样伤人。我很想她回来，从海边快步跑回到我身边。这样的期待我不知道出自何处，但很快我就知道，有些海，可以一起看；但有些路，必须一个人走。

多么完整而极具椰梦的一个下午！变幻莫测的美，秋意浸入海风里，柔软地吹来，不见春暖花开，只闻秋声阵阵，也很好。

眼前的美好，让我想起一位姓曹的朋友，曾经浪漫地表示，以后有了孩子就叫曹起潮落。妙，我在心里说，这个姓妙，这个名更妙，不落窠臼，寓意人生。但我知道孩子最终肯定不会取这个名字，这只是还未当上孩子他爹的一个年轻男人的人生情怀和畅想。一句简简单单没有任何含义的戏言，我却被打动了。感觉有海风题诗，有浪花和水声在指间弹唱，我悄悄在深海的冠冕上刻下了这个名字，希望他的孩子快快出生，并能一生拥有海的气质。

三亚，也一样是时光来客，潮起潮落，最后，变成了灵魂中最轻的那一抹甜。六十岁了还没有带你去看过海，一直欠你一个海岛行，如今不再遗憾了。虽然没有去国外的热带海洋、天堂岛屿，但我们在一起看海，海很美，爱很美，这就足够了。

很多人都知道三亚叫椰城，却不知道椰树又被叫作好男人树，而与此匹配的是好男人花——海南特有的一种花，明媚的黄色，云朵般的样子，没有花蕊，所以不会花心。

我们对三亚也不会花心。回家后，母亲一直念叨着海南，她对我感慨：真的不用去马尔代夫了，你也别去了。我笑而不语，答案在心里。而我，对海南的印象，则一直停留在无意间掠过眼前的一句楼盘宣传语：三亚，不只度假，而是生活。

有人会问，说的那么好，你真的会留下来生活吗？

如果有机会的话，我当然会。

日日散步或半生隐居，过足浪漫的海岛瘾，岂能不好？

收敛浮躁气，从此人生都静静的，淡如海，浓如海。

很多人都觉得三亚和马尔代夫没有可比性——既然上帝创造了马尔代夫，何必还要留下三亚。

其实，第一眼是它，那就是它了。

说不清楚，只是突然就有了一份惊、一份喜、一份意趣和执念。

它就是你心中的海，不管是蜜月首选地马尔代夫，还是鲜为人知的一片寂静海滩，它向你迎面走来的那种味道，你的梦想因为它而落在了实处，因为它而有了回应，这不就是最好的结果吗？

　　也许它不够清澈，但它足够完美；也许它不够梦幻，但它足够温暖。它也有深蓝的心，它也有海的女儿，它也蕴藏着童话的源头和挥之不去的辽阔爱意。你想要的，它都有，也正在一点一点地给你。

　　没有什么是必须去的地方，也没什么是不值得去的地方。只要当时当下，你在这里，约在了这里，遇见了这里，就是最好的。

第三章

中国那么大，Mini 刚出发

Mini 不是宝马，一样行走天下

女儿出生的时候，体重6斤，很标准，但摇篮里的她看起来仍旧那么小，粉粉的、皱皱的，我在万分心疼中便取了"迷你"做小名，英文念起来更加流畅悠扬一些，所以自然而然就叫成 Mini 了。

我对车的品牌知晓度为零，Mini 这个名字叫熟了之后，我才意外得知有宝马 Mini 这辆车，这太凑巧了。其实内心并不想女儿和宝马同名，总觉得有几分张扬和俗气，但也不是所有人都会把这个名字和宝马联系上，而且叫熟了再改名太麻烦了，何况是真心喜欢这个名字。

出人意料的是，在成长的过程中，女儿真的是超级迷你超级瘦，体重永远不合格，快5岁才勉强30斤，比起同龄人她总是瘦小娇弱几分，加上一张迷人的巴掌小脸，叫 Mini 真是太适合了。家人迷信地认为，就是因为我的名字起错了，才导致她长不好，这么瘦。

好吧，名已顺口，事已至此，也就只能勇往直前行走她的"迷你人生"了。

11 个月带她去鼓浪屿听琴声，看大海。

3 岁的她跟着我和外公外婆，在云南逍遥了 20 多天，只用了不到 1 万元，比武汉市一平方米的房价还便宜。

4 岁，她靠自己的努力爬上武当山，途中只让外公牵扶了一小会儿。

5 岁的旅行是追寻贵州黔东南的星光和黎明，她更加自由、更加灵性、更加坚韧。

每年的长途旅行就是送给 Mini 的生日礼物。我从不让她参加什么兴趣班和培优，但是却坚持带她旅行。世界是书本，自然是课堂，多看几页，总是好的。虽然我们没有宝马，虽然玩的地方也并没有什么特别，但这是专属于我们刻骨铭心的旅程。我会带着 Mini 一起走下去，为她开启一个新的世界，尽管这个世界永远比不上她给予我的世界精彩。

和旅行一样，她也很喜欢读书。

有一次书不小心被打湿了，她伤心了很久，过了几个月还记得这件事，回忆的时候思路清晰，楚楚可怜，把书抱在胸前，唯恐再弄湿。书店自不必提，每次去超市，走到卖书的花车那里便读诗、读词、读故事，不肯离开，在游走的人群里，她那么安静。

4 岁的她，或许还不明白如何远离蒙昧黑暗，但她已经热爱上了读书，并渐渐明白，书本光明，开卷有益。从自然科学到童话故事，从成语、千字文到世界名著，她的书摆满了家里的茶几、窗台和书桌，比我的书都多。我的父母都是普通职业，不是老师，我才学更是一般，家庭氛围可以说没有任何优势。Mini 之所以养成了良好的习惯，我反倒觉得和我不会带孩子有一定的关系。因为不知道如何陪伴她，所以常常会出现我伏案看书写作，她在一旁无聊也拿起书的同步画面，十分和谐。小小人儿看书的时候，神态非常满足，非常光彩。

我没有望女成凤的心态，只希望她没有目的、没有负担，好好享受读书的乐趣，因为快乐健康才是人生的主题。同样，尽管我和 Mini 爸都热爱户外，喜欢徒步，但我们不会特意把她培养成小驴友。遵从天性，自然成长最重要。我所做的，只是带她回归自然，吸取天然的养分，枕着流水到天明。

梳理完 Mini 的童年故事，反观自己的人生，我发现，从读书到结婚，我没有一样做得好，一直是忤逆着父母的意愿在行事。唯独带 Mini 旅行这件事上，我和父母毫无异议，无论去哪里，都能达成共识，一拍即合。

但事实上，带上孩子和父母去旅行，并不是一件容易的事情。孩子自不必提，全程照料，冷了饿了、累了病了，处处要操心，对精力和能力都是一次不小的挑战。一趟旅途下来，大人往往比孩子累得多。带父母去旅行，也没有想象的浪漫，而是问题多多，时而老妈有情绪，时而老爸闹独立；时而老妈担心天气，时而老爸顾虑安全，总有源源不断的摩擦和插曲。旅行能考验一对情侣的亲密度和适合度，旅行回来分手的不在少数；同样，旅行对一个家庭来说，也是非凡的考验，是一场爱的重组和构建。每个人都有不同的性情脾气、思想行为、需求喜好、关注焦点，这些东西不可能简单相加，在短短的旅行里高浓缩呈现出来，当然容易有矛盾、有分歧，所以在旅途中，家的温馨度不可能保持在同一条水平线上。

离开了熟悉的活动场所，全家旅行对一个家庭来说，可能是机会，也可能是挑战；可能是危机，也可能是幸运。

要保持绝对的稳定平衡，做到从家庭中心视角看问题，很难。

但是这都是旅行中必须经历的，经历了这些我们才会从外到内真正地血肉相连，彼此珍惜。我们就是为了遇见另一种生活才去旅行的。那么，就让这另一种生活来得更猛烈一些吧！

从君竹到清词，血统从未更改

我父亲，我父亲的父亲，都很喜欢竹。君子，当如竹，所以顺理成章，我就叫这个名字了。

名字这事是自己决定不了的，但很幸运，这份清雅和脱俗，恰巧我是喜欢的。

说到名字，就不得不提，定书名的过程其实非常艰难和纠结。书名很重要，所以，浪漫的、写实的、炽热的、简约的，我起了形形色色很多名字作为备选，一一斟酌并筛选，可是父亲都否定了，他说没有特点，没有代表性，和千篇一律辞职或不辞职去旅行的书籍一样。

几天之后，他在一张白纸上十分认真地写上了"君竹点山水"五个字，我一下就明白了父亲的意思。我非常满意这个名字，但思量片刻之后，我们一致认为，尚需揣摩。如果是大作家，点评山水似乎还可以，不会显得浮躁和张扬，而我显然不是；当然也可以理解为"点染山水"的国画感，但是大部分人不会看到这层含义，这只能算是孤芳自赏而已，与其这样，不如用"君竹染山水"来得痛快。但还是觉得，中间那个字，笔墨情韵不够，差点意思，这让人不甘心又无可奈何。

于是，我开始一边自己静思、琢磨，一边在不大的亲戚朋友圈里广泛征求意见，谦虚请教总没有错。不好意思说这是书名，感觉还未出版就宣扬一番，实在太轻浮，便说给自己的一本散文随笔命名。老妈说，我分辨不出来，觉得都很好，又觉得都不好；姐夫说，当然用"邀"字，有与山水互动的感觉，风景显得很灵动；同事说"听"字好，别致可爱，用耳用心去听山水自然之音；同学说，要我，我就用"恋"字，把山水当恋人一样来相处，不是很好吗；朋友说，一眼就觉得"藏"字最适合，收藏风景，万籁俱寂。

可是，为什么都不能打动我呢？

没有打动，便是不好。冷静了一段时间，腾空了心灵，我开始思量，或许一开始就不需要这个多余的字，这也是最后我索性抛弃了这个格式，直接定名为《君竹行走记》的原因。潇洒地去远足，我的行走，我的书，简单明亮，天人合一，岂不正好？或许我本就不该专注于书名，山水自有灵魂，应留给读者去推敲和品味。

比起书名，Mini 的大名，似乎没有如此撕心裂肺不宁静的过程。

出生的时候，我就想唤她青瓷，不论是大名还是小名，都叫这个。我无法回避自己的私心和浪漫，一直有青瓷情结，又极爱《青花瓷》这首歌。母亲说青瓷很好听，也很好叫，但她有点迷信，不放心这个"瓷"字，恐怕孩子像瓷器一样太脆弱，不好养。老人家对孩子的重视，做子女的还是应该给予足够的理解和尊重。我转念一想，同音不同字，总可以吧，从名字预见人生，我希望她淡如清风，美如宋词，那就叫清词吧。

阴差阳错，大家都说清词比青瓷好。

生产当天，一个定居深圳的好朋友打来电话向我道喜，并问宝宝的名字"清词"是哪两个字，我一一告知。她感慨：我就说我了解你吧，我觉得肯定是这两个字。

我说是吗？然后，心领神会，我们不禁在电话里都笑了起来。

Mini 幼儿园的同学，名字好听的有很多，倾城、无为、若凝、依儿，一个个都是琼瑶小说里男女主角般的名字，实在是让人喜欢和珍爱。

有时候，她会无辜又郁闷地说：小朋友把我的名字叫错了，他们叫我清子，怎么是清子呢？说完她可爱无邪，眉眼弯弯地笑个不停，笑过之后，义正词严地说：明明是清词，他们叫错了，真是讨厌。还有一个例子反过来了，她有一个喜欢扎满头彩辫的 7 岁小表姐，始终不肯叫她 Mini，而是坚持叫她清词，越叫越得意，越叫越欢快。小女孩们之间特有的甜腻和互动、独立和尊重，是我无法感触更无法步入的，只能循着那淡淡清香的童年味道，远远一笑。

从君竹到清词，那是一场前所未有的改变，也是一境一界的不变。

谢谢你，清词！

是你帮我戴上了镶有"妈妈"二字的王冠，所以此生，你要一直踮着脚，学会爱；而我会一直低下头，给你爱，这便是我们之间最神秘的缘分，最幸福的牵连。

遥想当年，《彩云追月》这首曲子，小时候我一直弹不出其中的韵味。悠扬？烂漫？忧伤？抒情？父亲的点拨和训斥，依然毫不奏效。因为当时我心中小小的世界里还没有出现一个比我更小的清词。我并不知道，自己就是那片彩云，而她就是我的明月。如果她裹着未来的气息而来，我想我的琴声一定会为她穿越彩云，直追月色。

唤一声清词，胜却人间无数。

鼓浪屿：像诗人一样流浪在梦土

此行厦门，一共只安排了四天，虽在鼓浪屿上停留了一晚，但父母还是一致认为我的攻略做得不到位，行程太仓促，没有尽兴。倘若鼓浪屿和厦门分别待上两个晚上，那就完美惬意了。

我有一肚子的委屈，却说不出来。选择厦门，本身就冒了风险，尽管我事先跟他们普及了一下厦门乃至鼓浪屿的风光，但心中仍旧没有把握他们是否会喜欢和接纳，是否会觉得辛苦而去，失望而归。毕竟鼓浪屿吃住都贵，而且那样的情调、那样的氛围，年轻人热衷，老年人未必会。

2012年8月，Mini才满周岁，生日旅行更有纪念意义，但因为各种原因，我们选择7月出发。

初次带上11个月的宝宝出行，对大家都是一种历练和考验。尤其是我，这一路既要照顾好宝宝，又不能忽略外公外婆（暂且以孩子的名义称呼）。目的地自然也不可能天涯海角折腾太远，找个有海有景的舒缓之地，逍遥几天便好。三亚、青岛外公都去过，北海我暂时也不想去第二次了，短暂考虑过福建的平潭岛，还有广东的海陵岛，之后迅速放弃。兜兜转转之中，所有的情怀和期待都集中在了鼓浪屿上。厦门漂亮，鼓浪屿更漂亮，总要去一次的，那就现在吧！

提前一个月订票，去厦门的直达车居然全部售罄，怎么感觉我去厦门，全世界的人都跟着去厦门了呢。委婉、叹息、难过，只好改道福州，再转动车去厦门。在带不带推车的问题上，我们各执一词，着实纠结了一阵，这辆大红色的推车是亲戚家用过的，一点也不旧，又大又高又扎实。带吧，的确有些吃力、有些累赘；不带吧，走到哪儿都靠抱，太累人，一旦睡着了就更成问题了。虽然推车不算轻便，但利用率还是很高的，可坐可躺，随时睡觉也不用担心，万一变天起风了，还能把前后的帘子放下来，像小帐篷一样保护宝宝，遮挡一下轻微的风沙雨水。外公在经历了极速而深刻的表情变化后，果断地说，推车一定要带，别怕麻烦，绝对会用上的，宝宝太小，如果大一点或许可以不带。此事已定，工作任务也就随即分配下来了：外公管孩子，外婆管推车，我管行李箱，一切细节已经降临，"老人和小孩"完美结合的亲子之旅也热辣辣地开启了。

车到泉州，窗外一片淡远的绿意，颇有贵州山水的质感，更开阔处，有海的气息，闻着望着，都十分舒服。惭愧，对于泉州的了解只俗气地停留在吃货的层面上，奶黄包和牛肉羹绝对是有名的，就连咸饭都好吃得要命。

这是 Mini 第一次坐和谐号。她一脸懵懂，还没回过神来，就被外公外婆抱得紧紧地下了车，我顺势拍了一张，静止下来的和谐号映衬着厦门粉蓝的天空，别有情韵。慢慢随尘梦去远方，大约就是这种感觉吧。

排了约一个小时的队，终于上了轮渡，与鼓浪屿隔岸而望。

船开向小岛，突然狂风大作，景色晦暗，海面像白炽灯一样闪着光。海上气象万千，白色的天，灰色的浪，轮渡颠簸在海面上特别有科幻大片感。如此动荡、不平静，这是鼓浪屿少有的一面，大多数时候它只是海上花园一样静静地漂浮在时光中央。这样的特别，一下子俘获了我的心。海风深寒，外公抢到了最后一个座位，紧紧把 Mini 呵护在胸前。我扶着栏杆，一边忍着晕船一边瞭望。

想到一句话，"每个时代都有出逃者，他们或住在过去研磨的旧时光里，或先知先觉与当下格格不入"。我不算是典型的出逃者吧，但内心有一部分是接近于此的，恒久而不可捉摸。

一开始，外公外婆非常反对住在岛上，怪我贪图浪漫，不懂节俭。暑假期间，但凡你看中的、环境稍微好一点的客栈都在七百以上，最后终于被我找到一家不足四百元的，房间柔和适中，窗外景色看起来也苍翠可人，关键是被这个温暖又熟悉的名字打败了——外婆的澎湖湾。我在网上把客栈点开给外婆看，她也心弦触动，觉得有趣。后来，外公也承认，到厦门一定要在鼓浪屿住上两晚，才能领略它真正的美。这和白天你铆足了劲儿在鼓浪屿逛，晚上赶回厦门住，感觉是不同的。你说不出不同在哪里，但它真实地在你身体里层叠着、存在着。夜里的鼓浪屿，会倒着你的影。

上岛，迎接我们的是一场中雨。

这场雨多情而美好，一点也不让人讨厌。我们依偎着海风，穿梭在花朵丛生的小径里，逢到椰子树便去躲雨，七月的雨淋到身上还是有些凉，但心却是暖的、喜的、温柔的，灵魂突然就闻到了鼓浪屿特有的香。

跟着人群穿过龙头路，爬过一段斜坡，便见到了粉色的玫瑰和红色鲤鱼池环绕的客栈。客栈布局巧妙，由五栋造型风格皆不同的小洋楼组成。每栋楼都只有两层高，绝对的花园洋房之感，外墙主色调均为淡淡的柠檬黄，所有建筑物及户外小院、桌椅周围，都被浓浓的亚热带植物簇拥，热烈中透着翠绿清新。

雨后，天迅速转晴，一片灿然。

我们从旅馆出来，穿过深深的小弄，重新返回轮渡码头。外公满怀激情，急着去记录周边的标志性景点和文字。的确，下码头的时候太过匆忙，还未来得及初体验这海岛小景。亭亭如盖的榕树下坐满了赏晴、聊天、容光焕发的老人，榕树及花坛四周也都挤满了游客，几乎没有落脚的地方，可以想象这个柔嫩的小岛每天是怎样承受着几万人的压力。

黄昏之际，Mini 躺在客栈的大床中央睡着了，睡得很舒展、很可爱。宝宝没有午睡，累极了，体力已然达到了极限。外婆也累了一天，转车坐船又步行，加上各种晕车的症状，她蜷在床边守着宝宝，俨然也快睡着了。外公独自在窗边参透夕阳，虽隔着重重绿影，望不见海边，但这里七月的黄昏仍是那么的不同。住进鼓浪屿的第一个晚上，我决定单独行动，先行享受岛屿入夜后的风情。早就听说鼓浪屿是一个不会迷路的小岛，满岛都如影如蝶，荡漾着橘黄色的灯光，随心走下去，自成岁月。

星月与海两相宜，果然是一种不错的情意。台湾作家张晓风曾欣喜地写道："只要有一点情意，我是可以把车声宠成水响，把公寓爱成山色的。"而此刻，静静柔柔的水响、山色……都尽在身边。

住也住了，钱也花了，如果不在鼓浪屿好好浪费一点时间，就真的对不起自己了。怀着这样的想法，第二天，我很早就轻悄悄地起床了，外婆也决定起来，和我一同去清晨的海边，顺便还可以买些早餐回来。果真一出门，在一条极小的巷子里，有人披着一肩晨露，精神极好地吆喝着卖波罗蜜。果肉新鲜动人，早已被切成无数小片，分装在透明的小盒子里。外婆是水果控，迅速买了一点来尝鲜，她担心我们不爱吃，怕浪费了，所以没有多买。我用牙签挑了一小块，在海风舒爽的清晨把波罗蜜当早点，是一件应景又甜蜜的事情。事情改变了兴致，最后我们没有去海边，而是在有花有树的街角，不紧不慢地走了一圈，便回了客栈。

等 Mini 和外公睡到自然醒，我们推着婴儿车，带上饮料食物，外公斜背的单肩包里塞满了各种零碎物品，环岛漫游正式拉开序幕。

娜娜旅馆，这个公主般的名字，别说小孩子了，大人也喜欢。轮渡码头正对面一栋异国风情的黄白色建筑便是，交通便利，名气最大，还可以当成风景去欣赏。阳光像花蝴蝶一样跳跃在瓷色润洁的广场上，形成凌乱而俏丽的构图，很有意思。商场里寻常的手扶电梯出现在这里，产生了一种艺术韵致，引起很多人的好奇和热忱。上下电梯，来回拍照的人不在少数，我们也轻轻地挤进人群，带 Mini 去体验了一把。在阳光反射的炫彩颜色里，她笑起来，举起小胳膊，高兴得不知道怎么表达，我们也跟着高兴，吻了她的小脸，又理了理她的碎发，爱她宠她是一切情感的开篇和总结。

随后，自由的日光一路跟随，走在绿色椰树的海滨路上，远望海天一线，眼前海浪声声，亚热带的季风从北纬 24 度迎面吹来，空气中弥漫着一股说不出的味道。

2012/07/24

　　已经记不得是哪一片海、哪一条路，周围景色如何。只记得，确实有一条椰林大道，道路笔直，椰树高耸，椰林间储存着一阵阵天真的海风。仲夏的中午，走过椰林大道，十分清凉舒适。踩着人字拖，缓步，婀娜，身体与海风同步，感觉则更好。外婆欢喜地绕着每一棵树，走来走去，也会站在椰林大道的中央望着天空久久地微笑，总之她浪漫心爆棚，爱上这里，不肯离去。用椰林洗尘，比什么都好，比什么都清新。我也喜欢这里，但显然没有她那么大惊小怪，格外矫情。

　　万里长空，一字一句，从江城读到厦门不容易，鼓浪屿的一切景色都是免费的，那么，就入了画屏，愉快地欣赏吧！
　　在日光岩山下的浴场，外婆毫不讲究，躺卧在沙滩上，把Mini放在腿上，斜靠在怀里，然后用小勺子把半个苹果刮成泥，一点点喂给宝宝吃。走到哪里她都不忘给宝宝吃水果，沿袭着自己的爱好，仿佛在海边吃上一个苹果，比什么都重要。

宝宝抬头，明眸；外婆低头，微笑。无数散落在海边的人，唯有她们两个最美。Mini 甜蜜地咀嚼着苹果泥，碎花帽上的小丝带被海风吹得紧贴在额头，也正如此，我才能图个清闲，乐悠悠地挽着外公去照相了。

海的屋子里，住着时间和我们。

沙滩滚烫，赤脚走到海边需要耐力。海水冰泉般清凉，很给力，本以为 Mini 会喜欢下海玩水，但实际上她害怕极了，眼神里荡满了涟漪、惊恐和迷惑并存，小脚丫还没碰到水，就一下子勾起来，屁股也紧张地缩成一团，就连美美的笑窝也顺时针滴答一下凝固了。

正午，海边的人都在戏水纳凉，舒畅的笑声穿越层层人海，唯有一个戴白色棒球帽的小女孩我见犹怜，格外不同。

一开始小女孩神情柔和，低头在沙堆上玩自己的，后来站起身来，像是恭恭敬敬地在等着谁，但她身边一定距离之内并没有爸爸妈妈或爷爷奶奶，我庆幸自己居然能辨识出一些不对劲。

小女孩渐渐焦虑起来，默默地向海岸线人多的地方走去，我突然敏感又脆弱地担心她好像会随时消失在海天之间，故事顺其自然写到了这里，为了防止她丢失，我们把她领了回来。

果然和预想的一样，的确是和父母走散了。

小女孩莫约三岁的样子，低低发声，不停哽咽，糟糕的是，她一问三不知，只记得自己的名字，不记得父母的名字和其他有价值的线索。她像一片云，紧紧依偎着我们。我们逗她开心，让她休息，Mini 摇晃着抬头，看着姐姐，嘟嘴一笑。见到有 Mini 陪她，她情绪似乎好一点了，慢慢投入到和小宝宝对话的神秘絮语之中。责任感迫使我们立刻要做一个选择，到底是留在原地陪孩子等父母，还是先把孩子送到鼓浪屿的警务处，马上开始广播寻人。

鼓浪屿说好的钢琴声，没有温柔地呈现，但我的心似乎已经在弹奏中平静了下来。我在海边梦着谁的梦，捡到一个无辜可爱的小天使，我盼望她的父母能早点来，这个带着伤痛齿轮的心愿居然实现了。

女孩儿的爸爸带着异常冷静的落寞姿态先行赶到，见到女儿的第一眼，他几乎飞到她身边，然后梳理情绪，开始陈述。

他说自己从山东来厦门出差，顺便带妻女旅行。刚刚女孩儿的妈妈去买东西了，正巧他接了一个工作电话，他瞟了女儿两眼，一直在视线之内，安然无恙，等到第三次他再定睛一看，孩子已经不见了，女孩爸爸越说越没底气，顿足捶胸，后悔不已。

就在我们和女孩爸爸沟通的工夫，小女孩的妈妈挣扎着从人群中冲出来，爱女心切让这个美丽的女子失了态。她脸色泛红，一边流泪一边眩晕。虐心的戏码开始上演，孩子妈妈怒诉：你总是电话这么多，工作这么忙，忙得连女儿都可以不要了是吗？我走了十分钟而已，你就能把孩子弄丢。并且当即表示，如果孩子丢了，这日子就到此为止，别说旅行了，这辈子都恩断义绝。孩子的爸爸监管失责，自知理亏，紧抿双唇紧捏手机，几乎要颓然痛哭了。

幸运的是，小女孩未经太多波折就找到了父母，拐卖不过是两三分钟的事。两颗惊魂未定、已然受伤的父母心，总得慢慢沉淀。

我的心也跟着颤抖了好几次，这位母亲内心的风暴可想而知，本该是风月旖旎的海边度假，无限美好的亲子时光，现在全破碎了，不知道时光何时才能把这个伤口舔平。愿十里海风，细读人间，一切都能从轻发落。

小女孩敛目含羞，五官甚好，十足的小美人一个。虽只是微妙尘缘，但我们都很喜欢她，我在外婆脸上探得一丝不舍。果然，过了许久，外婆心中还惦念此事。

年华散尽，今天可爱的你我他，又在何方。

故事告一段落，继续像诗人一样置身在鼓浪屿。

鼓浪屿给我的感觉是，美得恰到好处。我并没有觉得它像一些人吐槽的那样，只是一个卖奶茶和明信片的小岛；也没觉得像无数人追捧的那样，文艺浪漫，天下第一。我看它的眼神是正常的、自然的，稍微多了一些幽幽柔柔、无限痴缠而已。

丰富而敏感的神经告诉我，厦门和阳朔有异曲同工之妙，是一个自由宽容之地，接纳着所有类型的旅行者。

沿青石小径向小岛的东南岸走去，风景清幽得让人移不开眼。鼓浪屿的海，略微精巧，不够辽阔，但我仍旧是喜欢它的。

海上笼罩着淡淡的彩晕，宁静的海湾边，林木葱茏，小巧的雏鸟从林间飞出，最可喜的是有像操场那样的看台可以坐，台阶呈大大的半弧形，宽阔简洁。

行至此处，Mini 正好睡着了，外婆一路上尽忙活孩子去了，现在终于为自己买了半个西瓜，痛快地吃起来。在体力流失殆尽之后，吹着海风吃西瓜，迅速升华为休息途中最动人的元素。三个人，三种姿态，吃得那叫一个豪放，不再去欣赏什么蓝天白云，任凭它们是多么靓丽的组合。我又饿又热，拼命在红心果肉里吸取清凉，半个脸都趴进去了，活生生像个没吃饱的流浪汉。

我吃得非常开心，充满感情，不是错觉，瓜是真的好吃。

这条原本不确定的路线，迷迷糊糊走下来，在心里突然有了莫名的分量和情意。多少美景走着走着就成了岁月的一角，总有一片海能让你脱去薄衫，自在而往。

入夜之前，旅行团一波一波地离开，虽然鼓浪屿依旧沸腾如潮，但美景与游客之间至少取得了某种平衡，一些雅致的小景也不会因为过度拥挤而被错过。

　　这个夜晚我们也闲了下来，此时，没有什么比烧烤和小吃更合心意。马上行动，我和外公兵分两路去准备晚饭，打包回来，在客栈花园夜景中慢慢享用。外公一副速去速回的模样，大步如飞，直奔繁华的龙头路去买特色小吃，我则顺势潜入附近的背街小巷，去寻找大排档上的蔬菜烤串，还有一点点海鲜。

　　客栈的露台，地处小院的较高处，架空层，白色的欧式桌椅在星空下更为素净。清冷的树，有的粗、有的瘦，但都像绿伞一样盖下来，枝叶分也分不开。苍绿的尽头还是树，树背后，一定是海，但却看不见。海边的树和旷野深处的树，感觉很不同，都带着海的光辉，在这样的树下，摆弄一桌子美食，心中自然是翩然愉快的。

龙头路的四大名吃，鱼丸、猪肉脯、麻糍和馅儿饼，这些我们都没有兴趣，还不如黄陂的豆丝、糍粑带劲。得亏外公聪明，买的是奶黄包、沙茶面和鱼粥，粥里的豆腐、香肠、芽菜和牡蛎，样样都好吃。

边吃边抬头看夜景，惊了。不过是方圆几里的风景，却美得像碰都不能碰的一封相思信。

云层时而黛青时而橘红，在夜空中反复纠缠。月色很好，弦月下方丝丝缈缈的云是纯纯的霜白色，尤为有味。客栈依山而居，露台的视野与日光岩平行。日光岩闪着童话般的光芒，悬坠在天边，免费的视觉大餐比美味的小吃更让人心动。

最初，我对鼓浪屿的认知仅仅是沧海之上、云帘之下的一小片梦土。现在，我了解它了，可以大胆地向它示爱了。

你说，我究竟喜欢它什么呢？

瞧见没，花园别墅被盛妆下的枝蔓青苔包裹得很紧，这份绝美的绿意很纯，很让人心碎，让其他颜色没有胜出的机会。那许许多多、曲曲折折，可以把强烈的浪漫挥发个够的小路，自不必说了吧。

环岛路：昼夜之海共流转，此时相赏莫相违

分明是夏天，但鼓浪屿的时光之旅，却有点春天的感觉，有点甜。时间重新计算，河流突然回旋，书堆稿纸里的陈旧年华，展开的时候，有点儿什么破空而起。

离岛回到厦门之后，分两个时间段领略了环岛路，一次在黄昏，一次在清晨。

黄昏的环岛路，气质梦幻自不必说。

沿海岸线望去，早已人满为患，近处没地方可坐，那情形让人懊恼，去远一点的沙滩上坐也不方便。外婆急了，就地取材，背靠护栏，一屁股坐在栈道的木板上，给宝宝冲奶喂奶，好一阵忙活。外公东张西望，不搭理我们。夏日深深，海风凉凉，这就是我们与厦门最简单的交集。

落日一来，天空平添了三分红晕，其余仍是孤傲的蓝。白城沙滩的情侣和游客越汇越多，冷艳的海水没过人群。

走在环岛路沙滩上的时候刚刚入夜，海边有许多孤独的灯盏和沉默的人，木栈道被护栏灯悄悄染亮，似星河走廊，美得蜿蜒、未知。

我在栈桥上自顾自听着海浪。海，看不分明，却能强烈感受到一浪一浪的潜流和冲刷。海浪，非花非诗，却有自己鲜明的诗心，枕着风，永不倦，让我莫名喜爱和疼惜。

夜色刚刚好，海水刚刚好。

味觉是诚实的，栈道上全是清新的味道，连同我们的思想和情感都清新起来。这种纯粹很难得，感受不到一丝海鲜烧烤的香辣呛鼻，浅滩的鱼腥味和咸水味还未乘风作乱就暗自飘散。

放慢身心，极慢极慢地走，才能走出夜里特有的温柔滋味。一切的爱与经过都弥漫在无边的夜空，说不出寂静的是天空还是海洋。夜，总有能量的映射，总能让你和自己、和旅行建立一种新的关系。

一夜清心之后，次日清晨，抓紧时间沿海岸线继续远行，因为中午就返程了，有海便闲，当然要好好闲一把。

海边的岩石小道，清新迷人，别有趣味。

带着小宝宝出远门看海，有多浪漫就有多辛苦，渐渐地越走越远，阳光满天，行人稀落。正如小说家所说，此时的世界分为两个部分，海滩和海滩之外的地方。

推婴儿车在鼓浪屿的作用不大，但在环岛路却发挥了不错的功效，一路潇洒步行，直至书法广场附近的树荫下。浓荫覆盖着小广场，常年绿影，有人卖椰汁，有人早锻炼，有人清扫垃圾，面对大海每个人都从容有序，安静释放着生活的情怀。

走在只见清爽不见尘埃的海边回廊，每一处闲景，都显得含情脉脉。沙滩奇热无比，大多数人都不敢在沙滩上自由踏步，只有少数人，那股野性压不住，冒着高温中暑的危险，要往深处，再深处去。晒花了妆的娇艳脸庞在阳光下像烤变形的红薯，尤其可怕。

风景全刻在海边，外公为了寻求更精致的构图，功力过人地熬过了沙滩和酷热，硬是跑到海水里凹各种造型。照片要美，必须搭配沙滩。外婆更是绝，不顾老胳膊老腿和一身纱裙，直接霸气地爬上了礁石取景。我劝她下来，别伤到了自己，她笑得空灵，听不进去半个字，满脸都写着今夕何夕，随心所欲。爬石头的勇者不止外婆，还有很多人，有的爬得艰难挣扎，有的爬得飘逸优雅，一片沙滩也暗藏百态，趣味颇多。

绕了大半个海湾，折回厦大，默默地驻足休息。在校园门口邂逅了一位颇有仙姿灵气的武汉美女，月白长裙，珠花发卡，巧笑之间能看清身材极好。更意外的是她也是个年轻的妈妈，但这次没有带孩子出来，而是和两个闺密同行，看着她们三人互挽远去的背影，我不由暗赞，能不惧现实和孩子，能不在柴米油盐中慢慢枯寂，让青春乘风逍遥，多好多妙，所有万里旅途的梦幻都能实现。

白昼之海，美在明澈，连天空也有美玉的质地，但空气暴烈，太过燥热，忙于欣赏的同时还要忙于避暑。我更喜欢夜海的清凉婉转，让人有极为古典的期待和游兴，夜有多长，海就有多长。

一直觉得这个匆匆的半天，浪漫虚无，几乎感觉不到它存在过。有时候让自己尽力去俯冲和回忆的时候，才能看到我们三个人看护着一个小小孩，在海边移动的投影，像一幅气质纯正、手法干净的素描。

海阔天空，总有无穷的沧桑和暖意。

我不是一个能干出众的女人，说走就走在自己的能力范围之内，带着这么小的宝贝面朝大海，将这样一个想法付诸行动并成功实现，全得益于父母的支持。

身边的人都疑虑重重地说，孩子还这么小，等长大点再带出去玩方便些。

我想说，如果尘埃里真能开出花朵来，那就是现在。我欣赏自己的坚决，我决定来，是多么对，父母决定跟随，更是没有错。眼下的美，就是全部的意义和存在。

老人养育孩子，常常考虑太多，过于刻板，但出发点也都是为了孩子好。了解到他们的真实情绪和想法后，我也就宽容忍让，依了他们。自灌一瓶凉开水随时洗手；椰汁不能贪嘴喝多；午睡要遮光不能太明亮；酒店最好要有纱窗，等等。他们更是明确地表示，不习惯吃海鲜、吃大餐，以水果和馒头当主食便可，品尝一些小吃还是可以的。

人不就是图一个真实快活吗？如果出来旅行还勉强他们，让他们不快活，那还旅行干什么，那不是与初衷背道而驰吗？生之飞扬，本该美好，何必要把灵魂锁进监牢呢？

在一岛一屿的静僻处，外公耐心体悟着大自然的安静妙意，然后动作极轻，不出声响地翻开小本，用一个老者的韵律雕刻字迹——衣角不知何时沾了几粒草籽，已被染色，发际流泻着清风，眼里盛满了恬静的柔光。问他写了什么，他说闲了无聊，随笔乱涂，我却偏偏不依，闹了他几次，带着几分新奇和艳羡非要借来一看：

从宝贝儿出生的那一刻起我就觉得，她应该就是天使遗忘在海洋上空那片最小最美的云。她是那么柔软甜蜜，她的心，洁白；她的灵，蔚蓝；她的笑，有椰子的香气；她的泪，像永恒的海星；她的睡梦和声音，你懂也不懂，但却沉醉其中，自感愉快；她能在宇宙呼吸的某一个片刻，轻轻荡漾起有多种多样的风格和美。

当她伸出柔润的小手指，指向大海，咿呀咿呀地自言自语，我想，那一定是海的语言，只有她和大海之间才能相互倾诉，自由驾驭，这神秘的沟通法则无人能懂。看着她的衣衫、手指和脸庞上都挂着金光灿灿的沙砾，我的心柔软地动了一下。

当远离尘世，在海边让自己安宁下来的时候，我们每个人都不由自主地变成了孩子，此时，只有风沙和海浪，日月和星辰，自由和梦想。我在光影散开的沙滩上写下小孙女的名字，一笔一画仿佛在写我的童年，原来我心中也有一片海啊！它帮我贮存着童年的点点滴滴，所有的天真无邪它都记得，所有稚嫩的诗句它也会背，时间越久，海水越蓝。这种美好的想法把我的心绪点亮了，在童心的世界里，小孙女永远都那么小，我也永远都不老，即便老去，我也不是腐烂，而是春泥。

因为懂得生命是多么不易，所以岁月如此宽厚，让尝尽烟火的我们，依旧拥有一颗童心。无论我们拥有怎样的信仰和世界观，童心都会从梦里、从海里、从呼吸里一点点渗出来，温暖我们的心。苏醒的童心激活了我晚年的美好，所以，绽放吧，无论是天真的笑脸，还是沧桑的皱纹，只因生命是一份礼物，每天都如此绚丽，如此唯一。

四人行，几许尘埃几许心海，总有那么几天，让一整年都很美。

回武汉，这多像结局的结局，却让我落寞叹息，有光芒从心中挣脱出来，不甘心就这样留下静静探访的四日和无数情态别致的脚印。

生命本就是一场猝不及防的旅行，只是 Mini 才 11 个月，还无法理解这些深刻的意味。但是这一次人生行走的片段，让未来的她能在童年的相片里找到蓝色的回忆和隐形的翅膀，她会慢慢明白，生命需要出发，而人生的阴晴圆缺，大海也自会为她解答。

属于 Mini 的周岁之旅，也将是我的惊喜和圆满，祝我亲爱的女儿周岁快乐。当群星如海潮般降临的时候，我爱你，也更爱我们。

再见厦门，不会是陌生人，因为在下一次风和日丽之前，我已认出了记忆。

大理：怎一个无可奈何，为洱海折腰

2014 年 7 月 1 日

开往昆明的列车，带着上一趟旅行的气息，桀骜不驯地停泊在站台内。很快，它将要延续它的灵魂，驰往无限远方，风也盈盈，水也盈盈。

车外的世界，夏风荡漾，天气晴好，一进卧铺车厢内，空气便浑浊了起来，但整体气氛并不让人生厌，许多洁净的角落，看上去很舒服。

无巧不成书，整节车厢，三个调皮不安分的小孩子，全集中在了我们这一节。

来自湖北蕲春的爷爷，领着三个小娃娃，去昆明看儿子和女儿。娃娃大的七岁，小的不过两岁多，爷爷是标准的庄稼汉形象。有些湖北方言最初接触就能听个大概，但蕲春话很难懂。他慢条斯理且非常愉快地告诉我们，儿子久居昆明，工作一般，但女婿不简单，亲家公是云南白药的股东之一，常年忙碌，行踪神秘，几年也难得见一面，这次也未必见得到。让我惊讶的是，有这么富贵的背景，爷爷居然节俭到只给孩子备了一箱红烧牛肉的泡面，毫不避讳地塞到床下。孩子们不分早晚半夜，不分一日三餐，但凡觉得饿了，就自己去抓一包出来吃。有时候卡住了，摇摇晃晃半天才扯出来。他们泡得麻利，吃得极快，小丫头一碗没吃完，便继续封存着，下次兑了开水接着吃。男孩饭量大的，能接连吃上两三碗，仍旧欢欢喜喜，从不嫌腻。在这个注重健康、膳食均衡的年代，很少有家长会让孩子把泡面当主食，偶尔吃一顿也是图个方便或贪恋其特殊的香味，而这群孩子对泡面习惯的程度、悠然的心态，让我大跌眼镜的同时又有说不出的酸楚和疼惜。递给他们的水果零食，大孩子小孩子都一概不要，然后笑着跑开了，不知是出于礼貌还是不感兴趣。

泡面爷爷用泡面守护着他们，这冷暖的面汤、这有限的美好、这蹩脚的画面，我暂且安慰自己：吃泡面无妨，有爷爷陪就好，或许孩子们的父母已经手拿糖果，在黄昏的火车站伫立了好久，请允许这趟旅行别慢慢经过，快点到达吧。我想傻傻地看他们相聚，抱在一起，牵手回家。

2014 年 7 月 2 日

早上六点零六分，火车像睡过了头一样，在怀化站停了很久，对面轨道上停着一辆裹满晨露的静止列车，看起来比较新，"汕头－重庆北"几个字淡红飘逸，静静传达着来自一南一西的山水情韵。车窗严丝合缝，但还是感觉有清凉的风穿透而来，小雨让一座座山头云深雾绕，Mini 托住下颚，一直在看山。山，翠而艳丽，天然，好看。

我想看看书，却很困难，大半个上午的时光都在穿隧道，还没看几行字眼前就全黑了。有时候黑暗之境来得很彻底，这使我坐立不安，又无可奈何。沿途随处可见峡谷、河流的景观，森林更是一段又一段地重复着，用纸巾把窗户抹出一块干净的小地方，守着一扇小窗看景，倒也快活。

就这样在青山绿水间存在着、存在着，不知道存在了多久，终于一阵轻烟似的进入了六盘水。山大得出奇，和之前极为不同，感觉山顶像有牧场似的，绿得平坦灿然。天，完全是自由的调子，一会儿下雨，一会儿天晴。

整天被困在车里，晚上七点一过，困意袭来。就在这时，车厢内传来一阵异样的骚动，有人称火车晚点了，何时到昆明还是未知数，消息有鼻子有眼，且迅速传播。没多久，列车长证实了此事，并及时做了通报和解释，不少人急吼吼地闹了起来，有的着急回家，有的着急办事，我们最糟糕，还要转晚上 11 点 20 分的车，连夜去大理。

在晚点闹剧引发的一波又一波群体大讨论中，我认识了长相酷似陈妍希、很萌的一个大理妹子。美好，机缘，一切都恰到好处，我们住在财大，而她正好在财大读书，我们聊得十分愉快。她说每次放暑假，都是这么转车回家的，从没遇到这样的问题，今天也算是奇葩遭遇了。她比我们更急，她要转 11 点整的车，容不得半点耽搁。

我们互留了电话，出站后，就各自赶车去了。那天，大家都运气不错地赶上了车，一上车就互相汇报了喜讯，接着剥开时光，在微信上闲淡地聊开了。她问我知不知道弥渡是哪里，她是大理弥渡县人，一个沉默温润，我未曾听说的小地方，但迷离之间，佛光闪现，我却爱上这里，并在心里暗暗发誓一定要去。在后来的几年里，我们一起约着在大学校园里看云追风晒太阳，说青春旧事，谈诗意风景，吃云南玫瑰冰粉。毕业后，她去了昆明一家银行实习，工作很累，加班很多，利用假期去了抚仙湖和普者黑，还给我发了很多三生三世取景地的照片，没有修过图，全都是最真实出众的风景，灵山秀水之间处处有桃花的印记，果真"片片芳菲入水流"。

昆明站管理很严格，不允许站内直接等车转车，我们只好进站又出站，活生生折腾一个来回。火车站楼上楼下一共三次安检，虽然极其麻烦，却给人温情脉脉、平安放心的感觉。

外婆把自带的花床单抖动了两下，瞬间铺好，我将熟睡的 Mini 轻轻平放在窄窄的铺位上。守着她，坐下来，才猛然察觉，早已换了车次，换了时空。

晚安，昆明！
你好，大理！

2014 年 7 月 3 日

一路上，辽阔似海的云啊，越来越接近内心。

大理，慵懒地绽放在西南这块风情浓郁的土地上。小时候看过《五朵金花》的电影之后，就对大理充满了向往。今年暑假，趁着全家都有空，决定去清凉的云南避暑，零距离感受它。几年前，因为徒步怒江峡谷去过云南，虽然不太熟，人文风物也略知一二，这次全家出游，我自然成了全程向导。

一夜风尘过后，快要到大理的时候，我情不自禁地向父母描述起来：大理古城始建于唐朝，是古代南诏国和大理国的都城。城外，城墙耸立；城内，道路以复兴路、人民路和洋人街为主，如棋盘般纵横交错。最有意思的是满城白族民居"三坊一照壁，四合五天井"的组合布局，而用大理石、花砖、木雕雕刻的门楼更是充满了无限的建筑之美。

在古城南门外的客栈入住后，却发现交给外公保管的地图被弄丢了。外公一向细心，最会收纳，这几乎是不可能发生的事。注目凝神找了很久，没有找到，我有些恼怒，又去买了一张古城的手绘地图。丢掉的大理地图是在昆明站买的，并不精致，并不好，但与之相逢的那一刹那，就特别特别想折叠好它，隐入古城，就如同带上自己最寻幽最隐秘的灵魂一样。这种冲动，这种宿缘，错过了就没有了。我遗失的不是那张可有可无的地图，而是这种横生枝节、不再连贯的幸福感。

没有人像我们这样，从古城闲情逸致徒步去三塔寺。

在公园门口，颇有禅心地挑了几样说不出名字的小果瓜。大理可是皇城佛国，这瓜果想必也不乏灵气。

临近中午，太阳很大，躲在树荫下，完全是避暑乘凉的节奏。我们在宽阔的院墙外，静幽幽地坐了很久，蓝天下莲台般的三塔，在眼前高耸成谜。据说三塔的主塔叫千寻，这名字让人惊讶，原来这是大理的千与千寻。

等阳光褪去一些后，我们把公园四周都走了一遍。在一座金色雕塑和小白塔围成的平台上，踮起脚尖，似乎可以眺望到一小片清新的洱海，如果能够等到洱海月的出现，那该多美。外公占据了一块高地，终于有机会拿出望远镜，好好观望一番苍山。苍山的雪丝丝缕缕，坠挂山尖，空气波动之间，我似乎也轻轻触碰到一些来自山脉的孤幽与温柔。

天空忽明忽暗，云海极美，款款而去的我们，应该安排一个时间，和大理聊一聊永远。

2014 年 7 月 4 日

客栈每天会备好苍山泉水供客人饮用，不知情或忘记拿的客人，老板都会热情地一一提示。苍山泉便是冰清玉洁的苍山雪，直接饮下，口感很不同，这一味甘甜用来泡茶很不错。老板说只要没有例外，一般早上都会派专车去山脚，山脚下有好几股泉水，十分新鲜，可随意选择、取用。

饮罢泉水，便开始了游程。

南城楼上，第一缕阳光正在染亮云层，微风正舒服，今天的天气看来很疼惜人。早晨的广场舞真有意思，跳到城楼上来了，碧空之下，喜气洋洋，这气氛引起不少人围观和欣赏。我依稀还能感受到昨夜广场舞的余音和温度，这绵延的美啊、生活的美啊，都变成了此时的仪式感。

我们绕过人群，向城墙最深远处走去，踩着一块块方砖，四下更显宁静。走了一段，就基本不见游客了。如果不怕累，完全可以四四方方地走上一大圈，但有些地方是断壁残垣，没有衔接，可能要返回古城，重新找台阶再登楼。虽然都是以古城为中心，但登高漫步和在古城内逛小巷是完全不同的感觉。我喜欢这种别致，离晴朗的天又近了一寸。无须刻意观察，眺望一眼，大理城的花花草草、角角落落尽在脚下。

趁外公和 Mini 回客栈睡觉的工夫，我和外婆继续折腾，做了一对孤独的旅人，冒着小雨，不问方向，一路迷迷糊糊地从一塔路走到了东城门，再回到人民路，口渴极了，买了两杯新鲜酸奶，又称了一斤蓝莓。蓝莓亮晶晶的，十分悦目。下午三点半出门，五点到家，Mini 正好醒来。像飞越了苍山洱海，我们累得不能动弹了，心已经被塞得满满的，再也不想逛了。

昨夜，是在大理的第一个晚上，由于旅途的疲惫和风寒受凉，Mini 发烧了整整一夜；今晚，仍旧不太平。外婆突然犯了牙疼，半倚在被窝里，一个劲地哼哼。我记得在古城的某个路段上有好几家药房，又重新回到街巷中，寻觅着去买药。走在浓郁的夜风里，顿时心生异象，跌入了这两天两夜的记忆里。

岁月于此，不过是千年一梦，但我们皆是凡人，需要真正踩在大理的土地上，才能深切感受到这里四季晴雨的魅力。

在大理，你可以想吃就吃，香酥的乳扇、丝滑的饵丝、酸辣的田螺满街都有，

样样美味；你也可以什么都不吃，只是在人民路上来一杯悠闲的花露茶，看彩云和霞光在青石板上投下时光的涟漪；你可以走在晨光微醺的小巷深处，盛唐的鼓点和南诏的绝响仿佛依然响在耳边；也可以在夜幕降临时摇身一晃，躲进灯光闪闪、流水潺潺的红龙井，路旁随便一个酒吧或咖啡馆都会让你陌生又熟悉，很有感觉。如果觉得太浮华，你也可以更朴实一点，带上情结，背上行囊，或徒步，或骑行，投入苍山洱海最永恒的怀抱。

我喜欢山，和天下黄山相比，我更喜欢苍山。

在横断山脉的终点，有一座被彩云环绕的群山，被誉为滇云拱极，这就是大理苍山。

苍山十九峰，峰峰巍峨雄壮；苍山十八溪，溪溪清幽动人。然而苍山吸引我的除了它的风景，还有它历史悠久的人工水利工程。外公在水利部门工作多年，这一点他应该更感兴趣。距今1100多年前，苍山上就有了大规模的人工水利设施，具体出现的地方在海拔3800米以上，可谓世界罕见。《大理地志》记载："在玉局峰之北，有大泉水，人力为者，导山泉泄流为川，灌田数万。"

提到苍山，就不得不提那最美的玉带云。在五华楼俯瞰古城全景的时候，刚逢山雨过后，云朵一下子在苍山上袅袅生成，很快形成一条乳白状的云横系苍山山腰，长达数十里。自古白族人就认为，这是仙女遗落在苍山的玉带，它一出现，就意味着仙女下凡，来年一定风调雨顺，五谷丰登。

云是迷人的，除了大理，恐怕没有一个地方可以把云当作一大景观。大理最有名的是"风花雪月"，但是这里的云常常美得胜过这传统四景。在大理，一切都遵从着慢时光、慢节奏、慢生活的原则，你可以什么都不做，只是抬头看看云，心情就很美。

2014 年 7 月 5 日

大理的郊外，正是一处好风景。

阳光橙红，软风吹来，白云、海水、浅草、田园、花径，怎样搭配风景都是美的，这个地方叫才村。

七月里，竟然有许多缠绕不断的绿意出现，甚至彰显出春之嫩绿。我最喜欢的便是湿地公园里层层铺开、一人多高的草丛，有的在飘荡，有的在抽芽，有的饮露不语，羞羞垂着。风吹草低，尽显悠闲的草原气息，拍照、作画、散步、探险皆不错。3 公里多的海岸线，说长不长，说短不短，沿村子的海边小路边走边行，偶有弃船和断木镶嵌在海岸边，如谜如梦，十分凄美。

打听到才村，纯属偶然，对其美景的真实性也从未考究，一心一意全凭感觉而来。才村凭借着宁静秀气、田园风光，吸引了一大批人来此修建特色民宿和客栈，颇有点意思。客栈大多推窗见海，有清新自然的景观，卖点也都无一例外，不是海景间，就是星空房。才村在苍山洱海边努力打造着一个幻觉，打造着十年前的大理，它缓缓注入着一种魅力，有人喜欢有人质疑。

在路过一家三层玻璃楼、正在精心装修的客栈的时候，或许是听到了我们的说笑声，也或许是嗅到了小孩子的气息，院子里突然冲出来一只金毛，体态很大，十分凶悍，冲着我们一阵狂吠之后，就扑了过来。这可吓坏了从不养狗，也一直怕狗的我们。外公火速抱着 Mini 逃离现场，一下从石板路的这头跳到了那头，他只能保护 Mini，已经顾不上我们了。我全身紧绷，连连后退，外婆紧紧挨着我，也跟着我后退，我们俩根本没注意脚下，退了没几步，一个重心不稳，双双踩空，跌入路边两米多深的沟里。我后背落地，摔在一堆砖块和腐叶上，瞬间浑身裂痛，几乎昏厥过去；外婆摔得很巧，重重地压在我身上，这让我雪上加霜。说是沟，其实就是洱海边的淤泥滩，如果没有这泥滩，我们可就直接坠入洱海了，是生是死真不好说，即便不溺水，也会冻得够呛，命悬一线。

摔伤，是最简单、最感恩的结局。

我腰部扭伤，无法动弹，在沟里蜷缩着，久久不能站起。客栈的女主人赶过来，她和外婆合力才把我拉起来。女主人面色惊慌，手忙脚乱地帮我们检查伤情，以最快的速度送来了冰块和云南白药，帮我们敷熬、镇痛，又扶我们就近坐下，休息观察，说一会送我们去医院拍片子。我们婉言谢绝，没有小题大做。

从闲聊中得知，这对 80 后的小夫妻来自重庆的一个小地方，刚结婚一年。今年来大理旅行，看中了这儿的风景，便不想再回重庆打工了，在老家变卖了家产，又借了一些钱，准备投资客栈，没指望赚钱，只想好好住在美景中，寻常生活，寻常归隐。我在她静静收敛的笑容里，看到了花开一半的梦想。

她完全是蒙的，完全没想到自家的金毛会突然攻击人，没想到客栈还没装修好，就让路过家门口的游客受了伤。她搀扶着外婆，并紧握我的手，一直充满歉意地点头致歉，并急急留下自己的手机号码。她说，如果有任何不舒服就找她，她会立刻陪我们去医院做全面检查。这样的洒然，这样的担当，这样的君子秉性，为此事写下了一个很不错的结尾。

后来，我们从未打扰她，从未打过这个电话号码。我们早已读出她美好的心意，这便足够了。那缕往事、那缕痛已缓缓过去，心里的人情味却还一直在，一日深过一日，飘向云天。

我也算坚强的，摔伤的第一晚，居然还能硬撑着腰，去人民路买风铃，去五华楼看夜景。

夜里，风月婵娟，实在不想辜负这好时光，看他们玩得开心，我忍痛相陪，也心甘如饴。其实连皮带筋都疼，疼得心里一团凉气。担心夜间疼痛影响他们休息，也为了方便休养，我在隔壁客栈单独定了一个便宜的单间。房间不用爬楼，在一楼院子的拐角处，有雕花小窗和热水，让我心里充满阳光，很知足。

独自上药，独自躺下之后，回想起白日经历的一切，既诚惶诚恐，又阿弥陀佛，如果不是我天生多情，非要来才村走一趟，或许就不会遭遇此劫了。

往事深深，海水蓝蓝，当洱海的夏风再一次吹暖心怀，我们的才村历险记，已俨然成为风中的故事和蓝色的回忆。

双廊：先"海角云舒"，后"听风揽月"

2014 年 7 月 6 日

这次出行，当然不只是看大理的云。

同样是风光旖旎，洱海之西的古城，古朴浑厚；洱海之东的双廊，小巧灵秀。小小的双廊，只是一个镇，曾经鲜为人知，如今却远超大理和丽江，成了大批旅行者和文青的首选地。

从大理去双廊，倍爽的包车路线，顺路去了喜洲古镇，静静悄悄地停留了一小会儿。古镇外围白色的长廊和古桥有些江南味道，蝴蝶泉没有进去，只在路口的牌匾下下车透了透气，风很大，需要裹紧围巾，风中真的有彩蝶飞过的痕迹。河尾村的那一片洱海最美，时而像海湾，时而像湿地，但不管怎样变化，画面都是天色冰清，海水玉洁。风来的时候，音色画质同步，更为迷人。

第一眼看到的双廊，并不惊艳，只是让我感觉有一些鼓浪屿的影子——曲折的街巷，花开的墙角，安静的客栈，精致的小店。不同的是，鼓浪屿上有来自五湖四海的游客，虽然双廊已经名声在外，但它毕竟深处洱海腹地，独立而神秘，加上又很小资很浪漫，完全是年轻人的天堂，几乎未见老年旅行者的身影。一开始，外公外婆有些无法融入其中，后来渐渐被双廊吸引，也甘愿沉醉在它无边的风月里。

然而，不同于普通游山玩水的景点，要想深度体验双廊，还得进行一趟客栈之旅。双廊的客栈一家紧挨一家，在洱海边华丽地绽放，客栈的名字都很美，蓝影、晴天、沧海一粟……绝大多数都可以随意参观，有清新文艺范的，有讲究自然美学的，有白族庭院式的，每一间客栈都有很不错的观海区域，视野开阔，景色绝佳。

于是，找一家很好的客栈，住一个很好的海景房，然后好好地看海，感受苍山洱海的精髓，就成了双廊生活的主题。

我早早在网上订好了，之前父母一无所知，完全不知道自己会住在哪里，有怎样的景色。

客栈以 270 度绝美的海景星空房而闻名，名字也特别契合我心 —— 海角云舒。在远离三亚的另一处天涯海角，有着云卷云舒般自由的生活，在超大的木质观海平台上，放着几把纯白的布艺躺椅，等着阳光来访。好风、好海、好梦、好闲，这是潇洒背包客最好的度假时光。

对于 300 元一晚的房价，外婆絮絮叨叨，心存别扭，不过是一个渔村边的民宿，无非就是面朝苍山洱海景观好。这就是现实，但凡沾了海景房的边，价格就高高窜起。我们的侧景房，没有阳台，也看不到海，真正带阳台的观景房都是 500 元起步，两个月前已经被预订完。

整个双廊已暗定规则，皆是如此。我对这种现象也有些不屑，似乎大自然最深切的美一定要砸钱才能体会。但既然来了，也只能违背初心，随波逐流一次了。房间限住两人，这就意味着还要开一间房，外婆更是不肯了，闹起了脾气，不把行李拿上楼，坐在一楼大厅里怄气。僵持了一会，前台小妹劝我们去公共区域休息一会，再做决定不迟。

很快，外婆就得意起来。她临时寻找的百米开外的客栈才 120 元，与海边有一段距离，又深藏在巷子里，所以价格便宜。这个客栈对外公外婆来说就是救急救命，千好百好，连名字也随风飘扬，让人满意，叫"听风揽月"。

我简单参观了一下，花香绵绵的农家小院，确实挺适合投宿，如此一来，外婆更加叹服自己的执着和聪慧了。她深深鄙视我定的客栈，她认为她多走几步路，一样能到洱海边看风景。悠然而来，悠然而往，所谓的什么海景房，价格太昂贵，不值得，还是实实在在比较好。

其实，我并不贪图在阳台上坐拥苍山洱海的这种感觉，我只是单纯地想带他们体验不同的美好，燃烧一次，浪漫一把，没想到他们却比我想象的更节俭，更抵触，更难搞。

 243

光线极好，苍山如虹，金色的丝雾轻吻海面。

我们一起在小学附近面朝大海的空地上，边赏日落边玩耍，外公外婆牵着Mini荡秋千。Mini松开手，想去奔跑，渺小的背影交织着落日的诗意，今天的纠结和纷乱全都过去了，只有远去的涛声和彼此相映的笑容。

2014年7月7日

小雨过后，外婆想坐船，她有些不屑，一个岛有什么好玩的，况且好多人都说不好玩。外公则一心一意要上岛，他看中了岛上新修的步行栈道和一片波光极美的沙滩。他对坐船有天生的警觉和反感，何况孩子这么小，他认为到了水上一切都不受控制，太不安全。为此，他们发生了轻微的争执，外婆很倔，加上Mini也一直吵着要去划船，最后还是外公闷闷不乐地妥协了。海上，有一艘甲板上挤满了游客的游轮带着惊涛骇浪缓缓靠了岸，我们要坐的不是这种官网预定的昂贵游轮，而是岸边随意停泊的私人小船，救生衣备得很齐全，不分大人小孩，3个人50元。谈好了价后，我们和一群高谈阔论的北京人上了同一条船，开始了双岛游——南诏和玉几。

双廊，素有"大理风光在苍洱，苍洱风光在双廊"的美誉，没想到明白这句话的真义，却是因为这次临时起意的泛舟。

渐近黄昏，还未日落，远处横卧的苍山云朵飞舞，洱海的呼吸就在耳边。水路观景，是另一番山水情境，和岸边漫步的感觉大不同，最美的地方在于，一切都被洱海独有的气质过滤得十分清新。天空水面都没有尘埃，镜面般的景象，尤其喜欢此刻的洱海，既像春天的海，又像秋天的海，就是不像夏天的海。

事实证明，小船也很靠谱，经得起风浪，在一阵大大小小的涟漪中，小船慢慢地靠近南诏风情岛。小岛被永远散不尽的波浪环绕着，看起来十分袖珍，遮天的榕树几乎将陆地的空间给填满，色调翠绿，又自然又好看，行人隐于其间，看不真切。据说一年四季都会有三角梅盛开，但我们并没有看到一枝一影的红艳。划船观岛，是省了门票又别具风情的游览方式，像我们这样的小船还好些，都不惊不扰各自悠闲地划着。唯一的遗憾就是，岛上有一座避暑行宫，没有能亲自行走领略。

环岛一周后，船头俏皮地调换了一个方向，外公依然不舍，对南诏岛投去一连串静默的目光。

海面上，阵阵清寒，Mini 不惧寒凉，小手不是别样顽皮的浸在水中，就是飞旋似的在水面上绕啊绕，趁机就激起一大串水花，嘻嘻哈哈，乐个不停。外公全心守护着她，生怕出意外。

洱海，不是童话，它更像我们永久的家。感谢这段船缘，这段放逐，这段静静的漂浮。当万物空旷时，你会发现，人间的幸福如此简单。

2014 年 7 月 8 日

环洱海骑行，最美的是双廊这一段。这次携老带小，不便骑行，但环海路，还是要走一走的。

出双廊镇不远，过一个小山坡之后，就跃入了另一个时空。左手边，公路在洱海边曼妙蜿蜒，一道弯接一道弯，右手边山海万象，景色大气，无限光明。

一群前往挖色镇的外国人风尘仆仆，引人注目，其中也零散夹杂着一些北方口音的大学生，他们都是冲着小镇颇不寻常的文庙和古迹而去。据说鲁白古国也诞生于此，挖色的玄妙实在不少，大理古城传统的三月街，也是从挖色演变而来，这样的文化迁移，不该被遗忘。这种时空感引发了我许多天真无聊的艺术幻想和历史追寻，虽然我对品鉴历史完全不在行。

真正让我有兴趣的是离挖色不远的鸡足山，从一条小路就可以到达。大理那个妹子曾告诉我，很多人都默默敬仰着鸡足山，山上有透明的云和壮观的悬崖经幡。她的一个男同学，放弃了优质的实习工作，在此修行居住了好几年，每年暑假会下山和朋友聚一聚，生活得云水禅心，非常幸福。我从不质疑这样的生活选择，没有觉得有任何不值得，任何不妥，这个特别的故事是我钟爱而不能忘的，它能给我疗伤般的温暖和永恒的注目。

当高原的阳光带着特有的迷人光线洒向洱海，海面顿时色彩瑰丽，美不胜收。随意地按下快门，景色串联起来，美得像一部风景纪实大片。想起我很爱的许巍的那首歌《温暖》——"我爱蓝色的洱海，散落着点点白帆，心随风缓慢的跳动在金色夕阳下面，绿色的仙草丛里，你的笑容多温暖……"

被时光晒热的地方，是洱海，是心脏，是你我最美的顿号。

离开双廊的那天，我不禁陷入思考。

各大网络平台对双廊的盛赞，对双廊人来说似乎有点陌生和不适应。他们不懂什么自助旅行，不懂什么天堂海景，他们一辈子用柴米油盐表达着对双廊的爱，他们依赖着这片土地生存生活，温饱和快乐就是他们摸得到的美丽。双廊是游客心中的文艺仙境，浅浅清亮，高不可攀，当地人则用每一天实实在在的烟火，述说着另一幅真实动人的生活图景。

彼时，一丛丛三角梅正热烈地盛开在路口，在水边、在庭院，它们以各种姿态温暖地舒展，背景是纯净如画的蓝白天空。

永恒的苍山洱海，提醒着我们从遥远的过去到繁华的现在，不管外面的世界如何变化，大理依旧是一个鲜花不败、时光不老的地方。我们都带着故事来到这里，在这里我们又写下了新的故事，当心飞跃洱海苍山，这不再是旅程，而是生活。

海水很蓝，阳光很暖，日子很慢……

如果你也在双廊。

2014/07/07

丽江：用七天时光换人生一场

2014 年 7 月 9 日

我们都睡得不太习惯，很早就起来了。

一对情侣在院子的石凳上蜷缩着，女孩面色很差，正在发烧，男孩也略有不适，两人正准备去医院，不知道是吃了丽江的腊排骨，肠胃不适应，还是吃了客栈提供的晚餐。

这下，把外婆惊到了，暗暗跟我要求，换一家客栈，她横竖都不安心，担心这家客栈食物有问题。我看，这纯属是心理问题，继双廊之后，换客栈真是上瘾了，不论好坏，非要折腾一次才觉得过瘾。

好在早上也没事可干，换就换。从有食物中毒嫌疑的四合院民宿，换到了一家内有咖啡厅，韵味朴素的客栈，一大一小两张床的亲子房让他们十分满意。外婆对浪漫小资的东西一向不感兴趣，现在却表情愉悦，一改格调，东看看，西瞧瞧，恨不得坐下来，静静品完一杯现磨咖啡，再去订房。

夜晚降临了。

四方街的小吃果然风情更多，也便宜许多，徜徉在千百年的小店之间，随便吃上一些，心情就妙不可言。四方街还是 2009 年的四方街，有故事，不俗气，在一遍又一遍播放着纳西歌曲中，我酝酿出许多当年的感情，当年的春意。一切那么相似，又浸润着柔柔的不同，我重新带上一种永恒的平静，爱上这里。

波澜壮阔的感觉啊，人越来越多，歌声越来越大，温度越来越集中，街心区域不再有宽大的空间给 Mini 蹦跳活动，但她仍然沉浸在

这种欢喜杂乱的气氛里，不肯按时回家睡觉。她是快乐的，特别快乐。虽然没有能力去国外旅行，虽然在国内才刚刚开始，并没有走多远，但她温柔中自带顽强，状态很好，已适应了各种各样的旅行环境，遇人不怕，遇雨不惊，每一次看似寻常的成长之路，都是自身一次巨大的进步。

像彩云一样的小丫头，我爱你！

2014 年 7 月 10 日

自助游玩多了，想换换口味，我和外婆报了玉龙雪山一日游的团。外公明确表示不去，带 Mini 在古镇自由活动，阳光绚丽，正好一逛。

这番决定，成就了一次单独的雪山行动。

在云来云往之间，索道轻轻飘荡，有些晃，许多人都害怕，我们一点都不怕。到了 4506 米之后，先缓和了一下，没有马上吸氧，后来发现不行，看风景的时候，视线一移动，就头晕想吐，走路发飘，完全没有精力往前迈步，看来高原反应还是躲不过。男导游提醒我们，不要大意，哪怕没有感觉，也要记得随时吸几口氧，前不久有位四十出头的单身男性游客，仗着自己身强力壮，并无高原反应，一上雪山就霸气地把山下 50 元一瓶的氧气转手 150 卖了，然后一边夸自己会取巧赚钱，一边大步流星地登顶，结果从雪山上下来，人就一直犯困，在宾馆午睡之后，再也没有醒来，用一个人的独角戏，真实地上演了一部魂断丽江。听得我们一个个目瞪口呆，心有余悸，不由自主地把手中的氧气瓶拽得紧紧的，生怕不翼而飞。

眼前，有许多云，许多雪，许多众生。

喜欢雪山的纯粹，好像一台时光机，回到了时光的最初，人间的最初。

雪山尽头，宛如银河。有一条可以真正上到山巅的步道，小小的 Z 字形，不急不陡，不少人正在缓步而行，也有人走了一小段就返回了。由于担心外婆高反，自己也体力有限，便决定只在脚下这个舒适的观景平台逗留，登峰造极的事情，就留给别人去做吧。

外婆在扬手，举臂、摆拍造型的时候，我走上去，紧紧拥抱她，好想卸下一些人间的装饰和负重，从此，只做天地间的一颗雪粒微尘。我想，她应当是愿意陪我的吧，就像我也愿意永远陪着 Mini 一样。

玉龙雪山，积雪终年不化，我们很幸运，在观景台没逛几分钟，太阳就出来了，雪山吸饱霞光，灿然展现。后面的团队一上来，天色就变了，云收雾敛，一派迷蒙，再也看不见任何山峰了，连微弱的形状都没有，任他们怎么欢呼、祈祷都没有用。导游笑着说，七月这个雨季，雪山能露出脸，笑一笑，十年难遇，一定是我们车上载了贵人。

和玉龙雪山一样，导游在蓝月谷也预留了一个半小时给我们，信步观赏，绰绰有余。我们没有去白水河，只象征性地徒步了峡谷的中段，粗糙而匆忙，但可喜的是，仅仅是这段风景，也足以贴近蓝月谷的"蓝"字了。云啊、谷啊、水啊、池啊、冰泉啊，天地间都是蓝蓝的色调，比洱海的深蓝浅多了，又比天空透明的蓝要深一些。硬要描述是非常困难的，大约就是水彩笔里你一眼相中，最传统的那缕蓝。

我们靠着近处的栅栏一路而行，路过沉睡的木屋和格桑花海，又路过大大小小欢愉的瀑布，瀑布水哗哗地流着，又冰爽又清澈。外婆跳到离瀑布最近的地方，单独坐了一会儿，返回来，又再去，充满眷恋，不愿离开。她心里一定想着，此生不会再来蓝月谷了，不如让所谓的瞬间，永恒在心中吧，提前用未来的目光截取现在的美景。

在奇妙的蓝色世界之后，前往束河古镇，最后在黑龙潭公园门口解散。在竹影横斜的一个宁静小店里，我看中了一块相当漂亮的普洱茶饼，挂在风中、托在手里都颇有韵味，袅袅香气，开价280元，完全没有还价的余地，觉得贵了点，便没买。

就在团队像众鸟归巢般集体涌入丽江古城，准备各自回去休息的时候，男导游挪了挪鸭舌帽，寂寞地呼喊了一声，非常友好地给我们留下了一些温馨提示。他感叹说："我看有些人这几天一直在买，在古城里，你们不要眼花缭乱，乱买东西，很多令人赏心悦目的银饰都是假的，根本不是什么老藏银。围巾更不要买，全是义乌小商品市场批发的，要买就买些牦牛肉，这个比较正宗，也有营养，香辣味的，胖金妹家最好吃，爱咸甜或五香牛肉干的朋友们可以去东巴买。如果不是吃货，不想买牛肉干的，那么，男性可以买玛咖，满大街都是，家家都差不多，据说丢两颗在方便面里泡着，面都变直了，能把锅盖顶起来；女性呢，则值得享受一下云南的传统小吃鲜花饼，酥香可口，美容养颜，除了最常见的玫瑰花饼，还有许多花色口味，可耐心地一一挑选，但是一定要注意买品牌，不要贪图小店小摊的廉价。"

有人趁热打铁地追问，如果在丽江只有一天时间，香格里拉和泸沽湖，哪个更美呢？因为是两个方向，所以只能二选一。

导游诚挚又哲意地回答："这个，完全看个人的喜好和领悟，不可随意判断，一概而论。我个人更偏爱泸沽湖，山水间安静的蓝，每年四月，我都不带团，也不和父母打招呼，一个人跑去泸沽湖，把自己藏在某个地方。有时也会比较活跃，和三五朋友相聚，去泛舟，去烧烤。"

问的人听得出神，答的人自得其乐。

生命中有太多无能为力、无法选择的事情，能找到一个自己喜欢的地方，倾心而去，频繁而往，这是多么有灵性、有痕迹的事情。

其实，我们谁也不认识，不如任性地生活。

2014 年 7 月 11 日

坦白说，上午趣味不大，有雨有闲而已。三个小时都几乎在忠义市场徘徊、避雨，零散买了些小食品、小东西。相比之下，下午就有意思多了，自由度颇高，走完纵横交错、游人不太常去的一些小巷子之后，就一直坐在大水车附近看跳舞，直到黄昏淹没整片广场。

凉凉星空下，一片深棕色的人海，游客还在不断增加，看来是一定要参与这份热闹了。外公外婆紧紧护着 Mini 已挤进了围观的人群里。恐怕没有人知道具体是什么乐曲、什么舞步，后续还有什么样的节目，大家不过是笼统地闹一闹，跳一跳，寻个开心罢了。

我有五分钟的犹豫，是挤还是不挤，终究忍受不了这份要慢慢挤入的焦躁和受罪，于是心怀甘甜地退了出来。我抱着我们几个人的厚外套，像一个休止符，站在人海之外，什么也没做，只静静地听着音乐，温着旧梦，等古城变亮，等远山变黑。

2014 年 7 月 12 日

今天只做了两件事情，一件复杂，一件简单。

复杂的是，又搬家了，搬到了狮子山上住宿，还收拾了新客栈的屋顶平台，平台很老很旧，却文艺素净，暗藏风情，能看尽古城之秀丽和雪山之玉白。连绵不绝的阳光下，每一个视角都江山如画。

另一件事真的够简单，四方街听雨。

雨始终不停，许多人也不走，都守在雨中，寻寻觅觅，相望相看，不撑伞，也不进店避雨，我喜欢这样的气氛。

2014 年 7 月 13 日

黑龙潭是看不厌的，加上他们又没有来过，所以我早早就把这座公园当成了一个休闲的驿站，列入了计划之内，而并非临时起意。

一群骑着白色单车的青春少年，直奔黑龙潭公园而去，我们步行，紧随其后也到了。

首先，踩着昨夜的风雨，站在栅栏外，享受隔世的寂静。想起了那一年、那一季，为了逃票，凌晨五六点猫着腰躲在公园门口，冻得瑟瑟发抖。清冷的霞光，满山的雪，恍如一梦。

售票程序严格了许多，外公在买票的时候遭到了身份质疑和排查，经过核实，才让进去。人们不畏山高，兴致盎然，陆续爬上山顶看日出，我们只选了一条幽径随便走了走。谁曾想这一迈步，便是环着公园走了一大圈，走到哪里都是山清水秀空渺渺的意境，只因为喜欢，也不觉得累。黑龙潭风景美，我总有步行在世外古刹的错觉，意境甚好。

揽着小小的女儿，在夏天的上午走一段夏天的路，执笔写下我们的故事。

2014 年 7 月 14 日

我们决定去日常的集市上逛一逛，不是精心策划的购物之旅，仅仅只是简单地搜寻和感受而已。

《舌尖上的中国》一开头讲述的便是松茸，对于它，我知之甚少。来到云南后，它便落落大方，以各种方式逐渐活跃在我们的视线里。松茸昂贵又娇惯，生长期短，只有春夏两个季节，而且要在温热、干净的土壤里生存。

古城西南边不大的集市里，货品极丰富，人又不多，适合赏心悦目地闲逛一番。有家商贩欺负我们不懂，企图把当地的一种平菇当成松茸高价卖给我们，幸亏外婆产生了怀疑，跑去隔壁店，悄悄问一个正在守店的姑娘。姑娘眼神躲闪，三缄其口，我们依稀明白了这也许就是其中的潜规则吧，便不再多问。外婆却心有不甘，走访了许多家干货店，几经周折，终于还是购买了一些松茸。事后证明，我们买的 98 元一斤的原产地野生松茸是真的，新鲜采摘，味道醇香，炖个汤，做个菜，确实有山珍海味之感。

随后，在看得让人发痴的各种奇特干货里，我们又挑挑拣拣，简单的背包里很快就塞满了牛肝菌、鸡枞菌、高山玫瑰，回来的时候淋着大雨，衣裤袜子全湿了，我们却心情极好，一路走走笑笑。

在客栈午休时，有一个像童安格的，好听的声音一直在枕畔，伴随了我们整整一下午。外公侧耳欣赏了一小会，悠悠然说："歌声不是来自楼下的'一米阳光'和'两只猫'，而是从四方街'北京故事'传来的。"他说得神乎其神，满脸韵味，我扑哧一声，特别想笑，看来他们已经真正活在丽江，熟悉丽江了。

这个声音，用多情的声线、民谣的调调，唱了许多歌……《同桌的你》《听海》《灰姑娘》《旅行》《风吹麦浪》，高楼听歌的我们，怀着满满的情绪，漂游在这份情调里。远处，烟霞轻落的小径上，人来人往。有人停下脚步，仰头张望，不知是否也是被歌谣所牵引，连人带心，消融在这琴声的柔波里。

天空温柔低垂，再回首，歌罢人醒，似乎还有断续的曲子在天边闪烁，照耀我心。

丽江的童安格，你是谁，或许我们永远都不知道，但民谣却永远唱着生活，唱着理想，唱着丽江。

2014 年 7 月 15 日

江山丽人，总要作别。

在丽江的最后一天，抒发什么已无关紧要，幸运的是一片深情地在此居住过整整一周，七天七夜，每天的心情、经历和领略都不一样。

终于不再节俭，毫无顾忌地享用了一顿王府黑山羊火锅。小锅，清汤，锅底是浅紫色的魔芋、晶亮亮的豆腐和十分纤细的大白菜心，格调清淡，滋味却大好，汤更佳，一瞬间吃出了我对丽江全部的爱。

站起身，隔着餐厅香气袅袅的窗户，眺望了一眼古城，锅底的火，似烟花溅出来，烫到心里，一字一诗都写不出来，只想流泪。

多暖身子的羊肉汤，那我们就连喝三碗不松手吧！

2014 年 7 月 16 日

晨起，树梢尖上的云，从玉龙山顶飘来，像守着什么，古朴如初。

我们住在 116，今天退房。

隔壁 115 住了一对宝鸡的中年夫妻，来的第二天他们就去了泸沽湖。男人在香格里拉做矿工，他们每年这个时候都来丽江，似乎遵循着某种爱情的路径，但去泸沽湖，是第一次。记忆中，每次在走廊上和这对夫妻相遇，他们总会露出美好的眼神以及陕西式豪放又敦厚的笑容。

充满故事，悠然有风的人，客栈老板也算一个。他说正在邀约写书，大概要构建 100 万字，是个庞大的工程，能赚 30 万左右，书名有点俗，暂定为《心路》，最后应该会改动。他说自己是拉萨本地人，曾经爱过一个湖南姑娘，至爱。亲爱的某某，姓氏我忘了，在爱情最惊艳的时候，为她在丽江开了客栈，虽效益不高，但也一直没有倒闭。心爱的女孩早已离去，或许这就是院子里的花虽然婷婷，却开得一片寂寞、不见阳光的原因吧。

古城的 4 路公交直达丽江火车站。沿途的空阔更凸现了高原蓝天的纯净和大气，彻彻底底是外婆喜欢的那种蓝天白云的格局。而我最喜欢的是火车站广场前的花园大道，寸寸明丽，处处整洁。火车站是 2011 年新建的，难怪我 2009 年来的时候只对汽车站有印象，刺目的玻璃幕墙和灿烂的云光相互辉映，形成了一个非常独特的明亮空间。

候车的时间很长，我们悠闲地晃出来，想找一个地方，再次感受一米阳光。马路对面，一片清爽的、不规则的绿地吸引了我们，应该称作小公园吧。有瘦瘦的流水和曲廊，虽然无人观赏，稍显荒芜，却有画院般的雅趣和安静，让人不由自主地抛开一切，安然停留。

蓝色马赛克砌成的喷泉池，和天空呼应，Mini 绕着、跑着，玩了很久，这块可以率性而为、自由行走的休闲地多么好啊，比起在候车厅不见日光地孤寂下去，这简直是神奇的存在。

昆明：在云南大学里玩失踪

2014 年 7 月 17 日

早上十点出门，晚上七点回家，多么疲惫又迷人的一天。

在昆明居住过的林徽因曾写：那七上八下的临街矮楼，半藏着，半挺着，玄在街头，瓦覆着它，窗开一条缝，夕阳染着它，如写下远古的梦。想起这句话的时候，刹那间，时空混淆，让人迷乱。虽不是夕阳，但被日光染亮的正义路上，我们依然感受到了才女所描述的老房子的样式和趣味。

从正义路又穿行到南屏步行街，并没有太多妩媚的踪迹可以追寻，和坦荡笔直、春色宜人的正义路相比，南屏步行街不过就是飘落在美艳楼宇间一片淡淡的、寂寞的柳条。一定要品评的话，我觉得可爱的南屏和武汉高校周边鱼龙混杂的小吃街相差无异，消遣性地走一走，买些新玩意尝尝鲜、解解渴，倒也不错。

返回途中，提前去了明天的行程 —— 翠湖公园。

荷花开得慷慨美丽，粉红一片，据说以前是不种荷花的。但光是翠湖荷花撑不起局面，整个公园没有我想象的天上人间那般美，反而是公园周边的路，我极为喜欢。不爱坐车只爱步行的外公外婆也深深贪恋着这一段景，时而静坐，时而静走，最多向远处眺望几眼，并不多言。湖中有路，湖边也有路，无数条淡绿的、浓绿的、幽绿的路，使人动情，走起来也不太累人，翠湖湖水一路巧妙伴随，湖水的深浅看不出来，水草又柔又鲜润，色彩好看。

中国城市之多，颜值之高，我不敢说昆明数第一，但我懂我看到的，不说其他，单是昆明湖光晴好，翠绿丰盈的基本格调已经美到不一般了。我以羡慕的姿态仰望着这座堪比诗歌的春色之城、永恒之城。

2014 年 7 月 18 日

徒步昆明城，听起来很累，其实是一件赏心乐事。

昆明不大，公交少，公交上的人也少，道路更是空旷无人，绿树成行，长势极好，一眼望不穿。走起来清清爽爽、安安静静，和逛大学校园的感觉差不多。

出酒店后，我们很快就步行到了云南大学，这只是开端，接下来还要走去火车站，耐心地用脚步丈量昆明。

云南大学安静脱俗，学生很少，游客也不多，大约是正值暑假的缘故吧。

汪曾祺曾写过名篇《翠湖心影》，我大胆地以为，云大比翠湖更翠，更入心成影。如果把一事一物分别临摹，未必很妙，但云大是美在整体的构图、整体的绿意。绿，是视觉，也是气韵。许多绿，在钟楼和教学楼之间跳跃，寻到小路我们就往里走，越走越绿，越走越美。许多路段经常出现排列有序的冷艳台阶，颇有身居幽林，山中岁月的玄幻之感。我常常被一些迷人的小事物吸引，一扇迷离的彩色琉璃方格窗；拐角处一片繁星点点的紫色花丛；高耸在蓝天上悠悠摇晃的钟摆。

本就是来追寻云大的人文气息，外公也和我一样优哉游哉，十分享受。唯独外婆，心思全然不在上面。一进大学她就眼睛一亮，仿佛想到了什么，催着外公去找学生食堂，买些新鲜馒头带在火车上吃，既便宜，又比泡面有营养。外公不置可否，并没有热情地去找食堂，我也觉得此举完全是浪费时间，不好好游园赏玩，买什么馒头，真是节俭过头了，没事找事。其实她的这点算计、这点节省理念我们不是不懂，勤俭节约是美德，但在外旅行，真的不必过分偏激，不必过分追求节俭。

外婆被我们的冷淡和不上心给激怒了，发了很大的脾气，大声嚷嚷，不买就不买，我一个人走该可以了吧。我的情绪也有一些激动，指责了她几句。美好的校园之旅戛然而止，为了一个无所谓的馒头，好好的游园，变成了惊梦。

数秒钟的僵持之后，外婆一个人走得火急火燎，很快消失不见了。

被扔在路上的我们商量了一下，按部就班回到了酒店。我拒绝去找她，我猜想她一定在校园内的某个地方，等气消了就会回来。外公心乱如麻地叹了口气说，不找怎么办，先找回来再说吧。他要我把 Mini 照看好，他一个人去找，我说那好吧。

人是找回来了，却仍有怒意。

我和外婆解释了很多，她却半句都听不进去，激动地陷入自己的情绪里，说我们不理解她，不懂节俭，只会和她唱反调，还扬言不会和我们去火车站，不回武汉了，要独自留在昆明生活，什么也不要了。

外公悄悄和我商量对策，多说些软话好话，先把她哄回去，只要平安到了武汉，爱怎样怎样，再也不管了。

不带拐弯，一条姹紫嫣红的大街尽头便是火车站。路两边的小买卖真不少，以茶铺和花店最密集，Mini 的眼光很独特，总能发现特别美的花束，为别处看不到的。除开店面，其实街巷的景色也端庄有味。一些灯、一些拱门、一些壁画，都疑似古迹，感觉大有来头。

天，亮闪闪的，越走越晴朗。眼前能描绘的图景里，多半都有鲜花，颜色姿态都好看，但我们却无心欣赏。Mini 依然开心，我们仨，一切言行都保持缄默，除了移动的脚步声之外，谁也不再看什么，谁也不再说什么。

虽然在云南大学胡搅蛮缠了一场，但这并不妨碍外婆在三年之后回忆起云南大学连绵不绝的秀美。她说记忆最深的就是，校园里草木葱茏，生态良好，一路行来脚边几乎没有空地，全是浅浅的草坪和寂静的绿地，而外公更喜欢云南大学传统而艺术的建筑群，在我们狭隘的审美意识里，这些已经足够动人了。

云南大学自带一种生命的容量和价值，有文人们都会喜欢的校园意境和生活趣味，多么适合晴耕雨读，浪漫皈依。

2014 年 7 月 19 日

回武汉的 T62 列车，暖心演变成了虐心。

湖南突发泥石流，冲垮了路基，最近这两天途经湖南段的列车全部限速慢行，晚点一小时、三小时、六小时……原本半夜可以到家，如今又在火车上多过了一个夜晚。一阵寂寂然之后，终于不再揪心、不再丧气，就这样梦着也好，重回丽江，恰合心意。

痛苦的相见

去年的云南线历时整整 22 天，拖得很长，让人疲惫，加之最近事故频发，一会儿沉船，一会儿暴雨，交通事故更是接二连三。外婆觉得今年不太平，心理上对旅行的安全充满了担忧，于是大家一致认为，今年就不远行了，选择一个舒服的短线。

最开始定的是黄山脚下的翡翠谷及绩溪、宏村、黟县等几个古镇，时间在一周左右，风景雅致，节奏舒缓。后来，仍觉得去黄山过于麻烦，坐汽车足足 7 个小时。这中间的漫长和颠簸，我和外婆都扛不住，更别说柔弱晕车的 Mini 了。坐火车又太慢，还要在合肥转动车，且古镇之间必须坐当地的班车或者包车，于是我迅速决定不出省了，就近带 Mini 去爬山。四岁的宝宝，完全可以开始自己的户外天地，既然在湖北，那就去武当吧，别的山不做考虑了。

出发前的最后一天，我按时去上班，Mini 很难过，抱着我不肯松手，不想让妈妈去上班。我捧着她晒得有点黑的小脸颊说，妈妈上完今天，明天我们就可以出发了，我们去武当山吃零食，看日出，学太极，还去找含羞草，好不好？这下Mini终于高兴了，依依不舍地松开手。我脖子上被她勒出一条汗渍，这热乎又黏腻的痕迹，幸福地占据了我的内心，只要Mini一笑，一切都可以，一切都值得。

我分别买了硬座和硬卧去武当，以为查票很松，从硬座混到卧铺很容易，没想到判断失误，栽了个大跟头。Mini见妈妈和外婆向另一个方向走去，开始大哭，以为我们不要她了，怎么安抚都没有用，眼巴巴地看着外公强行抱着Mini去了卧铺，我和外婆只得满心创伤，灰溜溜地捏着两张座票进了自己的车厢。

候车室里，已经暗暗约好，一小时后卧铺汇合。

外婆抱着一个大西瓜，太过招摇，不便动走，于是我先行一步，探探路。外公在12车厢，我们在2车厢，相距甚远，中间竟然还有加1、加2车厢，真若能踩着风火轮飞过去多好。走廊上，放眼望去，密密麻麻，每一节车厢交界处都是寸土寸金，坐满了人，想走过去，找了半天都无处落脚，整个跟春运现场似的。

不记得弯了多少次腰，说了多少次"谢谢，请让一下"，才从这条人河中蹚了出来。不幸的是，才出虎口又入狼窝，刚到卧铺，正逢查票，被逮了个正着。

原本是去和宝宝幸福相见，现在却变成进退两难，独自被困。

我被勒令回到硬座，因为不想再痛苦地挤回去，索性站到离卧铺最近的一个车厢连接处。让我无比惊讶的是，外婆竟然一路托举西瓜，顺利地进了卧铺，潇潇洒洒，无人过问，或许这就是天意吧，让老年人享享福，年轻人吃吃苦。看着外婆的背影，我释怀一笑。

以为下火车就解脱了，谁料到武当火车站迎接我们的是一阵飞沙走石的狂风，我瞬间就被迷了眼睛，流下眼泪。母亲笑着说，武当待人的方式就是不一样啊，似乎隐藏着什么奇门遁甲、机关八卦。

最初的安排便是山下一日，山中两日，今天不赶行程，安心在武当山的大门旁入住，亲吻大地，蓄积力量。

穿越盛夏的驿站

　　第二天上山，人很多，跟黄金周，看来我低估了人们暑期出行的热情。琼台和南岩，两条不同线路的车都被挤得水泄不通，差点看错站牌，上错了车。因为沿途都是景点，所以我们要一站一站地下车，寄存行李，然后再开始游玩。一天之内上下武当的人，显然省去了这般烦琐，但是也因此少了逗留，少了领悟，少了山川的深情回应。

2015/08/03

一般上山住的游客都是奔着金顶日出去的，像我们这样不为金顶，单纯只想在山中幽居几日的，很少。但这真的就是我们的初衷。这次去武当，没有太多情怀，也没有什么周密的计划，未曾想登金顶，只想在这个炎炎夏日，静静牵着 Mini，感受一下仙山、灵气、道法、自然，回到宁静无我的常态中去。

以前去体验一份崎岖和艰难，更多是为了身披彩霞，站在山顶，离天地更近，或者只是虚荣地展示自己的梦想和勇气，做一个看似无畏的游戏。爬过的山越来越多，才明白，不刻意追求征服或登顶，有时候只在山中林间走走，更有一份甘之如饴的自在味道。

太子坡的景致，不是此季，而是初秋时最美，所谓"九曲黄河墙，十里桂花香"便是如此。

我们到达的时候，早上八点的太阳已经光芒万丈，但还不算炎热，空气也趋于凉爽，四周的光影立体面，美得动人刚刚好。

平心而论，这处景点我并没有沉下心来去感受，刚好和一个大团队走在一起，叽叽喳喳，喧闹之极。我还没有办法调节自己，在并不安静的环境下，也能意境超脱，内心宁静。外婆倒是很从容，一个人逛着逛着不见了，外公牵着 Mini 不急不缓地爬着坡。小家伙觉得随着山势弯曲起伏的红墙很漂亮，时不时仔细瞧瞧，时不时耍赖在墙边玩耍不肯走，我则跟在后面随意地拍着照。今天特意为 Mini 挑选了一条样式简单的白纱公主裙，就是为了与这中国红墙的背景相映，让红更加艳红，让白更加纯白。

Mini 表面看上去不惊不喜，但心里也好像悄悄喜欢着这一切。外公不停地和她交流着什么，外公喜欢这样寓教于游的方式，更何况是在这样的风水宝地，随处就可以寻得一些智慧和欢喜。

她问太子殿是什么，我想了想说，就是童话故事里王子安安静静读书的地方，她伶俐地一笑，大致明白了。想来这太子殿下在山中修炼读书，忍受着一山孤寂，一树菩提，也当真不易。这种诗书的仪式感和心灵的缥缈感，终有一天会在春去秋来之间达到平衡吧！

逍遥谷，于我们是一段疾速掠过、没有韵味的相遇。但据说逍遥谷值得一游，除了观赏猕猴，9 公里长的峡谷风光也是武当山脉数一数二的美景，徐霞客都曾为此倾倒。

就在几分钟前，谷中散养的猴群抓伤了一位游客，几位带着孩子的家长见状，迅速就撤退了。安全起见，我们也没有带 Mini 去逍遥谷喂猴子，而是在远离峡谷的一处河道里喂黑天鹅。玉米粒一撒向水面，天鹅就像离弦的箭一样被吸引了过来，玉米粒在下沉之际，一粒一粒被它们精准地啄食到嘴。Mini 欢呼着，觉得天鹅吃饭很快很厉害，同时也垂下头，有些伤心手中的花生不能喂猴子了。本来是孩子们的乐园，现在怕被猕猴所伤，反而成了避之不及的禁地，真是可惜可叹。

虽关了一扇门，但上帝真的就在武当开了另外一扇窗。不早不晚，我们赶上了逍遥谷的太极表演，错过了便不再有。一场精彩又辛苦的表演后，叫好声四起，观众席中四川的、陕西的、河南的，各种浓郁的地方口音把武当的空气撞击得掷地有声，Mini 的巴掌声很快就被淹没了下去。她自顾自地开心，在遮阳伞下，注视着舞台，不肯离去。

曲终人散后，大家纷纷赞叹一个节目——《飘逸武当》，花样年华配上花样招式，是最大的亮点。许多奔跑跳跃的白衣少年是配角，环绕在高台之上，一个十六七岁、女扮男装的红衣女孩，她是主角，也是舞台的焦点。在短短几分钟里，她把武当的功夫和腿法演绎得十分精妙，脚尖的位置始终不变，身体如软缎般可以随意飘洒出去，优美立定，然后又瞬间还原。前倾、悬垂、滑翔，一条条看不见的弧线，勾勒着梦幻的艺术画面。

到紫霄宫的时候，Mini 因为晕车闹情绪，再加上紫霄宫被围建起来施工，我们便没有下车，直奔乌鸦岭而去。

在武当，乌鸦是神鸟，乌鸦岭也以此命名。坐落在半山腰的停车场是车行的终点站，剩下的路，不管是去金顶还是南岩，都要靠步行了。在乌鸦岭住下后，大家明显有些累了，虽然今天没有走太多的路，但 Mini 一直处在高度兴奋之中，明明累极了，还不肯午睡，外婆发了脾气之后，才乖乖睡着。

睡醒后，丫头精神还没缓过来，就揉着眼睛，斩钉截铁地说："我——要——去——爬——山，去很远的地方爬山。"嘿，这干劲！可真不像一个平时只会羞答答躲着人的小姑娘说出来的，也许她天性中真的潜伏着行者的能量吧。

看到 Mini 精神如此好，初探了一下去南岩的路之后，我们就开始闲逛。乌鸦岭很小很精致，虽然只是停车场，但食宿却非常集中，也不乏特产小店、水果糕点。

黄昏的乌鸦岭，没有半分黯然和清冷，而是热闹非凡，颇有武昌虎泉夜市的盛况，这点大大出乎我们的意料。其实算不上是宵夜，应该是正规吃晚饭，吃得比较晚而已，因为这里并不是大排档，每家餐馆都是规规矩矩的大圆桌和小方桌，沿着弯弯的山路两边，排成长条，一眼望不到头，酒肉饭菜，很有气势。

不得不承认，在这里用餐是一大享受，市井味十足，风景也极好。乌鸦岭的远山，在夕阳中层叠开来，天色像还没有调好却意外迷人的鸡尾酒一样，饭还没有吃，已经有了几分醉意。这大概就是山上的菜出奇的贵和难吃，但大家仍然趋之若鹜的原因吧。

入夜后，我依然无眠，脑中无法清空白日渐变的画面。在家人此起彼伏、韵律不一的鼾声中，我突然平静地意识到，这就是我理想的生活。不必功成名就，也不必周游世界，每年利用仅有的一点时间，带家人一起去清泉洗心，静听山水，让 Mini 快乐地成长，让父母快乐地老去。

很喜欢《花千骨》里那句台词：这世间的人，有些人喜欢骐骥千里，有些人喜欢隐居山林，没有对与错，只是选择不同罢了。

我为南岩狂

早早就为去南岩做准备，和 Mini 穿了一套翠绿的亲子装。 不免让人从我们日常装扮里看出一些端倪，心神仍无声地航行在永恒的山色间。

南天门通天直上的台阶，并没有难倒 Mini，她坚持要自己走，根本不让我们任何人靠近。昨天买的彩色纱幔帽子对她来说有点大，她把帽子扣紧后，甩开双手，一步一个台阶，开始了自己的征程。那柔媚移动的绿色小身影，像一块染了南天门灵气，从天而降的玉佩。

今天，武当 38 度，武汉 35 度，避暑，完全成了一件啼笑皆非的事情。我们边走边歇，用最慢的镜头享受山中的阴凉。路上只遇到零散的三两个人，这个时间点，大家要么在金顶看日出后刚刚散去，要么还在酒店里睡到自然醒，一大早去南岩的人并不多。

Mini 一点也不省心，在下台阶的时候很是调皮，非要一边牵外公一边牵外婆，荡着秋千走路。好在这条路平坦安全，折腾一下也没有关系。很快走到了山穷水尽处，前方几步远的地方是洗手间，右侧是一处荒废的平台，而左侧的南岩宫气势宏伟，一派幽深。来南岩，必然要一睹南岩的奇险、龙头香的风采，可奇怪的是，并没有任何指示牌告知龙头香的方位。

我们在南岩门口徘徊，发现很多人并不知道龙头香是什么，参观完殿堂之后，就直接原路返回了；而另一部分人，专程为龙头香而来，但寻找无果后，也无功而返。

我们绕着南岩里里外外走了一遍，还是没有找到。外公极度怀疑是我的攻略出了问题——并不存在什么龙头香，或者即便有，也不在此处；而外婆却坚定地相信并守在南岩门口，耐心地询问，可还是没有任何线索。

那么，神秘的龙头香究竟在哪儿呢？

攀上光滑陡峭的台阶，我们在光线昏暗的玄帝大殿内默默无言，心头各有

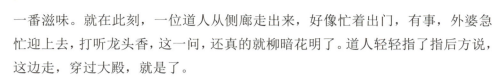

一番滋味。就在此刻，一位道人从侧廊走出来，好像忙着出门，有事，外婆急忙迎上去，打听龙头香，这一问，还真的就柳暗花明了。道人轻轻指了指后方说，这边走，穿过大殿，就是了。

哇，找到了，Mini 最先兴奋起来，而我们还如梦似幻，在这曲折的过程中没有回过神来。刚走了几步，只听见道人在我们背后自言自语，颇有禅意地说：嘴勤快，自然就能找到，懒惰就无缘。

是啊，多问问，多找找，又何妨。

寻找美景的过程，必须放下身段，放下那份自以为是，学会谦卑，学会诚恳，学会坚持，学会敬畏。当大自然愿意为你冲杯绿茶，你却不肯停，不肯喝，不肯快乐。注定错过龙头香的人，失去的又何止是一处风景。

龙头香，号称"天下第一香"，是一处龙头形状、伸出悬崖的石雕，石雕上驮着一个香炉，长3米，宽0.5米。万丈深渊之上的龙头香，造就了无可比拟的奇险，自古就有不少香客，为了上一缕虔诚的香火而摔得粉身碎骨。好在康熙年间开始，加门加锁，并立碑文告诫人们，心诚则灵，不必注重形式，牺牲性命。第一次见这碑文，足够陌生，但忽然就有了一种尊敬感和凝视感。从康熙直至现在，不知道保全了多少人的性命，这真是苍凉人世间最大的善意和修为。太岳武当，果真守护人心。

　　浮云之上，亭亭玉立的龙头香，看似简单质朴，其实采用了多种技艺精湛的凿刻手法。此处神圣，不能喧哗，我只能低声呼唤他们快看龙头香，生怕他们错过。外婆糊里糊涂的样子，没有看出什么玄机；外公神色悠然，很感兴趣，抱着Mini来来回回，多角度地欣赏着。山风拂来，Mini眼睛里的山水画开始荡漾，笑容也酿出一种清凉的香气。

　　南岩是武当最美的一处悬崖景观，据说入夜时分，绝壁宫殿之上，灯火错落，十分唯美。

南岩右侧有一条隐秘的小路，可通往鲜为人知却风景壮丽的飞升崖，在一条大环线后，最终绕回乌鸦岭，我早毅然前往。

松林小径，一半是阳光，一半是苍翠。外婆很喜欢这条路，常常停下来，陶醉其中，半天不愿走。Mini 则一手咬着饼干，一手赶蚊虫，遥遥领先走在前面，最后因为走得太快，又回头来寻找我们。

未曾想过，南岩过后，又有一大考验。

沿路的指示牌并没有去乌鸦岭的标记，甚至连指向金顶的箭头也被粉笔划掉了，被简易地改为榔梅祠。榔梅祠是去金顶和乌鸦岭的必经之路，虽然情理上说得通，但这混乱的标识，还是让人困惑和担忧。

于是不敢再贸然前行。在分岔路口，我们等到了恩施自驾游过来的一个大家庭队伍，大家简单交流之后，发现目的地都一样，那就是返回乌鸦岭。我们聚集在路口，同心协力开始分析路况，研究方案，有的打电话求助，有的翻看景区地图，有的上网搜寻信息。

再次确认，左边无路可走，那么，就只有走右边了。没走多久，又出现一个路口，往左走还是往右走，更加迷惑人心。金顶和乌鸦岭是两个方向，这也就意味着，中间的某一个岔道，必然是它们的分岔路，但具体是哪一个岔道，就不知道了，这也是最危险之处。即便走错也是去金顶，不至于会在荒山中迷路，也没有性命之忧。但关键是，这个时间点去金顶再回来，即便是坐索道，也要折腾到天黑，大家的体力会严重透支，最遭罪的当然是孩子。

真的是神灵保佑，在几番试探和判断中，我们安全抵达榔梅祠，恩施的队伍也浩浩荡荡地钻到凉棚下，安稳地坐下来，开始享用王老吉和冰棍。我们也吃了颗定心丸，倚着石椅休息，一解路上的困乏和惊慌。

且不谈修仙，也不说太极，今天在南岩宫的经历，本身就是一种对道法自然的寻味和认知。一切只需收敛入心，静默感受便可。人生最终都是去甚、去奢、去泰，寻找一份简单甘甜，就如同我不盼望 Mini 有一个完美的人生，只希望她平安、无忧而已。

彩虹生顶上，武当知童心

在武当的四天，不平静，也不鼎沸，就像一场旧相识，有太多美丽值得重逢，有太多初见不像初见。

下山的时候，老老实实坐了一个多小时的车。

车里，就是尘世，极简极美。

两个北京爷们，一见如故，在车上闲聊甚欢。一个住后海，对道教颇有研究；一个住中医院附近，喜欢武当山和武当文化，但忙于生意应酬，未曾深入了解。两人迅速交换了手机号，相约再来武当，由于一个火车回京，一个自驾回京，只能忍痛作别。

另有一个定居南昌的男子，常常带上心爱的茶和炉具，再携上爱人，在有山有水的地方隐修数日，实在令人羡慕。他充满感情地说，如今的社会想要保持一份简单快乐很难，会有不小的压力，但请一定记住，不忘初心。一句话，淡香出尘，点亮人生。

武当，很配他们。

艳阳下一阵短促的暴雨后，金顶方向跃出一道广角镜头也拍不下来的巨大彩虹，色彩明丽，水韵十足。外公急忙抱着 Mini 冲下楼，去看彩虹，路边也开始汇聚了一些人，仰头惊叹，纷纷拍照。看惯了星群和月亮，难得一见的彩虹更加打动人心。

风带着彩色的丝线从远处吹来，好像一封天边的信笺落在手心，我浅浅读出了一种预料，这条彩虹之路，走下去，必将满心欢喜，慈爱无边。

谁也不会知道，这大大的武当山上，曾经有一个小小的 Mini，心有仙气，步步如莲，但童年的梦，却因为这永不跌落的绚丽，一直沸腾，沸腾如花。

君竹行走记

2015/08/03

　　贵州周边的省份都去过了，独独落下了它，这样优雅的晚遇，反而让我多了一份不可言说的珍惜和启示。

　　关心旅游八卦的我从老妈朋友那里获得了最新信息，这显然比网上的官方信息更细致、更有时效性。老妈的一帮老同事刚结束了十来天的黔东南深入游，岜沙苗寨、加榜梯田都有涉及，连肇兴到堂安最纯美的徒步线路也有。我翻看着一页页钢笔字迹的手抄攻略，惊叹着这绝对厉害绝对自嗨的自助游。他们的认真程度、专业程度都在我之上，袒开胸怀把生活过成了青春的样子，单是这一点，我就自叹不如。

　　镇远好玩吗？老妈问，其实是废话，但她却问得兴高采烈。一个古镇不存在好不好玩，而是在于其他的东西——我暗藏诗心，万分温顺地回答。

　　他们前半段的行程和我安排的基本相似，镇远是第一站。我对镇远心动已久，在好几次一路向西的旅途中，镇远，远看似一幅画，始终忠于它的美。不用说我也心中有数，果然他们对镇远评价很高。论山论河，明秀动人；论古镇，也够漂亮。唯一让他们烦恼的是，古镇所有的景点因中央领导来视察全部戒严，舞阳河的游船也停运，不过基本开放性的景点，还是可以去的。

　　再说西江，虽然已被糟蹋得又俗气又商业化，但深山的风光和清澈的月夜还是饶有趣味。因时间受限，他们临时取消了荔波之行，这一下子惊动了我的心。本来我放弃荔波便深有不甘，如今从别人口中也得不到半点关于它的美丽踪迹。荔波，一个激滟的谜，被封存进小七孔的玲珑碧水里。

　　出发前半个月是长长的挣扎和争吵，主要原因是我和老妈在预订酒店的价格上有争议。消费观念、生活方式和旅行理念完全不同，为了保证旅途的平静美好，我只能一次又一次委屈周旋。

　　老人节俭惯了，对住宿毫无要求，能住就好，有床就行，一味追求价格便宜，别的都不管。比如，老妈认为在镇远没有必要住河景房，难道非要窗口对着河，矫情地在房间看风景吗？在河边找个空地坐下来也可以看个够，这样不花钱的情调岂不更好。当然也怪我，按照自己的标准和喜好去要求他们，旅行必然是一个妥协和调整的过程。其实我也是随遇而安、求简不求奢的人，不会一掷千金去住什么所谓最美的景观酒店，但偶尔在某种特殊心境的驱动下，也乐意领略一次观景房，带上父母享受享受。他们不领情，那就罢了。

久等了，小小的寂寞的城——镇远之一

一场不大不小的冷雨过后，6月的武昌火车站空旷而典雅，完全没有暑假拥堵的景象，这无疑让人卸下了拖着行李、抱着孩子在人群中苦斗一番的心理包袱。

多么幸运，可以轻松出行，可接下来外公外婆一个比一个夸张，让我无所适从，很是头疼。我粗略地跟他们介绍了一下行程，外公一听要带宝宝坐游船，立刻提高警惕，持反对意见。我只得循循诱导，我们在洱海连私人小船都坐过了，这是正规的游船，怕什么。外公低沉而讽刺地哼了一声，不再搭话。外婆一反常态，竟然非常支持，眉目闪着光。她说年纪大了，旅行一次容易吗，千辛万苦去了，什么都排斥，什么都不感受，那干脆坐在家里好了。感谢老妈在那一刻用赏景之心力挺我，但可怕的老妈执拗起来，也不是我能阻挡的。比如在儿童手足口病的事情上，她固执地认为，火车上人多密集，感染的机会很多，洗手又要走去车厢的一端，不太方便。有时候可能做不到饭前饭后都洗手，与其提心吊胆不如戴个手套，至少做到了基本的隔离。我当然反对，大热天，戴手套，不可思议。在不下十几次的交流中，我真情实意地赞美了她的苦心，她也终于平静地妥协了。

还好有你有我在黄昏的雨后一起出发，还好有惊讶、有微笑、有浪漫、有责备、有真情，还好手边有诗集、心中有激流，以及那无穷无尽的千山和甜梦。

追随着落日的美丽，很快就到了月牙初生的岳阳。我舒畅地想，如此看来，在武汉下班后，来洞庭湖边享受一顿月夜晚餐也不无可能。陌生而忧郁的紫色小山脉起伏在地平线上，我们都有些困倦了，什么都不想欣赏，一直黯然，一直打瞌睡，只有Mini没有睡意。小孩子果然元气满满，精力十足。车厢熄灯后，Mini终于安静了。仍旧和前几次坐火车一样，窄窄的卧铺挑战着两人的极限，

Mini 睡一头，外婆睡一头，这样便能腾出一点翻身的空间。为了让 Mini 睡得更自由，外婆所谓的睡觉堪称是杂技了 —— 半个身子悬在床外，利用竖起的箱子做脚部的支撑，可想这一夜有多别扭，多难受，根本不算是睡觉，只能算是和衣而卧几个小时而已。我提出我陪 Mini 睡，外婆不放心地说：这不比家里，火车颠簸，位置又窄，空调又冷，稍不注意孩子病了，大家都玩不好，牺牲一天不睡换来十天安稳是值得的。我说不过她，她催我快睡，随即挪了挪被子，也躺下了。我知道外婆的发光发热、逞强和无畏都是因为心疼我，宁愿这份辛苦落到自己头上，心光、月光、走廊光，夜就这样过去了。

时光好像在山谷中停滞了。一夜过后，火车还游荡在湖南，连贵州的边都没摸到。今天早上报站还在"怀化"，要知道昨晚九点就已经到岳阳了，这是多么缓慢而奇特的事情。我迷茫地想，湖南有这么辽阔博大吗？在寂寞、无奈、楚楚可怜地盼望过后，终于迎来了好听的两个字"玉屏"，这么说镇远也不远了。我知道从玉屏出发，深入铜仁后有一片好风景，魅力江口、乌江画廊、梵净山，最美乡村思南。可惜这次实在没有时间，十天之内辗转四个地方已经够辛苦了，如果再把线路拉长，变复杂，那老人小孩儿都吃不消了。

山像绿墙一样越砌越高，简易的公路斜斜地伸向绿野最深处，偶有细流绕过铁轨，向另一端流去。远处的山峦勾勒着淡灰色的线条，天边云浪滚滚，高山河谷的景色显得有些阴沉，原本无比艳丽的夏日天空好像要下雨了。

火车疑似找寻到了什么，断断续续放慢了韵律。它也想喘息一下，抛下旅客，开始一段无人打扰的浪漫旅程吧。

我们逐渐笼罩在一种奇异的兴奋中，外公不再玩弄手机，抬脸扬眉，认真地看着窗外。外婆从床上坐起来，仰了仰脖子，露出很青春的笑容。Mini 也醒了，可爱地依恋在外婆身边，长睫毛一开一合，眼睛美得像水、像雾、像半透明的晶体。在旅客窸窸窣窣不太明显的惊呼声中，有一片精致典雅的民居和飞檐从溶溶绿色里飞逝而过，外公刚要掏出手机拍下这个镜头，已经来不及了，连一向对拍照不上心的外婆也大呼可惜。当山水流转，梦里的画桥和冷冷的碧水闪现眼前，我激动，又克制；再激动，再克制。哦不，不用拍照了，我们该下车了。

"镇远，到了。"我用心跳告诉他们。

镇远！镇远！镇远！路的广阔把我带到这里，此处水泊，每一滴都是尽情的、晴朗的，有更平凡也更忠诚的意义。

这节车厢只有我们一行四人下车。雨下得静静的、纯纯的，火车站广场上无人站岗，也无人吆喝买卖，古城静悄悄的。许多青砖旧瓦已经被雨水浸湿，古街古巷暂时还未见踪影，只能看见主干道空荡荡的街面，石砖上波光闪闪的凹处盛满落寞，无人踏步，不必担心悠闲地走在路边而尴尬地被溅满一身水渍。我们没打伞，欢快又大胆地穿行在白色的雨雾中，自有方向，自有情怀。

动人的雨丝引诱着Mini，她故意踩着水，一会儿仰视天空，一会凝视大地，开心地与雨点亲密接触。外婆浅紫色的防晒衣看起来很有雨衣的味道，外公用一贯神秘独立的状态走在雨中，不与雨去说，不与雨去争，与世界保持着朦胧的距离。

古镇，雨天最美。我心里升起一种无法撼动的情绪，不到大雨倾盆，不到最后关头，绝不打伞。喜欢看雨点潇洒地从天心落到地心，好像另一场说不出来的生命过程。镇远的雨，不特别，不爽透，它只是令人愉快，令一切更秀丽的一种单纯的天气行为。都说镇远是一幅画，还未见到古镇，画的感觉和意韵已经明朗了几分。山含水，水含烟，就连公交行驶的路面也烟水重重。视野之内的楼宇人家，浓荫深处的小窗和花架也被柔风柔烟包围着、涤荡着。

然而眼下最重要的事情不是在此伫立看风景，而是找到古城1路公交，去吃住最集中的步行街住下来。大家需要休息，我也需要临时调整，改变一下雨天的行程。

1路，多么好记，多么好找，多么简洁智慧，多么一境一味。

巧的是，正好有一辆1路公交在细雨纷飞中停靠在了车站。古城不大，2014年为了方便游客才开通了1路、2路等几趟公交，车上只有三两个挎着篮子、眯眼微睡的慵懒老妇人，余下的都是清爽干净的空座，随便选，随便坐，这样的感觉许久未有了。

和我想象中的旅游公交不太一样，从地板墙面到座椅内饰全是淡黄色原木。它是那么原始，更可喜的是，前车门的墙上还挂着几盆形态极为好看的吊兰，不用嗅，光是瞧一眼，鼻息之间都全是清新。身在这样山水讲究的古城里，坐在这样造型别致的公交上，心情那叫一个好。

小城小站，一站与一站之间离得非常近，几乎让人错愕。车在水感十足的路面轻晃，像在水面上行驶。过了城门洞，米码头和青石板路依次出现，这意味着正式进入古城步行街了。古城和气质清雅动人，远胜新城。乍一看，垂柳明媚、花木深深的古街有点大理人民路的感觉，但很快又觉得不像了。镇远依山而建，以水为美，水就是歌，步行街临河且沿舞阳河平行延伸，自然和大理不同。古城的存在是实体，又似一抹虚空，抽象之中，恰如其分地流于自然。

这雨中城啊，一路都没有多少游客，静坐了一会儿，四方井到了。我们依旧没有打伞，连蹦带跳地下了车，肩头有点冷，终究是被雨晕湿了一点。同一个名字不同的解释，四方井既是竖在路边的一个站牌，也是一条往山坡高地上绵延的古巷，属于景点，位于步行街的中段。

尊重大家的意见，镇远我没有提前预订住宿。雨越落越大，一切行动都颇为不便，尽快找到一家看上去顺眼又价格合理的客栈，是大家共同的目标。我们问的第一家叫永安别院，是镇远镖局旗下的，大厅的格调雍容富贵，意境不凡，想来价格一定也不凡。

又找了一家胡同一样的家庭旅馆。当老板愉快地把名片往我们手中一放，才发现也姓黄，是本家，地地道道的镇远人，因在广州漂泊了几年，所以贵州话里又融合了广东腔，听起来特别有趣。老板一边领我们看房间，一边坦白说：我这里是名副其实的观景房，包你们喜欢，说实话，还没有到赚钱的时候，所以价格提不起来，再过半个月，暑假旺季一到，就不是这个价了。话很走心，房间也好，我们便立刻拍板定了。现在面临的选择是，住一楼还是三楼？一楼三楼各剩一个标间，价格都一样。外婆偏向一楼，她觉得搬行李不用上上下下，入住方便，且像水上屋一样，有楼梯直通水面，一个方正超大的阳台悬浮在水面之上。因为有亲水平台，所以房间也清风回荡，清凉舒畅。外公则一心一意地想住三楼，说三楼也有临河的阳台，虽然小点，但居高观景，自然更好。他一条条归纳着一楼的缺点：蚊虫多，晒衣服又有潮气，防盗设施全无，安全性也有待考证。我从不讲究那么多，楼上楼下皆有一幅河景，心里有水，住哪里都能安之若素，水月自醉。

就在我轻轻自语的时候，他们定下了三楼，一切有序进行。外公去办手续；我一边整理行李一边写着流水账日记；外婆洗水壶，烧开水；Mini饿了，自己找零食吃。

房间有些局促，没有桌案，也没有绿叶；阳台不漂亮，用最劣质的白瓷砖糊弄而成，但迈上前迎风眺望的那一刻，风景真叫一个漂亮：冷清碧绿的舞阳河水配上隐约雨光，青藤缠绕的老房子，再配上一生一世的泛舟梦，镇远真是美得处心积虑。

一步之间，这个妙哉的小阳台就诠释了一切。

就这样，我们开启了两天两夜、枕河而眠的美好之旅。

一人一包，便简洁地出发了。雨还未停，雨帘下藏着一个温柔寂静的古城，老板看着我们出门，点头微笑，不忘深情地感叹一句：你们幸运啊，暑假你们眼前这条街上人山人海，挤都挤不动，我的客栈全都满房，加钱都住不了。

是啊，能遇清净，就是清欢。一切也许都得益于这场雨吧！林清玄说人生里的清欢太难得了，这平凡的、清淡的欢愉，境界很高。有时候想在路边好好散个步，可是人声车声不断呼吼而过，一天里，几乎没有纯然安静的一刻。我能理解他的愁绪，所以也更加珍惜眼前的幸运。

四下环顾，才把古城瞧了个清楚。靠山的一面，许多朴素的小巷子，七拐八绕直通山顶，观景正好，凉爽又惬意。临河的一面，龙舟闹哄哄的，一点静没有。走在步行街上很好玩，古董铺子左一个，右一个，袖珍旅馆夹杂其中，明艳的花树怎么都看不完，绿影子一样的河水永远在脚边，不会远，不会淡。恕我贪念，如果正渴的时候，瞧这河水，真像是鲜榨的青葡萄汁，在河道拐弯的阴凉处，又变成了浓绿的菠菜汁。

我们走得前的前、后的后，不成一队，散漫地顺着步行街向祝圣桥的方向走去。又背包，又打伞，又牵孩子，又照相，实在是有些顾此失彼，忙不过来，索性不照了，安心步行。

祝圣桥是所有美景的交汇点，山水泼墨到河中，带劲儿极了。这桥，又韧又长，比红尘还深，比月牙还美。走上桥头，看丰沛的河流，在四季的结尾悄悄落款。

我们走过祝圣桥，绕到对岸继续行走。对岸的人更少，很长一段时间我们都没有见到行人，甚至有点冷森森的。青龙洞悬空在山崖上，与河岸边的小径垂直，煞是惊险。我们正头顶着竹叶走在它的正下方，外公还背着 Mini 上了几步台阶，非要近距离观摩一下，算是体验了在镇远登山的感觉。这片精美而庞大的古建筑群，的确为风景增色不少。凉风吹来，烟雨渐渐散开，两岸碧翠，隐隐动人。

好似一场生命的历练，走到了这里；好似一次情感的绵延，走到了这里。四颗各自独立又紧密相连的心，在这里，而不是在别处，这就是爱上镇远最简单的理由。

一枚绿叶，被你奉养；一座绿山，为我着妆。

青龙洞这边的街，准确来讲不叫步行街，只是一些以酒吧、茶吧、书吧为主的曲折小巷，既不能通车，也没有步行街的气派繁华，但我却对这里充满了惊讶和感动，穿行其间，步步清风与自在。关键是从这个角度望过去，雨已尽去，视野深远，晶莹的小山向西边倾斜舒展，间隙里落落大方地露出秀色玲珑的舞阳河，烟波水上，再回头观赏祝圣桥，更显风姿绰约。

Mini饿了，我们钻进了河边一家饭馆，廊下有一平台，开阔美妙，山景、河景都甚是不错。我们舒服地坐了下来，点了菜，价格没有设想的那么高，百元预算内吃得淋漓尽致，又饱又好。不知道为什么，这顿午饭的记忆始终没有被流年淹没，浓淡起落，总在那里。

再过几日，就是端午。河面上跳跃着好几支橘红色的龙舟队伍，正在加紧训练。船来船往，好不热闹。剩余没有加入训练的船只则停泊在岸边，骨骼健美，姿态悠闲。激情的鼓点、卖力的呐喊、超凡的技艺，让我们提前感受了民俗的趣味和节日的喜庆，同时也吸引了一位正在吃饭的老者。他立刻放下碗筷，一跃而起，高举手中的长镜头，缓慢移动手腕，一连抢拍了好多张。眼前定格的画面让人难忘，阳光下的老艺术家、充沛的灵感、本质的风景、单纯的午后，一切回忆都丝丝点点，如流水绕心。

回到房间，我们就跑到阳台上继续看龙舟。龙舟比刚才更多更猛了，风行水上，十分潇洒，唤起了一河的欢喜喧闹。黑队领先，红队霸气，黄队和谐，绿队淡定，细节之处更有看点。划桨的壮汉中有人心不在焉，流连风景；有人完全不介意露出大块肌肉、吉祥文身；有人乱划，动作浮夸，全是侠气；有人高调的穿着荧光背心，自始至终灿烂无比。这就是发生在遥远的、当下的、镇远的故事，能把自己的思想情感和所见所闻与这么美的地方联系上，真有一种说不出来的诗性和幸福。

黄昏袭来，我们像四个充了电的玩偶，迅速离开房间，开始沿夕阳洒金的舞阳河散步。这次和上午不同，我们决定不再绕着祝圣桥转圈，而是一路向西，把散步的范围扩散到新大桥的另一端。远远看去，那边的夜色静如琉璃，天空含满了宝光，沉默不语的小山，亲切得如同回忆录里的画面 —— 这个小世界一定是我喜欢的。

没有给Mini刻意打扮，套了一件西瓜红的T恤就出门了，但走在自由之光、走在蓝莲花花蕊里的这个粉红小人儿，却是那么美和坚强。能带孩子去远方陪孩子一起天真、撒欢、体验、成长，这样的朝朝暮暮、山水时光，自是难忘。

羞羞夕阳，一河霞色，两岸多情的记忆多么值得回味，沿着简单的轨迹缓慢行走，路正长，不问归期。

走在梧桐的暗影里，头顶上是影影绰绰、墨绿带黄的丛丛树叶。在武汉，看惯了梧桐，仍觉得这里的梧桐身姿很美，韵味很足。一长排梧桐的阴凉搭配着几曲回廊，多适合散步，这便是徐志摩说的，一口口偷尝黄昏的温存吧。

一船一船的秀色，船空着，静置着，最好看。亲水平台也有很多好看的地方，走几步停下来，停一会再走几步。沿途的木椅和音乐都是我喜欢的，散步的人逐渐加入，逐渐增多，许多临河的酒吧客栈几乎都是空置状态，有的在装修，有的在招租，一片花花绿绿、欣欣向荣的状态。再往前走，看见有裸着臂膀的少年在父亲的指导下网鱼，不甘心空网，重来了几遍，却仍旧只收获了一网星斗。每个人都晕着自己的色彩，许多关系无法说明，许多体验无法描述，回到最初情感的河流，落花成水都随意。

此时，山姿、人影一一隐去，充满了各种元素的灯光开始显露，夜来了，夜亮了。

镇远的夜，安静妩媚，一半似丽江，一半似凤凰。外公怎么也控制不住放下手机，不停地拍照录视频，又回放，交替进行，毫不厌倦。俗气的是我也没少拍，只有外婆和Mini心如止水，一个淡淡地看，一个乖乖地玩。她们没有被眼前的五光十色所淹没，为什么我就不能这样简单呢？这两个人高贵的特质，让我克制地把手机封进口袋，不再拿出来。

Mini一会儿跑到我们前面去看水，一会儿躲到我们后面去看桥。一不小心才发现，新大桥已被我们甩在身后很远。这座横跨舞阳河、线条完美的宽大拱桥，静静变化着色彩，每一种颜色流经它，它古典的气质都会有所不同，而拱洞下原本漆黑的河水也突然如七彩瑶池般神幻美丽起来。

远远近近、高高低低的灯带逐一亮起，整个古镇的情调都改变了，精美又不乏气魄，我只觉得色彩迷离，眼底如画。2000多年的风流韵味并未远去，而是凝固在历史的陈迹和建筑方格里。我步入了一个不属于自己的时间，我学着漫步，学着入戏，学着快速地支配时间，再消磨时间。

镇江阁，是我们临时选择的一个终点。

这亭子起名也是怪，哪来的江，分明是舞阳河，叫镇阳阁不是很好吗？但不管怎么说，它颇有威严，造型漂亮，是这幅黄昏图景中不可省略的一抹景色。

亭子下方是一片翠竹摇摆的小广场，广场上播放着躁动又古老的舞曲，外公一下听出是三步踩。他年轻的时候跳得很好，现在也不赖，完全可以跟上节奏舞起来，但显然他的兴趣并不在此，他独自绕到镇江阁的背后寻景去了。

外婆和Mini喜气洋洋地加入了广场舞的行列。一老一小两个身影让我既熟悉又陌生，这种感觉很奇特，像在镇远生活了很久、跳了很久一样，身上旅客的味道在一步一跃之间被淘洗得干干净净。我们比任何时候都像当地人，比任何人都更像当地人，镇远不再是偶尔的风景趣味和舞台布景，而是无所不在的生活本身。

深夜十一点，他们都睡了，只有我没睡。

夜，又空又清丽。没有近处的月儿，也没有远处的星星，唯有酒吧以薄弱的力量守护着一片迷人的灯光。可爱的红绿光圈投射在河面，顺河水漂荡、蔓延，无法看清河水是怎样穿越桥洞远去，因为夜太黑，桥太远。这条河反反复复看了很多次，顺着河也走了很多次，如今隐隐嗅到夏夜河水和泥土缓慢融合的味道，很是特别。

漫不经心的夜，吹散眉弯，去到很久很久以前的那个小镇。

有人一直在唱"我的家，我的家"，不是腾格尔的那首，但好听极了。

醉吧，醉吧，就让我独对星与月，我的心是小小的寂寞的城，永远有十分，镇远占五分。

一朝舞阳，一夕石屏的河山时光——镇远之二

舞阳河峡谷幽深、奇特，最美的一段隐藏于莽莽群山之中。其实类似的地方去了很多，小小三峡、恩施野三峡、重庆神龟峡，有些视觉疲惫，又有些舍近求远的嫌疑，但是考虑到舞阳河风景绮丽，实在是很适合带家人坐坐船，吹吹风，静听流水。

去峡谷的路，并不是我想象的一直绕着山转，而是极为寂寞平静的田野小路，仿佛从来没有人走过，简直有些初秋的感觉了。

一进入风景区，不是平平常常去码头坐船，而是要在峡谷里先走上一小段山路。走得并不累人，因为满眼绿谷浓荫，溪水银亮。水岸的小路边摆满了密集的小摊，各家的东西大同小异，无非就是一串串玲珑可爱的炸小鱼，偶尔也有卖炸鹌鹑的，十分幼小的骨架，看上去让人心疼，更加不忍心吃了。我没有买什么吃，却一直俯身观赏，动情于这悠闲的买卖和取自于自然的生活。

起程的地方，景点便开始了。

大家欢呼着拥向船头，一船游客，还真不少，给足了留影时间后，游船便轻轻调头，驶向另一处河道，这才真正进入舞阳河的轨道。尽管游船第二层风很大，杂乱呼啸，但为了全方位赏景，人们都毫不畏惧，把这小小的地盘挤得水泄不通，走道也堵了，去楼下茶水间和休息室都不方便。我紧紧地挤在后面，来不及看风景，只忙着喘气，无数手机、相机、平板、DV都被高高举起，唯恐错过了某座青峰、某个取景，怕是要好一阵子才能安静了。外公也潜入人群中拍照去了，不见踪影。面前一大堆人小丑般跳的跳，抢的抢，我没有拍照的心情，任凭两岸清幽幽的水面从身边划过。Mini也异乎寻常地深沉起来，戴着墨镜，一动不动地趴在栏杆上，并不说话，也不知道她在看什么。

所有长椅和零座都被占满，没地方坐，怎么办呢？全程站下来肯定受不了。外婆说情况特殊不必讲究，于是把防晒服铺在地上，为自己画了一块地。所有人都把自己伫立成山的姿势，只有我们低低的、矮矮的，盘腿坐着，不争不抢，自在无限。山水透过心脏，每一种美我们都一一珍藏，并没有因为席地而坐而错过什么。

两个小时的水路，四十分钟的精髓，印象最深的是轻纱般的叠银泉和船行至终点两峡交汇处的孔雀开屏峰。七月已过，这风、这船、这岩、这岸、这清凉境，都是一生一会，永不再来。余生若是思念，即便再来，也不会和此刻同心同景。每一次远行的因缘，每一次山水的妙意，都是当下并唯一的。

回来的路上，客栈老板出于好心，提前跟司机做了安排，将我们带到一个美食和货品比较集中的大市场，据说比古城吃饭便宜不少。对于这种热心的推荐，我们心里一阵喜悦。但事实上在市场里面逛了个遍，久久寻觅，并未找到可以吃饭的好去处。但是市场的整体气氛还是不错的，并不闹，远远近近都一派温柔和气。

阳光饱吸了俏皮的果味和麦香，其中还交杂着很多新鲜有趣的味道。为了买当地盛产的杨梅，我和外婆蹲在路边比划了好半天 —— 这语言交流及货币交换真心吃力，当地人一词半句的普通话都拼凑不出来，而我们对黔东南的乡音也一无所知。未做功课，更有时空距离感的事情是，五角和一元的硬币在当地都用不出去，递给他们，他们迅速就退回来，表情是又尖锐、又古怪，似乎在宣告一种当地的规矩和权威——这种原始部落感让我突然有些不悦和害怕。

今天的第二段行程是登石屏山。

舞阳河水阴柔地将镇远一分为二，形似太极，因此镇远又被称为太极古城，连手绘地图标注的也是"太极"两字，而非镇远。这份美丽，太傲慢，简直有些喧宾夺主了。

石屏山坐落在祝圣桥头明媚的树影下，镶嵌着深深的山路。不过就是当地人晨练和周末休闲的一座清幽小山，并非知名景点，但游客想要上去，仍需30元。早上七点前、晚上六点后是可以自由通行的，但是时间太早或太晚上山，既孤寂又不安全，景色也未必最好。

据说四方井有小路可以上山，我们就此决定了，全当是探险，孤独放肆一回吧。

脚步紧一阵，缓一阵，四下一片静谧。

一边享受黄昏中四方井小巷独有的情调，一边寻找无任何标记的登山小路。脚下的路，陡而静，空气里充满了惆怅的、无限的元素。偶遇几个行人，也都是迷茫游玩，并不清楚具体路线，几次问路，均没有结果。不久，青绿的台阶消失了，竟然不知不觉走到了一座半山坡像石窟般的居民楼中，冷森森的，看起来无人居住。我们陷入风中，彻底晕头转向了。

  一楼平房里传来老旧的广播声，依偎着暮云碧山，听着这样的声音，有传奇般的美。

  一对气质纯真的小情侣不知什么时候冒了出来，两个人温柔低头，笑着牵手，行囊简单，显得很轻松。男孩穿着春天般的格子衬衣，斜挎单反；女孩齐耳短发，淡花偏白的长裙，清秀沉默，极少说话。他们也是问路、徘徊、无果，我们面面相觑，灵犀一笑。突然有人同行，突然有了走再多的路也不怕的力量和希望，突然风安静，云安静，心也安静了。

黄昏已深，古城的天空仍是蓝莹莹的，远近湖山一片干净。小小的路，深深的草木，沿途山坡的高地上，筑着一些深灰色的老院子、老房子。小巷人家看似平静，却总能传出恶狗可怕的叫声。男孩看着我们有老有小，又发现 Mini 特别怕狗，便紧跟我们，时刻保护，外婆感动地赞美："小伙子，别看你文绉绉的，却有一股子勇敢劲儿，幸亏有你，不然这深山老林的，要是狗伤了小孩可怎么办啊。"

男孩是台湾人，在武汉读完了大学；女孩是深圳的，因为工作实习，他们暂时住在凯里市，所以来镇远很方便，这次是最简单的避暑一日游。外公大胆地假设，问男孩：你是武汉大学的吗？男孩灿烂露齿，惊讶地不停点头：对呀，你怎么知道，我就是武大毕业的呀。聊着聊着，大家在斜阳静好、毫无心机的真诚气氛中笑开了。机不可失，我满怀行者的热忱向男孩打听台湾的风景和玩法。提到家乡他一脸明亮，频频微笑，马上开始向我介绍："报团和自由行都很好，一般 8 到 10 天足够了。除非你对台湾十分着迷，想玩得更深入。总体原则是台南看大海，台北看民风，台中看自然风光，至于具体线路的安排和细节的设置，就全凭个人喜好了。"

幽深的小树林在风中摆动，隐约中，我们离石屏山顶越来越近。在快到悬崖之巅的四官殿时，我们和这对小情侣挥手告别，各自寻找新的风景，彼此都只留下了浅浅淡淡的一点颜色和背影，但这有什么关系呢？所有的缘分、幸运和夏日探路的悠悠韵味，早已被写进镇远的闲情日记里。

一座城墙蜿蜒的废墟碉楼是比四官殿更高的观景点，外婆说走不动，不去了，其实我也很累，但还是想逞强，志在必得。我和外公决定登上去，已经攀爬到这里，不差这几步，虽然这几步路暗藏艰难，并非易事。我让 Mini 自由选择跟谁走。下午六点半，天还非常热，小家伙仰着一张火烧般的脸，额上的汗化成无数小溪流，流到了脖子里，头发也散乱地缠绕着脸颊，但她仍然是活力的、漂亮的。她丝毫不怕累，跳着、嚷着、焦急着，非要跟我们去山顶看风景。我突然生出满满的心疼，想抱着她，就这样绵软地碎掉。5 岁的她才 28 斤，比同班同学平均体重瘦了 10 斤还不止，不少两三岁的宝宝已经是这个体重了。

这个夏天，她走过弄堂，走过灯火，走过开花的仙境，走过雨过天晴的山岭；她那么坚强，那么用力，那么美，在我心里，她就是最棒的。

风景是用来渡人的，她，早已渡到了对岸属于自己的高峰。

城墙废墟由于地势险要，又陡又窄，根本容不下三个人同时站立，我们只得轮流过去观看。外公十分紧张 Mini 的安全，赶紧把姿势摆好，催我速速拍照，速速离开，坚决不能逗留。我一转身，发现外婆不知什么时候也爬上来了，正跌跌撞撞地扶着一块岩石大喘气，悄悄看着我们笑。

平心而论，四官殿才是居高临下、一览无余的最佳观景点。这个歪打正着的城墙高点，并没有绝佳的风景，因为大部分景观被密林遮掩，看得并不全。但这样的高处我仍旧喜欢，石屏山顶有不可言传的寂寞和媚态。

迎着风，把目光洒出去，东南边宛如江南水乡，颇有建筑情调的城门和水码头清晰可见；西南边则是晶莹的天空和海洋般的群山。从森林的尖端平视而去，有一小段线条优美、若隐若现的翠绿色河谷，那必是独自远去的舞阳河，从高空俯瞰，全然是另一种美。

　　有近路下山，不弯不绕，一点都不费力，还时不时有裸露的平台可以眺望风景。我们很快就随着青草点染的山路，重返祝圣桥头。
　　黄昏的天空还没有完全暗下来，我们慢慢踱步到桥上，凝水而望，静等夜色。

　　有声有色的夜从桥头流浪歌手的吉他声中漫溢出来。夜的出现，夜的独白，在别的地方我不敢说，但在祝圣桥，是活泼的，是有灵魂的。我在桥这边，外公外婆两人用奇特的姿势抱着一身白碎花运动装的 Mini 在桥的另一边，三个人互相讲着什么，气氛特别惬意。
　　我曾以为真正的喜欢只能错过，就如同对镇远永远只是无心路过而已，至多在裁剪而过的时光里，稍微礼赞一下这存活的风景。没有想到能在镇远拖家带口，隐姓埋名，出门几步路就是舞阳河，回来几步路就有酸汤粉，梦想成真的美妙，最让人难忘。心如水，心如水，心怎能如水，如果不是因为要跟随已买好的火车票按部就班地去西江，定会被镇远引诱得多住几日。

离开镇远的这天，贪图那么一点古香古色，我利用短短的清晨又偷闲去看祝圣桥，必须快去快回，今天容不得拖延，因为一早就要赶车去西江。几次三番领略下来，早已不陌生，但晨间观桥，情感自然不同。祝圣桥离我还有相当一段距离，它仍旧忧郁，仍旧清纯，但比其他时刻更甚一些。

桥，静静挺拔在河面上，三两分古旧的醉意，不可捉摸。无须移步，无须特写，在一个固定的角度欣赏，等山，溶绿成水。镇远像构图完整的积木小镇，如果把桥拆除下来，整个美就会瞬间瓦解。若专论风景，镇远或许不能算上乘，但山、路、水、桥，却有遗世独立的一股清雅，这份雅是丽江和凤凰都没有的。喀斯特风格的奇山秀水，借着初夏吐露着它该有的碧绿之美。

我被晨风吹得凉透了，只好回来，把买包子过早的事也忘了。老妈瞟了我一眼，开心地骂我浪漫个什么劲；我爸倒是保持缄默，很可爱地忙活自己的事。我们集体坐在花坛边，安心等待着去火车站的公交。

火车站没有多少人，和来时一样安静，家家户户早餐卖的都是牛肉粉。

我们凭着感觉选了一个小摊位。卖粉的老人毫不欺生，非常暖心，对我特别好，看我瘦弱，旅途又辛苦，专门给我多加了两大块牛肉在自酿的浓汤里。临走时，我们和卖粉的老人同时发现有一瓶未开封的矿泉水遗忘在桌上，老人以为是我们的，连忙放下手中的抹布，追着塞给我们。我们挥手说不是我们的，让他留在店里自己用，老人表示感谢，却坚持不收。他摇晃着满头白发，充满虔诚地浅忆了一下人生："镇远比家乡还好，简直就是梦中桃源，我从石阡到镇远来开餐馆已经很多年了，就图个生活、图个希望，绝不会拿不属于自己的东西。你们呀，把水带着，火车上还能喝，路上也能喝，别渴着孩子了。"

双方都秉着一种礼让和执念，后来，这瓶水仍旧留在了最初的地方，像烙印般镇守在人来人往的火车站。多妙的镇远啊，来时听雨行路，一无所有；去时天高云阔，满载温暖。

西江：白水为界，星光为期

凯里市小山小湖，一片晴朗。

最喜欢这样的旅行，投币，搭车，在公交车上四处观光，简单自在。司机说着地方普通话，在旁人的帮助下，我们终于弄明白了，凯运司客运站是汽车站的全称，在这里下车即可。1路公交的站名都挺有趣的，车载广播里非常美好地宣传着"最佳宜居城市凯里"，让人一下子从过客变成了主角，心里痒痒的，想就此定居下来。某些时候，感性的温度飙升，我就毫无判断力和定力，特别容易被这些言辞诱惑。

凯里有高速公路直达西江，可以避免山路的崎岖危险以及很多变化的因素，本来是件幸福感十足的好事，万万没想到大巴车竟然走的还是老旧国道。惊险倒不至于，但山确实越来越绿，越来越高，一路上出现几个吊脚楼小村，都是依山而建，秀丽得很。山势默默压下来，有些阴沉可怕，让人感到愉快的是，山谷间一条流速极快的小溪一直温柔缱绻地跟随我们，不离不弃。

一下车就傻眼了，哪有什么苗寨的踪影，哪有什么景区售票处，统统瞧不见。除了群山环抱，一眼望不到边的停车场，唯一引人注目的就是挤满了中外背包客的一个小小客运中心，都是在西江已漂泊了好几日，赶着去下一站的人。

来回走了一阵，并无收获，但却将附近看了个仔细。远处的山顶立着木屋，山腰的幽林中藏着红城堡似的度假村，正竖着塔吊，拼命赶工。更近的地方，悠悠一排既卖早餐也卖中餐的小吃摊，在金色的阳光下蒸腾着柔和的热气。

果然是我想得太轻巧，问询后才得知，要上台阶，过广场，才能见到千户苗寨所谓的大门。这个大门不过就是一个圈地收钱的售票口，去寨子还有两种车要坐：一是坐景区的公交车到真正的入寨大门，二是苗寨内部的小型观光车，20 元可以任意坐四次。如此看来，千户苗寨还有些大，有些逛头。

苗寨处处是奇妙的山路，挨家挨户去找旅舍问价，费时费力，也不见得能找到便宜的。我们就近在寨门处六号风雨桥投宿下来，桥下河水的声音比别处响亮，正是这一湾清亮亮的白水河将西江苗寨一分为二，半山是景点，半山是客栈，艺术般地分布和韵律，昂扬着与众不同的美，让我一下子按捺不住地想去转一转。长长的车程，早就枯燥得不行了，不想再被拘束在哪怕是舒适的房间里。面对美景，野一野是有必要的。

房间有宽宽的木门和宽宽的木床，花珠子、花绳子、大花朵满屋乱点缀，虽然俗气但也能看出用心。不开窗，大家都笼罩在暗暗的光线里；一开窗，光线和气氛全变了，晴朗的天和对面祖母绿一样闪着光的山坡先后涌入，满满的风景，任谁都不会不理不睬地宅在房里。外公也急着出门，我猜他一定想去村寨博物馆或者农贸市场消磨时光。

住下之后，我们弄清楚了与钱有关的两件事情。

其实在此之前，我隐约已有了一些细致的体会。就风景而言，西江和镇远各有千秋，都是黔东南的点睛之笔，但就消费而言，则明显不同。镇远是烟火气的、惬意的，适合生活下来的西南古城，无门票，无拘束，偶有商铺卖的东西略贵，也在情理之中。而西江一圈地，一收费，画地为牢，活生生把你抛入了大山深处的另一种时空，构建了一种封闭的、独立的、完全景区式的消费体系，什么都贵，别无选择。即使它再商业，再不堪，一年四季也有络绎不绝的游客，比如我们，我们之后还有无数的人们，因为我们永远无法摆脱那种对旅行的执念和预期，没见过的，就是好的。"穷极一生，一定要来一次"，哪怕并不好，也会心甘情愿，兴奋如一。之所以顺便写下这个，是因为外婆碎碎念心疼了很久，一小碗浅浅的白粥要 5 元，一串十分纤细的羊肉串卖 7 元，住宿倒是占尽了便宜，两晚才花了 180 元，当然前提条件是客栈档次有限，加上现在又不是旺季。

与西江无处不在的商业气息相比，这第一件事应该只是冰山一角吧。客栈门口的院子，也可以说是空地，不过和别墅客厅大小一般，有人出价 500 万，老板却不卖，因为他深知西江寸土寸金，未来会更火。守着这块宝地就是源源不断的巨大财富，远比 500 万这个刻板的数字值钱。再者，这块地一旦出售，建起了客栈，他家的客栈就会被遮挡干净，同时伴随的财气、喜气、福气全没了。

第二件事，说来更惨更现实，幸好我们因为一些原因，推迟了一个月出发，否则正巧碰上。上个月连日的狂风暴雨引发了可怕的山洪，冲垮了两座风雨桥，冲毁了进出的道路，淹灭了半个西江，全寨隔绝，等待救援。被连续困了好几日，整个西江弹尽粮绝，游客哄乱，物价暴涨，15元的牛肉粉变成了45元一碗，泡面也基本是这个价。客栈老板跟我们描述起当时的情况也是眉目深沉，感慨万千。他说自己并没有模仿其他商贩，趁机昧着良心多捞一笔，而是用厨房储蓄的最后一点米，加了很多水，熬了很大一锅白粥，免费发放给行人，很快就被一抢而空。旅行这等美事，在自然灾害那一瞬间便沦为精神与物质的双重打击，真是说不出的沧桑和难受。

再写这些不好的，恐怕要神经衰弱了，说点美好的吧。在西江，我有太多的想法和步行路线要去实现。好在他们也乐意一起出门，于是我们决定不追不赶，也不去热火朝天的观景台，只做一件美丽的小事情：沿白水河漫步，将六座风雨桥一一看遍。

武汉大雨，西江却是高温，这对于天无三日晴的贵州来说是件稀奇事。我只得怏怏地想，或许武汉人前世早已与酷暑盟誓，走到哪儿都逃不过一个热字吧。

每一座风雨桥上总有凉凉的风穿过，这点最妙。清瘦的桥洞下，小河急急奔走，很是活泼，甚至还会突然呈现出一个落差极小的暂不能称为瀑布的断流。我看着，心却是静的，推也推不走的静。

被鹅卵石和小草坡覆盖的河滩让Mini喜欢得不得了。她穿着牛仔短裙就气宇轩昂地冲过去玩，有乖乖的小马驹在河对岸陪伴她，她专注玩耍，它也不吵不闹，和谐对等，画面完美。河边不见洗衣的妇人和赶路的人，只有三两个翘着屁股的小孩在弄鱼戏水，看来是玩兴正浓，不想回家了。

桥上微风，桥下流水，风与水杂糅在一起，本就清凉，再抿上一口矿泉水，就彻底舒爽了。真是个偷闲、乘凉的好地方啊。可奇怪的是，有的风雨桥上竟然还能走面包车，这对于安然乘凉的人来说多少有些别扭，滴滴叭叭声既扫了临风归隐的雅兴，也总是让人提心吊胆，要随时注意被小车擦碰到。

绚丽的午后过了一大半，依旧浓烈的阳光，顺着街道拉出一条狭长的线，一半罩在暗影里，有凉凉的美；一半被阳光烤着，地面泛着红。整条长街像是从天上来的，没有人迹，非常纯然安静的气氛。一串串紫色的风铃在檐下飞舞，让人想许愿，檐间的缝隙时不时就会露出绿意逼人的远山，极远处还有镶着金边更淡的山。我无法解释和操纵此刻的心情，这是千年的痕迹，还夹杂着一种快乐，只想把这条路平淡又坚决地走下去。一个小山坡，再一个小下坡，还有一个十字路口，一回头，它们都在我身后，温柔地顾盼。回首之间，我有些迟疑，却又马上相信，我们曾经拥有过一条又长又美的西江老街，在心里蜿蜒流动。

寨子的尽头是最后一座风雨桥，也就是一号风雨桥。桥的一端是去观景亭的环山弯道，芳草依依，一路绵延；另一端是无穷无尽、轻轻柔柔的梯田，梯田周围有几棵孤独的老树，每一棵树都不一样。蓝中带粉的天空出现在那样的时刻，简直迷人极了。

一号风雨桥又大又敞亮，眼前一片长空，一片软绿，风月正佳，但我心里却很烦，因为所有的团队游客都拥挤在此，熙熙攘攘。这里既是终点也是起点，必须在这儿换乘观光车前往观景台，那就不再看这千万人，看看别的吧。我不禁一笑，暗自低头，开始盯着脚下长长的、精致的木板出神，天啊，多美！木板下是包裹着日光的金色流水，正好在我亦痴亦醉的时候，外婆一反常态，温顺可爱地凑上来对我说"就在这儿多坐一会儿吧"，当然要多坐一会儿，我说我们都喜欢这恰到好处的停泊，喜欢这单纯又忧郁的黄昏之光。

入夜后的西江，非常喧闹，且不说楼下和隔壁各有一家音乐酒吧，大批团队也是夜间抵达，满大街堆砌的车辆声、喧哗声、行李声，着实让人惊惶和头痛，难以入眠。还没等你缓过神来，新一批的旅行团又飞驰而来，占据了半壁街道。匆匆的，匆匆的夜，就这样流走了。

寂静的森林和千户的华彩把乡间之美烘托到了极致。我和外公商量了一会儿，决定去捕捉美景，一人一部手机便出发了，向苍茫中走去。我们先去了明天中午有免费演出的歌舞广场踩点，温习了一遍路线，又去看了夜景最漂亮的两座风雨桥，接着过河、过桥、穿花圃、走夜市，悠闲地逛了一圈便回来了。

六号风雨桥是回旅馆的路，造型拙朴，特色不大，早上出门走一遍，晚上回来又走一遍，这份来来回回的熟悉和情怀是别处景致不能代替的。尤其是夜间，享受着山居生活，倚着风雨桥的长椅坐下，就会发现，最好听的声音要数酒吧乐曲和桥下流水缠绵的合奏。可我还是独独喜欢一份静，热闹的东西并不能唤起我旅途的快乐和释放。

回来已是深夜十点，西江的夜生活才刚刚开始。隔壁的房客也没有睡，她们邀我一同饮茶。客栈里常年备着采摘的新茶，供客人自由取用，茶一来，气氛就来了。

一对四十岁的姐妹花，姐姐是阔太太，温柔和气，传统美人的模样；妹妹是做销售的美丽俏佳人。她尤其厉害，工作之外自成风格，对文字很喜爱，对旅行很讲究。她要我直接唤她冬姐，并留了微信。她落落大方地表示，很喜欢我写的东西和一些小众个性的旅行计划。外公也加入这一场闲闲的夜聊，他神色安详地靠在老爷椅上，多半在听，不说什么。

子夜来临，我们就这样手持清茶，对着月光说着话。

按籍贯来说，我和冬姐都是湘妹子，在旅行这件事上，我们也满怀乡愁，性情相投。我们分享了许多美丽的目的地和所见所闻，我们都以自己喜欢的方式坚持旅行，我们各自都还记得旅途中貌不惊人却对自己来说有特殊意义的小地方。她非常不悦地提到一个在我心中光彩熠熠的地方 —— 斯里兰卡。她说所谓的海岛风情、古堡之旅完全是忽悠人，其实每天就是穷游，三四个小时都用来坐车，赶往一些打着旅游景点的旗号、毫无看点的小城镇，且路上风景寡淡，十分熬人。我惊讶地张大了嘴巴，半天说不出话。

西江夜色如玉，古寨的往事也在玉色里渐渐显露出最真的颜色。卷珠帘，晨光从窗口飘逸而出，层层递进，经过一夜良辰美景不夜天的酝酿，夜晚残存的珠光与清晨新生的秀气，非常巧妙地融合在一起。

昨天的桥之风情告一段落，今天缝合记忆，一改风格，直奔吉祥的苗王家去参观寻访。

依旧寸寸艳阳，依旧草熏风暖。苗王家在另一座山头的制高点，地理上与满庭芬芳的客栈山头隔河相望。我单纯地想象，苗王家一定静置于与世无争的山顶，幽冷端庄，十分考究，具有强烈的神秘感和故事性，可能无人居住，也可能炊烟袅袅。在木门之内、时光之外，无数细细碎碎的民族文化和西江情怀隐藏其间。

穿越一段生活气息浓郁的小巷，便开始绕山而行，举步维艰。路越走越偏，情况有些不对，外公激动又浮夸地表示，一定是我糊里糊涂走错了路，我大胆反驳，他也不再说什么了。事实证明，这条路是对的，只不过相对捷径来说绕远了，但是捷径也并不好走，隐藏在寨子深处灵动变幻的台阶，分叉极多，没有规律，非一般人能找到，只有常年生活在此，极其熟悉地形的人才能来去自如。

这条路，风景入诗入画，囊括天地，牵着 Mini 走在柔韧结实的草坡上，充满了童年的美好。本来以为选择远路是好事，谁知偏有险情。几只家养的白色土狗边叫边追，把我们缠得很紧。凑巧我们四人都十分怕狗，吓得一路尖叫，在大理被金毛追赶，跌入洱海岸边淤泥里的经历更是让我和外婆见狗就寒。外公抱着 Mini 躲躲藏藏，走在最前面，巴不得冲破困境，赶紧结束这段路。我们慢吞吞地、惊恐地走在后面，大家都憋着不说话，总觉得草丛里有什么事要发生——狂乱的狗，甚至更骇人的东西。

幸运的是，在当地一位农人的护送下，后半程一路平安，再无惊吓。那人，简直有君子风度，不像种地的。他扬起一根自制的小软鞭，集中精力，随时驱狗，并督促我们跟着他走，不要走散。他沉吟了一下，解释道："你们躲不过的，差不多家家户户都养狗，有的温柔有的狠，我也只能唤住自家的狗。别的狗，真要咬起人来，管不了。"这句话扔出来，真让人有劫后余生的幸福感。一步一天涯，终于妥妥帖帖行至山顶。一个短短的上午，好像一个遥远的曾经，望着 Mini 清丽、勇敢的小身影，我心中生出温润，险些落泪。

苗王家本身并不动人，一派杂乱无章的施工现场，看不出什么究竟。所谓的苗王根本不存在，只有一个自称是代理管家的人，在歌舞升平的音乐里，用奸诈的笑容，向游客推销着包治百病的神奇苗药。

值得惊喜的是，邻家的超大阳台上别有洞天，可一览全景。这一地理优势，完全不输于苗王家。天空开阔，白云如盖，西江如一方铺开的美丽诗稿，字句生绿，行行微澜，其古意风雅的整体布局盛放着满满的中国风。这一刻，虚实相生的美景，像极了倒映在铜镜里秘而不宣、幽幽不尽的前尘往事。

下山时，与几位自驾去昆明出差，顺道游览西江的老干部们同行，倚栏沐风，闲聊风景，更无家犬骚扰，行程明显不惊不扰，素净了许多。

看完免费的大型歌舞节目,又去参观博物馆。昨天已去过一次,但临近下班,只看了一小部分就闭馆了,今天特意再来。外公和Mini都对此兴趣浓厚,抱着不留死角不留遗憾的态度把每一个新旧展馆都参观到了。我喜欢这样的Mini,如同一只安静的小鸟,沉浸在博物馆巢穴般幽寂的梦里。

　　这个小小的博物馆居然别有洞天,在朱红色的走廊两边布置了一些假山和假瀑,难怪在博物馆里借机赏景休息的人比专门来参观的人多。博物馆很有感觉,也很干净,陈列精致到位,氛围极好,我没有目的地混在人群中自我陶醉着。

　　告别历史,从博物馆里悠悠地迈步出来,已经黄昏过半。街对面色调昏暗的篮球场上,三五成群的苗寨少年正把外套扎在腰间,热身运动,青春的味道在夕阳的波光里弥散开来,又飘向了远方。我们在篮球场边的长石椅上并排坐着,被艳丽的日光熨烫了一整天,终于等来了黄昏,可以清凉片刻。不得不说,白天气温还是有些难耐的。

　　西江适合散步、谈情和赏夜,尤其适合吹风和恬静地私语。

　　在镇远,散步有散到天亮的冲动,处处都能找到浓烈的喜欢;但在西江,却平静舒缓了很多。不是说西江不够美,而是现在旅行的心情和状态已到了另一个层面。走了很远很远，看多了名山大川，不再那么肤浅激动、难以自控，返璞归真地嗅着白河小瀑布边普通的新鲜空气，也能清淡自醉。

黄昏尚未收起薄纱，白河上有香雾淡淡地晕着，西江像古诗集里掉下的风景画。所有人都是画框里的人物，轻轻穿越雨帘，便有了灵性，各自行走，各自飘逸。风动，景动，画册一页页随梦被翻过，情到深处无从记录，只能用些许笔墨，为这篇山水写一个长序。

今夜没有安排，无处可去，我们商量了一下，不如去观赏声名远扬的西江夜景好了。摆渡车直达观景台，实在是方便。

山间黄昏就快要逝去了，几缕暑气还未消，观景台上早已人影如云，场面壮大，还没来得及细细看风景，先被吵吵嚷嚷的人群给惊到了。喜欢静观山水的我心里突然一片黯然，试着陷入拥挤之中，立刻觉得瘦成了一个点。人的味道把风景的味道全都掩盖了，任凭你怎样赏景，都脱俗不起来。

租民族服饰，十元一张的街头照相馆引得很多人围观。有人拼命穿戴，急于一试。欢颜和美妆，终究不是我所爱的。四周摆动着各种闪亮的银饰、流苏和珠翠，风景如此好看，反而无人问津，每每忆起此刻，心中仍有不太愉快的触感。

外公倒像没事似的，被这份喧闹和多姿多彩吸引，跟我们打了个招呼，就四处观光去了。迂回中，我懂了山水的心意，找了一个高处的观景亭，安稳地坐下来，静静沐在夜风中，等待西江最美的夜降临。

在这星月弄影的玲珑之地，等待本身就是一种极有韵味的事。无数个背影中，有人傲慢，有人风雅，有人拘谨，有人潇洒，有人站姿古典，有人一身繁华，有人短暂相依，有人恒久漂泊。缓缓穿尘而来的世间凡人，都想一睹西江夜色流光溢彩的绝世风情。

云如墨，夜坠地，本在画布里娟娟静美的西江，开始闪烁起潋滟的光。重叠，倾泻，绵延，星星点点的光如水般漫开；万重烟水，无人能渡，千户灯火慢慢燃亮天空。一个"夜"字，蕴含了西江全部的灿烂和妙趣。

人们浪漫沉沦，深陷其中，无数相机一闪而过，十分忙碌，稍稍驻足和持续等待的游客全都亲密地混成了一团。推搡，回头，拉扯，顾盼，最后都交汇成了一张动静相宜的黑白影片。

　　西江给星夜脆薄的底色渡了一层金光闪闪的釉色，画屏虽美，风景虽浓，但孩子们的兴趣终究不在于此。他们喜欢对着天空、对着星灯许个愿望。Mini 迅速和一个也在看天看云的三岁半的小妹妹打得火热。两个美人儿站在一起，有去尽烟尘、无比清甜之感。一会儿蹦跳，一会儿比身高，一会儿数星星，一会儿寻找各自的外婆亲亲抱抱撒娇，我也跟着笑了，多么好的遇见。徒有白纸，却画不出这份萍水相逢、当时明月在的美好。

　　一问才知道，小美女叫梓涵，时下最流行的、好听的名字之一，是一个地地道道的北京宝宝。妈妈最近在贵阳出差，外婆也跟着来玩，一路旖旎，直到西江。我心里一暖，虽比不过离开北京去大理，但离开北京去西江也身心俱香，自有其妙。不管住一宿两宿，终究还是要回去的。西江的夜，就让我们好好记住吧！梓涵的妈妈多数时候都陶醉在欣赏中，轻盈地握着手机，极少照相，就算照得不满意也并不纠结，如此率性而为不由打动了我——除了此时此刻的西江，在每一处有情怀的夜景里，也应该有她的身影和足迹吧！温柔谈笑之后，我们不舍，宝贝们更是不舍，才初见，又分别，你有你的北京，我有我的武汉，只留下莞尔一笑、一见如故的相知。

沿着来时的路径回到客栈，依旧一窗美景，隔壁却已换了住户。湖南的冬姐走了，重庆的一家老小来了，在人去楼空、前世今生中，西江之旅也凝着香气，恍如梦境般结束了。

贵州：云游至此是花溪

夜里的相思，多么巧妙。

一幕幕西江生活的实景，总在有云的雨夜被我伤感而顽固地想起，嫣然一望，满寨灯火，久久不能平静。

忘了西江！

请给我一件短卦、一匹骏马，奔向贵阳吧！

在贵阳的游走，是朴朴素素的一个过程，没有什么特别的故事，充其量只是一些灵动的片段和感受。

从凯里到贵阳，有从郊外小镇到香港的感觉，这种感觉指的不是沿途的景色，而是我的内心的情感。从古城一直厮混到苗寨，太久没有进城了。选择火车硬座，便宜快捷却并不幸福，两个多小时里，我既不想看书，也睡不着觉。窗外的山河景致精致得很，但我也厌厌的，懒得去看，把脖子拉伸到舒服的角度，迷迷糊糊歪着头坐着。同样是坐，此时却没有半点"独坐幽篁里"的诗意。

好不容易盼到了贵阳，急着下了车，却发现来的时间不对，运气不好。暴雨欲来，一城浓妆，天地都被笼成了玄色。千年的云，黑得惊艳，低低地压在头顶，这和我心中明朗的贵阳截然不同。

我们没带伞具，大着胆子，不停不休地步行了两个多小时。孤单又凄凉地走在贵阳街头，像被遗弃的天涯过客。想去甲秀楼，问路人，说只有五分钟的路程，我们却怎么也走不到，迟迟没有尽头。几乎天真地爱着贵阳，但它似乎并不待见我们。人民广场四周都是高耸的、冷峻的建筑。乌云卷袍而来，闪耀着雨前的冷光，看了一眼天色，我们做好了凄风冷雨、好好体会贵阳的准备。

终于，终于在云浪苍茫、极目四望间，甲秀楼简洁而优雅地出现在河流尽头。

导航出了问题，找到甲秀楼得亏贵阳人的友善热情，一帮到底。你去问路，他们会尽心尽力地解释半天，一点也不怕麻烦或者耽误了自己的时间。他们能为你指出一个详细的线路，比导航还清楚，连地下通道从东南西北哪个出口出去都不忘告诉你。有时走远了，突然想到什么，还会乐悠悠地折返回来，再叮嘱你几句。这样的江湖，这样的人，实在让人感动。都说贵阳是个好地方，这其中一定有贵阳人的精神之光、人性之好。

有一点很有趣，对于时间，两地的人往往理解不同。贵阳人会心无杂念、十分安宁地告知，去某地走五分钟就到了，但时间却端坐在那里，慢得惊人。我们往往以正常的速度，走上半小时才能到达目的地，这和所说的五分钟实在相差太大。莫非时间从贵阳人嘴里传到武汉人的耳朵里，就自动延时，成了谜题？这神奇的时间偏差，在问路的过程中出现了不止一回。我几乎颓败了，失掉了全部的洒脱和气场，因为这不准确的时间和距离，实在把我们耗得筋疲力尽了。

天上满满一池雨水居然退了，素色铺路，去看未打湿却已洗净的风景。我们在甲秀楼的河畔走着，走在极小的雨里，没有人催促走快点，也没有人提出要搭车，就这样慢慢地又绕回了住宿的酒店。路经两条气势雄伟的主街和数条小街，我瞥见一条小街，有盈盈的槐树和石壁灰白、冷冷伫立的教堂，总之沿途值得看的、不值得看的，都匆匆浏览了一遍。

闲趣的小吃，就算不是贵阳的全部，也是娉婷的一个韵脚。

丝娃娃是贵阳传统小吃最俏皮的代表，也是我最急于想品尝的。在寻访甲秀楼的过程中，并未见街边有丝娃娃的踪影。后来才得知，丝娃娃已消失得只剩下二七路美食街尽头处的一家老店了。他们都不是吃货，都没有兴趣，我便一个人去找。

所谓的百年老店，没有什么雅韵，无人光顾，我是唯一一个顾客。一进去就觉得自己有点傻、有点后悔了，但还是凭着初心买了一份。一份10个，由一个面孔白嫩、戴着白色高帽的90后小伙子开始操作，现做现卖。我守在旁边全程观看，怎么都看不出享受和食欲，回家一尝，验证了我的直觉，味道寻常，并不可口，完全不及后来黄果树山间野道上那透明可爱又十分解馋的丝娃娃，反倒是二七路上的炸豆腐，滋味浓郁，一碗喜气。给外公打包回去，喜爱豆制品的他吃得欲罢不能。

次日，完全无雨了。

天气温和，心情却急躁，急着去看花溪公园。到了公园，傻了眼。围着围栏，一河泥泞，似乎在维修当中，当真吗？我不敢相信。闭上眼，我庄严地想象花溪之美；睁开眼，仍不死心。忍着坏心情，一连询问了好几个住在附近的居民，得到的答案十分统一，最近都去不了花溪，政府正在重新规划修缮。有人低声告诉我，有条不知名的小路可以绕进去，但此路不好找，必费一番周折，究竟能不能进去，无人印证。此话虽粗糙得让人伤心，但自有真理，即便千辛万苦找到了，花溪也已面目全非，再无曾经的胜景，去了又如何。想到这里，我只能将将头发，轻叹一句：相见不如不见。

在紧挨花溪公园的桥上，我从这一头走到那一头，又踮着脚走回来，使劲望，寻思着能看到点什么，但却苍凉凉的，什么也看不见。眼前的一切似乎都在努力证明着花溪不在了。

桥上卖什么的都有，鲜花手串、烟草、古玩、盐水花生、假口红，砂锅粉。公园门口的杨梅没有镇远市集上的好看，好不好吃，不得而知，反倒是一篮篮被挑着卖的蜜柚更诱人。瓜果不是我关注的内容，却是外婆的至爱，她边尝边买，好不快活。我的心情也随之渐渐好起来，不再较真了。看来只能去马路对面的花溪城市湿地碰碰运气了。

花溪城市湿地公园与花溪公园为邻，一路之隔，是新开发的、免费对市民开放的绿地。巧克力色的湿地公园几个字和淡淡布满摄影图片的宣传栏，并不足以引起人的兴趣，真正叫人舒服的是公园本身。

其气象格局和市区中心公园完全不同，天然开阔的景象倒像是在某个独立的景区或浪漫的庄园。最直观的感受就是一片空阔一片绿，宜远望，也适合近观散步。没有哗众取宠的雕塑，也无卖旅游纪念品的各种摊位，一切都是天然的形式，十分纯美。湿地公园是不偏不倚走着花溪公园的路线，依旧是以经典的花溪山水为依托，十里河滩，青草如新，宛如一件幽幽绵长的碧衣，将贵阳的郊外包裹得美好清凉，静谧如画。

如果想游览全程的话，租一辆自行车骑行，确实是最好的选择；如果不贪心的话，慢慢步行，走到哪儿算哪儿也是一番享受。

这园子多大我不知道，东南西北我也分不清，但可以肯定的是，要领略这个城市公园的好，就沿着正中心那条空而长的路走到天边去吧。规规矩矩地走也好，闲闲散散地走也好，走上个二十分钟，旷野味就能透进骨子里了。

折扇般的远山，奔涌写意，左岸、右岸、主路、小径，无拘无束，都是风景。目光所及，小半弧是淡色的草坪，大半弧是浓色的花圃；也有疏密有致、几何图案的大面积空置的农田，有法式田园的美感。总体来说，温暖明艳，彻彻底底是一幅浪漫派的画稿。

河滩上蕴满了仙气，好像住着神仙。沿着柔美的水畔小径，慢慢氤氲在风景里，走着走着就把自己变成了寂寂青苔、盈盈翠竹、紫紫藤花、绒绒蓬草、亭亭格桑。对于陌上花开，春风十里，我终于有了明确的概念，世界简化到只有花溪，我欢悦地、妥帖地正在花溪的水中横渡一梦。

外公总是摆弄镜头，有拍亭拍云的闲情；Mini自顾自醉在花丛中，时而惊叹，时而胡闹，时而看花，头发上也覆盖着花香，她就是最甜蜜的那一朵。外婆快活地看着天，缠绵在自己的意境里，在歇下来的片刻，会催促我们快点跟上，怕谁落单。

从花溪回来，更觉得贵阳姿不倾城，却让人放松；美色不够，人情却足。它有一分尘香，三分秀气，在山重水复里单薄、落寞、深幽、飘逸。它未必是你此生必去、无比爱恋的地方，但无论你是否停留，是否爱惜，这座城的气质自会在不经意的一抹古旧山色中呈现。

聚散之间不必巧费心机，再次路过甲秀楼，我感到天如白瓷，心如古玉，南明河里有袅袅沉香。

黄果树：三生三世三瀑布

梅花有三弄，黄果树也有三弄：陡坡塘、银链瀑、黄果树。

本是直截了当奔着黄果树而去，却不曾想还有与之结伴的瀑布群，前一条后一条，左拥右簇，美景的生成是如此娇俏又如此自然的一件事。

德天瀑布景色太奇，在我心中一直是至爱，以至去黄果树显得有点清淡和勉强，不过就是刻板地把"黄果树"这个名字从心底打捞起来而已，即便有点心动，也只是心生微澜。主要目的是为了让外公外婆见识一下亚洲最大的瀑布，既然已到贵州，就让我做一回成人之美的侠客吧！

回到武汉，每当闲下来的时候，竟然感觉房间里也娉婷地长出三条瀑布，一步一步任由我接近。我几乎痴了，悠悠托着双手，待了很久，陷入这种境界中才明白，三生三世已无法忘记安顺深山里这曲曲流水了。我守护着黄果树的美，用我自己也无法掌控的强大意念，这种魔力让我想到了三毛初见《蒙娜丽莎》时写的话："蒙娜丽莎不能是一篇散文，能的是，去看画吧！"

黄果树也不是一篇别人的游记，能的是，去看瀑吧！

赴瀑布之约的当天，在火车站的天桥上躲了一场雨，四面八方都拥来躲雨的人，又狼狈又浪漫，我居然喜欢上了这种气氛。碧水凉风染贵阳，就是这个味，有雨的贵阳实在比无雨的贵阳要好。

如梦如幻的烟雨梦就省略了吧，反正也无法从水路抵达瀑布。我们独爱火车，那就还是老方式吧，从安顺火车站前往安顺东站，再转车去黄果树镇，想想就有一路驰骋的快感。

晴天的安顺城区略有风景，尤其是虹枫湖，所以车上的时间很好过。去黄果树镇就相对来说困难些，去镇宁、关口、龙宫各地的车都寥寥无人，单

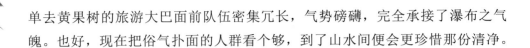

单去黄果树的旅游大巴面前队伍密集冗长，气势磅礴，完全承接了瀑布之气魄。也好，现在把俗气扑面的人群看个够，到了山水间便会更珍惜那份清净。

去黄果树的路出奇的好，大道笔直，旅游大巴开得平稳，一片片青峰咬合得并不紧，小巧、凸起，有广西的味道。车子在看似没有移动的山脉中行驶了 40 分钟，黄果树人民政府一闪而过，妙哉，目的地到了。

镇子虽看不到湖光山色，却以幽取胜，还算不错，但较真起来，我是不太爱的。比较现代化的建筑，没有岁月包浆、铜绿门环，满街客栈林立、装修艳俗，房间统一叫价 128 元，十分无趣。

我们住的是某小区普通的家庭公寓，五楼，顶层，环境比酒店略差，但让人惊喜的是，倚着飘窗，视线居然能跃过景区的停车场看到轻云浮动的群山。云有亮亮的光泽，山也是，夕阳又添了几分彩墨，月儿快来了，想必明月当空时，又是另一番美景吧。这样的格调，突然使我想抓住一些景物表达自己未叙述完的感情。我垂着袖子，幽婉地靠在象牙白的窗帘边。他们在房间里细语声声地说笑着，风从绿绿的远方吹来，吹进无数久久未归的旅人灵魂深处。

他们没有兴致逛夜景，依旧是我和外公结伴去散步，黄昏是一天中我最喜欢的时刻，自然不能错过。外公步伐匀速，气色很好，整个人都和白天不一样了，处于特别精神的状态。我也跟着他的步子，快乐地游荡在街边的树荫下。街上有些闹，闹声主要来源于吃饭，一排长龙似的夜市小摊任性地挤满了路面，人行道瞬间被压缩得非常窄。原本不打算吃饭的人，也都经不起吆喝和诱惑，纷纷坐下来，翻阅菜单，点茶点酒点小菜。只有我们俩，心无旁骛，一心向前，这条主街，异常好看。我们热切注视着远方，好像走下去就会通向一片金黄略带咖啡色的麦田，野生的、馥郁的，整整一大片，但其实走过去，什么也没有，只是另一条黄昏小路通向另一个黄昏小镇而已。

今天，不是一眼望穿的碧云天，有些诡异的阴柔，不过这也无妨，想着瀑布就在不远处，心就山水环绕，野了起来。

我们搭乘最早的一班车去陡坡塘瀑布，人少景幽，确实是好，可随意在清泉边、竹荫下缓步休息。三两个零散的游客也都安安静静地、一声不吭地低头步行或抬头观赏，无一人喧哗。

陡坡塘又宽又静，很清淡，但其流动之姿的潇洒和美感却十分动人。瀑布宛如一条天际线，天空被均匀地分成两层，上半层是云影轻移的苍穹，下半层是从左至右、风韵天成的一脉宽瀑，宽到两边没有任何辅助的景物，纯粹到只有瀑布之水，玲珑的植被全在瀑布的下游。深潭边、浅流里，一丛丛凸起的岩石和浮草像神秘仙境的路标。好瀑如雪，怎么看都像皑皑白雪，从画卷上轻笔一拖，空气含润，雪韵淋漓。

Mini 早上只咬了两口干干的牛角面包，又迎风吹了好久，唇都干了。她把儿童唇膏摸了出来，慵懒地涂抹着。此时的她非常漂亮，小脸蛋长睫毛是她最美的记号，空山飞瀑的背景也绝好。我悄悄调好镜头，怕她发现，不肯拍照。外公外婆倒是极大方地在瀑布边半圆形的观景台上挥舞着衣袖，又自拍又合影，一阵愉快地折腾。

风动瀑动，一切皆美，Mini 跑过来，贴着我的耳朵，软软地呼喊着我。我顿时借了瀑布的灵气，像生了翅膀一样，搂抱着她。

刚到天星桥景区门口，人陡然多起来，但还不至排队，短短几分钟便过了检票口。

想要一一拾尽天星桥的美景，不难，但一定要会玩，玩得巧。天星桥的前半程是平庸的常规景点，两三个眼神和品赏就足以将旅程结束。一般团队游客走到此处就集体返回了，而导游口中行程无比艰辛的后半程，才是真正的精彩之处。即便没有这些官方的信息，对美景的直觉也早已告诉我，第二世瀑布，到了。

寻常的山路和山景，连山间小居都没有，的确没什么看点，不过是奇石和藤萝多了一些，算得上美景的就只有数生步和侧身崖，崖顶上长满了形态飘逸的仙人掌，有点意思。

偶有沉沉的水面，随意开放着水中花，花够美，水却不太洁净。幸亏有一番毛毛雨的晕染，景致瞬间就好看多了。石苍绿，天青蓝，在雨的影子里，处处都揉了银粉，点了水墨，一条跳石铺就的云水之路飘在脚边，真真是一个梦。

雨生着烟，烟笼着我们，细烟细雨中踏着山径走啊走，一直走到了高家庄，景色在一片沁凉中突然开阔起来。湖不大，但线条柔美，湖中有亭，适合听雨。过长廊，穿小院，随便一望，亭中到处是人，像热闹的游园会。好不容易找

了个拐角处的空位，还险些被人抢了，终于把背包卸了下来，轻松许多。

湖面尽是铺开的涟漪和薄薄的荷叶，却没有一枝出水的花。时间滴滴答答，就这样静静地生出美和痴。一旦坐下来，就不想走了，心里的期待一点点被满身的疲惫取代了。

话说到这里，就不得不提到亭中意外收获的一幅纪念性小画。起初执意拦着不让我买，后来自己无比积极地掏钱去买的人都是外公。画，谈不上装裱，简单过塑，便于收藏而已。左右两侧用朱红色的艺术字分别熨烫着"黄果树瀑布"和"天星桥景区"，有一叶起桨的扁舟和四只羽翼质朴的白鸟，此去仙境，四季如梦。然而最特别的都不是这些，而是云影潭心的中央，刻写着 Mini 的大名——蔡君清词。初看就是寻常的四个书法汉字，但是细细拆分来看就会发现，一撇一捺都是花鸟组合而成，暗藏国画的绝美元素。这新颖的艺术内涵和书写格局，值得推敲，又惹人喜欢。

如今这张画，静静地铺在我的卧室鹅黄色蚊帐的顶端。躺在床上抬头看画，是睡前最美好的事情。依画而眠，就此许下与日月山川的千年盟约。

走下去，更远更远的地方是星峡飞瀑和天星索道。我们没有看到，也没有打听，但可以肯定的是，景区前半程快结束了。回想起来，定格在眼前最后的画面就是外公举着一把大大的彩虹伞牵着 Mini，在林中远去的背影。风景如屏，色调幽绿，绿里有一股白亮亮的溪水好似凝固，又好似在流动。5 岁的 Mini，背影像糖果小人般可爱。我的十年尘梦天真而过，Mini 一个又一个的十年才刚刚开始。

后半段，一启程，风格就大不一样。近处深潭旋涡，远处浓荫怪雾，奇石和古树密密交织，有时能把天空遮个大半。行走其间，有点胆怯，雨声水响，愈发响得人心里慌慌的。稍微令人愉悦的是，常常有清香的、不知名的花叶落在头发上或手臂上，轻柔又好看，痒痒的，却不会过敏。

Mini 完全是一副不怕头破血流、傲气凌人的小模样，走起路来帅气迷人，一点也不像平时写写画画的安静小美女。雨衣不小心被路边浅绿的软刺撕裂了一个口子，散落一地的水珠，她敏捷地把破口处挽起来，打了个结，带着这份小残缺，更加潇洒无畏地踏着雨中小径而去，既不惊慌，也不回头。

　　神秘的水流，跳跃在极近处或极远处，大约很少遇见游客，大约被束缚了很久。美景像鸟儿纷纷飞出了笼，在天空里悠游排列，自由组合。这确实是一个为自由行的游客打造的徒步天堂。一个个背包，专心低头行路的人都像山中隐士，手里永远拽着与风景有关的某种线索。雨也好，风也好，都是美的。有笑容明媚的宝妈，体力强大地牵着一大一小两个孩子，听风听雨；也有才几个月的小婴儿被晒得黝黑的奶爸托举着，看山看树。

　　天星洞在 Mini 眼里是唯一，这是她人生的第一次洞穴之旅。

　　一条非常秀气的支路通往天星洞，真是一不小心就会错过。外公淡淡地说，一个洞有什么好看的。我虽未直接表达出来，但也有类似的想法，曾经看洞无数，审美疲劳，天星洞除了名字繁星闪闪，稍具梦幻之外，其余的，我并未期待。出乎意料的是，外婆极力鼓动我们去，她认真地说：既然花了门票，管它美不美，总得见识一下吧。难得她喜欢，又有雅兴，要知道，并不是所有美景都能引起她的兴趣，在旅途中她常常把古怪又挑剔的性格发挥到极致。

　　一个比正常房门还窄小的洞口，几乎要护着头、猫着腰才能钻进去。走了一段光影昏暗、头顶滴水的爬坡小道，台阶又陡又滑，不好落步。在跌撞搀扶之间我暗想，也许这就是细如长蛇的天星洞了吧。开始有些后悔，想赶紧撤离，原路返回，可实际操作起来才发现根本不可能，仅一人宽的暗道，无法错身，更无法逆行，只能无奈地向前。

　　猛然，像星云裂变般进入一个看不见边界的空间，我打了一个激灵。寒凉之中，凝眸远望，洞厅巨大而深邃，紫红色的灯光星星点点，嫣然摇动，似暗夜里的花。那些生生不息、长满故事的石笋，有的深陷水中，有的藏匿空中，全都埋下了伏笔，只等这美丽的一刻。一瞬间，循着夜色，入了梦境，真叫人敬畏又惊喜。所有人都在追梦，不知不觉追到了洞穴深处，虽然天星洞的灯光设计得不太自然，有些华丽和造作，但总体来说不影响它的美。有的省份为了保护洞穴的生态环境，不惜花费百万，把洞内的光源全部置换成了冷光灯，这样，洞穴就不会过早发黑老化。

我暗暗比较着湖北最美的黄仙洞、隐水洞，心里却一片寂静，无法得到任何结论和信息。不得不承认，这洞又奇又美，还能摄人心魄，让我不敢有半点分心，只能顺着它神奇的脉络，保持着永恒的步伐和永恒的微笑。Mini左顾右盼，四下观望，一点也不怕黑的样子，看来这神秘未知的地下世界，非常欢迎她来探索，正好也填补了她洞穴景观旅行的空白。

黄果树景区要是失了天星洞，会黯然失色许多。

贵州的洞穴太多，秘密太多，织金洞最有名，而白雨洞却鲜为人知。这个名字很好听的洞其实大有来头，看过一期《国家地理》之后，我就很想去，哪怕只是非常没勇气的在洞口干巴巴地瞧上一眼也可以。竖井洞穴已经够奇特了，更何况白雨洞还是垂直竖井洞穴，在400米的垂直下降中，可以一直看到天空，直至天空缩成一个远远的、活泼的亮点。中国最深的洞只在我生命里释放了一刹那的曙光，便消失无踪了。我期待某天能在透彻的阳光下把它看清楚，那里面一定会有让我紧张和痴迷的地心之谜。

话扯远了，再说第二世的生命之泉"银链瀑"，这也是天星桥景区最精妙之处。

初夏小雨天，往僻静处寻找美瀑的过程是极为惬意的。哪怕只是蹲下来，洗把脸，也快活之极，不知道洗的究竟是泉水还是雨水，就这样自然欢畅而为之。这世间最后一点动人的清凉都隐藏在山间了，我怎能不盼，怎能不来？

银链瀑美在形态，形态美在脱俗，即使连续七八天什么也不做，单单看着它也不会生厌。从下着雨，游客们却收伞做好各种拍照的准备，就能判断此瀑的美景级别。

细雨漫天，远山近树都含着愁，所有构图都是衬托，重点还是落在瀑布上。

银链瀑灵动典雅，和它的名字对号入座。水悄然从远方来，流经几面大大的、涡状的巨石，然后软布一样柔润地铺开。细看，软布里还有更深的风情，水流裂开又缠绕，宛如千千万万大大小小的银链，颜色清浅，款式别致。若是取一条佩戴颈间，定是无与伦比的千年之链。瀑布之水天上来，最后全都流进了巨石底部的凹槽处，仿佛注满了一个生命的容器。百年石，千年雨，满潭银色，日月回旋。

在瀑边，亲切体会，湿透衣衫，到最本质的风景里去。这契合心灵的调调，让我突然产生了想拍一张背影的冲动。风景照就是风景照，不是人物照，把人拍得太清楚，实在不适合这份意境。他们仨也学着我，纷纷抢着拍背影。外公不甘示弱地跳上一个制高点，站得不太稳，却抢下几个瀑布的全景，但愿我们没有把凡尘的俗气带进这不属于人间的画里。

看不惯有些人，不管真喜欢假喜欢，看见瀑布就拍，拍完就滑屏，选照片，抢时间似的，完全是到此一游的心态。转念一想，好花好瀑不常在，哪有时间去在意他人呢？挑一些自己心爱的风景细细去读吧，最好能搬把椅子，在银链瀑布旁边，远离人群，坐下来，三生三世不离开，任世间千万风景，只守着这一瀑。

山未空，雨未尽，脚步更曲折生风。喧宾夺主了半天，终于坐景区大巴来到了黄果树。我童心大发，异常欢悦地对Mini说，这就是童话故事里树上长黄果、深潭埋宝藏的神奇地方。她扬起脸，眼睛一亮，望着我。

依然是一大堆可有可无的铺垫景区，不停地走路、爬坡，望得见山，却望不见水，瀑布简直像失踪了一样。青山十分险峻，一溜儿绿，不夹杂山果和花枝，别的山未必这样。Mini随心感慨了一句："好想做一株蓝梅花。"我顿时在心里起了问号，什么时候蓝莲花变成蓝梅花，更改了风格？还真是有意思呢。如果她真的愿意长在这山间，我也允了。

外公终于忍不住呼喊了一句："这条路对不对啊，你看前面的水帘洞都堵成什么样子了？"

我肯定地回答："路肯定是对的，堵也没有办法，今天正赶上端午节，你们忘了？"

外公"哦"了一声，偷偷一笑，无可辩驳，然后继续随着蜿蜒的队伍迂回前行。

到山中去，可遇人，可遇雨，可遇任何心不静、损美梦的事情，岂是都能设想好的？

人多有好处，人少反而压不住黄果树的气韵。不再是远远望见的那缕白，瀑布的全貌已显露了八九分，大得惊人，溢出的清凉也浓。初夏，水量不算大，水声却大，挨着肩说话也听不清。水气萦绕，什么也看不清，直到离水帘洞很近了，才听到景区的工作人员拿着大喇叭，声嘶力竭地喊着："此处拥堵，请不要拍照，排队通过。"无数遍、无数遍地重复，但有的人还是充耳不闻、我行我素，造成了后面队伍更拥堵。

水帘洞不是那种走过惊叹几句便忘了的地方，作为黄果树瀑布一个局部的呈现，它有特别之处。抬头从洞口看天，一小片不规则的蓝天，水润润的，配上瀑布断流形成的彩色水珠，又别致又上镜。其实我所能感受到的美景和神秘力量远不止于此，但其余的，都软软地陷在了心底，说不出来。

　　沿着绿意弥散的山径，走了一段颇为阴凉湿滑的台阶，顺势下到了瀑布的最底部，又换了一个角度欣赏。不逼近也不拉远，刚刚好的距离，可以说非常好。除此之外，还有围树而造的休息座椅，直接引入了泉水的饮水池，这极其天然的构造和设施，为游客提供了最大的舒适和便利。如果黄果树只能选一处停留，那么，一定是这儿。

　　这里能看到最经典、最真实的黄果树全貌。

　　激溅的阳光中，惊现千丈飞瀑，大而壮阔，净而清绝，热闹地奔腾着。观赏的人影影绰绰，全都隔在了水雾形成的珠帘之外不得靠近，必须紧抓栏杆，否则随时会有掉下去的危险。

　　做不到不食五谷、吸风饮露，也远远达不到超越生死、旷达圆融的境界，我只能以泥之躯，仰天之瀑，利用一小段清冷的时光，妄想自己能做一回瀑布一样的女子，造化巧妙，顺时应景。

　　全程 6 个小时的徒步，对我们来说不易；对 Mini 而言，更是挑战体力的严酷考验。路途中，她不哭不闹，自我调整，暗暗坚持，予人快乐。如外婆所说，Mini 似乎天生是为旅行而生的。平时，她很静雅，运动也少，但进入迎风踏浪的旅行角色中，就能自动呈现出非凡的精神状态，活力、闪光、坚韧、多彩，每一次自我成长的旅程，她总能精彩完成。她的旅行，有她个人的节奏、个人的机缘、个人的考验、个人的独家记忆。

　　在观瀑亭歇息的时候，她是真累了，还没有来得及表达疲惫，就已经倒在外公怀里沉沉地睡了，小手一直舍不得松开，于风中还想抓住些什么抒情寄怀。

　　正值下午四点半，太阳还高悬着，着实有些烤人，这个时间点赶去看黄果树的人也不在少数。阳光一照，一大片山、一大片人，都刷上了好看的金色，Mini 全身也被染亮了，全然是个小小的发光体。一种温暖无边的美充溢着整个画面，外公用怀抱当床，用胳膊当枕头，拥着她，我和外婆则一左一右护佑着她，寸步不离。

　　我们各自怀着对自然、对生命的理解，静坐在爱里，完美地结束了行走与探索的一天。

　　我想，如果常用瀑布之水冲一冲、洗一洗心，即便浮云所盖，也会有一颗瀑声朗朗，诗意流转的心。

第四章

甘南川西，此去经年

兰州：熬过汽车南站，生命自有修为

每年，每个人，都在悉心寻找神州大地上与自己内心气质相近的那片秋天，一步一履，美如少年。

不得不朗声一笑，我也是爱秋的，也想趁着秋色绚丽一次。

在四姑娘山、稻城和甘南三者之间，我纠结了很久，最终选择了甘南。甘南草原在无穷的远方，散发着无穷的光芒，虽然都是一一要去的地方，但是我还是认真又任性地想早一步靠近它、抚触它。虽然秋天并不能彰显草原的美色，但是秋草黄，却是我心中一直难以描绘又深深陶醉的景象。

这次实在没有时间，未能免俗，只能在国庆出行。慢了一步，没能抢到兰州的车票，只好一咬牙买了机票，如此果断又破费，是因为Mini爸难得有时间，所以这次无论如何，一定要去。

在夜色中降临中川机场，光是这机场的名字就好到不可捉摸，旷远、霸气且有爽快行走的况味在里面。

大半夜，从武汉共同飞来，却彼此并不认识的旅人们，堪称是最熟悉的陌生人。大家轻轻语，轻轻笑，恬静而疲惫地伫立在兰州凉丝丝的空气里，拉紧外套，搓着手，站在传送带旁边，如同等待自己的心灵一样，等待着自己的行李。人影灯影聚在一起，万千离别，流动出一片明媚灿烂。

机场大巴驶出，约莫一小时车程才能到市区。一个离家多年的甘肃小伙子迫不及待地向同座的外地青年问路，打探兰州最近的变化，他感慨地说，自己对这片土地已经非常陌生了，这次回来，正是想弥补一下对故土情感的缺失，看一看兰州，陪一陪家人。

忽然，这一抹惆怅的、使命般的青春乡愁，像群星一样从我身边掠过，然后热烈远去，点亮了大西北的天空。

本以为兰州的夜会像冰冷出鞘的黄河宝剑，但实际却是温和美丽，处处是景。过马路，一转身，正瞧见没有点亮的"兰州大学"几个字，背景是深邃不见底的学堂。月光下，这四个字，暗暗沉寂着，我却觉得它俏丽到不可言说。它独有的文化信息释放着中国汉字之美，而这种美又贴合着兰州深深夜色里的天地万物。刹那间，只觉得四字如花开，心中无尘。

夜虽凉，却凉得温和不刺激，让人舒服，像摇晃在美梦里。

下午 2 点离家，2 个小时到机场，2 个小时候机，3 个小时晚点，2 个小时在飞行之中，1 个小时到兰州市区。深夜下车，人多车少。无车，等车，再到预定的酒店，凌晨 1 点才躺在兰州的河流之上、床榻之间。

武汉到兰州单飞 2 个小时，说得轻松，却行之困难，整整折腾了 11 个小时。旅行比想象中变幻，也比想象中辛苦，而这一切滋味都预示着甘南的旅行才刚刚开始。

合作：人间十月天，当周看草原

10月的兰州，无花亦无雪，却有一种奇特的美感荡漾在空气中。

可惜这种美感，在我们初来兰州南站的时候就结束了。

昨晚的兰州似乎并没有今晨这么冷，南站广场上气温极低，冷风肆虐，男子们的藏袍看起来十分厚实，但他们依旧笑容僵硬地冻结在风中；女子们更是不能抵御寒冷，纷纷聚拢，相互取暖。站在广场外吹风显然是受罪，但售票厅里人海呼啸，没有非凡的能力，根本挤不进去。寻不到避风处，我只能一边瑟瑟发抖，一边忧伤地倚靠着行李箱，Mini 爸则一鼓作气，冲进去买票。

今天是国庆的第一天，如此盛况，也在预料之中。多半都是回家和探亲的藏民，旅行者极少，只有一对异国情侣，背着大型的徒步包，有些焦急地徘徊在人群中。

钻了个空子，我终于挤进了售票厅，让身体得到了一些暖意，恢复了正常的知觉和思考。远远看见红色显示屏上去夏河的票已经售罄，引发了一次不小的轰闹，没有想到夏河的票这般紧俏，幸好我们不是去拉卜楞寺。原本去合作的人，还能在夏河转车，现在倒好，全部旅客只能直接去合作了，看来合作的票要顺利买到也够悬。我愁绪万千，仔细搜索着 Mini 爸的身影，却始终看不见。

就在这时，一群穿着工作装的壮汉开始轰赶我们，大声吆喝：不买票的，别站那里，别把路堵住了。大家十分配合，把路让出了一条行走通道，但他们还不罢休，猛虎一样冲进人群，用力把等候买票的人往外推，全然不顾老人和孩子会在门外冻着。我在混乱的场面里，拖着笨重的行李东躲西藏，但这终究不是办法。

驱赶仍在继续，在几次劳神费力地折腾后，我突然想到一个办法，随便选一个窗口，装作买票的人站在队伍里，跟着队伍慢慢挪动，总算太平了。不知不觉我接近了售票窗口，Mini 爸这边还了无消息，在周围人费解的眼光中，我把身后的人一个个让到了我前面买票，一切就在谦让和等待之中染了霜，凝了眸。

还好，还好！Mini 爸终于"纵横千里"奔向我，高举着两张飞扬的小票，我顿时有一种人面何处、桃花依旧的隔世之感，我说不出的欣喜，拉着他就往进站口跑去。

Mini 爸说运气不佳，轮到他买的时候，10 点钟的一班刚刚卖完，暂时还没有后续的车票，只能等中间加班的车辆。空等了大约半小时，终于拿到票了。我们已经很走运了，后面还有很多人没有买到，只能买下午甚至是明天的了。

安心地坐在车里，看风景的心才平静舒缓下来。无意中看见汽车站钟楼背景的天空非常空阔、非常蓝，还有淡淡的云峰和苍鹰的踪影。

向南延展，我以为几多娇媚，草原从此开始，结果和我想象的完全不一样。车窗外没有一丝草原的迹象。在干得发白、宽阔无边的土地上叠落着泥塑般低矮的房屋，似乡村，似古城，又似废墟，景色沉默而壮丽，烟尘中眼眸有些泛灰，怎么看都有一些耶路撒冷的味道，只不过画面温暖安宁，没有耶城的疏离感和战争感。

不久，景色渐变，但依然没有草原，黄土缩成了零星的碎色，山林和峡谷多了起来，在绿荫和云霞的掩映中，总有造型各异的清真寺露出漂亮的尖顶。几乎每个村落都有自己的清真寺，所有的清真寺汇聚在一起，就是一个茫茫的生活半径。想来也是，快要到宁夏了，有这样的风格、这样的氛围，不足为奇。

市区自有旷野在。

当周草原离合作市中心非常近，今天太累，便没有步行。出租车把我们扔到了一个很冷清的门口，一踩油门就跑了。我以为弄错了地方，抬头一看，没有错，是我要去的当周草原。

不需要门票，径直向里走去便可。一条小树稀疏的水泥路两边便是草原。草原近处，坐落着许多空无一人的度假村，路的尽头是普通的小山包，除了有点涂鸦的美感，再看不出什么特别的了。这和我在画册里看到的绿盈无边、载歌载舞的草原是多么不一样啊！此处的草原过于小家子气不说，草色也很夹生，不够绿也不够黄，找不到什么颜色可以形容，也不算太难看，但完全无法心动。

下午四点，秋日的阳光依旧很厉害，饭后的困顿，坐车的疲惫，微弱的高原反应，让我们举步维艰。我原本还想坚持，几次把三脚架拿起来，却感觉自己摇摇晃晃，险些晕倒。草地经过连日来风雨的运化显得有些湿润而粗糙，我简单地将冲锋衣铺展在地上，一心一意在草原中央坐了下来。

刚到合作汽车站时还脚步轻盈，跃跃欲飞，享受着高原特有的气韵和光感，现在已经完全没有了当时的活力，胸闷、气短、头晕，一样一点，加起来也让人吃不消了。

Mini爸情况好一些，只要步子放慢一点，就不会很难受。他执意要去对面的山坡，明知山坡那边也是草原，但他就是想过去看看，一探究竟。

那么高的亭子，一定会有高原反应，我反对，他坚持。我清楚，不能小看高原上几十米的海拔，每一米海拔的攀升都是拿生命在挑战，和在平原上的概念完全不一样。

看着他一步一回头，跟我挥手的愉快身影，我的心也蒙上了一层雾色的温柔。心思痒痒，步子长长，往草原深处走去，仿佛是他的宿命。

去吧，也许早该送你一片草原！

我与他隔着草原，发短信，互通情况，一切回应都显得更安宁、更深刻。

我固守在原地，一身草香，等他回来。

在武汉，我愿意等他；在甘南，我亦愿意长久地等下去，化身晚风蝉鸣，也毫不介意。

之前他并没有下定决心和我来甘南，他只说争取，因为担心会有工作牵绊。虽然有些失落，但我知道，这是最诚挚、不欺骗的回答。真的来了甘南，他玩得比我还野。

他像孩子一样投身在草原上，满眼晴朗，无惧无畏。这一刻，多么妙，这是我能给他的最好的爱。虽然如此短暂，虽然旅行永远只是修饰和过渡，平凡琐碎的生活才是永恒。但是，这些幸福的小片段就好像星星之火，可以燃烧整个人生的草原。

长烟落日，秋风自舞。

离开当周，我们怡然自得地步行在香巴拉广场。四周宁静辽阔，行人极少，著名的甘南饭店，就在广场的一侧。

同样是广场，是市区，但这气氛，这感觉，和武汉的光谷广场截然不同，尽管它没有光谷广场的时尚和宏大，但这个高原天空下浪漫无人的小广场，却用它特有的气质征服了我。没有堵车，没有拥挤，没有喧闹，没有欲望，没有攀比，没有浮华，你只需要关掉手机，静静走入另一种生活，在洁净的大理石地面上等候夕阳离场，或者在喷泉边低头美丽地微笑，然后在回家的路上，一转身看见草原和飞鸟。

花草丛中有一把长椅，椅子无比干净，根本不用擦，我们像慢镜头一样，放下背包，坐下来，揉揉肩膀，仰望天空，漫不经心地拍了几张建筑和风景。

就在这时，一个老奶奶牵着一个一岁多，刚学会走路的小男孩路过，他盯着我们看了一眼，就不肯走了，一边拉着老奶奶，一边扭着柔软的身体，非要来我们这儿不可。

到底是什么吸引了他呢？我们不约而同地想。Mini 爸扫了一眼我的花外套，然后笑着给了我一个十分笃定的眼神，这时我也明白了，小孩子总是会被鲜艳的衣服和糖果吸引。

哪知，小男孩一过来，没有半点停留，一眨眼就敏捷地爬上椅子，乐不可支地投入 Mini 爸的怀抱，不容分说地开始撒娇，开心极了，完全没把他当陌生人。我在一旁，完全看傻了，看来不是冲着我来的。Mini 爸毫无准备，在片刻的惊讶和羞涩后，也轻轻抱住了他，并极力护着他，怕他一不小心跌下椅子。老人不好意思地笑着说，这孩子，就是喜欢帅哥，没吓着你们吧。我们这才恍然大悟，也笑着回应，非常喜欢，没有被吓到。

这个与众不同的小男孩，让我们感受到了合作的另一种节拍，在这种节拍里，我们更加感恩今天所有的遇见，也更加期待明天所有的新鲜。

郎木寺：晚安，绿野之中的魔幻小镇

清晨从天边策马而来，还有一角星海挂在远端，高原上晨光如春，好风如水，大草原在崭新的藏式高楼背后欢笑奔去，只留下微亮的金色线条。

合作到郎木寺的车还没有出发，我们在汽车站门口的小面馆里偷闲，吃了两碗名字有趣的面，面条细软精致，葱花荡漾。

当地人都大刀阔斧地吃着面，面汤随着热气飞溅到地面，我们吃得很慢，很秀气，根本学不来他们的豪放。面馆里有几个巨大结实的环形铁炉，供藏民取暖喝茶。不断有卷着藏袍，拎着大杯子来添水加茶的人，像回到家中一般，举止娴熟，表情温暖。我突然想起，曾有朋友带我去过隐藏在呼和浩特街巷中，当地人聚集的茶馆，此情此景，有异曲同工之妙。

9点出发的车，时间到了，却还空无一人，司机也不见踪影。一会儿的工夫，车边就围了许多乞讨者。以中老年男性居多，他们在车门处张望，见车上有人，便利落地上来，微微躬身，不说话，只伸出手，等了几秒钟，你没有反应，转身就走，有些人会重复上来，因为车多了，他不记得哪辆车上来过，但只要他意识到你是熟脸，刚才被拒绝过，就绝不会再找你要了。多么轻车熟路的一套技能，出现在甘南，着实让我诧异。

大巴车的第一层，没有座位，只有司机，所有的位置都在第二层，这注定了随便坐下，都有高视角的观景效果。

终于来了一位红袍加身的中年喇嘛，这是除我们之外的第一位乘客。他体态庞大，轻卷衣袖，行李十分简单。他选在了最前排坐下，车的前窗玻璃不算很干净，但毫无遮挡，视野开阔，呈现出270度的广角画面。车票上没有座位序号，我们是最早来的，什么好位置都可以选，没有坐最前排，是因为一向不喜欢太出众。前排是独立出来，稍微挑高的一个位置。只要能看风景就好了，坐在哪里，不必在意。

刚出发的时候，喇嘛心空无物，如端坐莲台般平静，风景渐佳后，他开始按捺不住了，拿出手机拍照，比比画画，乐在其中，比我们还积极。我觉得他很有意思，不知道这位可爱的行者是初次去郎木寺，一路猎奇，还是经常往返两地，留影只是为了记录不同的相遇和别离。

合作只能算跟草原沾了点边，从合作到郎木寺这 4 个小时的车程里，甘南草原才真正拉开序幕，显示出它无与伦比的真身和气质。

没有习以为常的蓝天白云，天是阴阴的，像一面无边无际的古镜。远山、溪流、寺庙、炊烟、经幡、牛羊都在古镜的照耀下，等着某一刻大草原以幻美辽阔的姿态急速闯入。

一路飞驰在草原的公路上，没有红绿灯，那叫一个爽，美国大片里的景色也不过如此吧。好几次屁股都被颠了起来，感觉自己轻盈地飘了出去，滑翔在晚秋的天空下。

散落在深深草波里的虔诚和不悔，慢慢聚拢，收集于心。

极目远望，我无限感慨，一直很向往伊犁大草原，现在却被不是最美季节却依然是一幅美丽画卷的甘南迷倒，Mini 爸想必比我更震撼吧。他决定和我一起去甘南的时候，并不知道，将要从自己生命里经过的，是一片海拔 3200 米高入云端的草原。

高山草甸是这里别具一格的景观，一大片一大片的草原，裁剪出不同的形状，不分彼此，又优美相连，闪着只有秋天才有的清凉的光，我立刻为自己不爱美妆，只爱天然找到了最佳的注解。这天然的、博大的、孤独的甘南草原，集合了所有的草原之美，却甘愿隐藏，只为自己存在。

车外是天堂，车里也自有乾坤。

大巴车的正前方，搁置着一个坐式的太阳能转经筒。转经筒并不大，落日熔金般的色泽，随着车身摇摆而缓缓旋转，极为好看。我不再关注窗外天宽地阔的美景，而是盯着这个小小的金色身躯出神。它沉浸在一种柔光中不肯醒，我感觉我的灵魂随着它一边洁净，一边放任，连看风景的眼神都不一样了。

迷人的不再是转经筒本身，而是它所营造出的整个氛围、整个环境。在

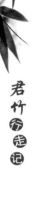

转经的轮回里，时间和空间都改变了形态，每个方向都有神在注视，一切错爱和迷失都化为灰烬。我从未体会过这样一种强大而神秘的力量，仿佛在这种力量的指引下，车才有了动力，心才有了方向。这趟旅程的启程和到达，一下子充满了超凡脱俗的美。

这种脱俗的美，并没有被沿途不断扑面而来的酸奶广告牌所掩盖。有机牧场，草原酸奶，广告在此情此景下，也是惹人喜爱的。一路上，无名的小镇很多，上车下车的居民和旅行者也不少。快到郎木寺的时候，路的右边，极远处，出现了一大片亮晶晶的水域，远远望去，像宇宙里散落下来的碎片，非常空灵。水边有影影绰绰的人影，但凡是美景，哪怕是不知名的，也总能吸引旅人深邃的目光。突然好羡慕自驾来甘南的人，沿途的美景，可以一样不落地随心掌控。原本也是想自驾的，但考虑到自驾耗时更长，没法及时赶回来上班，最关键的是，我不会开车，Mini爸一个人开车无人替换，确实太累。

郎木寺说是寺庙，其实是一个小镇。这个小镇才刚刚被国内的人熟知，但在国外驴友的心中，它早就是旅行圣地了，绝不比丽江差，甚至可以说是一个国际化的小镇。

接近郎木寺的时候，草原已经几乎消失了，取而代之的是一排排巨大的、冰冷的山体，这种突如其来的魔幻美感，让人十分惊讶。有部分背包客在郎木寺的桥头就下车了，我们到了镇上才下。一下车，更是惊讶，这郎木寺，太繁华了。不见寺庙踪影，但见车水马龙，进镇的主干道已经堵车了，青石板路的两边也都停满了各种小轿车和越野车，纷纷而至的游客全都小心翼翼地在车辆中穿行，才能进入小镇，我们也颇有乐趣地加入其中。

流水淌在脚边，我们停下来亲近溪水。秋天就应该慢下来，这一点在郎木寺里体会得尤为深刻。

买了30元的门票，进入了四川地界的郎木寺，又叫达仓郎木格尔底寺，"东方小瑞士"的景色果然名不虚传。我们一步一沉迷，很快就忘了郎木寺还有一半在甘肃境内，以河为界，一镇跨两省。

慢慢感知脚下的温度，你就会发现，郎木寺小镇里很热闹，寺内却很安静，仿佛自己的私人宅院。没有乌篷船，却有古桥曲水，经书阁楼，田园幽径。

    Mini 爸消失在幽谷之中，他要独自去白龙江寻源，我不想再往前走，便在峡谷附近的独木桥边坐下来，沐浴着藏区的阳光，把自己晒暖。白龙江流出来的郎木小溪，清澈跳跃，环绕在身边。几乎不用特意去看风景，把眼神抛出去就好，景色选对了，怎么样都是好看的。

    我完全被孩子们快乐阅读的样子感动了，书声和美景，交汇于天边，我竟呆呆看了很久，直到他们回去上课。

    等来了 Mini 爸，他说，走峡谷的人并不多，大家基本走两步，取取景，就回头了，他也没能走到真正的源头，源头还非常远，温泉和虎穴都在里面。

    聊天之际，我们开始把目光转向了红石崖，极为漂亮的门票就是以此为背景拍摄的。这是郎木寺标志性的景点，在镇外的岔路口便能看见，但我当时却没有发现它。

    如今它闪电般出现，好似一页童话故事里的插图。它不是红色的，只是轻微有些红的意思罢了，我更喜欢它的那股野劲儿。天空异常空旷，四周都是暖暖的，顺滑的草坡，独有它，非常阳刚，非常突兀以岩石的姿态横卧在那里，像死死卡在山巅不能动弹的巨幅屏风。

    当夕阳来调色的时候，便又是一番模样了。夕阳何止是夕阳，那简直就是来自宇宙的一束强光，这光"唰"的一下打在石崖上，它就活了。国画里的朱红，再亮上十倍，也比不过它。我欣赏这质地粗糙、充满胜利的红色，

都说黑白最经典，我统统不觉得，眼下只有这片红，是最好的。

我竟发现红石崖和澳洲荒原上蔚为壮观的红岩独石艾尔斯石，在气魄和构造上都有几分相似，说有穿越异域之感也不为过。只有当你回过头看见身边古意盎然的中国寺院，才会恍然发觉，原来自己是在祖国甘南的土地上。

落日是红石崖最美的时候，在这里观赏郎木寺夕阳西照的全景也非常不错。可是几经折腾，却找不到上山的路径，我们阴差阳错地爬上了另一处经幡浮动、略显凄凉的山坡，后来我十分怀疑，我们去的地方就是天葬台，这意外的景点，来得真是够吓人的。

世界上本就没有重复的风景，虽然走错了路，但我发现在这里观景也很妙。上有苍鹰，下有飞瀑，左右苍松翠柏，晚霞穿透整个峡谷和寺庙，暮色柔光，飞瓦跃金。从山顶望去，点缀在风景之中的游客好像都静止了下来，晚晴图画里唯一的动态就是，白龙江峡谷入口的白雾，漫天缭绕，神秘莫测。不用说，这等意境，自然是温泉的功劳。

红崖照影，醉态、美态，不可比拟。

你说不清是红石崖装饰了郎木寺，还是郎木寺诗化了红石崖。但可以肯定的是，它们彼此非常和谐，又相得益彰。如果说瑞士是欧洲的花园，那么，郎木寺一定就是甘南的花园了。草原深处有这样峻峭的山体，清冷的云杉，奔腾的江水，别致的寺庙，这一切显得如此魔幻。

郎木寺告诉我，自然之美，不只是像草原般整齐划一，还可以如它一样，因丰富交错而美妙。

香雾袅袅，钟声四起。

入夜后的小镇，既不算喧嚣，也不算沉寂，活色生香得恰到好处。沿街的餐馆在一种清爽的空气里慢慢热闹起来，客栈高高低低的楼梯间灯火掩映，卖民族饰品的小摊主也开始走上街头，多半卖的是各种颜色的珠串和朴素的手工艺品。

我利落地把最宽大热闹的一条街逛了一遍，不得不承认，这人间红尘处，确有灵气。

我买了一颗水滴状的绿松石坠子和一个转起来声音很清脆的转经筒，这是给女儿的礼物。几乎每家店都有卖绿松石的，很容易看花眼。掌柜的都异口同声地宣称，绿松石在当地早已被开采一空，现在柜台里存的都是五年前的珍品，是最好的一个批次，可谓绝版。价格从一克30元到70元不等，两三克的就很漂亮了，再大就俗了。直到回武汉，经鉴别后才发现可能是假货，但仍旧很珍爱，心在郎木寺，真假又何妨。

精神上满足了，当然还要满足胃。被郎木寺的美丽夜色一渲染，我就忍不住想吃羊肉串，仿佛不吃上一点，就对不起这片草原似的。羊肉串卖得很俏，操作的人不紧不慢，做工精细，仅有的几家烧烤摊都被游客包围了，已停止售卖。人们在寒风中咬着肥美的串串，风过耳，唇流香。在羡慕嫉妒里，我蔫蔫地离去。哎！在草原小镇放纵一回，吃顿美味的羊肉串不为过吧，想不到这点心愿也难以满足，我实在是有些郁闷。

正伤心地迈着步子，说时迟，那时快，Mini爸突然把我拉到一处青年旅社门口，我定睛一看，嘿，这里也卖羊肉串，真是跟中奖一样高兴。走进去，火速点了一份，不必吃饱，尝个鲜，尝个气氛就好。

旅社前台聚集着好几个欢笑的藏族男女，其中一个女孩给我印象很深，她低头做事，十分羞涩的样子，灯光也掩盖不住她脸上大面积的红色胎记，

但仔细一瞧，五官很标致，就像一个在人间永远带着妆的天使。

沿街的廊棚下，设有座位，不喜欢封闭环境的我们，选择了这里。红尘作伴，一碗夜风，一把烤串，野马般的自由，这感觉太到位了。这个位置还有一个好处就是，看美女非常方便，丝巾美女、背包美女、浓妆美女、金发美女，这一生我对美女的兴趣始终大于帅哥。

隔壁满满一大桌人，居然都来自武汉。父辈的年纪，穿着时尚，驴友打扮，脸上是看过千种风光之后的淡然，他们笑着、聊着，举着杯，静夜无尘，人生快意。桌上清爽整洁地摆着刚点的热菜和自带的腌菜、小吃、辣酱、花生米。不知道有没有鸭脖子，我偷笑，武汉人喜欢搞这套，不为节约，就是为那点秋游的趣味。他们谈的什么，听得并不真切，时不时飘来的一句武汉话，着实亲切。只要我开口问候一声，都是性情中人，山水游侠，自然能打成一片，但我终究不是落落大方之人，也不喜热闹，便把这份悸动压了下去，并未上前攀聊。

岁月无心，这个时候说一句"相逢何必曾相识"特别好，从大武汉到郎木寺，这奇妙的时空转换，这陌生又熟悉的相遇，让人充满温暖又心生感叹。

嶙峋山体隐入了绛紫色的天空，流浪歌手在不远处唱得正欢，白天平凡无奇的小镇，夜晚开始酝酿出迷人的西域风情。有人刚来投宿，有人纵酒高歌，有人步履悠闲，有人霸气拍照，每个人以自己的方式感知着郎木寺，夜阑珊，心未寝。

沿途，我对海拔十分关注，随时随地都会问 Mini 爸，现在海拔多少。据我测量，合作的海拔是很标准的 2900 米，郎木寺过后，海拔就基本在 3200米没有变化了。一直想带爸妈去西藏，他们却几番拖延，不肯去就是因为担心海拔过高。我解释，我们坐火车慢慢进藏，两天两夜足够适应沿途的海拔，不会有问题。他们非说某某同事去过，也是坐火车，到了拉萨就不行了，呕吐，虚脱，打吊瓶，玩也没玩成，活受罪。老年人总是道听途说，思虑过多。甘南的海拔和拉萨相差无几，大多在 3200 米至 3600 米之间波动，也有更高一点的。我刚好现身说法，借这次去甘南的机会，核实一下具体海拔，顺便观察自己的高原反应情况，以此作为是否带爸妈进藏的参考依据。

果然，高反还是有的。说来也奇怪，今天一整天，无论白天坐车还是赶路，均感觉良好，一到晚上，明显觉得不行了，连身体不错的 Mini 爸也没有逃过。我俩头痛难忍，迅速陷入了高反的痛苦之中，吞了两片药，瞧了一眼窗外的山水古刹，便开始昏睡。

一觉醒来，空心，空镇，格外寂静，有深深的孔雀蓝孕育在天边。心里感觉应该有三四点了吧，甚至就快黎明了。结果一看时间，大吃一惊，10 点睡的，现在居然才 12 点，这怎么可能。

时间，多么魔幻，多么折磨人啊！秋山夜静，对面的客栈还挂着一盏残灯，郎木寺恍如梦中的小镇，并不存在，就连秋天都好像是虚构的，要不然，为什么深夜过了这么久，郎木寺还带着黑色的质地，自顾自地，不肯醒来？

事实证明，这莲花生大师降妖伏魔之地，果然残留了一些妖魔没有被收走，但它们心地善良，来到你梦里也不会作乱。它们唯一的法力就是让时间凝固下来，你以为的一夜，只是一瞬，你以为的一瞬，其实已是千年。

在这风景和时间一样魔幻的小镇，头是昏沉的，心是真空的。

重新躺下，躺在一张透明的糖纸上，两小无猜，时空逆转。我慢慢翻身，绿松石还戴在脖子上忘了取下来，那就一起睡下去吧，一起分享这夜的魔法和漫长。

若尔盖：我缠绕你的雪白

从甘南到川西，原以为会像搭车进藏那样，又辛苦又刺激。结果并非如此，2015 年政府开始规范管理，所有的小巴、摩的全换成了型号统一的旅游大巴，看上去赏心悦目，坐着也踏实放心。

一辆辆崭新的大巴，是流动在草原上白色的诗。

郎木寺到若尔盖，不是天天有车。两地不远，包车去若尔盖当然省事，但是贵，坐班车也可以，但要提前问清发车的具体情况、时间及地点。

最早的一班车是在早上 7 点，以防闪失，我们便早早到了。

天空还是迷离的黑，我们一路丁零当啷拖着大行李，挂着登山杖，6 点多就赶到了候车处。幸好车站不在镇郊，否则得把人活活冻死。十月的清晨，穿棉袄也完全不抵寒。并没有具体的车站，只是一个三岔路口而已，经过若尔盖的车会在这里载客。

清晨的天光随着雨丝降临，高高低低、远远近近都是细密的针脚。小雨中的郎木寺干净而圣洁，我在高原的清秋里孤单地站立着，等天亮，等雨停，打着哈欠，在风中握紧爱人的手，很幸福。

坐在去若尔盖的班车上才想起来，掉了一件喜欢的毛衣在客栈的床上，竟也不觉得可惜，反而有几分安然和开心，能留一个贴心物件在郎木寺，就好像自己从未离开过一样。

在粗棒针毛衣的包裹下，郎木寺在一个温暖平衡的空间里，更加靠近我。

不开路虎"揽胜"，一样也能览胜。

坐在一辆普通的旅游大巴里，一样不会错过一幅幅纵横自如、布局完美的草原画面。

快到若尔盖时，竟然下雪了，而且越下越大，气势非凡。

雪片夹杂着美景，开始不断进攻，每个镜头都来得很妙，天地洁白，没有一丝杂色，偶有金色庙宇和彩色毡房，快速闪过。更奇幻的是，很多雪山就在公路边，近在咫尺，盈盈而立。草原一秒变成雪原，我想，或许郎木寺冷冻的清晨，就是这场大雪的伏笔吧。

车上有许多当地人，他们纷纷感叹，今年的第一场雪来得真早，往年国庆是不会飘雪的，11月份才下雪。本是来一睹甘南之秋，若是够幸运，或许能依稀寻到六月草原"花满地，翠连天"的景象，但大雪纷飞，的确在意料之外。看来这次偶遇真有些奇遇的意思了。在若尔盖享受了一段白雪的意境，然后回武汉继续过秋天，再过冬天，白雪从容而散淡的跳跃在窗外，这生命中多出来的一个冬天，我该如何去珍惜呢？

若尔盖的车站极小，在县城中心。雪已经停了，但车里车外依旧是两个世界。刚下车，萦绕在鼻尖上冰冰的水雾，立刻就锁住了，手指也降到了冰点，活动困难，连行李也拖不动了。Mini爸去窗口买明天去红原的票，我在一旁看护行李等着他，感觉自己像冰天雪地里的可怜困兽，好不悲凉。

客栈很近，我们拖着行李，在县城的大道上移动，四周清冷空旷，行人很少。感谢若尔盖用两种截然不同的景色迎接着我们，雪后初晴，初升的淡蓝天空，平铺在道路的尽头，遥不可及。

雪原太美，以至于我从今往后对高原的晴天都无动于衷。

天气转好，当然要去闲逛一番，抓拍美景。我们放弃了花湖，直奔达扎寺，其实花湖还是非常想去的，但因为不是最佳季节，又要拼车前往，有些周折，便心疼地省了。

达扎寺就在县城内，转眼就到了。

门口有两三个叩拜的朝圣者，眼神坚定的牧民围着肃穆的白塔，专注地，没有尽头般地走着圈。

寺庙里没有游客，要知道这可是国庆长假。能在达扎寺讨一份清净，这点我着实喜欢。

转经这件事，应该在去了西藏之后再说，才显得独特而美丽。这次提起，是因为我惊呆了，坐落在达扎寺山腰的那一排转经筒，实在是像流水般，够长、

够美、够飘逸，灵动自然，无可比拟。

无论是地势还是心灵，我都在低处，它在高处。难得有机会仰望它，凝神之中，感觉这冰清玉洁的美，几乎能把我照亮。

于是，命运给我布置了作业——右手，顺时针，去转经吧！

转经随着地势变化，先是缓慢上行，然后又沿着一级级长廊下行，每一级只比上一级略低一点，细微到几乎没有差别。这样单调的转经，延续了很长一段时间，在有些缺氧的情况下，我头晕目眩，难以坚持。Mini爸却步履从容，小心地拨动着每一个转经筒，不中断，不错过。我能感觉到他投入了全部的情绪，心没有一丝凌乱和浮躁，这让我自叹不如，又让我心生崇拜。

他一头扎进了长长的转经走廊里，仿佛特别清楚心中的信仰和人生取向，他的背影沉稳、大气，甚至有一种浓烈的仙气从身上往外飘。相爱十年，我开始重新审视他，平时忙于工作挣钱，纠缠在人情世故里的他，竟可以如此脱俗。从泥淖中拔出鲜亮的灵魂，随山河岁月一起转动，都说认真工作的男人最有魅力，认真转经的男人又何尝不是如此呢！

我一向恬淡如水，他和我一般无二。但这一刻，我却读懂了他的特别、他的热烈、他的高贵。与其说是情不自禁地转经，不如说是情不自禁走入另一场生命里，一个人的云端，两个人的转经，无数人的聚散。

我循着他的背影和足迹，慢慢坚持了下来，爱如禅，你如佛，大概就是这种感觉吧。

一年之后，这个单纯又蜿蜒的过程，回想起来，仍有余味。

原来，和他一起转经，就是最浪漫的事情。

我们来到达扎寺的最高点。

本是雪后阴冷的山顶，却被这一场转经带进了川西温暖的迷梦里。

若尔盖县城在湿润和凄美中逐渐展开容颜，不大的县城，看起来气势恢宏，美轮美奂。近处是一组组庙宇楼阁和藏式小屋，远处是流水弯弯，秋草茫茫，再远处，手绢花边一样耸立着冰峰。

草原最美的地方不在于波澜壮阔，而在于色彩奔涌相连。赤的是瓦，橙的是日，黄的是草，绿的是山，青的是河，蓝的是天，紫的是云。无数风景也只有草原能如此奇幻，难怪诗人说，雨前的草原，天空是碧色，如今我全信了。

　　从山顶下来，才发现达扎寺内隐蔽着一座小巧的书院，木门虚掩，若不是凑巧走了进去，险些错过了。这座佛教书院占地不大，共三层楼，是最经典的藏式传统建筑，颜色似乎比别处还要更亮丽高调几分。周身是明媚的黄色，镶有褐红色的花纹边角，偶有圈圈点点的橘红闪烁其间。

　　雪后的书院，更显不俗，它的出现让我甚为惊喜。

　　书院的一楼有数排玲珑的搁架，潮水般的经书淹没了我，那纯纯的、没有掺假的感觉，是别处很难感受到的。要是稍微读懂一点该多好，如今只能在一片静默里，迷迷糊糊地瞻仰一番。如同风景层层递进，二楼的各色文物珍宝让人大饱眼福，一幅幅色彩斑斓的唐卡分布在四周，房内森严幽暗，不凑近看的话，根本辨识不出这奇异的美。

　　大堂内的一位藏族老者，是书院的工作人员。还有其他两位游客，他却单单跟着我们，一直高兴地跟在我们身后细心讲解，脸上隐约浮动着骄傲的表情。最后他带我们去了三楼，光线更暗，无数大大小小、明明暗暗的供灯，气势恢宏，场面震撼。

　　何其有幸，从赏雪到赏佛，我们算是赏到了极致。这时，老人不知从哪里摸出来一把香，他慢慢地走来，准备递给我，然后用咬字极准的汉语说，上个香吧姑娘，保你吉祥如意。

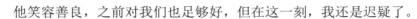

他笑容善良，之前对我们也足够好，但在这一刻，我还是迟疑了。

一向单纯的我，变得非常世俗和警惕，这样的变化，连我自己都有几分吃惊。这里真的真的只是上香而已，分文不花，更谈不上宰客。

天地慈悲，人有善念，而我却想太多了。多么羞愧，这圣洁的雪域，是真的圣洁。

老人拖着沉重的藏袍，一直举着香，耐心地等着我，我赶紧接稳，点头感谢，然后上香、跪拜、许愿、别离。这位深藏书院的老人家，或许一生都没有离开过若尔盖草原，这样朴实的人生，无言的禅意，我们远远不及。

若尔盖的雪，真好啊！白色过后，心无烦忧。远方可爱的人们，听雪做梦，珍重远行。

离开达扎寺的时候，寺院门口竟然如童话世界般惊现两只身材极好的梅花鹿，一只踮着优雅的小脚，一动不动晒着太阳，另一只滚动着身子，正在快活地享受泥巴浴。深入草原数日，牛羊和雄鹰见了不少，但梅花鹿还是很稀奇。它们像在自家门口活跃着，闲逛着，望人不惊，整个若尔盖就如同一个气势磅礴的野生动物园，这的确震撼了我。人与自然和谐相处的真实体现，翡翠般染绿了我的心。

看来若尔盖值得近距离好好感受。典型的草原小城，支路上拐两个弯，走上一小会，就到了川郎公路，无穷无尽中国最美的湿地草原，就在身边。

这是一个漂浮在 3500 米高空中，但却不会飘得更远的新世界。

宇宙将沉默的光线洒落下来，此时，若尔盖县城离天特别近，所有的事物和景色都缓缓烙上了高原奇异的印记。我站在路口，眼中装着草原上的繁密万物，顿时觉得脚跟很稳，心中很香，身体一丝一缕蓄积着被草原精心酿过的能量。

川郎公路上，车流不绝，灰尘很大，但这并不妨碍天地之大美。许多川 A、青 A 牌照的车辆穿驰而过，在公路边行走的只有我们，很傻很美好。没有手机、没有 GPS，放弃了一切通信设备，就这样跟着感觉往前走，飘到哪儿算哪儿。

流云很慢，车很快，中间夹着一片轻薄如水的草原，葡萄色的柔光流动在天边，洁白的毡房疏密有致地散落在天光下。黑颈鹤在深秋是看不到的，骏马倒是有几只，羊群似乎也不多，最醒目的是一大片凝固不动的黑色牦牛群，画面有约定俗成的美，也有几分随意和浪漫。

秋天的草原，实在是清瘦，却是名副其实的黄金牧场。川郎公路的线条漂亮地消失在茫茫金黄之中，目光可及更远，脚步却只能收了回来。我们随机挑选了一条小路回城，想必条条小路通罗马。

城外，车马飞扬，城内，分外清寂。

重返达扎寺的时候，看到寺院的喇嘛趁着阳光好，正在清洗和晾晒供灯。洗净的供灯犹如天眼一般，浩浩荡荡地摆放在寺庙门口的砖石地面和草坪上，一个个纯铜色泽，非常明亮，飘着挥之不去的供油香味。我喜欢这世间的明灯，决心到县城里寻觅一番，买上一对。Mini 爸说，普通买旅游商品的地方肯定没有，要去当地人卖生活用品的集市上找，或许还有希望。

供灯有极小的和极大的，我买的大小居中，15 元一对，价格很实惠。供品是家家户户的必备品，就好像我们买洗发露一样自然。在这家店，我又暗暗看上了一个转经筒，买转经筒走火入魔上了瘾。

老板说，你们很识货，这是藏民用的最好的一种转经筒，一般游客不会买。果然，在街上随便扫一眼，当地的老者，都用右手极为庄严地举着一个类似的转经筒，合着自己的节拍，沉静又吃力地转着，连吃饭的工夫也不停。这是一个消除业障、积累公德的漫长过程。

仔细看，乌金双色手摇掐丝转经筒，手感沉坠，暗香浮动，确实有些与众不同，转上五分钟，手腕就酸痛不已。相比之下才知道，郎木寺 160 元买的转经筒就像塑料玩具一样，完全经不起欣赏和推敲，彻底被忽悠了。

老板藏民装束，是成都人，已定居若尔盖做生意多年，有落尽尘埃、与世无争的气度。听说我们来自湖北，他从容地说："湖北人虽比不过温州商人，但也能说会道，很会做生意，我们总是做不过他们。隔壁一家卖藏服和羊毯的就是湖北人，生意极好。做当地人的生意，其实很容易，因为这里落后，你不管做什么行业，都是新鲜的力量，前景可观。"

原来在若尔盖，还有发财这一说法，小小的县城，真是有太多惊喜了。我想到了合作酒店里，一本手册上印着"投资甘南"几个大字，当时一晃而过，没有琢磨。

"我们投资甘南吧！"我立刻和 Mini 爸说笑道。

"好啊，那做点什么呢，我觉得真的可以。"他调皮地应和着，眼神里却真藏有一丝心驰神往。

啊，都是梦话、傻话、痛快话！

哪里有钱投资，唯一一点积蓄，都用在房贷和旅行上了。过去心，未来心，都不可得，当下，心如清茶，自在快活便好。有人说，愿意像风一样流浪在若尔盖，我说，我更愿意像雪一样缠绕在若尔盖。

梦一回甘南，踏雪原，走公路，慢转经，敬供灯。

红原：走，去月亮湾撒欢

在草原上堵车，是一件不可想象的事，但我们偏偏碰上了。

离开若尔盖没多久，车越行越慢，最终在一个山坳处彻底堵住了。若尔盖早已温暖转晴，不存在下雪路况不好这种说法，如果不是唐克的这段路正在修路，按理说是不会拥堵的。前方什么状况，没人清楚，或许是施工滞塞，或许是突发事故。已经上午九点多了，要堵到什么时候，包括司机在内的所有人，心里都没底。

时间难熬，大家纷纷下车活动，且把它当成一个难得的停车赏景的机会，自由舒心，不必被时间追赶。

走出公路，便是无比清新的大草原。因为昨日下雪的缘故，草原也跟着沾了光，怎么看都有一股注水般的新生的活力。

有人举着手机，用欢愉的神色，对着天空寻找信号；也有人关了手机，随风行走，求一份简单宁静；有人完全松懈下来，编草环、扔石子、盘腿而坐；有人着急方便，一门心思在好风景里找一个好厕所；有人带着孩子玩耍，追逐嬉闹，不亦乐乎；有人行动敏捷，爬上了附近的山坡，想看看远方的田野；当然也少不了重复摆造型，追求完美的自拍人群。郁闷的堵车，突然在光阴中平静美满起来，大家各自孤立，皈依草原，又彼此共栖取暖，联盟式的等待着同一种召唤。

在草原堵车，是奇迹，也是幸福，你可以有很多事情可以做，慢慢地与风景互诉衷肠。1个小时后，车队开始移动，在堵车结束的最后一刻，我竟然有些不舍。

唐克大草原的出现，非常惊艳。

在散漫的泥泞中颠簸了好几个上坡下坡，没有尽头，时间似乎有了荒废的可能，然后一个大拐弯，猛然撞见了风和日丽的唐克。这么肮脏黯淡的局面里，它竟然出现得这么干净、这么明丽。怎样与一片好风景相遇，这大概就是答案吧。

唐克昨日大概也下雪了，湿润的轻烟，幽绿的地平线，偌大的草原平滑如丝绸，还有许多未经调和的冷色调，或聚或散，平铺于草海上。这种天然的艺术美感，一下把从甘南而来经过的所有草原比了下去。

它在一点也不美的灰色阴天里，轻轻脱离，自顾自地美丽。

红原比起若尔盖，似乎更袖珍几分。

出发前，心血来潮预定了红原最贵的一家温泉酒店。对住宿没有过分的偏执和喜好，只是非常好奇，承载不了任何繁华的川西县城，凭空出现一个五星级酒店，这并不和谐的奢华，将会是怎样一种奇特的体验。最后为了节约预算，取消了订单。但在路过这家温泉酒店时，我仍然忍不住多瞅了几眼，以解心结。

酒店比我预计的火爆许多，周围大小客栈一概门庭冷落，独有它，里里外外一片金碧辉煌、热闹迷人的景象，停车场早已位满，门口车辆拥堵，不断有打扮入时的老人和孩子进出大厅，粉尘浮动，人来人往。

原来，深藏在草原的五星级酒店并没有与现实脱节，比起田园本色之美，人们同样对高大上的住宿充满了情结，也乐于接受。随着经济发展，旅行质量的提高，全家度假的模式也早已深入人心。

明天必须赶到理县，于是我们先去买票。

红原到理县没有直达车，只能从小镇米亚罗转车，小镇本身并无看点，但深秋时节方圆百里的红叶却是一绝，堪称国内面积最大、观赏性最强的红叶景区。在空无一人的售票厅，我直奔窗口购票，期待着明日不慌不忙地去米亚罗，然后再一路美不胜收地漂泊到理县，结果售票员清冷地答复了一句，明天去米亚罗没车了，要想去理县，只能先去三家寨。

我当时就傻了，三家寨是哪儿？会不会是一个偏远小地，根本没有车去理县？一连串的疑问之后，我和Mini爸开始商量，他说先去吧。眼下，也没有更好的方案了，米亚罗的票这么紧俏，再犹豫的话，到时候去三家寨也没票，那就真的没辙了。

手机信号不好，什么都查不到，买完票后，我们在售票厅逗留了一下，寻找有关三家寨的线索。在大厅某处的交通地图上，终于找到了三家寨的神秘坐标，这是去马尔康的必经之路，而去理县则是相反的方向。也就是说，要走上一小段冤枉路。不过从看风景的角度而言，也就不存在冤枉一说了。到底是川西，随便一段路程，都潇洒神气，色彩灵妙。

解决了车票问题，就可以安心地在红原玩乐了。

月亮湾是红原上的一曲流水，被旅行者描绘得不太美好，太秀气、太平庸、太败落，远不及唐克的黄河九曲第一湾，总之去月亮湾就是浪费时间。被一些负面信息所影响，导致我对它也没有心之向往。但无论怎样，它都是红原的一部作品，况且下午半天，也无处可去，既然千辛万苦到了红原，去看看，总不会吃亏。

月亮湾离红原非常近，只有 4 公里，完全可以用最好的心情散步前往。但连日来的高原行走，真的太累，于是我们偷懒包车。司机用优哉的口吻说，我现在去做其他生意，你们放心耍，没有时间约束，耍完给我打电话。这大概就是草原汉子的趣味做派吧。

嘿，月亮湾的人真多啊！

草原公路两边停满了车，旷野之上人如蚁群，溜索、骑马、漂流……人们欢声沸腾，各显神通，更妙的是还有一个四四方方、足够大气的木质观景台，这太出乎意料了。月亮湾哪里是无人问津，简直是一个狂欢派对，电光火石之间，我思绪挣脱，败得很服气，败得很惊喜。

天然有趣的项目，激起了我们的热情，我们各自尝试了一样。

骑马对我来说，不是一件轻松优雅的小事，完全不适合笨手笨脚、平衡感不好的我。当然选择溜索还有更深层次的原因，曾三次与溜索擦肩而过，一次怒江峡谷，一次明月山，一次巴人河，这着实让我心存遗憾，如今毫无障碍，分分钟就能实现我的溜索心愿，当然义无反顾了。

草原溜索并不惊险，不过是从最高处的观景台滑翔至最低处的草原平地而已，看起来简洁飘逸，但我还是有些胆小害怕。"坐稳了！"终于在工作人员无限娱乐的一嗓子中，被无情推入天涯暮色里。

人间三千事，淡然一飞间。

蓦然间觉得，生活不需要无数的可能，只需要单一、明媚地飞出去，在太阳光下，在月亮湾上，感受美和挑战。

许多孩子在父母的鼓励和指导下，飞了一次又一次，比起两腿僵直，惊声尖叫的我，勇敢多了。

和我相反的是，Mini爸完全看不上溜索这种小儿科。合作的草原小，马儿弱，骑马很不痛快。来到月亮湾，Mini爸一下子目眩神迷，很快被红原的马吸引，决定大胆尝试，一展身手。

他直奔骑马处，果断挑选了一匹适合自己的高头白马，看来是要好好弥补一下合作骑马未爽的遗憾了。上马的时候，他"哎哟"了一下，但很快就得心应手了，马儿似乎很喜欢他，格外地顺从，头和尾摆得极其好看。他跟随向导，扬鞭而去，释放着渐行渐远的诗意，踏着清清水流，奔向草色茫茫。马蹄声从犹豫到匀速，想必他也是费了一番力气的。

他要去和更远的草原汇合、密语，去吧，成全他，都随他！他生来不属于草原，但他无法拒绝这原始纯洁的怀抱，如果可以在今生投奔于前世的母体，何尝不好。

遥看天地之间，他骑马的背景，美如仙境。天是天，云是云，蓝白相间，特别明快，闪着玻璃片儿光的是大大小小的水洼。一丛丛随意点缀的苔草，芳香四溢。Mini爸风景满袖，骑马归来，"策马奔腾，共享人世繁华"的歌词突然就嵌入了心里，清风念着词里的每一个字，翻来覆去，悠远甜蜜。

最开心的是，竟然没有了高反，登上月亮湾3500米的观景台，当真有一种站在世界领奖台，祖国在我心中的激情。这一刻，任你是怎样的肉体凡胎，粗狂俗气，也能一秒变成诗人，活得像诗一样，没有烦恼，只有雨露芬芳。

微风转凉，草原从四面流泻过来，流畅多情，月亮湾宛如流水上的刺青，在草原的皮肤上，一丝一缕，追逐天涯。

平常我们所说的"秋水长天"，在这一刻是最真实立体的。百转千折的流水，衬托了红原大草原的平坦。月亮般的它，为红原带来了无与伦比的生机与活力。夏天，一定会有百灵鸟在这里寂静欢喜，独自高歌。

初见月亮湾是秋天，好似前世许下的承诺，我和Mini爸安静地相视一笑，胜过一切山盟海誓。女人，有满柜子的衣服，却还想要一件新的，但你面对一方草原，却不会再想要更新的草原，这就是草原的能量，唯一而恒久，你能感觉到。如果此刻我说我爱你，就像爱这草原一样，似乎显得太造作，但我明白，和爱人一起走过的路，不是新鲜的男人和绚丽的钞票可以代替的。

未见新郎，众人簇拥着一个白纱飘飘的新娘，小心翼翼地迈着台阶，上了观景台，反光板已经安置好，摄影师时而对着天空，时而对着大地，严谨地拍着每一张照片，新娘笑得很甜。这个在清波里画眉的女子，有着怎样的故事无人得知，但我相信，深秋的留白里，除了寂寞山河，一定还有爱。而此时的月亮湾，也像个不谙世事的少女，摇曳着一段纯净，等着情郎，却不知碧水秋光里，全都是爱情的伤。

谁说月亮湾比不过九曲十八弯，我喜欢差异，正是这样的差异和变化才铸就了不同的美景。如果所有的弯弯流水都是同样的气韵和格局，那还有什么意思。我宁愿月亮湾永远没有名气，就这样在草原公路边，暗自飞舞，静静流淌。

红军路过的草原，红原，因此得名。

红原是个有点意思的地方，月亮湾如此出彩，县城却完全没有同等的气象和韵致，似一个寒酸失意的无名小卒而已。

晚饭时间，放眼望去，几乎是空城，只有一条主干道的路灯闪烁着，三五个游客在寂静中交谈行走，所有的支路都是彻头彻尾的黑，一丝灯火未燃。我有些纳闷，不为国庆，自己家也应该开灯啊，难道真的是每天一盏供灯过日子吗？我顿时怀念起满满阳光下，月亮湾的好。

有旧时月色，摇落在毡房之上，草原格外冷，格外香，一点寒碧，直入人心。月亮湾，像一曲无人了解的欢歌，词曲不详，但我终究是听懂了。

带着一夜饱满的梦，明日又天涯。

第四章　甘南川西，此去经年

毕棚沟：四姑娘山的背影也是女王

红原到理县，阳光通透，景色灿然。

离开红原后，很长一段路都是草原，极其平稳的金麦色，宽广寂寥，一马平川。随后，慢慢涌入稀少的灌木和低矮的小丘，最后冰川也大胆地加入进来，像华美的宫殿，远远雕筑在天边，不管车行左右，都能见到其身影。此时已没有了草原，越是接壤理县，风景越是魔术般变化。五彩的高山和丰腴的峡谷，一个比一个来得爽快。

不知道为什么，总觉得这段路气质不俗，有天路之美，或许是我没有见识过真正的天路，或许是情绪所致，对川西有天然的好感。说不上名字的雪山峡谷，各自清晰又相互缠绵，密密麻麻如仪仗队一般排列着，山尖浮动着一尘不染的亮光，雪山因为倒映了天空的蓝，而形成了透明的蓝色身姿。

三家寨是一个欣欣向荣的川西小镇，并无特别之处，尤其是从停车场一眼看过去，感觉和湖北山区的高速公路服务站没什么区别。当我望着消失的山脉，在路边等车的时候；当我穿过马路去对面买酸奶和香肠的时候；当天空蓝色的血液浸透我的心的时候，我却突然爱上了这个无比寻常的歇脚处，便引诗情到碧霄。

到了米亚罗，整车的人明显兴奋了许多，以看红叶为借口纷纷下车，镇上并没有一丛丛让人心跳的姹紫嫣红，但对风景的敬畏和诚意让我早就获知，米亚罗是个不错的地方，从很多峡谷和支流深入下去，就会有壮丽的奇景。

当理县从山山水水的画卷中探出头，也就意味着这趟旅行快要结束了。

汶川地震让我开始关注理县，它的受灾程度不比汶川低，景色也不比汶川差。我很好奇这究竟是一座怎样的失忆之城，又有何与众不同的锦绣山川。

2015/10/05

　　果然，峡谷雄伟，新城秀美，迎接我的好像一个微缩版的国家地质公园。我喜欢这个立体而生态的险要之地，但我喜欢的方式并不是在华灯初上的街边吃一顿烧烤，尽管这里的烧烤是一大特色。在某些特定的路段，烧烤小摊位洋洋洒洒占据了半条街，闻起来真的非常香，以羊排和烤鸡为主，串串为辅。同样是烧烤，这里的氛围和郎木寺的清雅、小资截然不同。看到路边倒挂着血肉摇摆、似乎还散发着热气的全羊骨架，你的情绪会在捂嘴作呕和飘香羊排中激烈碰撞，爽爽快快去吃还是淡淡清欢地离去，就看你了。

　　甘堡藏寨和桃坪羌寨，我们去了前者。
　　满大街吆喝的都是"毕棚沟"，去甘堡根本没人搭理，因为太近，赚不了钱，的士只走远线。惬意的旅程一下有了天涯苦旅般的难度，正在我们打开导航研究能否步行的时候，一辆车搭载了我们，简单的起步价，瞬间让我莫名感动，心情的黑洞也随之消失。

苍翠巨大的山脉下，甘堡藏寨像坐落在太阳上一样，层层叠叠，雄伟夺目。

依山而筑，所以我们依山而行。走入其中，石壁清凉，小路盘绕，在一段段幽静的起伏中，心被岁月击穿。Mini 爸说，和丽江尚未消亡的细节气脉有些相似，他很喜欢这里。

藏居油彩浓郁，果树五彩斑斓，在烈烈的日光下交相辉映，十分好看。有的院落里堆满了黄澄澄的、散发着干燥香气的玉米棒，三两个在最顶端的玉米从围墙边漫出来，煞是可爱。走过一家小小的咖啡店，我回头看了很久，看起来用心装修过，招牌也挂了出来，大门却紧锁，并未迎客，小径两边少了商业气氛，感觉纯真良好。

越走山越高，离阳光越近，山顶有一座孤单耸立的碉楼，直刺蓝天，图腾一样守护着整个藏寨。我伸出双手，抿嘴一笑，好像也抓住了某些神性的存在，某些永恒。

四川吸引我的除了美景，还有满大街的川妹子。都说美不美，端盘水，洗过脸之后很多人就不美了，但四川女孩真的是特例。她们精雕细琢，天生好看，再怎么素着一张脸，往那儿一站也是个美人。

在合作街头，遇见好几个面掩轻纱的藏族女孩，只露出一双漂亮的眼睛，我断定取下面纱后，模样也不会差；在唐克堵车的时候，我从后视镜里看到，一辆川Ａ的车辆上，走下来一个身材高挑，穿玫红色短裙的年轻女孩，妆容、五官都像极了韩国林允儿，她面向草原，青春飘逸；就连临时和我搭伴去寻找厕所的女孩都长得明眸皓齿，十分可人。看来，四川女子天生就有资本带上美貌去旅行。

甘堡也有丽人，是一位凤冠霞帔、胭脂带笑，在巷口卖酥油茶的女子。茶早已用大铜壶冲好，5 元一杯，味道好不好暂且不提，她的美目之中，含满妖艳与柔情，光是这一点，就使得酥油茶的销量很好。

过路的游客都会为她驻足，买茶的买茶，拍照的拍照。有土豪打扮的中年男人，挺着肚子，勒紧皮带，大摇大摆地凑近美人，上前合影，美人并不羞怯，调整好姿势和笑容，礼貌地配合着。

不知这位仙子是否会一直在甘堡，真希望下次还能看见她，在暖暖弥散的秋风里，我期盼一切都能永恒。

沿山间小路能到达山顶的观景台，处处是沧桑的痕迹，大约也有百年历史。观景台不大，却能将此前意犹未尽的美景轻松囊括，从高空俯瞰甘堡的全貌，犹如航拍一样，精彩绝伦。盘踞两峡之间的甘堡，既像陡峭的堡垒，又如精美的屏障。

经幡如火焰般跳跃在头顶，在微茫的夕阳中，甘堡像一个骨骼坚硬、心房祖露的汉子。说它是好汉、是英雄，绝不是谬赞。从甘堡走出来的嘉绒藏族男儿，比英国皇家军队更骁勇善战。他们曾在鸦片战争中浴血奋战，保卫家国。我没有煮酒话古今的喜好，但这段独特的历史，却像轻纱一样挽住了我的心。我在彩霞闪烁的英雄广场上坐下来，豪迈而伤感，强震也没有摧毁的甘堡，是爱，让它挺立。

我保持最美的静态，开始回忆倒带。丹巴藏寨出美人，碉楼也极为漂亮。当时丹巴是我藏在心底最美的古村落，如今行于四川，丹巴没去成，却阴差阳错地来到甘堡。漫步在与鲜花擦肩而过的小巷里，我温柔地意识到，一切的亲切感都归咎于缘分。

欲离开时，甘堡的游客逐渐多了起来，峡谷的水声也似乎更响亮了。许多人挂着腰包，举起太阳伞，无数彩色伞面的背后，万千经幡和红旗相间跳跃在碉楼上空。这一刻，层层递进又彼此呼应的美，让我的激动升到了最高点。

浓咖啡似的夜里，水声隐隐，我与山独对，脑子里出现了一些毫无意义的汉字和主题，为了今天的行程而感触，也顺便梦一下明日雪山。

次日，拖着妩媚昏睡的步子起床，早早去了毕棚沟。按公里数来说，毕棚沟不算远，但拼车去的时候，却觉得山路绕着峡谷走了很远。山重水复，很冷场，很无味。

下了车，如同下了飞机般眩晕疲惫，吸一口从冰川上飘来的清甜空气，立刻好多了。

广播正在提示，此处海拔已经3500米了，而核心景区则在更深、更冷处。第一段行程，统一在入口处乘坐景区大巴车，把游客送至峡谷的尽头——雪山脚下，第二段深入景点，怕累的、气喘的可以坐观光车，想悠闲观景，美好抒情的，则可以全程步行。

以万物皆美的草原开篇，一开始就把旅行的调子定高了，一路赏景而来，心已古旧沧桑。以至于如果毕棚沟不够漂亮，不够压轴的话，心里就会有非常大的失落。

毕棚沟是谁？春夏秋冬，云腾致雨，随便一张照片，都惊艳十足。

沟内一派天然韵味的南欧风光，随意一块青草坪，小溪流都清冷绝美，意象无穷，四周还有20多座被冰雪覆盖的四五千米的雪山。毕棚沟虽有秀丽的雪山和神秘的海子，但它却是非常小众的景点，大部分人来四川都是奔着九寨或亚丁去的。其实成都会玩的人都会去毕棚沟，三两日的自驾游，美景无限。

毕棚沟在四姑娘山的背后，与长坪沟相通，毕棚长坪穿越是中国十大徒步经典路线之一。

因为时间限制，我们只能选择单程徒步，先坐观光车从森林的一侧，一鼓作气地进入谷底，快速游览一遍美景，然后沿另一条步行栈道，慢慢返回。

水墨般的清晨，幻想中的森林小路，深邃的山溪，满山谷的鸟鸣沸腾如花，响彻云霄，我喜欢极了这清脆的鸟声，这清脆的回响，激扬穿越又神秘空灵。小小玩具般的电瓶车穿行在冰雪和青草交融的香味里，不似人间。快看，我不是用眼睛在分解风景，而是捏着一块冰雪魔镜，在镜中看风景。经过冰雪的层层过滤和擦拭，一切景色都在干净、端庄中展开，路在空中，雪在羽翼。

盘山公路的晕车和寒冷，让我有些难受，手指从空气中轻轻抽回来，放回口袋里才稍微暖些了，鼻尖湿湿的，衣服也润湿成冰雪味道，真应了那句诗，"山路原无雨，空翠湿人衣"。

车行处，都有几缕翠，但并不多，路上最美的风景龙王海，只能惊鸿一瞥，在车上欣赏。龙王海是一个晶莹飞扬的高原小湖泊，这样的浅滩幽池，有时会胜过大湖大海之美。观光公路穿湖而过，龙王海边，风清无人处，水色锦绣，波光粼粼，湖面四周烟锁彩林，阳光如玉，美得不像话。

太不过瘾，除了龙王海，看来看去，只能看见错落有致、森冷威严的各种藤蔓苍松，真正大容量、大面积的风景，全都像被施了魔法一样，笼罩在一片神秘厚实的晨雾中。

说到这里，就必须提到，毕棚沟奇的是峰，异的是树。

林木的美丽出众要从松萝说起。松萝这个名字够好听了吧，当地人叫得更有意境，龙须草、金丝藤、海风藤，不过三两个词，却让人沉吟、飘逸、向往。无论晴雨、春秋、冰冻，松萝都丝丝绒绒，恒久飘摇，让雪山之美得以延伸和傲然。美艳是它的常态，就这么存在着，顺理成章地与四季同色，任谁都没有办法代替它的清凉和哀愁。

不是我轻信大自然，是直觉告诉我，冷冷的浓雾深处，有绝妙的风景在深层潜伏，等待被唤醒。想到这里，我的心开始在低温里融化，一个比天空和海洋更美的世界，羞怯地闪了出来。

磐羊湖是观光车的终点站。

下车的一刹那，满天银光，山谷豁然明亮，简直美极了，神话极了。雪山出其不意，幽灵般闪现眼前，一座翩翩欲飞，两座秀丽挺拔，三四五座在更远处，亦真亦幻，神秘布阵。

湖水无声无息地呈现出一个朴素的秘境，其实毕棚沟的景色完全可以用华贵来形容，尤其是金秋。说朴素是因为一座座雪峰用独有的沉静特质把人的心境衬托得特别素，素到一不小心就回归了生命的本源。

　　磐羊湖面对的雪山垭口，就是著名的叉子沟垭口，翻过这个垭口，就是有"东方阿尔卑斯山"之称的四姑娘山。冬天来的话，另有佳境。在白雪耀眼、风景绝美的半脊峰上，既可以登山，也可以滑雪。当然这是不可以轻易尝试的，除非你是一个户外爱好者，并且真的有一定的实战经验。

　　秋风里，我踩着步子慢慢地走近雪山，雪山啊雪山，不喜欢它，它在，喜欢它，它也在，我不知道它的经济价值，也不知道它的真实寿命，但与它遥遥相对时，我是自然而奇异，犹如一株骨骼如雪、冷冷开放的白玫瑰，把自己镶嵌在这样的雪山天际里，温柔觉醒，清香悠长。这是爱自己多么好的一种方式。

　　一段雪，千段心，浪漫多姿。

　　无须琥珀杯，也不要白玉盘，我只想端坐下来，把这美景写一遍，再抄一遍，但总不能如愿。怎么下笔，都觉得是轻浮的，不够可爱。其实我明白，在心里储蓄几分毕棚的秋色，任其生长就够了，何须动笔。有人留出一天的光景在这里，光是听一听，就十分羡慕。不赶路就不会有倦意和急躁，就可以真正地在森林里呼吸，等待夕阳照亮雪山和脚下的影子，然后，轻轻诉说人生。

　　朋友认识的一个老板，是澳门赌场的常客，他会心血来潮地去拉斯维加斯豪赌，然后去圣地亚哥喝早茶；买7000元一件的T恤，70岁的农村老母根本不敢洗，怕弄坏了；崭新昂贵的大皮卡刚买了半年，又去提了一辆200万的凯迪拉克，就是这样一个土豪，办公室的墙上却挂着《心宽无处不桃源》的精致牌匾。可见，红尘俗波里，人人都有一个色彩犹浓的田园梦，情到深处，还会落泪不止。

　　生活，会有无数次机会成全我们做一个精神自由、内心有时空的人。但你能否能发现这样的机会，就全凭自我领悟了。

　　说毕棚沟是与世无争的小九寨，有些贴切，也有些委屈。

　　它的景色自然层叠，自有味道，淡烟、流水、凝雪、飞瀑、幽道、秋林，一张绝美的画屏。其实，中国是非常美的冰雪王国，无论是大香格里拉环线，还是西藏的屋脊阿里，只可惜人们喜欢飞向国外，飞向阿尔卑斯山，飞向他们自以为更美的地方。

　　在过一座独木桥的时候，我突然竖起了耳朵。

　　再熟悉不过了，一对情侣正在用武汉话大声吵架，对美景完全不领情。女生边走边吵，男生机智礼貌，并不作声。女生非常生气是因为两人相拥走路时，男生不小心把她大衣上心爱的毛领弄坏了。只见女生气急败坏，红唇翻动，说得委屈，骂得得意。这一骂，感觉她的外表也脏了，气质也毁了。

　　伴随着骂声，毕棚沟渐渐隐入画框之中，爱情被弃置在路边，无人收容。我微微侧目，不露痕迹的焦急，真想补几句闲话。对知心的人如此憎恨，没有一点温柔耐心，究竟是多么精致昂贵的毛领，比爱人还重要吗？不过是一个毛领，何必执着，不过是一次旅行，何必心碎。

　　穹庐下，同样的秋日，同样的絮语，同样芬芳的裙摆都不会重来，这一生仅有一次的旅行，为何不能让它甜蜜柔和一些呢？因为一件小事，与初衷偏离，让心情染尘，无法享受眼前的山水和福泽，难免得不偿失。

　　香雪馥郁，好似爱情。

　　在月光绝壁下、白龙瀑布边，天真地相拥不好吗？哪怕风景消失了，还有回忆一集集，绵延天涯。

　　走了好一段，来到了卓玛湖边。卓玛湖没有磐羊湖那样的瀑布大跳跃，四周的冰川也并不壮观，但处处清澈、叠翠，明明是深秋，却有藏不住的春日气息。

　　抬头，阳光瑰丽，十分刺眼，雪山满身的皱纹，呈现在眼前，让人惊叹。我想抓住点什么，却依旧只能虚无的仰望。任凭现实再怎么凌乱局促，一旦面对雪山，最安静透明的本质便形成了，静静地获取纯粹的意识、通透的智慧和即兴的生活。

　　我心怡于四下的寂静，没有一丝游客繁杂的脚步声，所有人都集中在浅碧色的水边，野餐休息，安静自拍，或带着轻盈倦意散步，就在这无比安静的一刻，电话铃声突然响起。

　　我一个激灵，游兴全无，心思全集中在了电话上，七天都没有电话，这个电话，会是什么事呢？

　　在空气优良的状态下，我一边深呼吸，一边对准了话筒，还未反应过来，就被女儿猝不及防的哭声惊呆了。女儿只爱安静地读书，很少哭闹，如今她哭得连一声"妈妈"都不能完整地说出来。这遥远的、断续的哭声，崩裂了我浑身的血脉和神经。

　　听到女儿哭，我也跟着哭出来，现在是飞也飞不回去，抱也不能抱到，我开始非常后悔，后悔把女儿扔在家里，后悔没有一起带出来，都是我不好，

才惹得她如此伤心。再也顾不上美景，我的目光唰地一下从远方收回来，一心一意地陷入了和女儿的对话之中。抚慰，疼爱，许诺，终于把宝贝女儿哄好了，她收起哭腔，还思念深深，意犹未尽。

雪山无声，我也心事重重，眼前千里万里都是女儿梨花带雨的小脸蛋，感谢给力的手机信号，不然这份思念该如何传达。更神妙的是，如果接不到这个电话，如果不用手掌去触握这份生命的疼痛，我怎会知道，山路再弯，大海再远，未来的旅途我都会将女儿带上，不再分离。我们会手牵手，带上爱的铃铛和指南，在充盈着诗经的溪流里，灿烂远去，在心情绯红、青山未醒时一起回家。

提笔的时候是五月，冷空气来临，羊毛大衣都能穿上身。夏解语，忆难说我痴然一笑。想起去年十月的某个午后，这幽谷中的冰雪世界和属于毕棚沟的一切孕育、情思、琢磨、趣想、咏叹。

尾 声

一直很喜欢《父亲的草原母亲的河》这首歌，后来才知道是席慕蓉写给德德玛的，果然是她的风格，我却没能猜到。

坐在电脑面前的我，很想念草原，但我不想隔着电脑屏幕虚伪地穿越而去，我要用一寸一寸的阳光、一首一首的牧歌把它养在心中。

去光谷，再次苦楚不堪地堵在民族大道上，一条长龙，纹丝不动。我身边一个穿橘色大衣的漂亮女孩，脸上阴云密布，跟朋友发微信抱怨感慨，五站路，坐了一个多小时，武汉真不好，走到哪儿人都多，走哪儿都堵车，哪天心烦意乱，我们就跑了吧。这样落差极大，清亮见底的话我爱听，我几乎是一瞬间在心里接过她的话，那就跑去甘南吧，能量满满地来一次独行。

甘南的荒原之美，在银雪覆盖的若尔盖体现得最为淋漓尽致，鸟在雪地里飞，柔软的光辉让我的心解体又重组。与草原共处时，总觉得，情是朴素的，心是富有的，这种感觉不是城市生活，聚会聊天就能拥有。

顾城说，命运不是风，来回吹，命运是大地，走到哪儿你都在命运中。但到了草原，当个体的生命和草原的精气连通，当时光深处那从未被篡改的力量蓬勃而出，站在草原中央，我突然觉得不在大地之中，就仿佛傲然地摆脱了命运一样。

夕阳素净，草原一半暖一半凉，一半乱一半俏，恰如情缘，恰如心意。

能找一个陪你看草原的人，不难，多住几天也不难，难的是离开美好的旅行氛围之后，两个人整天柴米油盐在一起也不会觉得无聊。我很幸运，找到了这样的一个人，所以我会牵紧他的手，不失约，不放手。我喜欢他的清澈无尘，喜欢他的谦卑自律，喜欢他的沉静无语，但更多的喜欢，是说不出来的东西，无论红尘多深，风雨多急，他都是我永远不会认错的背影。

没有 Mini 的甘南，多了一份甜蜜自由，却少了一份亲密欢乐。辞别深秋，我们极有默契地发誓，某一个夏天，一定要带 Mini 再来一次甘南，让她无忧无虑地奔跑，做草原上最美的风姑娘。

最感谢的是，预报的一直是小雨，实际上天气很给力，一路放晴。

去若尔盖转经，这是一个可怕的过程，它能轻易地揭示我的慌张和俗气；去月亮湾，只爱这一曲流水简单的美；去毕棚沟，在冰雪国度里盛放一颗小小的欢喜心。

不是我们贪恋浮华，而是没有让我们忘记浮华的风景。一旦这样的景致出现，谁都愿意隐世一笑，活成传奇。

一次好的旅行，是不能对自己的心弄虚作假。

草原的风、寺庙的雪，一夜一夜月落的声音，到底有多美，不必夸赞，也不必深究，因为不管我写得多么动情，多么真实，也仅代表我和 Mini 爸两个人的欢喜忧愁，不能代替你的脚步、你的感受。回忆的香囊还挂在树梢上，直至长成一枚枚甜蜜的浆果，修行之路很远，有情有义便好。

山河的沉寂，永久的威严，甘南，是你的。

后 记

　　女儿在动画片中学到一句话，然后经常一个甜笑就冲到我面前，大喊一声："变身，让我们来修复这个世界吧！"

　　修复两字，盈盈地扣住了我的心，童言飘散之后，我若有所思。

　　旅行不就是如此吗？

　　每一次出发都是顺从心里的魔性，用变身之后的力量，去修复内心的世界。每一年，都有一个年少的、花枝般的梦，隐入流水间，缓缓的美，缓缓地修复，清寂之中，自有温暖。

　　有意思的是，并非人人都爱旅行。

　　我有一个朋友，样貌、家境、学历、工作、人缘，样样都好，她有很多理想和追求，却唯独不爱旅行。问其原因，她耸耸肩，轻描淡写地说，走那么远的路，要么看山看水，要么看城市看人，挺没意思的。

　　我不知道怎样反驳，其实我也没有答案，就如同一位旅行作家所说的，游历，很难说清有什么具体的意义、具体的作用，但可以肯定的是，它是自我与世界的一次问答，一次有诚意的寻路。

　　这种说法，带着匀称而流动的质地，契合我心。

　　这种说法，让人抛却皮囊，想去飞。

　　这种说法，是一种有声有色又干净之极的存在。

　　不去旅行，未必就没有一颗辽阔美好的心灵；去旅行，也未必就知自然，懂感恩，明心性。

　　旅行就是一场异样的激荡，总能带来特别的心理活动和心灵感受。去不去旅行、去哪里旅行，纯属个人喜好、个人选择，不必太有目的，不必对谁炫耀，不必纠结对错，也不用高贵伟大地谈什么灵魂，只要尊重自己内心的想法就好。

我喜欢雪白飘逸的和谐号从眼前滑过，这意味着很多人正在出发，他们或许正在去我想去的地方，我会一边嫉妒一边祝福，我承认自己是如此寻常又小气的女子。当然，我最喜欢的还是缓缓而行，红皮绿皮的旧火车，慢到可以看清楚字迹斑驳的出发地和目的地，慢到我可以调整呼吸，问自己是否真的想出发，慢到像一个藏匿疼痛却终将实现的梦想。

你现在要我去欧洲，硬着头皮，拼凑存款，勉强也是可以去的，但我不开心，因为这对我来说，太刻意，太费力，太惊扰，不是水到渠成、闲适自在的美。坦白地说，我也很钟情欧洲，如果有一天我有能力了，也想去看看，甚至想带父母一起去。我不知道这是否会实现，但我知道每一次旅行都是我最真实的意愿，不从众，不攀比，不随波逐流，被所谓最美的景点所牵绊。

我的工资只能让我在几个月内短短地旅行一次，仅仅是这样，我就很满足了。

人间烟火、柴米香气我享受得非常彻底，世外山水也常常为我的生命安静地伴唱，如此这般，夫复何求。即便一年365天稳坐在办公室上班，也不妨碍我用下一站的风景与此刻盟约。悬崖上的风，依然能吹到脚边。

Mini的爸爸总是语重心长，用长者的态度对我发问，如果明天就让你环游世界，环游回来之后呢，怎么生活？我知道，他是怕我心血来潮，也是怕自己灵魂激荡，他是怕自己失去与这个世界最基本的现有的关联，也是怕我玩物丧志，从此无法平衡旅行和生活这杆秤。

其实真的不用紧张，因为，我一不会辞职，二不会环游世界。

无独有偶，一个闺蜜也正在为是否辞职去旅行的事心烦，我回应她，你也有一定的积蓄了，出去走一年，应该绰绰有余。她说，那一年之后再怎么办呢，再继续找工作吗，就算是吧，工作哪有那么好找，即使找到了，还能回过神来，适应朝九晚五的世俗节奏吗？

这两个问题，不约而同包含了一个深意：美景之后、美梦之后，你是否有信心、有定力回归这平凡安稳的生活？

我没有能力回答这个问题，但是我想说，人有时候是不需要想太多的，温柔坚定的向前望去，就很好。

哪有那么多如果和怎么办。回来之后，天不会塌，大不了就是再做回之前的工作。好一点的话，还会有其他的发展。更何况在路上，你知道会发生些什么呢？也许你遇到某个人，就不想再走了，也许你爱上了某个地方，决定先住一段时间，也许你不再想做一份稳定的工作，而是另有计划。在一天一变一万个未知之中，你的三观和人生或许早已改变，你的工作、你的愿景、你的归来、你的计划，都将重新设置和调整。

买一个厨房的钱，就能环游世界，大多数人并没有气场强大到这么做。不可否认，我们的想法、能力、勇气和机遇都很有限，但不环游世界，不代表我们就没有好好活过、认真走过。在电脑面前的每一天，是孤单、是期待，也是坚定，是我们在为下一次的出发准备粮草，养精蓄锐。没有人可以轻视我们小小的心愿和假装沉寂的热情。当有了宝贝儿，我们能做的，除了自己继续走下去，就是带着宝贝儿也走下去．和环游世界无关，和人间美景无关，什么都不为，只为静候这一刻，陪伴孩子，度个长假。

我去过的地方，你也去过，我没有去过的地方，你也去过，我只有一份普通到请你来你都未必肯做的工作，我只会写一点不成气候的小诗和句子，我不会带孩子，总是迷迷糊糊手忙脚乱，我超级不能干，不会开车，不会理财，连智能手机都用得不熟，我成长得很慢，还没成熟入世，已经清淡出世。说了这么多，我只是想告诉你，你比我优秀那么多，有什么理由不能比我更幸福呢？好好工作，然后好好去你想去的地方，好好去完成你曾经没有勇气却真心想投入的事情。也许生活不一定会比现在更理想、更安稳，但是一定比现在更本真、更透亮。

旅行，让我们帅呆了！因为我们无形之中就甩掉了狭隘和无知。

此书、此文，只是在敬爱文字的概念下，一次庸常的记录，一次轻灵的挥墨。我未曾走出国门，我喜欢并尽己所能地拼凑着属于自己的中国山水图，这是我信仰的根基和精神的家园，这是我的百花集，还有百花深处更远的空灵。

每个人都有自己或远或近、或长或短、或奢或简的旅行。这是属于个人的一山一水、一云一天。你要对它负责，要真正庄严温柔地疼爱它，而不是拿它和谁做比较。

没有不老的青春，也没有所谓最上乘的风景，只有心灵的、修复的力量，能让你神性自傲，走得更远。

墨染流年，爱已成书。
山水之间，便是中国。